Die 38-jährige Lisbeth liebt ihr Haus am Meer in einem kleinen Ort an der schwedischen Küste. Sie ist Lehrerin an der hiesigen Schule – und sie ist glücklicher Single. Doch als Weihnachten naht, gerät Lisbeths Leben plötzlich komplett aus dem Lot: Sie soll in St. Anton am ehrgeizigen Ski-Projekt der Schule teilnehmen. Dabei kann sie gar nicht Skifahren. Ihr Ex Harry steht plötzlich auf der Matte. Und dann taucht der Mann auf, der eigentlich vor der Schulklasse auf der Piste stehen sollte: ein Ski-Champion mit Zahnpastalächeln und Charisma …

Maria Ernestam, geboren 1959, begann ihre Laufbahn als Journalistin. Sie hat lange Jahre als Auslandskorrespondentin für verschiedene schwedische Zeitungen in Deutschland gearbeitet. Mittlerweile sind zehn hoch gelobte Romane von ihr in vierzehn Ländern erschienen. »Der geheime Brief« und »Das verborgene Haus« standen wochenlang auf der Spiegel-Bestsellerliste. Maria Ernestam lebt mit ihrem Mann in Stockholm und hat zwei erwachsene Kinder.

Maria Ernestam bei btb

Die Röte der Jungfrau. Roman (73854)
Caipirinha mit dem Tod. Roman (73915)
Mord unter Freunden. Roman (74005)
Der geheime Brief. Roman (74226)
Das verborgene Haus. Roman (74398)
Die Liebesnachricht, Roman (74657)
Der Kater, meine Nachbarn und ich. Roman (75385)

MARIA ERNESTAM

Liebe kennt keine Feiertage

Ein Weihnachtsroman aus Schweden

Aus dem Schwedischen von Gabriele Haefs

btb

Die schwedische Originalausgabe erschien 2018
unter dem Titel »Brutna ben och brustna hjärtan – en alldeles
omöglig jul« bei Louise Bäckelin Förlag, Stockholm.

Dieses Buch ist auch als E-Book erhältlich.

FSC www.fsc.org
MIX
Papier aus verantwortungsvollen Quellen
FSC® C014496

Verlagsgruppe Random House FSC® N001967

1. Auflage
Deutsche Erstveröffentlichung November 2019

Umschlaggestaltung: semper smile, München
Umschlagmotiv: © Getty Images/Rainer Schimpf;
© Arcangel Images/Lee Avison
Satz: Uhl + Massopust, Aalen
Druck und Einband: GGP Media GmbH, Pößneck
SL · Herstellung: sc
Printed in Germany
ISBN 978-3-442-71895-5

www.btb-verlag.de
www.facebook.com/btbverlag

1

Donnerstag, 7. Dezember

»Wieviel kosten die?«

Die Frau hielt eine Tüte voller Safranschnecken ins Licht, als ob sie dann besser sehen könnte. Was hoffnungslos war. Der Himmel war genauso dunkel, wie er es um sieben Uhr abends im Dezember eben zu sein pflegte, und die Lampen erhellten den Sportplatz der Schule nur spärlich. Einige flackernde Fackeln machten die Sache auch nicht besser.

»Haben Sie die selbst gebacken?«

Lisbeth versuchte zu lächeln.

»Nein, das waren die Kinder. Das ist für die Klassenreise. Und das Rote Kreuz.«

Woher war diese letzte Bemerkung gekommen? Das Rote Kreuz? Das hier war doch der Weihnachtsbasar der Schule, wo die Schüler ihre eigenen Produkte verkauften, um für die Klassenreisen zu sparen, zum Beispiel den Skiausflug nach Trysil in Norwegen. Und sie saß hier und versuchte, einer potenziellen Kundin einzureden, dass das Geld einem noch wohltätigeren Zweck zufließen würde.

Zwei Kronen für eine Safranschnecke. Zehn Kronen für fünf. *Ach bitte, wollen Sie sie nicht einfach kaufen? Und zwar jetzt gleich?*

Lisbeth schlug die Augen nieder, um ihre Verzweiflung zu verbergen. Sie saß jetzt seit fast zwei Stunden auf diesem Stuhl, an diesem Tisch. Der Haufen von mit Safranschnecken gefüllten Plastiktüten kam ihr ein bisschen kleiner vor.

Aber das war eine Illusion. Denn jedes Mal, wenn sie also wirklich einen Verkauf notieren konnte, kamen Eltern und warfen weitere Tüten mit weiteren Safranschnecken auf den Tisch. *Hallo, Lisbeth. Entschuldige, dass wir so spät kommen. Aber hier hast du unsere … Moment … hier, Ella hat sie selbst gebacken.*

Ja, es war deutlich, dass Ella und Axel und Maja und Stina und Calle und Julia und Peter selbst gebacken hatten. Einige Schnecken sahen aus wie Schnecken, während andere schief und krumm waren und die Rosinen lose unten in der Tüte lagen. Manche Kinder hatten zudem ihrer Kreativität freien Lauf gelassen und Safranmonster erschaffen, in die man vermutlich nur auf eigene Gefahr hineinbiss.

Sie hielt der Frau eine solche Monsterschneckentüte hin.

»Was sagst du zu denen hier? So ein bisschen Abwechslung in der Kuchenschüssel kann doch lustig sein. Und der Erlös ist wie gesagt für das Ro … ja, vor allem für eine Klassenreise …«

Fast hätte sie wieder Rotes Kreuz gesagt. Was war nur in sie gefahren?

»… für die Klassenreise der Kinder, wie gesagt.«

Die Frau nahm die andere Tüte. Legte die erste hin. Drehte die neue um. Legte sie hin. Griff wieder zu der ersten.

»Jaaaaa … ich weiß ja nicht. Ich wohne allein, müssen Sie wissen. Dann isst man ja nicht so viel, und ich versuche, süße Sachen zu meiden. Ich kaufe nur, damit ich etwas anbieten kann, wenn mal Besuch kommt. Aber alle haben in den Wochen vor Weihnachten ja so viel zu tun. Klassenreisen, hast du gesagt. Zu meiner Zeit war nie die Rede von Reisen. Man ging in die Schule, um Rechnen und Schreiben zu lernen. Aber das Rote Kreuz ist jedenfalls eine lobenswerte Organisation, da gebe ich auch immer was. Man will ja gern helfen, wo man kann, es gibt doch so viele arme Menschen.«

Lisbeth schaute verstohlen über die Schulter der Frau. Sah sich auf dem Sportplatz um. Der sah richtig nett aus mit den vielen Ständen mit allem, was die Schüler zusammengesammelt hatten. Safranschnecken oder anderes, es gab auch Getreidegarben und Kerzen, die besorgt worden waren und nun mit Gewinn verkauft werden sollten. Einige Besucher standen an einem kleinen Feuer und rieben sich die Hände, während heiße Wurst und Kaffee zubereitet wurden.

Aber sie fror. Aus der Erfahrung früherer Jahre klug geworden, hatte sie eine lange Hose angezogen und eine dicke Jacke hervorgekramt. Zu spät war ihr aufgefallen, dass die Jacke zwar warm war, aber auch verschlissen. Sie zog sie sonst zur Gartenarbeit an, und jetzt sah sie, dass die Ärmel ausgefranst waren und die ganze Vorderseite von Erdflecken beschmutzt. Und die Gummistiefel hielten zwar die Nässe ab, aber nicht die Kälte.

Ein Stück weiter drängten sich die Leute um Elenas Stand. Lisbeth hatte nicht einmal einen Blick hinüber werfen wollen, als sie sich an ihren eigenen gesetzt hatte. Elena, die Prachtkonditorin, deren Bäckerei über die Ortsgrenzen hinaus berühmt war. Elena, die ihre Schnecken und Kuchen und Brötchen mit einer Leichtigkeit herzustellen schien, die an Wahnsinn grenzte.

Sie schien es außerdem lustig zu finden, in aller Herrgottsfrühe aufzustehen und zu backen, bis das Mehl ihren Kopf wie ein Glorienschein umstob. Lisbeth dagegen war kein Morgenmensch, schon gar nicht jetzt im Winterhalbjahr. Sie blieb gerne lange auf und genoss die späten und stummen Abendstunden, obwohl sie wusste, dass sie das am nächsten Morgen, wenn der Wecker klingelte, bereuen würde.

Und jetzt hatte sie ihren Gedanken und Blicken freien Lauf gelassen, was unverzeihlich war, wenn man Kundschaft an der Angel hatte. Die Alte wandte sich ebenfalls um und entdeckte Elenas Stand. Sie legte die Tüte mit den Monsterschnecken weg.

»Ach, ich sehe gerade, dass der Stand da drüben auch Brot verkauft, ich glaube also, ich warte noch … ja, Sie verstehen.«

Sie lächelte. Lisbeth erwiderte das Lächeln nicht. Es ist niemals lustig zu verlieren, und sie hatte nicht die geringste Lust, etwas zu sagen wie »natürlich«. Eine gewisse Würde hatte sie ja trotz allem, trotz der scheußlichen Jacke und der Gummistiefel. In diesem Moment merkte sie, dass der eine offenbar undicht war. Der linke große Zeh kam ihr um einiges kälter vor als der rechte.

Die Frau verschwand, und Lisbeth saß wieder allein da, während die Menschen an ihrem Stand vorbeischlenderten und sie grüßten. Die Eltern von Schülerinnen und Schülern, Leute aus dem Ort. Als sie vor fünf Jahren nach Frillesås gezogen war, war es ihr anfangs seltsam vorgekommen, alle zu kennen, und eigentlich nichts unternehmen zu können, worüber die Einwohner nicht einige Stunden später schon informiert schienen.

Aber so hatte sie es ja gewollt. Erkannt werden, Lisbeth sein, die Lehrerin von der Schule. Und meistens gefiel ihr das ja auch, nicht zuletzt die Schule. Die Kinder konnten sie ab und zu in den Wahnsinn treiben, aber sie hatte doch das Gefühl, etwas zu bewegen.

»Aber hallo, Lisbeth! Hier sitzt du und siehst froh aus.«

Sie schaute auf. Merkte, dass sie rot wurde. Was für ein

Glück, dass es dunkel und kalt war. Es konnte also eine absolut natürliche Erklärung haben. Dass sie sich seltsam verhielt, wenn Jan in der Nähe war, wusste inzwischen mehr oder weniger der ganze Ort.

»Ja. Hier sitze ich.«

So intelligent wie immer, wenn sie mit ihm reden wollte. Warum brachte sie nie ein vernünftiges Wort zustande?

Jan. Besitzer eines angesehenen Reitstalls, die Kundschaft kam teilweise von weit her, um zu reiten oder sich die Pferde anzusehen. Mehrere Jugendliche von der Schule nahmen bei ihm Reitunterricht und gerieten ins Schwärmen, wenn der Stall erwähnt wurde.

Sie hatte nie von Pferden geträumt. Aber sie hatte von Jan geträumt, das ließ sich nicht leugnen. Das hatte ihr allerdings nicht viel gebracht. Möglicherweise lag es an ihrer Unsicherheit, dass er nicht zurückträumte, sondern sich über sie lustig machte. Sie war ziemlich sicher, dass Jan Schwäche verachtete. Man durfte kein Feigling sein, wenn man mit Pferden zu tun hatte. Musste stattdessen zeigen, wer das Sagen hatte.

Aber diese Chance hatte sie bei Jan verpasst. Ihn wie ein Pferd zu behandeln, nämlich.

Jan hielt eine Tüte Safranschnecken hoch. Und zwar die Monster.

»Hast du die gebacken? Ich wusste ja gar nicht, dass du so eine lebhafte Fantasie besitzt.«

»Die sind nicht von mir. Das waren die Kinder. Für die Klassenreise. Wie du sicher weißt.«

»Jedes Kind hat also eine Tüte Schnecken gebacken. Dann sollen alle Eltern eine Tüte Schnecken kaufen. Wäre es nicht einfacher, alles Geld für die Reise geben zu lassen und sich diesen Umweg zu ersparen? Wenn das Backen an sich keinem höheren Zweck dient, als dass die Kinder etwas mit den Händen tun. Aber ich finde, dann sollten sie lieber in den Stall kommen.«

In dem Moment, in dem er diesen revolutionären Vorschlag machte, kam eine weitere Mutter zu Lisbeths Stand. Sie begrüßte Jan und zog ihre Schneckentüte hervor. Schöngeformte Safranschnecken, dekoriert mit Perlzucker.

»Hallo! Danke. Die sind aber schön. Leg sie einfach irgendwo auf den Haufen und ...«

Sie konnte den Satz nicht beenden, denn nun zog die Mutter ihre Hand zurück und fing an, mit der anderen in ihrer Handtasche zu graben.

»Was kosten die? Einen Zehner?«

Sie stopfte ihre Schnecken zurück und reichte die Münze herüber. Dann sah sie Jans ein wenig fragenden Blick.

»Ja, man weiß doch nie, was andere Schnecken für Zutaten enthalten. Erkältete Kinder, die über dem Teig geniest haben oder die Dinge angefasst haben, über die man lieber nichts wissen will.«

Jan lächelte dieses Lächeln, bei dem Lisbeth sich innerlich krümmte. Die Frau schien das nicht so zu verstehen. Sie lächelte ihn an und zog ihren Seidenschal gerade.

»Man will ja nicht vor Weihnachten krank werden.«

»Ich muss ja sagen, das ist eine geniale Weise, Geld auszugeben. Von sich selbst zu kaufen. Dann kann man einen richtig hohen Preis verlangen, um sicher zu sein, dass es sich lohnt. Das wäre vielleicht auch für mich im Reitstall eine Idee. Ich könnte mir selbst Reitunterricht geben. Ordentlich verdienen und wissen, was ich wert bin.«

Lisbeth tat die Frau fast ein bisschen leid. Sie hatte es verdient. Aber trotzdem. Gott sei Dank war diese Frau offenbar eine witzige Kombination aus totaler Empfindlichkeit (fremden Schnecken gegenüber) und totaler Abgeklärtheit (wenn ihr offenkundiger Sarkasmus entgegengebracht wurde). Sie lachte. Gab sogar eine brauchbare Bemerkung zum Abschied von sich, als sie sagte, es sei doch nett, etwas beitragen zu können, ehe sie verschwand.

Jan nahm sich fünf Tüten. Reichte ihr einen Fünfziger. Denn Bargeld werde doch wohl immer noch genommen, oder laufe jetzt alles über Handy-Apps?

»Aber gib jetzt nicht alles auf einmal aus«, fügte er hinzu und war verschwunden, ehe sie antworten und ihm außerdem danken konnte.

Wie spät es wohl war? Sie wollten bis acht Uhr weitermachen, wenn nicht vorher alles verkauft wäre. Aber der Weihnachtsbasar in der Schule gehörte zu den Höhepunkten der Saison, was Veranstaltungen betraf. Wie Karusselltag oder Hockeytag oder Schulabschluss.

»Hallo, Lisbeth. Wie läuft es denn hier?«

Margaretha, die Rektorin, stand vor ihr, sie trug einen Lammfellmantel und solide Stiefel. Eine Mütze hatte sie nicht, schließlich war sie stolz auf ihre Haare. Gerüchtehalber legte sie ihre Locken mit Mitteln, die es inzwischen nur noch auf dem Schwarzmarkt zu kaufen gab. Oder im *Dark Net*. Was nicht für die Frisur gebraucht wurde, diente praktisch als Abflussfrei. Ein Tropfen, und der Weg zum Mittelpunkt der Erde stand offen.

»Gut, danke. Schön, dass so viele gekommen sind«, sagte Lisbeth.

Sie verstand sich ziemlich gut mit Margaretha. Sie waren verschieden und würden sich niemals Geheimnisse anvertrauen, aber Margaretha sorgte für Ordnung in der Schule und hatte das Wissensniveau auf eine Weise gehoben, die landesweit Aufsehen erregte.

Jetzt nickte sie.

»Finde ich auch. Die gestrickten Fäustlinge da hinten waren offenbar ein Renner. Diese alten Folkloremuster sind jetzt wieder modern, das wird für die Kinder einen guten Reisezuschuss bringen, du wirst schon sehen. Willst du mitfahren?«

Lisbeth war von dieser Frage überrascht. Sie fuhr immer mit. Wer sollte die Klasse denn sonst zur Ordnung rufen?

»Ja, ich dachte jetzt vor allem an die Skiferien nach Trysil«, fügte Margaretha hinzu.

»Ja ... sicher. Das mach ich doch immer.«

Lisbeth staunte noch immer über diese Frage. Sie gab schon seit Jahren Sportunterricht auch in anderen Klassen. Sie war keine Elitesportlerin, hatte sich in keinem Sport je ausgezeichnet, war aber im Gegenzug in vielen Sportarten gut. Es reichte jedenfalls für Sieben- bis Neunjährige und einige von den älteren Kindern, und auf diese Stunden freute sie sich immer besonders.

Margaretha nahm sich eine Tüte Safranschnecken, ohne sie genauer anzusehen. Zog mit gewisser Mühe Geld hervor, da sie schon mehrere Tüten zu tragen hatte. Die Rektorin ging mit gutem Beispiel voran und hatte Handschuhe, Kerzen und Strohgarben gekauft.

»Hier. Du, ich muss noch etwas mit dir besprechen, du kannst doch sicher irgendwann nächste Woche bei mir im Büro vorbeikommen?«

Ehe Lisbeth antworten konnte, hatte jemand Margarethas Namen gerufen und sie verschwand. Lisbeth registrierte die Girlanden, die irgendwer um die Bäume gewickelt hatte, hörte die Weihnachtsmusik, die schon den ganzen Nachmittag lief, aber von der sie erst jetzt die Melodie wahrnahm. Bald war wirklich Weihnachten. Einfach unglaublich.

Mit einem Seufzer öffnete sie die Tüte mit den Monsterschnecken. Die hatte niemand haben wollen. Sie verspürte eine gewisse Sympathie. Riss die Tüte auf, zog eine Schnecke heraus, biss hinein. Die Krümel rieselten auf die Tischplatte, und sie fegte sie auf den Boden. Dann schaute sie auf. Vor ihr stand ein Schüler. Einer, der immer aussah, als ob er sich gerade im Lehm gewälzt hätte, einer, den sie mindestens einmal pro Tag zum Händewaschen schicken musste, ehe er die Schulbücher anrühren durfte.

»Frau Lehrerin, das sind meine Schnecken, und Frau Lehrerin, Sie haben doch wohl das Bezahlen nicht vergessen?«

2

Donnerstag, 7. Dezember

Gegen acht waren ihre Füße fast gefühllos in diesen Gummistiefeln, von denen sie sich zu Hause sofort befreien würde. Sie hätte dicke Schafwollhandschuhe anziehen sollen. Und dickere Wollsocken.

Sie hatte Margaretha die Kasse überreicht, ohne auch nur nachzuzählen, wie viel sie eingenommen hatte. Es gab noch mehr als genug Schnecken, und die wurden an die Lehrer und die freiwilligen Helfer verteilt. Sie hatten fast alle Stände abgebaut, und der Sportplatz würde bald wieder so aussehen wie sonst.

Margaretha unterhielt sich gerade mit einem von Lisbeths Kollegen. Lisbeth hätte sie gern nach dieser vorgeschlagenen Besprechung gefragt. Sie war ein wenig beunruhigt. Sie wusste, dass sie gute Arbeit leistete und dass Margaretha mit ihr zufrieden war.

Aber trotzdem. Bald war Weihnachten. Der Jahreswechsel stand bevor. Budgets sollten aufgestellt, Stundenpläne gemacht werden. Aber die Finanzlage der Schule war gut. Bei der Besprechung könnte es ja auch um etwas Positives gehen. Vielleicht würde ihr ein neues Projekt angeboten werden.

»Dann gehe ich! Macht es gut, und erst mal vielen Dank!«

Margaretha hob die Hand und verschwand. Lisbeth sah ihr hinterher und überlegte, ob sie hinterherlaufen und die Sache sofort zur Sprache bringen sollte. Aber es war zu spät.

Sie seufzte, versuchte einige Kartons zusammenzufalten, und trampelte am Ende darauf herum. Sah ein, dass sie hier nicht mehr viel ausrichten konnte.

»Dann hau ich auch ab. Wenn das in Ordnung ist.«

Die anderen nickten, sagten bis dann und widmeten sich weiter ihren Beschäftigungen. Lisbeth kehrte ihnen den Rücken und ging los.

Die Straße in den Ort war erleuchtet, und der Markt, wo Elenas Bäckerei lag, ebenfalls. Mitten auf dem Platz stand ein Weihnachtsbaum und verbreitete ein einladendes Licht. Lisbeth hatte den Baum aus der Nähe bewundert, als er aufgestellt worden war, und sich über den Duft von Tannenzweigen und Harz gefreut. Ein Duft, der sie in die Zeit zurückgeworfen hatte, als ihre Familie im Wald ihren eigenen Baum hatte fällen dürfen, einen, den sie nach einer Wanderung durch den Schnee sorgfältig aussuchten und dann zu viert zum Auto zurücktrugen. Diese Tanne hatte dann viele Wochen bei ihnen gestanden, bis sie fast keine einzige Nadel mehr trug.

Als sie um die Ecke gehen wollte, erblickte sie ein Stück weiter zwei Personen. Jan und Mariana, die Schwester der Edelkonditorin Elena.

Sie erstarrte. Hoffte, dass die beiden sie nicht gesehen hatten. Überlegte. Beim Gehen war ihr ein bisschen wärmer geworden. Sie würde einen Umweg machen können. Sah, wie Jan mit den Armen gestikulierte.

Lisbeth machte kehrt. Lief an der Eisenbahnlinie vorbei und blieb erst nach einer ganzen Weile stehen. Bog ab und stand am Ende im Hafen. Ein Ruderboot lag mit dem Kiel nach oben im Gras, und am Horizont waren die Inseln zu erahnen.

Dass Jan ein Frauenheld war, war kein Geheimnis. Dass

er sich sein Leben lang nach Mariana verzehrte, war auch den meisten bekannt, die ihn kannten. Außer vielleicht Lisbeth selbst.

Jetzt war es schon einige Jahre her, dass das Drama seinen Lauf genommen hatte. Marianas Ehe war nicht gut gelaufen, und Jan witterte seine Chance. Es kam anders, und nun hatte Mariana einen Freund in Deutschland und ein freundliches, aber entschiedenes Verhältnis zu Jan. Und er hatte sich sicher auch ein wenig beruhigt.

Aber zu jener Zeit war Lisbeth eben ganz besonders verliebt gewesen. Hatte sich oft in der Nähe von Jans Hof herumgedrückt und sich sogar zu einem Reitkurs angemeldet. Letzteres war ihr noch immer peinlich. Eine Erwachsene, die sich aufführte, als ob sie den Verstand verloren hätte.

Sie wollte so etwas nie wieder empfinden. Hatte sogar gedacht, dass sie sich nie wieder verlieben wollte. Besser allein und in Würde zu leben, als in jedem wachen Augenblick an einen Menschen zu denken, der das eigentlich nicht verdient hatte. Wobei Jan sicher nicht schlechter war als andere, das hatte sie sich inzwischen immerhin klargemacht. Aber ein Heiliger war er nicht.

Wie war das möglich? Wie konnte sie von einem Menschen so besessen sein, obwohl seine Fehler und Schwächen doch so offensichtlich waren? Jan lachte über sie und kritisierte sie und bat dabei nie um Entschuldigung.

Lisbeth wanderte hinaus auf die Pier und stieg dann die Felsen hoch. Deshalb war sie hierhergezogen. Wegen der freien Sicht und der Natur, wegen des Ortes, wo die Entfernungen vielleicht auch zwischen den Menschen geringer waren. Wo sie die meisten gut genug kannte, um auch in einer schmutzigen Jacke beim Weihnachtsbasar der Schule sitzen zu können, ohne darauf angesprochen zu werden.

Die Straßen von Stockholm waren ihr fremder gewesen, vor allem, wenn sie dort neben Harald ging. Oder Harry, wie seine amerikanische Mutter ihn immer nannte und wie er selbst ungefähr jede zweite Mail unterschrieb.

Sie wusste, dass sie ein ungleiches Paar waren, und wenn sie es ein seltenes Mal vergaß, war Harrys Mutter immer zur Stelle, um sie daran zu erinnern. *Lucky Girl,* hatte sie bei ihrer zweiten Begegnung gesagt und Lisbeth mit einer Miene betrachtet, die scherzhaft wirken sollte, aber Enttäuschung verbarg. Dass ihr einziger Sohn etwas so Unscheinbares anschleppte, wo er doch jede hätte haben können.

Harry und sie hatten sich an dem einzigen Ort kennengelernt, wo ihre Wege sich überhaupt kreuzen konnten. Lisbeth unterrichtete in einem Vorort und kam nur selten in die Stadt, während Harry sich in den »feineren« Kreisen bewegte und sich in Stockholms Lokalen bestens auskannte.

Sie waren sich in einem Kino in Stockholm begegnet. Der Film handelte von einer Clique, die ihre Mobiltelefone während eines gemeinsamen Essens anließ, um zu sehen, was passierte. Alle beteuerten, sie hätten nichts zu verbergen. Alle hatten etwas zu verbergen.

Sie selbst war von einer Freundin eingeladen worden, die jedoch in letzter Sekunde verhindert gewesen war. Harry war aus einem ganz anderen Grund dort. Seine damalige Freundin hatte in seinem Telefon geschnüffelt und etwas total Harmloses gefunden, was sie, laut Harry, auf die Palme gebracht hatte. Die Freundin fand, sie müssten die Angelegenheit auf eine andere Ebene heben, um zu sehen, ob sich etwas retten ließ.

Das war nicht der Fall. Harry hatte hinter Lisbeth am Kiosk gewartet. Ihr war das Portemonnaie heruntergefallen. Er war wie ein Mann von Welt vorgetreten und hatte für sie beide bezahlt. Sie waren ins Gespräch gekommen, und Harry war bei ihr stehen geblieben, obwohl seine Freundin mit immer saurerer Miene ein Stück von ihnen entfernt von einem Fuß auf den anderen trat.

Heute war ihr klar, dass sie eine Zeit lang die Richtige gewesen war, um Harrys Selbstvertrauen zu steigern. Und sie hatte sich sofort in ihn verliebt. Weil er spontan und charmant war. Weil andere Leute sie auf andere Weise ansahen, wenn sie neben ihm stand. Weil er Stil hatte, das Beste aus zwei Kulturen, weil er den Weihnachtsmann Santa nannte und schon Anfang September *the festive season* begann und er fand, dass Lisbeth *da draußen in den Vororten fantastische Arbeit für die Zuwandererkinder leistete.*

Aber dann kam es, wie es kommen musste. Dann endete es in einer Katastrophe. Und sie zog hierher und verliebte sich in Jan. Eine ganz andere Art von Mann, aber trotzdem ein genauso prachtvoller Schuss in den Ofen.

Eine Welle schlug gegen die Felsen, und das Meerwasser traf ihre Beine. Liesbeth lief nach unten und kehrte zurück auf die Pier. Machte größere Schritte und schlenkerte mit den Armen, dachte noch einmal, wie schön es war, dass die Sache vorbei war. Dass sie sich eigentlich gut fühlte. Hier über den Strand zu gehen, Freunde und eine gute Stelle zu haben, frische Luft zu atmen. Ein eigenes Haus, allein das. In Stockholm hatte es gerade für eine Einzimmerwohnung gereicht.

Sie wollte sich nicht mehr in die falschen Männer verlieben, die nicht einmal nett zu ihr waren. Es war gut, so wie es war. Wenn nur Margaretha nichts mit ihr besprechen wollte, das mit bevorstehenden Problemen in der Schule zusammenhing.

Sie erreichte eine der Hauptstraßen. In den Fenstern

leuchteten Adventslichter oder ein Stern, und in den Gärten hingen Lichterketten an den Bäumen und Zäunen. Es sah schön aus. Warm und liebevoll.

Jemand kam ihr entgegen. Ein älterer Mann mit einem Hund. Lisbeth erkannte Torsten, obwohl um sie herum jetzt alles dunkel war. Aber Torsten war nicht zu verkennen. Der Hund ebenfalls nicht. Eine Promenadenmischung, die auf den Namen Bosse hörte. Ein Hund, dessen Eltern, anders als die von Harry, ihrer Nachkommenschaft nicht das Beste von sich hatten weiterreichen können. Doch dafür liebte der Hund sein Herrchen heiß und innig und hatte sogar eine gewisse Art von Führungstalent entwickelt.

Torsten sah kaum noch etwas und ging eigentlich nie allein los. Der Hund, den er früher gehabt hatte, war ein kluges Tier gewesen und zu Augen und Füßen seines Herrchens geworden. Als der Hund gestorben war, hatte Torsten einige Zeit gebraucht, um über diesen Verlust hinwegzukommen, während Bosse ihm mehr oder weniger durch Zufall in den Schoß gefallen war.

Jetzt waren sie so glücklich, wie Herr und Hund das eben sein können, und in ihrer Unvollkommenheit brachten sie jeder beim anderen das Beste hervor, um das Dasein so erträglich wie möglich zu machen. Lisbeth dachte, dass alle Beziehungen so sein sollten. Hund und Hund. Mensch und Mensch. Mensch und Hund. Oder Katze.

»Hallo, Torsten. So spät noch unterwegs?«

Torsten blieb vor ihr stehen. Bosse setzte sich mit hängender Zunge hin, und sie bückte sich und kraulte ihn zwischen den Ohren.

»Wer ist das?«

»Lisbeth. Aus der Schule.«

»Ach, du bist das. Gehst du auch spazieren?«

»Ich hab nur einen kleinen Umweg gemacht. Ich war beim Weihnachtsbasar.«

Wie üblich trug er keine Handschuhe. War wohl einer von denen, die nie an den Händen frieren. Aber seine Jacke war immerhin richtig zugeknöpft. Das gelang ihm nicht immer, aber nur selten brachte jemand es übers Herz, ihn darauf aufmerksam zu machen.

»Ach, war der heute? Verzeihung. Den hab ich verpasst.«

Lisbeth streichelte seinen Arm.

»Macht nichts.«

»Habt ihr denn was verkauft?«

»Doch, es ging schon.«

»Das klingt gut. Wie geht es dir denn?«

Er lächelte, und seine Augen tränten. Wenn sein Haus nicht in der Nähe gelegen hätte, hätte sie sich Sorgen gemacht. Aber diesen Weg hier kannte er.

»Mir geht es gut.«

»Freust du dich auf die Ferien?«

»Ja, sehr.«

Nicht dass sie so viel darüber nachgedacht hätte. Hatte keine besonderen Pläne. Vage Überlegungen, irgendwen zu besuchen. Aber die meisten hatten sicher genug zu tun, und sie streng genommen auch, jedenfalls über Weihnachten. Durchgetaktete Tage bei der Familie.

Sie zitterte. Seltsamerweise schien Torsten das zu bemerken.

»Jetzt frierst du, also geh nach Hause und koch dir was Warmes. Das habe ich auch vor.«

»Soll ich …«

Sie hätte fast gesagt, »dich nach Hause bringen.« Welch ein Glück, dass sie sich zusammengerissen hatte. Torsten hatte seinen Stolz. Wie sie selbst, übrigens. Es gab keinen

Grund, ihre Hilflosigkeit oder ihre Einsamkeit breitzutreten.

»Nicht doch, ich komme immer zurecht, das weißt du doch. Bis dann, Frau Lehrerin. Wir sehen uns.«

Torsten hob die Hand an eine fiktive Hutkrempe und ging weiter. Lisbeth schaute ihm hinterher, bis die Dunkelheit ihn verschluckte.

Sie ging Richtung Ort und bog in die Straße ab, in der Jan und Mariana verschwunden waren, vermutlich nicht gemeinsam. Blieb vor ihrem Haus stehen, ihrem kleinen Nest, das nicht weit vom Strand entfernt lag. Hinter einem Fenster brannte Licht, und sie war froh darüber, dass sie daran gedacht hatte, eine Lampe anzulassen. Das war ihr erster Gedanke. Der zweite war, dass es wirklich auch für sie an der Zeit war, Leuchter und Sterne aufzustellen. Vielleicht sogar etwas im Garten.

Der Erste Advent war zwar schon vorbei, aber es war doch schön, für den Zweiten, Dritten und Vierten zu schmücken. Und jetzt hatte sie wirklich das Gefühl, dass ihr der Wind der Veränderung um die Ohren sauste. Nicht nur der übliche Dezembersturm.

In ihrer Jacke brummte es. Lisbeth steckte die Hand in die Tasche, fand aber ihr Telefon nicht. Am Ende konnte sie es hervorfischen, und dann starrte sie das Display an.

Harry.

Der Anblick dieses Namens überraschte sie dermaßen, dass sie einfach nichts tun konnte, und das Klingeln hörte schließlich auf. Ihr Anrufbeantworter zeichnete keine Nachricht auf. Sie blieb stehen und wartete, unklar worauf, dann ließ sie das Telefon wieder in ihrer Tasche verschwinden.

Sicher hatte er die falsche Nummer gewählt. Sie hatten seit drei Jahren nichts mehr voneinander gehört. Schicksalsgläubige hätten jetzt sicher gesagt, sie habe den Anruf heraufbeschworen, weil sie an Harry gedacht hatte. Sie selbst glaubte eher an einen gemeinen Zufall.

3

Donnerstag, 7. Dezember

In der Garderobe hingen zu viele Kleidungsstücke und zu wenige Kleiderbügel. Unterschiedlich große Kleiderbügel noch dazu. Einige aus Kunststoff, die sie im Laden zu den gekauften Kleidungsstücken dazu bekommen hatte, einige uralte aus Holz mit der Inschrift Schneiderei Osby oder Wäscherei Fågelström. Sie hatte sie von zu Hause mitgebracht, und sie stammten aus den Rumpelkammern ihrer Eltern.

Jetzt hatten die Eltern identische Holzkleiderbügel, und darauf hing nur das, was gerade zur Jahreszeit passte, dazu gab es einige freie für Gäste. Lisbeths Mutter hatte einmal gesagt, es sehe so elegant aus, wenn die Kleiderbügel *frei* hingen und wenn es Platz für Besucher gäbe. Wenn man das nicht habe, wolle man vielleicht gar keinen Besuch haben. Es sei von Anfang an das falsche Signal, und man habe niemals eine Möglichkeit, den ersten Eindruck zu korrigieren.

Lisbeth hängte ihre fleckige Jacke über eine Jeansjacke, die seit dem Sommer dort hing. Ihr Herz hatte sich nach einer Weile beruhigt, und entschieden verdrängte sie alle weiteren Gedanken an Harry. Natürlich hatte er die falsche Nummer erwischt, und auf keinen Fall würde sie ihn zurückrufen.

Sie ließ sich auf den Stuhl neben dem Spiegel in der Diele sinken und zog die Stiefel aus. Fragte sich, wie lange sie die wohl schon hatte. Waren das überhaupt ihre eigenen, oder hatte sie auch die geerbt? Aber sie hatte ja beschlossen, sie wegzuwerfen, da konnte es doch egal sein.

Sie ging durch das Haus und schaltete weitere Lampen ein. Das dauerte nicht lange. Zwei Zimmer und Küche unten, zwei Zimmer mit schräger Decke oben. Aber es war ihr Haus. Sie hatte sich das Darlehen besorgt, hatte ein Angebot gemacht, hatte renoviert und war eingezogen.

Vielleicht war die Küche der gemütlichste Raum. Das Haus stammte aus den fünfziger Jahren, und die Schränke waren noch von damals. Perlgrau und ein wenig abgenutzt. Es gab sogar so ein Regal mit Gläsern für Zucker und Mehl und Rosinen, solche, wie man inzwischen in Antiquitätenläden finden konnte, wie sie festgestellt hatte.

Sie ließ sich an dem mit einer bestickten Decke mit Spitzenrand geschmückten Küchentisch nieder. Die Decke stammte von der früheren Besitzerin, der 93-jährigen Estrid, die den Großteil ihres Lebens mit Mann und Kindern hier verbracht hatte. Estrid hatte allerlei hinterlassen, wie diese Decke, einige Küchengeräte, Besteck, einen Schreibtisch und einige Kissen. Lisbeth hatte es nicht übers Herz gebracht, sich von diesen Dingen zu trennen. Sie gaben ihr ein Gefühl der Zusammengehörigkeit.

Estrid war lieb gewesen. Hatte ihr das Haus überlassen, obwohl irgendjemand sie noch im letzten Moment überboten hatte. Entscheidend war gewesen, dass Lisbeth versprochen hatte, das Haus nicht abreißen zu lassen, um ein neues zu bauen, wie alle übrigen Interessenten vorgehabt hatten. Zweifellos lockte die Lage in Strandnähe, nicht das Haus selbst. Aber Lisbeth verstand, wie stolz Estrid auf ihr Haus war, das Zuhause, wo Kinder und Enkelkinder gespielt hatten, und das zu verlassen ihr ohnehin so schwerfiel. Außerdem hatte sie selbst sich in das Haus verliebt, so wie es war.

Und deshalb konnte sie es am Ende kaufen. Sie konnte sich noch genau an dieses Gefühl erinnern, den Stolz, weil es ihr gelungen war, ein alles andere als einfaches Rennen zu gewinnen. Aber zugleich schien die Energie sie verlassen zu haben. Sie brachte ihre wenigen Möbel aus Stockholm her, Überbleibsel von Eltern und Bekannten, und kaufte »provisorisch« billig dazu. Nun währte das Provisorium schon mehr als fünf Jahre.

Sie setzte Wasser auf. Schnupperte in der Luft. Etwas roch hier, und es roch nicht gut. Kein altes Essen, kein Schimmel. Eher der Abfluss. Sie hatte diesen Geruch während der letzten Wochen ab und zu bemerkt, gelüftet, den Abfall hinausgebracht und sich gesagt, es sei sicher ein Zufall. Der Geruch war dann auch für eine Weile verschwunden, aber nun musste sie sich doch eingestehen, dass er immer wiederkehrte. Konnte ihr eine Krabbenschale hinter den Herd gefallen sein? Aber sie hatte seit dem Sommer keine Krabben mehr gegessen.

Sie öffnete das Fenster und verdrängte den Gedanken daran, was es sein könnte. Starrte in den dezemberruhigen Garten hinaus, während das Wasser kochte, bereitete ihren Tee zu und ging ins Wohnzimmer. Holzboden. Sofa und eine Kiste als Tisch. Bücherregal voller Bücher, die nach ihren Autoren und alphabetisch geordnet waren.

Mit der Tasse in der Hand wanderte sie durch das Zimmer. Fuhr mit der Hand über den Tisch, schob eine Topfblume auf der Fensterbank gerade. Trank ihren Tee, ging nach oben und warf einen Blick ins Schlafzimmer. Das Bett war gemacht, und die Tagesdecke war achtlos über das Fußende geworfen. Auf dem Stuhl lag ein Stapel Kleider, die gewaschen waren, aber noch gefaltet und sortiert werden mussten. Sie hatte Harry immer dabei geholfen, und er hatte sie sehr gelobt.

Sie warf einen Blick auf den Kommodenspiegel. Es war ein schöner Spiegel. Von der Großmutter geerbt. Das Glas war ein bisschen trübe geworden und machte die Konturen weicher, glättete Falten besser als jede Creme. Ein letzter Blick in den Spiegel und man fühlte sich zufriedener, als wenn man sich im unbarmherzigeren Badezimmerspiegel betrachtet hätte.

Aber jetzt brauchte sie ja nicht in den Spiegel zu sehen, weder in den wirklichkeitsgetreuen noch in den schonenden, um zu wissen, wie sie aussah. Nordischblonde Haare, ja, danke, eher nordischmausgrau, die etwas schrägstehenden Augen und derselbe große Mund wie immer. Eigentlich war sie genau wie das Haus. Alles war achtlos zusammengewürfelt. Ein bisschen geerbt, ein bisschen ausgeliehen, nichts passte richtig zueinander, als wäre sie einfach ein Zufallsprodukt. Seht mal, das ist also dabei herausgekommen. Eine Lisbeth.

Sie verzichtete darauf, das zweite kleine Zimmer im Obergeschoss zu inspizieren, ihr Arbeitszimmer mit Schreibtisch und Computer, mit dem im Moment blicklosen Auge, die Regale mit Arbeitsmaterial, die Zeichnungen der Schulkinder an den Wänden. Sie ging stattdessen nach unten und zurück in die Küche. Fing unvermittelt an, im untersten Regalfach in der Speisekammer herumzuwühlen. Fand eine halbe Flasche Glühwein vom Vorjahr. Wärmte ihn auf, füllte ihn in ein Glas und konnte sogar eine Handvoll Rosinen und einige Mandeln auftreiben. Da fehlte nur noch eine Zimtschnecke. Eine Monsterschnecke.

Lisbeth ließ sich auf das Sofa sinken. Zündete eine Kerze

auf dem Tisch an. Trank einen Schluck Glühwein. Lecker. Eine Ahnung von Zimt, Nelken und Ingwer. Das erste Glas war bald geleert, und sie ging in die Küche zurück und holte Nachschub. Nun duftete es nach Glühwein und frischer Luft, und sie zog das Fenster zu und redete sich ein, dass der Abflussgeruch nichts Schlimmes zu bedeuten habe. Das Haus roch im Grunde ja immer gut. Nach Holz und Meer.

Sie könnte eigentlich die Weihnachtssachen heraussuchen. Der Erste Advent war wie gesagt schon vorbei, und sie hatte noch nicht einmal den Adventsleuchter aufgestellt. Ihre ganze Adventsenergie schien von Schule und Schülern verbraucht worden zu sein. Alle hatten einen Kerzenleuchter von zu Hause mitbringen dürfen und stellten ihn vor sich auf den Tisch, und dann lasen sie vor, während die Flammen friedlich flackerten und selbst die Augen der Tunichtgute vertrauensvoll und fromm glänzen ließen.

Kerzen im Klassenzimmer waren ganz bestimmt verboten, und Liesbeth wusste, dass sie mit einer schwerwiegenden Mahnung rechnen müsste, wenn jemand davon hörte. Aber sie fand es wunderbar, und die Kinder fanden es wunderbar, und irgendwann musste man doch etwas tun dürfen, das nicht als richtig und korrekt galt? Solange die Eltern keinen Einspruch erhoben, konnte es doch wohl nicht schaden.

Vielleicht war es die Erinnerung an ihre eigene Schulzeit. Die Erinnerung daran, dass sie einen Kerzenleuchter mitbringen durften und auf die Bank stellten. Annabellas Leuchter, ein silberner Engel, der die Kerze hielt. Sie war ja so neidisch gewesen. Hatte zu Hause nach einem ähnlichen Leuchter gesucht, hatte einen Holzengel gefunden, der aber bei weitem nicht so schön gewesen war.

Ja, vermutlich war es die Erinnerung an diesen schönen

Silberengel, der sie dazu brachte, jedes Kind in der Schule eine Kerze anzünden zu lassen. Und jetzt sollte sie auch zu Hause ein bisschen schmücken. Der Glühwein hatte sie warm und froh gemacht. Sie in das Gefühl gehüllt, dass sie es im Großen und Ganzen gut getroffen hatte, und bald war Weihnachten und das konnte sogar nett werden, und eigentlich war sie nicht besonders seltsam oder besonders missraten oder *nicht ganz gut geraten,* was ab und zu ungefähr gleich schlimm war. Sie war eine selbständige Frau von achtunddreißig Jahren, die ein Haus fast am Strand besaß und so lebte, wie sie es sich selbst ausgesucht hatte.

Verliebt war sie gerade auch nicht. Darauf ein Prosit. Und diesen irrtümlichen Anruf würde sie so schnell wie möglich vergessen.

Sie fing an, in ihren CDs zu kramen. Brachte es nicht über sich, sich auf Spotify anzumelden. Fand etliche amerikanische, die von Harry stammten. Jede Menge Bing Crosby und »White Christmas« und »Jinglebells« und »All I want for Christmas is you« und andere Klassiker. »Santa Lucia« konnte warten, bis die weißgekleidete Prozession wirklich loszog und die Dunkelheit erleuchtete. Dann lieber eine Sammlung unterschiedlicher Melodien.

Sie drehte lauter und machte einige vorsichtige Tanzschritte. Tänzelte dann die Treppe hoch und weiter zu dem kleinen Dachbodenraum noch weiter oben. Einige Sessel vom Flohmarkt, die eigentlich neu bezogen werden müssten, ihre Skier und Schlittschuhe und Helme und ein kleiner Grill, ein Liegestuhl und ein Karton mit allen möglichen Produkten aus den Näh- und Werkstunden ihrer Kindheit, die ihre Eltern hatten loswerden wollen, auch wenn es sich bei ihnen anders angehört hatte. Der Weihnachtskarton stand ganz hinten unter dem kleineren Osterkarton.

»Hallo, Weihnachtswichtel«, klang durch die Holzbalken. Ein Lied, zu dem ihre Familie früher zu Weihnachten Ringelreihen getanzt hatte. Lisbeth stimmte ein, während sie den Karton hervorwuchtete, ihn die Treppe hinunterschleppte und mitten im Raum öffnete. Ganz oben lag der Adventsleuchter, den sie mit roten Kerzen, die sie wirklich vorrätig hatte, auf den Couchtisch stellte. Sie zündete die erste an.

Nun erging sich Michael Bublé in »White Christmas«. Harry hatte diesen Sänger geliebt, vielleicht, weil sie sich ein bisschen ähnlich sahen. Und er sang gut. So viel musste sie nach zwei Gläsern Glühwein zugeben.

Der Glühwein. Ja. Mehr Glühwein. Sie ging in die Küche und schenkte sich nach. Suchte gleichzeitig ein paar zerzauste Wichtel heraus, eine kleine Lucia-Prozession und eine Krippe, die sie nach kurzem Überlegen dann aber doch wieder zurückstellte. Dafür suchte sie nach etwas, das Licht in den pechschwarzen Garten hätte bringen können. Eine Lichterkette. Um sie in den Apfelbaum zu hängen. Wenn sie wollte. Denn sie machte das ja nur für sich selbst. Niemand würde sie zu Weihnachten besuchen. Sie würde wie immer bei ihren Eltern feiern. Zusammen mit ihrer Schwester Helena, deren Mann Micke und den drei Kindern, sowie dem vierten, das unterwegs war. Helena war wieder schwanger und würde am Heiligen Abend aussehen wie eine zum Bersten gefüllte Pute. Das Kind sollte irgendwann im Januar kommen, viel Zeit war also nicht mehr.

Aber Helena machte sich deshalb keine Sorgen. Sie war Ärztin und hatte den Tag sicher genau berechnet. Der Kleine in ihrem Bauch wusste garantiert genau, wann er herauskrabbeln dürfte. Wenn Lisbeth anstelle des Babys gewesen wäre, wäre sie so lange wie möglich drinnen geblieben, wo es ruhig und still war und wo sie ein eigenes Zimmer hatte. Er, ja. Doch, es war ein Er. Das war bereits offiziell. Sowie die Ankunft im Januar. Kinder ganz allgemein und Jungen im Besonderen hatten es ja schwerer, wenn sie spät im Jahr geboren wurden. Ein im Januar geborener Junge dagegen war prädestiniert für ein erfolgreiches Leben, er war schließlich daran gewöhnt, der Erste und im Vergleich zu den anderen seines Jahrgangs in seiner Entwicklung am weitesten fortgeschritten zu sein.

Nein, so genau ließ sich das natürlich nicht sagen. Natürlich wusste Helena das. Es wirkte nur mal wieder so, als ob Helena alles minutiös geplant hätte.

Und die vielen Kinder schienen die Schwester auch nicht weiter zu belasten. Helena hatte ihr Leben voll im Griff. Ihre Arbeit als Ärztin, ihre Forschungen, ihren Mann, ihre Orgelpfeifen-Söhne. Alles funktioniert, solange du weißt, was du willst und entsprechend planst, wie sie immer sagte. Es war ja nicht so, dass Lisbeth da nicht zugestimmt hätte. Die Energie und die Disziplin ihrer Schwester waren bewundernswert. Wenn auch manchmal ein bisschen zu viel.

Sie ließ sich zu Boden sinken. Leicht beschwipst und mit einer Klopapierrollen-Lucia in der Hand. Diese Lucia hatte sie vor vielen Jahren im Kindergarten angefertigt, als Klopapierrollen als harte Währung golten. Die Rolle war mit weißem Papier umwickelt mit einem roten Band in der Mitte, das die nicht vorhandene Taille markierte. Dazu eine Papierkugel als Kopf und Wollreste als Haare. Pfeifenreiniger mit aufgeklebten Sternen darüber als Lichterkranz. Ein gemaltes Gesicht.

Die Klopapier-Lucia war einmal ein Weihnachtsgeschenk an die Eltern, hatte nun aber den Weg zurück zu Lisbeth gefunden. Sie passten zusammen, die Lucia und sie. Waren hilflos vereint in ihren Rollen.

Sie stellte die Lucia neben den Adventsleuchter. Schwankte ein wenig. Der Glühwein tat wirklich seine Wirkung. Aber ihre Füße waren warm, und es machte nichts, dass die Uhrzeiger auf elf zugingen. Es war Donnerstag, und irgendwie würde sie am nächsten Morgen schon auf die Beine kommen. Bald war Freitagabend. Dann kam das Wochenende.

Als es klingelte, wusste sie zuerst nicht, ob es das Telefon oder die Musik gewesen war. Lisbeth suchte nach dem Telefon und war erleichtert, dass es nicht wieder Harry war, sondern Sara. Ihre fast treueste Verbündete im Ort, eine Bekannte, die zu einer guten Freundin geworden war. *Wir haben genommen, was zu haben war,* wie Sara immer sagte, wenn ihre Freundschaft zur Sprache gebracht wurde.

Sara führte den lokalen Frisiersalon. Einen davon, sollte man vielleicht hinzufügen. Da war auch noch Omar. Aber zwischen den beiden herrschte keine Feindschaft, nicht einmal Konkurrenz. Sie hatten durch Einwohner und potenzielle Kundschaft einen Mittelscheitel gezogen, und die einen waren auf die eine Seite gefallen und der Rest auf die andere. Lisbeth war bei Sara gelandet, und sie hatten sich vom ersten Augenblick an gut verstanden.

Sara wohnte schon einige Jahre länger hier als Lisbeth. Sie hatte den Salon übernommen und betrieb ihn weiter mit sanfter Hand und verbindlicher Freundlichkeit. Sara zu besuchen, war, wie zu verreisen und gleichzeitig heimzukehren. Sie konnte einen umsorgen, ohne jemals aufdringlich zu sein, und Vertraulichkeiten austauschen, ohne diese weiterzutragen. In Lisbeth Fall waren das ziemlich viele, und nichts sprach sich herum, wenn sie Sara darum bat, die Geheimnisse für sich zu behalten.

Sara hatte ein großes Herz und eine große Haarpracht.

Neun von ihren Kommentaren waren schlicht und vielleicht ein wenig beliebig, der zehnte dagegen konnte stoische Weisheit enthalten. *Dein Problem ist, dass du dich offenbar in Männer verliebst, denen es schlechter geht als dir,* war ein Beispiel für Letzteres. Ein Kommentar, bei dem Lisbeth nach Luft geschnappt hatte.

Ganz zu schweigen davon, als Sara gesagt hatte, jetzt müsse sie aber aufhören, sich nach Dingen zu sehnen, die sie nicht haben könnte. Das habe noch niemals etwas gebracht und für die Haare sei es auch nicht gut. Entweder ließ man das Objekt der Sehnsucht fallen oder man handelte. Lauwarme, fettreduzierte Milch habe die Welt zu Fall gebracht.

Vielleicht hatte dieser Kommentar dann wirklich Lisbeths Besessenheit von Jan ein Ende gesetzt. Und sie beschließen lassen, nur noch Vollmilch zu trinken.

»Was machst du?«

Sara war keine, die Zeit mit unnötigen Einleitungen vergeudete. Alle wussten doch, dass Lisbeth eine Nachteule war.

»Ich stelle Weihnachtsschmuck auf.«

Sie hätte hinzufügen können, dass sie auch Glühwein getrunken hatte. Aber das konnte noch warten.

»Was hast du gesagt?«

»Weihnachtsschmuck. Du weißt vielleicht nicht, was das ist. Das sind Sachen, die man einmal im Jahr hervorkramt, normalerweise aus einem Karton voller kleiner roter Figuren, die Weihnachtswichtel genannt werden, oder weißgekleideter Frauen, die Lucia heißen. Wusstest du, dass ich eine Lucia aus einer Klopapierrolle gebastelt habe? Die ist wunderschön. Man wickelt Papier um die Rolle und setzt eine Papierkugel darauf, und dann klebt man Pfeifenreiniger auf den Kopf. Und Haare natürlich, das ist wichtig.«

»Hast du getrunken?«

Lisbeth warf einen Blick auf den Spiegel in der Diele. Ihr Gesicht war knallrot. Sie hätte selbst als Weihnachtsschmuck durchgehen können.

»Nur einen Schluck Glühwein. Ich war total durchgefroren, nachdem ich stundenlang auf dem Weihnachtsbasar der Schule saß, und außerdem habe ich beschlossen, dass der Wind der Veränderung weht, deshalb dekoriere ich.«

»Der Wind der Veränderung?«

»Japp. Der Wind der Veränderung. Den habe ich bereits im Hafen gespürt.«

»Aha.«

Das war der zehnte Kommentar. Der stoische, weise.

»Aber warum rufst du an?«

»Vergiss es. Komm morgen in den Salon. Um vier Uhr hat jemand abgesagt, und dann reden wir, während der Wind der Veränderung durch deine Haare weht.«

»Aber …«

»Und jetzt geh schlafen.«

Sara legte auf, und es wurde still. Lisbeth hätte schwören können, dass sie ein Lachen gefolgt von: »Wind der Veränderung? Ja, servus …«, gehört hatte, ehe die Verbindung unterbrochen wurde.

Lisbeth blieb mit dem Telefon in der Hand stehen. Wenn sich dieser Wind der Veränderung nur auf ihre Frisur beschränkte und nichts Unangenehmes herbeiwehte. Etwa im Gespräch mit der Rektorin Margaretha. Oder ein weiterer Anruf von Harry.

4

Freitag, 8. Dezember

Im Salon war kein Mensch. Keine weitere Kundschaft und auch keine Sara. Lisbeth ließ die Tür hinter sich ins Schloss fallen. Die Glocke bimmelte weiter, aber noch immer wies nichts auf menschliche Anwesenheit hin.

Sie rief Hallo, zuerst vorsichtig, dann lauter. Konnte sie die Uhrzeit missverstanden haben? Aber wenn Sara schon Feierabend gemacht hätte, wäre die Tür doch abgeschlossen gewesen?

Saras Salon wirkte immer einladend. Im Sommer verwandelte sich das Schaufenster in einen Strand, und Fläschchen und Tuben reckten sich zu Pappsonnen hoch. Im Herbst leuchteten Blumensträuße in bunten Herbstfarben neben Vorschlägen für Haartönungen in ähnlichen Nuancen. In den Wintermonaten Glitzer, Schneemännlein und Empfehlungen für natürliche Blondinen sowie Mittel, mit denen die unnatürlichen ebenfalls natürlich aussehen könnten. Im Frühling war der ganze Salon mit Tulpen geschmückt.

Jetzt fiel die Dekoration spartanisch aus. Ein Weihnachtswichtel stand im Fenster und sah einsam aus, und die Regale klafften Lisbeth leer entgegen.

Sie ging zur Empfangstheke. Spielte mit dem Gedanken, einen Blick in die dahintergelegenen, privaten Räumlichkeiten zu werfen. In diesem Moment wurde der Vorhang geteilt und eine junge Frau trat heraus.

Sie mochte um die zwanzig sein, und sie trug einen engen Rock, eine Bluse und Stiefel. Rote Lippen in einem ansonsten ungeschminkten Gesicht und Haare, die in einer Nuance glänzten, die wirklich nur als grau bezeichnet werden konnte. Silberhaare. Diese Farbe hatten auch Lisbeths Großeltern gehabt, und ihre Mutter verbrachte jeden zweiten Monat drei Stunden damit, diesen Farbton jedesmal für ein gutes Sümmchen zu bekämpfen. Es konnte unmöglich die natürliche Haarfarbe dieser jungen Person sein. Färbte man sich die Haare neuerdings grau?

Aber egal. Wer jung und hübsch war, konnte sich jede Haarfarbe leisten.

Die junge Frau streckte die Hand aus.

»Halloooo. Wie cool, dass du gekommen bist.«

Lisbeth wollte schon sagen, das habe nichts mit cool zu tun. Sie habe einen Termin bestellt und sich zu selbigem eingefunden. Aber sie verkniff sich diese Bemerkung. Fand keinen Grund, sich jetzt schon wie eine übellaunige alte Kuh zu benehmen, noch dazu wie eine mit mausgrauen, nordischblonden Haaren.

»Hallo. Ich war für vier Uhr zu Sara bestellt. Wo ist sie?«

Das Mädchen verzog das Gesicht zu etwas, das ein Bedauern darstellen sollte.

»Sie musste leider weg.«

»Ach was. Ist etwas passiert?«

»Da fragst du sie besser selbst.«

Dieser Versuch, erwachsen aufzutreten, wirkte lächerlich altklug. Aber an sich hatte das Mädchen natürlich recht.

»Sara und ich sind gute Freundinnen.«

Das Mädchen legte den Kopf schräg.

»Ich verstehe. Aber es ist trotzdem besser, wenn du mit ihr selbst sprichst.«

»Dann sollte ich wohl …«

»Aber also, das ist kein Problem. Ich kümmere mich um dich.«

»Arbeitest du hier?«

»Ich gehe auf die Friseurschule in Göteborg und habe bei Sara Praktikum gemacht und springe manchmal ein, wenn sie Hilfe braucht. Frida heiße ich.«

Sie streckte die Hand aus. Die war warm und fast ein bisschen feucht, fühlte sich an wie die von Lisbeths Schülerinnen. Lisbeth machte sich klar, dass sie an dieses Mädchen nicht wie an ein Mädchen denken durfte. Und dass sie machen musste, dass sie hier wegkam.

»Sara hat gesagt, dass du etwas Neues ausprobieren möchtest. Bitte, setz dich und erzähl, was du dir so vorstellst.«

Viel später sollte Lisbeth an diesen Augenblick als an einen der lehrreichsten ihres Lebens zurückdenken. Es war ein Augenblick, in dem sie ein klares Nein hätte äußern sollen, oder darauf bestehen, sich die Sache nochmal zu überlegen und gegebenenfalls zurückkommen zu können, statt sich zu einer übereilten Zusage überreden zu lassen.

Sie würde zudem auf dieses Geschehnis verweisen, um ihren Schülern zu erklären, dass man den Bekundungen anderer Leute nicht immer vertrauen kann. Auch wenn sie dich nicht direkt anlügen, so erscheint ihnen die Wahrheit doch manchmal sehr dehnbar …

»Ich weiß nicht …«

Doch Frida war schon zu einer der beiden Nischen gegangen und hatte den Stuhl herangezogen.

»Sara sagte mir, dass du kommst und wir etwas Neues probieren sollen.«

Lisbeth setzte sich. Ehe sie sich's versah, war ihr der Umhang umgelegt worden und sie konnte die Arme nicht mehr bewegen. Frida stand hinter ihr und machte sich an ihren Haaren zu schaffen. Das war ein angenehmes Gefühl. Diese Art von Berührung durch eine kompetente Person sorgt dafür, dass man sich geborgen fühlt. Eine Krankenschwester, die den Blutdruck misst. Ein Optiker, der den Sitz eines Brillenbügels überprüft.

»Du hast wunderschöne Haare. Du musst sie bloß ein bisschen aufpeppen. Ihnen ein wenig Form geben, meine ich.«

Lisbeth sah, wie Fridas Gesicht, gleich über ihrem eigenen, ihre Haarsträhnen musterte. Wunderschöne Haare. Das hatte nicht einmal Sara gesagt, und wenn Sara diesem Mädchen vertraute, war es vielleicht nicht so gefährlich. Und sie selbst hatte sich doch den ganzen Tag auf den Friseurbesuch gefreut.

Der Morgen war eine Qual gewesen. Der Glühwein hatte in den Schläfen gepocht, und sie hatte sich im Morgentee eine Kopfschmerztablette auflösen müssen. In der Schule war Margaretha nicht in ihrem Büro gewesen, obwohl Lisbeth zweimal vorbeigeschaut hatte. Margaretha hatte zwar von der nächsten Woche gesprochen, aber Lisbeth wollte sich schließlich nicht das ganze Wochenende den Kopf darüber zerbrechen, was die Rektorin ihr wohl zu eröffnen hatte.

Die Kinder waren noch dazu unruhig, und es war schwer gewesen, sie zum Stillsitzen zu bringen. *Entschuldigung, Frau Lehrerin, da ist Rotz auf der Bank,* hatte eins laut und deutlich gesagt, während ein anderes in der Pause nicht auf den Hof gewollt hatte. Seine Jacke war tatsächlich viel zu dünn, und Lisbeth fiel es schwer, die Kleine hinauszuscheuchen.

Frida kämmte ihr jetzt die Haare nach hinten.

»Also, was stellst du dir vor?«

»Etwas Neues. Aber nicht zu neu. Diese Länge würde ich gern behalten.«

Vor einigen Monaten hatte sie eine Fernsehsendung gesehen, wo eine Frau neu gestylt worden war, mit »vorher« und »nachher« Effekt. Der Schock, als sich diese Frau nach der Verwandlung im Spiegel sah und entdeckte, dass sie eine asymmetrische Frisur mit kurzen Haaren auf der einen und langen auf der anderen Seite hatte, war für alle deutlich gewesen. Die Frau konnte vor laufender Kamera nur mit Mühe die Tränen zurückhalten. Lisbeth hatte mit ihr gefühlt.

»Aber also, was sagst du zu ein paar Strähnchen? Dann toupiere ich noch ein bisschen, das sieht dann sehr lebendig aus, und wir könnten dir vielleicht einen Pony schneiden?«

»Einen Pony?«

»Jaaa. Ich glaube, ein Pony würde dir sehr gut stehen. Wenn er dir nicht gefällt, kannst du ihn ja einfach wieder auswachsen lassen. Das ist doch das Schöne an Haaren, sie wachsen wieder.«

Frida zog einige Strähnen in die Stirn und machte ein aufmunterndes Gesicht. Lisbeth musterte noch einmal ihr Spiegelbild. Ein bisschen Tönen und ein Pony? Das klang doch nicht so beängstigend. Farbe verblasste, und ein Pony wuchs raus. Es wäre traurig, in die Finsternis hinaus zu wandeln, ohne etwas versucht zu haben. Wenn Sara wollte, dass dieses Mädchen Hand anlegte, konnte das Risiko ja auch nicht so groß sein. Sara hätte sie nie beauftragt, wenn Frida nicht wusste, was sie tat.

»Also, wir könnten einige helle Strähnchen machen, um den Glanz hervorzuholen. Ich glaube, das wird saucool.«

Lisbeth sah sich im Spiegel nicken. Hörte sich »okay«

sagen. Schloss die Augen, während Frida verschwand, mit einer Tasse Tee und einem Stück Schokolade zurückkehrte und sagte, sie werde gleich wieder da sein. Sie müsse nur kurz die Farbe mischen. Aber dort lägen Zeitschriften.

Lisbeth aß die Schokolade und blätterte in einigen viel gelesenen Illustrierten. Sie schaute sich die Gesellschaftsseiten ganz hinten an, Promis und Sternchen, die auf den Fotos einer Filmpremiere oder irgendeiner Eröffnung einladend lächelten.

Gerade, als Frida zurückkam, fiel Lisbeths Blick plötzlich auf ein Bild, auf dem Harry zusammen mit einer Frau posierte. Lange Haare und Botoxlippen. Kein Pony.

Frida summte vor sich hin, während sie die Farbe auftrug und alles in Folie wickelte. Zwischendurch erzählte sie von ihren Zukunftsplänen. Sie hatte sich schon immer gern mit Haaren beschäftigt und die Frisuren für alle Freundinnen ausgesucht.

Sie fand Göteborg eine richtig nette Stadt und wollte dort gern einen eigenen Salon haben, aber zuerst wollte sie nach New York oder London und die allerneuesten Tricks lernen, vor allem, was Tönung anging.

Lisbeth nahm ihr Geplapper nach einer Weile nur noch als fernes Rauschen wahr, wie Wasser, das in eine Badewanne läuft. Die ganze Zeit sah sie das Bild von Harry und seiner Begleiterin vor sich. Wie stolz sie jetzt sein musste, Harrys perfekte Mama, die übrigens aussah wie eine Kopie dieser Person, der Lisbeths Ex den Arm um die Taille gelegt hatte.

Was hatte da noch über sie gestanden? Coach oder sowas. Coach. Das missbrauchteste Wort in der gesamten schwedischen Sprache. Jeder Trottel konnte Coach für einfach alles werden. Sie würde aufhören, sich Lehrerin zu nennen.

Könnte sich stattdessen als Bildungscoach bezeichnen. Sara könnte sich Haarcoach nennen, die Rektorin Schulleitungscoach und Jan Pferdecoach. Der Pastor wäre ein Religionscoach, und so könnten sie weitermachen und sich gegenseitig coachen. Wenn ich dein Coach bin, dann bist du meiner.

Doch diese Lippen-Coachingfrau würde Harrys Mutter nicht mit der notdürftig überspielten Enttäuschung im Blick mustern, mit der sie immer Lisbeth betrachtet hatte. Aber sei's drum. Sie war ja froh, diese Leute loszusein. Nicht einmal mehr in derselben Stadt zu wohnen.

Und doch brachen sie jetzt über sie herein. Diese Gefühle der Unterlegenheit.

Wo steckte eigentlich Sara? Was war passiert, dass sie ihren Salon Hals über Kopf verlassen und nicht einmal eine SMS geschickt hatte? Müsste Lisbeth sich vielleicht doch Sorgen um sie machen?

»So, ja. Und jetzt kannst du dich ein bisschen ausruhen, während die Farbe trocknet.«

Lisbeth kämpfte mit diversen Gefühle. Harry. Das Telefongespräch. Die Coachingfrau. Die Rektorin. Der Pony. Ihr wurde immer wärmer, und ihr Herz hämmerte. Harry. Das Telefongespräch. Die Coachingfrau. Die Rektorin. Der Pony. Sie schloss die Augen. Die Zeitschrift glitt aus ihrer Hand, und sie brachte es nicht über sich, sie wieder aufzuheben.

Als sie aufwachte, war es draußen stockdunkel. Das war es zwar schon gewesen, als sie gekommen war, aber nun war das Schwarze noch schwärzer geworden. Wie lange mochte sie hier schon sitzen? Sie schaute auf die Uhr. Halb sechs.

Im Hintergrund konnte sie Fridas Stimme hören. *Aber was sagst du? Ach, das ist doch Waaaaaahnsinn! Was hast du dann zu ihm gesagt? Also, ich meine nur… also, meinst duuuuu? Und was hat sie da gesagt?*

»Hallo?«

Frida redete und lachte weiter. Lisbeth rief wieder, lauter diesmal.

»Du, ich muss jetzt aufhören. Ich habe eine Kundin, die gerade fertig ist. Also, Knutsch für dich, Liebste. Knuuuuuutsch. Ich ruf später wieder an.«

Frida legte ihr Telefon weg. Kam zu Lisbeth und fing an, ihr die Folienstücke aus den Haaren zu ziehen.

»Und jetzt wollen wir mal sehen, wie es geworden ist.«

Lisbeth konnte nicht sagen, wie es geworden war. Sie sah nur Matsch. Widerstandslos ließ sie sich zum Waschbecken führen, wo Frida Shampoo einmassierte, ausspülte und wieder einmassierte. Sie wirkte jetzt nicht mehr ganz so redselig.

»Ja, aber jetzt, also. Da gehen wir zurück.«

Sie gingen zum Stuhl zurück. Fast sofort kämmte Frida ihr die Haare vor die Augen, sodass Lisbeth fast nichts sehen konnte. Danach konnte sie wieder sehen. Auf ihren Knien lag ein dickes Haarbüschel. Frida war weiterhin mit der Schere am Werk. Lief herum, zog, maß die Länge, schnitt und schnitt wieder. Lisbeth hatte das Gefühl, dass die Frisur kürzer wurde als sonst. Vielleicht lag es an den Locken. Und an dem neuen Pony. Der hatte schon angefangen, zu trocknen und sich in sich aufzurollen. Frida machte ihn nass und kämmte ihn aus, und der Pony trocknete und rollte sich abermals nach außen hin auf.

Frida nahm nun den Föhn. Sie war jetzt ganz still. Lisbeth auch. Die hellen Strähnchen traten immer deutlicher hervor. Ihre Haare sahen aus wie Zebrastreifen, und der Pony hatte sich so hoch aufgerollt, dass er fast den Haaransatz berührte.

»Ja, die Haare brauchen ja einige Zeit, um sich zu gewöhnen. Man muss ein bisschen damit arbeiten. Aber es ist richtig gut geworden, finde ich. Du musst ein bisschen Haarfestiger hineingeben, wenn der Pony sich so aufrollt. Wie komisch, dass es so geworden ist. Das passiert sonst nie.«

»Sonst nie? Ich habe doch Locken. Naturlocken. Das hast du ja wohl gesehen, ehe du angefangen hast zu schneiden?«

Lisbeths Stimme war ins Falsett umgekippt. Frida machte ein mürrisches Gesicht.

»Ich habe keine Locken gesehen«, brachte sie am Ende heraus.

Lisbeth starrte ihr Spiegelbild an. Etwas Neues. Ja, das konnte man wirklich sagen. Sie sah aus, als ob sie sich die Haare eigenhändig geschnitten hätte. Mit zweifelhaftem Ergebnis. Die Frisur war nicht einmal gleich lang auf beiden Seiten. Hell, dunkel, hell, dunkel. Zebrahaare.

»Bist du wirklich Friseurlehrling?«

Frida sah ein bisschen verlegen aus.

»Ich hab mich an der Friseurschule beworben. Und ich hab in einem anderen Salon ein Praktikum gemacht, und das ist super gelaufen.«

Na, dann. Dann war der Fall ja klar. Warum sollte sich Lisbeth noch beklagen? Abgesehen davon, dass sie bald einer verständnislosen Umgebung erklären müsste, wie es gekommen war, dass sie einen komplett inkompetenten Menschen die größte Veränderung an ihrer Frisur seit vielen Jahren hatte vornehmen lassen.

Lisbeth stand auf. Riss sich den Umhang herunter. Wischte die Haare ab. Stürzte zum Ausgang, riss ihre Jacke an sich. Drehte sich in der Tür um und durchbohrte Frida mit Blicken.

»Ich klär das später mit Sara.«

»Aber …«

Die Tür fiel knallend ins Schloss. Lisbeth klappte den Kragen hoch. Wickelte den Schal um ihre frischgeföhnten Haare. Spürte, wie die Tränen hinter den Augenlidern brannten. Auf dem Markt fiel einladendes Licht aus Elenas Bäckerei, und sie konnte drinnen einige Silhouetten ahnen. Eine Tasse Kaffee wäre wunderbar gewesen. Aber nicht jetzt. Sie musste versuchen, Sara zu erreichen. Fragen, was mit ihr los war und ob sie etwas machen könnte. Sich fleischfarbenes Klebeband zulegen und den Pony an der Stirn festpappen.

Nur nicht weinen. Sie durfte nicht über eine missratene Frisur weinen, wenn die Welt so war, wie sie eben war, und wenn Menschen in Krieg und Elend starben. Aber wie sie im Spiegel ausgesehen hatte! Natürlich, Haare wuchsen nach. Aber nicht übers Wochenende. Und auch nicht in einer Woche. Nicht einmal in einem Monat, nahm sie an.

Zu Hause zog sie den Mantel aus und ließ ihn auf den Dielenboden fallen. Weigerte sich, in den Spiegel zu schauen. Noch nicht. Zuerst ein Glas Wein oder etwas Süßes. In der Küche schaltete sie die Lampe ein, blieb aber auf der Schwelle stehen. Schnupperte. Warf einen Blick in den Abfluss. Leer. Aber der Geruch war wieder da. Stärker denn je.

Sie ließ sich an den Küchentisch sinken. Merkte, dass ihr Herz wieder schneller schlug. Dachte, dass sich jedes Problem lösen lässt, wenn man logisch denkt. Weil man das muss. Denn das war das Einzige, was sie tun konnte. Ab und zu fühlte es sich schlimmer an als sonst, allein zu sein.

Dann kamen die Tränen. Liefen ihr über die Wangen, tropften auf Estrids Spitzendecke.

Jetzt ließ sie sie kommen.

5

Samstag, 9. Dezember

»Aha. Dann wollen wir mal sehen, ob wir den Geruch hervorlocken können.«

Tobbe rückte das Gerät auf seinem Rücken richtig, eine Konstruktion aus Metall mit einem schlauchartigen Anhang. Er überzeugte sich davon, dass das Fenster fest geschlossen war, ehe er anfing, Ventile und Ventilatoren zu adjustieren und alles zu erklären, sodass Lisbeth nicht ganz begriff, aber fast.

Sie war noch immer fasziniert von seiner Nähe. Dass er wirklich hier stand, in ihrem Haus, bereit, ihr Problem mit dem Abflussgeruch zu lösen. Dem Geruch, der plötzlich verschwunden schien, sowie Tobbe an der Tür klingelte. Genau wie es ab und zu beim Arzt passieren konnte. Man war sterbenskrank, bis man einen Termin bekam, und in dem Moment, wo man sich ins Sprechzimmer schleppte, verschwanden die Schmerzen. Um sich dann wieder einzustellen, sowie man zu Hause über die Schwelle trat.

Die Vorstellung, an einem Samstag einen wildfremden Handwerker hergelockt zu haben, um ihm ein Problem vorzuführen, das offenkundig gar nicht existierte, machte sie nervös. Es würde nicht billig sein, und am Wochenende wurde alles sicher doppelt berechnet. Aber sie war so verzweifelt gewesen, als sie am Vorabend aus dem Frisiersalon gekommen war. Hatte das Gefühl, wenigstens etwas Konkretes unternehmen zu müssen.

Im Schutze der Dunkelheit hatte sie ziemlich lange geweint, dann nahm sie das Motorrad und fuhr zur Bäckerei in den Nachbarort, weil sie nicht riskieren wollte, bei Elena irgendwelche Bekannten zu treffen. Dort deckte sie sich mit Schokobiskuitkuchen ein und kaufte danach im Laden gegenüber noch ein Brathähnchen. Sie aß das Hähnchen mit Tomatensalat, trank Rotwein und verputzte drei Stück Kuchen, bis sie am Ende, berauscht von Alkohol und Zucker, einen Blick in den Spiegel werfen konnte, ohne wieder in Tränen auszubrechen.

Was spielte es für eine Rolle, wie sie aussah? Was spielte überhaupt eine Rolle?

Sie hatte aus dem Laden zudem einen Zettel mit einer Telefonnummer mitgenommen. Der Handwerker Tobbe, der alles repariert, so ungefähr pries er sich und seine Dienste an, alles von Bauen und Renovieren bis zu Anstrich und Möbelschreinerei. Sowie Sanierung. Letzteres überzeugte sie.

Zu Hause hatte sie sofort die Nummer gewählt, ohne daran zu denken, dass es Freitag und ziemlich spät war. Er meldete sich gleich beim zweiten Klingelton. Das hätte vielleicht ihren Verdacht wecken sollen. Ein Handwerker, der so wenig zu tun hatte, dass er freitagabends ans Telefon ging, während andere das ja nicht einmal an einem normalen Werktag taten. Aber soweit dachte sie nicht. Hatte nur gefragt, ob er so bald wie möglich vorbeischauen könnte.

Noch überraschter war sie, als er erklärte, das sei bereits am nächsten Morgen möglich. Auch das hätte sie vielleicht misstrauisch machen müssen, aber nun musste es dabei bleiben. Sie konnte sich kein Misstrauen leisten. Oder was heißt schon leisten. Sie hatte keine Zeit und keine Kraft.

Jetzt stand er um zehn Uhr hier in ihrer Küche, genau

wie verabredet. Lisbeth hatte sich rechtzeitig aus dem Bett gequält und abermals den Schock von gestern erlitten. Nicht einmal das trübe Glas des Kommodenspiegels konnte die Tatsache ändern, dass sie einfach unmöglich aussah. Der Pony rollte sich nach allen Seiten auf und war ebenfalls gestreift, und die Haare waren auf der einen Seite definitiv länger. Sie hatte Sara angerufen und etwas auf den Anrufbeantworter gesprochen, aber Sara hatte noch nicht geantwortet.

So war es eben. Aber dieser Handwerker kannte sie ja noch nicht und hatte deshalb keine Vergleichsmöglichkeit.

Einen so berauschenden Anblick bot er übrigens auch nicht, wenn sie sich das richtig überlegte. Unscheinbares Gesicht, schüttere helle Haare, sandfarbene Augen. Aber er sah lieb aus. Vermittelte das Gefühl, dass er sie nicht übers Ohr hauen würde. Falls sie sich in dieser Frage auf ihren Instinkt verlassen konnte.

Es wurde wärmer in der Küche. Der Ventilator rauschte. Tobbe wanderte hin und her und schnupperte und forderte sie auf, es ihm nachzutun.

»Die weibliche Nase irrt nicht«, rief er, um das Rauschen zu übertönen, während er auf die Knie sank und die Ritzen im Boden untersuchte.

Brav wanderte sie nun ebenfalls durch die Küche und hielt ihre Nase an jede Öffnung. An die Schränke. An den Spülstein. An den Herd. Roch zunächst gar nichts und wusste nicht, ob sie sich erleichtert fühlen sollte. Wenn der Geruch jetzt nicht mehr auftrat, war es vielleicht doch nicht so schlimm. Andererseits war sie ziemlich sicher, dass die Sache ernst war. Es würde wieder anfangen zu riechen, spätestens wenn Tobbe das Haus verließ.

Sie schnupperte wieder in der hintersten Ecke, beim

Herd. Schwächer als gestern, aber doch. Ja, einwandfrei. Dieses Säuerliche, leicht Verfaulte.

»Ich glaube, hier ist was.«

Tobbe trat neben sie. Sie waren ungefähr gleich groß. Er nickte.

»Na also. Ich hab's ja gesagt. Auf die weibliche Nase ist Verlass.«

Er zog den Schlauch aus dem Apparat und erklärte, dass er damit Gase messen könnte, und nun würden sie sehen, ob das Messgerät reagierte. Lisbeth musste lachen. Ghostbusters in der Küche, auf der Jagd nach Geruch, nicht nach Geistern und Gespenstern.

»Haben Sie irgendeine Ahnung, wie in dieser Bude die Rohre verlaufen?«

»Leider nein.«

»Aber gibt es vielleicht einen alten Grundriss des Hauses?«

Estrid hatte ihr einige Ordner mit Unterlagen hinterlassen. Lisbeth hatte beim Hauskauf einen Blick hineingeworfen, sich danach aber nicht mehr damit beschäftigt. Baugenehmigung aus den sechziger Jahren, vergilbte Zeichnungen über den Grundstücksverlauf, Rechnungen darüber, was es damals gekostet hatte, eine Wasserleitung zu legen. Lächerlich niedrige Summen, aber das Geld war damals natürlich auch mehr wert gewesen. Estrid und ihr Mann hatten in das Haus investiert, und das hatten sie klug gemacht.

Sie ging hinauf auf den Dachboden. Dort lagen die Ordner in einem Karton. Sie zog ihn hervor, nieste und brachte alles nach unten.

»Ich weiß ehrlich gesagt nicht, was hier alles drin ist. Aber vielleicht finden Sie etwas. Estrid, die Vorbesitzerin, hat gewissenhaft alles aufgehoben.«

»Hervorragend.«

Tobbe streifte den Apparat ab und setzte sich an den Tisch. Sah einen Ordner nach dem anderen durch.

»Doch, also sehen Sie mal. Hier sieht man ja deutlich, wie die Rohre verlaufen. Hinter der Bank dort ... und dann sind sie an die kleine Spülmaschine angeschlossen ... doch, jetzt verstehe ich.«

Er stand auf. Ließ sich auf die Knie sinken und leuchtete mit einer Taschenlampe unter die Spülmaschine. Seine Hose rutschte nach unten und zeigte einen Streifen Haut. Lisbeth versuchte, nicht hinzuschauen. Tobbe hängte sich den Apparat wieder um. Fing an zu messen.

»Wenn Sie hier rechts schauen ... also dort in der Ecke. Da reagiert das Messgerät. Etwas sickert durch. Es leckt, so viel wage ich zu sagen.«

»Habe ich einen Wasserschaden?«

Lisbeth konnte ihre Panik nur mit Mühe verbergen. Ihre Eltern hatten einige Jahre zuvor in ihrem Haus einen Wasserschaden gehabt und mussten in den betroffenen Zimmern alles herausreißen und erneuern. Danach dröhnten an die zwei Monate lang Bautrockner, bis die Feuchtigkeit weg war. Schließlich wurde alles neu installiert. Es kostete Zeit und Geld. Lisbeths Mutter konnte noch immer darüber reden, als hätten sie und Vater mit Mühe und Not ihr Armageddon überlebt. Wer sein Buch der Offenbarung gelesen hatte, wusste, dass es sich dabei um das letzte Gefecht zwischen Gut und Böse handelte, und damit kannte Lisbeths Mutter sich aus.

»Nein, das glaube ich eigentlich nicht. Aber ich muss noch mal herkommen und einige Bilder machen, um genau sagen zu können, wo sich der Schaden befindet.«

Ehe sie fragen konnte, wie er Bilder von einer eingemauerten Stelle machen konnte, erklärte er, das gehe mit einer kleinen Kamera von dem Rohr aus, das vom Spülstein wegführte. Hoffentlich würde er auf diese Weise die fragliche Stelle finden.

Lisbeth überlegte. Sie hatte keine Ahnung, worauf sie sich hier einließ. Sie hätte vielleicht irgendwo eine zweite Meinung einholen sollen, wie Harry das immer gesagt hatte. So wie sie auch Frida gestern nicht in die Nähe ihrer Haare hätte lassen dürfen. Andererseits hatte sie keine Ahnung, wo sie diese zweite Meinung hernehmen sollte. Und Tobbe machte einen seriösen Eindruck.

»Können Sie das denn?«, rutschte es ihr heraus, ehe sie sich zusammenreißen konnte.

Aber er nahm es ihr nicht übel.

»Ich bin eigentlich Bauingenieur, aber Rohre und Sanierung haben mich immer schon interessiert. Später hab ich mit einigen Kumpels einen eigenen Betrieb aufgemacht, und da wurde das mein Spezialgebiet. Aber Sie bekommen natürlich einen Kostenvoranschlag. Dafür habe ich vollstes Verständnis.«

Tobbe klang wirklich nicht vorwurfsvoll, und sein Gesicht war offen und ehrlich. Sie brachte es nicht über sich zu äußern, wie seltsam sie es fand, dass er sofort Zeit gehabt hatte. Und dass er auf so eine altmodische Weise Werbung für seine Dienste gemacht hatte. Mit einem Aushang im Supermarkt.

»Ich bin vor ungefähr einem Monat hergezogen und habe mich selbständig gemacht. Deshalb habe ich noch keine Website und sowas. Aber wenn Sie einen früheren Kunden anrufen möchten, wenn Sie nicht sicher sind, dann kann ich das verstehen ….«

»Nein, nein. Das ist schon gut. Wann können Sie anfangen?«

»Montagnachmittag? Passt das?«

»Wunderbar. Ich habe um drei Feierabend.«

Tobbe fing an, seine Sachen zusammenzusuchen. Ging in die Diele und zog seine Stiefel an. Lisbeth hatte registriert, dass er sie beim Eintreten ausgezogen hatte. Jetzt bereute sie, ihm nicht wenigstens einen Kaffee angeboten zu haben. Ein bisschen spät jetzt, wo er schon im Aufbruch war. Aber er würde ja wiederkommen.

Tobbe streckte die Hand aus.

»Dann bis Montag.«

»Ja, bis dann.«

»Das ist übrigens ein schönes Haus. Fantastische Küche. Sieht aus wie bei meiner Oma.«

»Danke. Sie müsste sicher renoviert werden. Aber mir gefällt es so.«

»Absolut. Viele von den Küchen, die ich eingebaut habe, waren total durchgestylt und hatten eine Menge technischen Schnickschnack. Aber man merkt, dass die, die dort wohnen, eigentlich nie kochen.«

Lisbeth verschwieg, dass sie in ihrer schönen und persönlichen Küche auch nicht besonders oft kochte. Aber Estrid hatte das sicher getan, und es gefiel ihr, dass Tobbe nicht sofort vorschlug, gleich die Küche zu renovieren, wo er schon einmal da war.

»Scharfe Mühle übrigens da draußen. Falls das Ihre ist.«

Lisbeth deutete ein Lächeln an.

»Noch mal danke. Die hab ich vor einigen Jahren gekauft. Ich habe eigentlich immer von einer Harley Davidson geträumt. Und dafür den Führerschein gemacht.«

Tobbe stieß einen beifälligen Pfiff aus.

»Fahren Sie viel?«

»Ab und zu. Ich fahr nie besonders weit. Ich bin noch

immer ein bisschen ängstlich. Aber es gefällt mir wirklich.«

»Spitze. Ich habe auch eine. Es gibt nichts Besseres, wenn man eine Pause und frischen Wind in den Gedanken braucht. Motorrad und dann die Sauna. Das tut gut.«

»Hier unten am Strand gibt es eine Sauna. Die gehört dem Schwimmverein, und man kann sie für einen Tag mieten. Man braucht kein Mitglied zu sein, aber dann ist es billiger.«

Sie hatte keine Ahnung, warum sie das sagte. Vielleicht, weil er noch nicht lange hier wohnte. Und weil er auch ein Motorrad hatte. Was für ein Zufall!

»Danke für den Tipp. Das werde ich mir mal ansehen. Ja, und wir sehen wir uns dann am Montag.«

Er nahm noch einmal ihre Hand und verschwand. Lisbeth starrte die geschlossene Tür an. Hatte das Gefühl, dass es jetzt auch in der Diele nach Abfluss stank.

6

Samstag, 9. Dezember

Sara meldete sich eine Stunde später. Lisbeth hatte sich auf das Sofa gelegt, versuchte, die Welt für eine Weile auszusperren. Nun kam die Welt zurück.

»Wie geht es dir?«

»Wie meinst du das?«

»So, wie ich es sage. Ist etwas Witziges passiert?«

Lisbeth fand den Humor ihrer Freundin ein bisschen anstrengend. Dann fiel ihr ein, dass Sara vielleicht nicht wusste, was passiert war. Dass diese junge Person, die Lisbeths Haare verwüstet hatte, vielleicht nicht richtig Bericht erstattet hatte.

»Ich weiß ja nicht, ob du Witze machst oder nicht, aber natürlich war ich in meinem ganzen Leben noch nicht so froh. Vor allem, wenn ich in den Spiegel schaue. Ich hätte nie gedacht, dass ich mich jemals so nach meinem alten Ich sehnen könnte wie jetzt.«

»Wovon redest du hier?«

»Ich rede von dem grauhaarigen Mädel, das mir die Haare gelegt hat, während du weg warst. Erinnere mich daran, dass ich warten wollte, wenn ich das nächste Mal den Wind der Veränderung anspreche, damit ich nichts tue, was ich bereue.«

Sara fiel ihr ins Wort.

»Warte mal. Warte. Soll das heißen, dass Frida dir gestern die Haare geschnitten hat und dass es nicht gut geworden ist?«

»Nicht gut geworden ist noch untertrieben.«

»Aber das ist doch total … also, sie kann doch nicht … warum hast du dich nicht sofort gemeldet?«

»Ich weiß nicht. Das wollte ich, aber dann ist etwas dazwischengekommen.«

Lisbeth mochte das Elend mit der Küche nicht auch noch erwähnen. Nicht jetzt jedenfalls.

»Komm in zwei Stunden in den Salon, dann sehen wir, was wir machen können.«

»Aber …«

»Kommst du?«

»Ich komme.«

Zwei Stunden darauf setzte Lisbeth den Helm auf und fuhr mit dem Motorrad zum Salon. Niemand, Tobbe ausgenommen, sollte sie mit den Zebrahaaren sehen und ihr das für den Rest ihres Lebens vorhalten dürfen.

Sara war schon vor Ort. Als Lisbeth eintrat und den Helm abnahm, war sie zuerst stumm. Dann prustete sie los.

»Also, ich meine nicht, entschuldige, also, aber oooooooh …«

Immer noch lachend führte sie Lisbeth zu einem Stuhl und konnte dabei herausbringen, dass die unglückselige und nunmehr nachweislich talentfreie Frida die Tochter einer alten Schulfreundin war.

»Sie möchte unbedingt Frisörin werden und hat einige Male hier ausgeholfen. Und als ich gestern kurzfristig wegmusste, war es ja gut, dass sie gerade hier war. Aber dass sie dir das hier angetan hat, das geht einfach nicht! Du hast doch wohl nichts bezahlt?«

Lisbeth versicherte, dass sie den Salon ohne zu bezahlen verlassen hatte, und fragte mit tränenerstickter Stimme, ob Sara noch irgendetwas ausrichten könnte. Sara versicherte es ihr. Dann beschäftigte sie sich mindestens zwei Stunden lang mit Lisbeths Haaren.

Als sie fertig war und Lisbeth das Ergebnis sah, hätte sie fast wieder losgeheult. Vor Freude, aber auch vor Besorgnis. Ihre Haare waren jetzt richtig blond und zu einer Art langem Bob geschnitten. Der Pony war ausgedünnt und geplättet worden und lag jetzt gerade und ordentlich über der Stirn. Das war ungewohnt und sah gut aus, aber es war nicht unbedingt Lisbeth, und sie hätte sich diese Frisur niemals selbst ausgesucht. Doch so konnte sie sich sehen lassen. Konnte hocherhobenen Kopfes dastehen und sagen, ja, sie habe eine neue Frisur. Denn die Kommentare würden kommen. Es war nicht gerade eine subtile Veränderung.

Sara schien mit dem Ergebnis allerdings sehr zufrieden zu sein. Sie zupfte an einer Locke und stellte fest, Lisbeth sehe französisch aus, und das könne ja wohl niemals falsch sein. Weigerte sich dann, Geld anzunehmen. Nie im Leben.

Sie blieben in der Tür stehen. Lisbeth fiel auf, dass Sara müde aussah.

»Warum warst du gestern nicht hier?

Sara schlug die Arme übereinander und senkte den Blick.

»Ist etwas passiert?«

Sara seufzte. Schien mit sich zu ringen.

»Ja, das schon. Aber ich kann jetzt nicht darüber reden.«

»Aber du …?«

»Später, Lisbeth. Ich kann das jetzt nicht.«

»Aber ich mache mir Sorgen, das kannst du dir doch denken. Möchtest du nicht morgen auf einen Tee hereinkommen?«

Sara zögerte, nickte dann aber. Schob Lisbeth hinaus, und die setzte mit einem gewissen Zweifel den Helm auf.

Jetzt war eine Frisur zu bewahren. Eine, die sie ungern plattmachen wollte.

Das war Sara zu verdanken. Die Sorgen hatte. Was nicht gut klang. Gar nicht gut.

7

Sonntag, 10. Dezember. Zweiter Advent

»Dann veranstalten wir das Weihnachtsessen am Vormittag. Um elf. Wie immer, aber mit ein paar Variationen. Ich wünsche mir mehr vegetarische Gerichte.«

»Soll ich etwas mitbringen?«

»Nein, das brauchst du nicht. Ich habe alles vorbereitet, kein Stress. Nur der Weihnachtsschinken fehlt noch.«

Die Glanznummer ihrer Mutter. Das r mit dem Rest von schonischem Akzent ausgesprochen, der sich nur einstellte, wenn sie etwas besonders betonen wollte. Nurrrr der Schinken. Warm, frischgebraten und mit Senf oder Apfelmus serviert. Ganz zu schweigen vom restlichen Weihnachtsbuffet. Rotkohl und Heringsauflauf, Endiviensalat mit glasierten Walnüssen, Käse und Leberpastete, Knäckebrot mit Spitzkümmel, Brühe zum Eintunken und knusprige Mandelmuscheln mit Schlagsahne und Himbeeren.

Der Vorschlag, etwas mitzubringen, war für Lisbeth lediglich der Versuch gewesen, die eigentliche Frage hinauszuzögern.

»Um elf… sonst war das Essen doch immer später.«

»Ja, aber Kalle schläft gegen halb eins, und Fredrik muss um drei in der Kirche spielen, und Papa will um sechs das Konzert im Fernsehen sehen, und danach werden die Geschenke verteilt. Es gibt keine andere mögliche Zeit, also machen wir es so. Den Reisbrei essen wir dann später am Abend.«

Das war also der Plan. Helenas ältester Sohn, Victor, bekam sein vegetarisches Essen, und der mittlere, Fredrik, würde in besagtem Kirchenkonzert ein Flötensolo zum Besten geben, und der Kleinste, Kalle, konnte genau zur exakt vorgesehenen Zeit schlafen. Die Erwachsenen mussten sich anpassen, und es war ja wohl nicht zu viel verlangt, dass sie ihre Gewohnheiten ein wenig änderte, damit alle zufrieden sein könnten. Mit »Erwachsenen« war Lisbeth gemeint, mit »zufrieden« alle anderen.

Die Mutter wäre wohl enttäuscht, wüsste sie von Lisbeths Gedanken. Aber so fühlte sie nun mal, auch wenn es irrational sein mochte. Lisbeth hatte vor einigen Jahren versucht Veto einzulegen, als sie Weihnachten das erste Mal als Single verbrachte, aber ihr fehlten schon damals die richtigen Worte. Da war es einfacher, vormittags um elf das opulente Weihnachtsmahl zu sich zu nehmen. Auch wenn das vielleicht feige war.

»Wie geht es denn Helena?«

Wenn sie noch einmal den Ablauf der Weihnachtsfeier ansprechen wollte, brauchte sie mehr Kraft, als sie in diesem Moment besaß. Außerdem hatte sie schon länger nicht mehr mit ihrer Schwester gesprochen.

»Alles in Ordnung. Ich habe sie gebeten, es ein bisschen ruhiger angehen zu lassen, aber du weißt ja, wie sie ist. Sie soll übrigens in der Klinik eine Oberärztin vertreten, und darauf will sie nicht verzichten. Ja, das kann man ja verstehen. Sie hat so hart dafür gearbeitet.«

Der Wunsch der Mutter, Helena solle ruhiger treten, konnte nicht verhehlen, wie stolz sie auf Helenas vorübergehenden Einsatz als Oberärztin war. In der Hinsicht war ihre Mutter ein Snob. War verliebt in Titel, wie andere in schöne Bilder oder gute Bücher oder ein köstliches Gebäck.

Konnte von einem Arzt oder einem Vorgesetzten total verzaubert sein. Lisbeth kannte keinen anderen Menschen, der so auf Hierarchien abfuhr.

Vielleicht lag es daran, dass die Mutter bereitwillig zurückgesteckt und die Karriere dem Vater überlassen hatte. Als sie sich kennenlernten, arbeiteten beide für eine größere Firma, die von Babynahrung und Shampoo über Unterwäsche und Waschmittel so ziemlich alles herstellte. Die Mutter kündigte, als sie schwanger wurde, der Vater kletterte die Karriereleiter hoch.

Aus ihrer Kindheit hatte Lisbeth nicht viele Erinnerungen an ihn. Er war immer auf Reisen gewesen. In der Hinsicht waren sie und Helena übrigens einer Meinung. Helena hatte einmal, als ihr Vater einen runden Geburtstag feierte, eine Rede gehalten und gesagt, sie habe ihren Papa erst kennengelernt, als sie selber Kinder bekam, und darüber sei sie froh und dankbar. Als Opa sei er nämlich um einiges präsenter denn als Vater.

»Das klingt doch gut.«

»Und diesmal plant sie eine Hausgeburt, und dafür bereitet sie jetzt alles vor.«

»Eine Hausgeburt?«

»Ja. In ihrem Haus. Helena sagt, sie habe das Krankenhaus satt, wo alle nur herumhetzen, und dann soll das Baby gewogen und gefüttert und zum Wiegen auf kaltes Metall gelegt werden. Sie habe deshalb vor, das Kind in ihrem Schlafzimmer zur Welt zu bringen, und alle sollen dabei sein, Mikael und die Kinder. Sie werde Kerzen anzünden und Musik laufen lassen, und es werde eine Hebamme im Haus sein, Helena will natürlich kein unnötiges Risiko eingehen.«

Für einen grauenhaften Moment, in dem Moment, als

ihre Mutter das Wort »alle« ausgesprochen hatte, war Lisbeth der kalte Schweiß ausgebrochen bei dem Gedanken, dass auch ihre Teilnahme verlangt werden könnte. Zum Glück war das offenbar nicht der Fall. Falls Helena die Veranstaltung nicht noch erweitern wollte. Da machte Lisbeth lieber ganz schnell Pläne für den Januar.

»Was sagst du dazu? Ich meine, kann das nicht gefährlich sein?«

»Was soll ich sagen? Das entscheidet Helena. Aber natürlich geht es im Krankenhaus hektisch zu und unpersönlich, das weiß man ja. Und Helena ist schließlich Ärztin und weiß, was sie tut.«

»Was sagt Papa denn?«

»Der? Der hat doch keine Ahnung davon, wie Kinder geboren werden.«

Lisbeth überlegte, wie sie das Gespräch am besten beenden könnte. Sie sah das Haus ihrer Eltern am Heiligen Abend vor sich. Garten und Haus in einem Göteborger Vorort so reich und prachtvoll geschmückt, und sie wäre zur Hand und könnte auch Helena mit den Kindern helfen. Falls sie nicht mit Freunden verreist wäre.

Sie hatten behauptet, sich zu freuen, als Lisbeth wieder in ihre Nähe gezogen war, hatten gesagt, es wäre doch schön, sich häufiger sehen zu können. Denn Stockholm war ja weit weg, wenn Helena ihre Hilfe brauchte. *Wo du doch keine Kinder hast und Lehrerin bist mit viel Freizeit,* aber das hatten sie immerhin nicht laut gesagt. Es lag jedoch in der Luft.

Dass sie Zeit hatte, lange Ferien und immer frei am Wochenende und an Feiertagen, anders als Ärzte oder Pflegepersonal, die kranke Menschen ja nicht einfach ihrem Schicksal überlassen konnten, nur weil ein Tag im Kalender rot gefärbt war.

Lisbeth arbeitete auch nicht in einer Firma und war deshalb nicht den harten Bedingungen der Marktwirtschaft unterworfen. Letzteres könnte von ihrem Vater stammen. Was der Staat für ein ineffektiver Arbeitgeber sei, und was es für alle Staats- und Gemeindeangestellten für ein Gefühl sein müsse, niemals Profit machen zu müssen. Solche Sprüche konnten sogar Helena irritieren. Lisbeths Schwester konnte dann damit zurückschlagen, dass auch die Krankenversorgung privatisiert werde und dass er gern an einem Freitagabend bei der Notaufnahme vorbeischauen könne, um sich ein realistisches Bild der Situation zu machen, wenn er nun wirklich glaube, das Krankenhauspersonal liege auf der faulen Haut.

Der Vater verteidigte sich dann sofort damit, er habe ja gar nicht über die Krankenversorgung gesprochen, dort, finde er, dass alle hervorragende Arbeit leisteten, und es sei eine Schande, dass sie so schlecht bezahlt würden. Lisbeth verzichtete in diesem Augenblick, die Schule und die Arbeit des Lehrpersonals ins Gespräch zu bringen. Hatte die ganze Diskussion satt. Wozu sollte es gut sein, immer darüber zu sprechen, dass andere es so gut hatten?

Jeder konnte doch wohl entscheiden, solange er nicht zu den wirklichen Randgruppen gehörte, aber das war wieder ein anderes Thema. Aber alle anderen? Wenn jemand zum Beispiel so unglaublich toll fand, dass Lehrer im Sommer frei hatten, ja, dann konnte er oder sie doch Lehrer werden. Und doch sprangen die Leute schon während des Studiums in Scharen ab oder ließen sich krankschreiben, sobald sie die Arbeit aufgenommen hatten.

Lisbeths Hauskauf war gnädig aufgenommen worden, die Umgebung war ja auch schön, die kannten ihre Eltern von früher. Auch wenn die Mutter noch einmal gefragt hatte, warum Lisbeth sich nicht lieber in Göteborg niedergelassen hatte. Dort wäre sie doch noch näher bei ihren Eltern und ihrer Schwester. Dort gäbe es zudem ein viel größeres kulturelles Angebot. Oder überhaupt ein Angebot, um das mal so auszudrücken.

Ein Angebot an passenden Männern, um genauer zu sein.

Die Mutter hatte immer den Eindruck erweckt, Harry gefiele ihr, und sie behandelte ihn höflich. Lisbeth hatte auch geglaubt, dass sie sich mit Harrys Eltern gut verstand, aber das war dann doch ein Irrtum. Ihre Mutter hatte sich auch in dieser Beziehung große Mühe gegeben. Hatte etwas Gutes aufgetischt, wenn sie sich sahen, hatte über alles geplaudert, was möglicherweise von Interesse sein konnte.

Aber etwas hatte nicht so ganz gefunkt zwischen Harrys und ihrer eigenen Mutter. Lisbeth konnte das Problem nicht klar benennen, und ihre Mutter hatte auch niemals etwas gesagt. Aber zu ihrer Enttäuschung, dass es Lisbeth nicht gelungen war, Harald festzuhalten (ihre Mutter hatte immer darauf bestanden, ihn Harald zu nennen, so, wie sie auch Helenas Mann Mikael nannte und nicht Micke), war zweifellos eine gewisse Erleichterung darüber gekommen, dass sie keinen Kontakt mehr zu den potenziellen Schwiegereltern haben mussten.

Lisbeth dachte, dass es Zeit war, das Gespräch zu beenden. Es hatte keinen Sinn, über das Problem in ihrer Küche oder über die Schule oder über ihre neue Frisur zu sprechen.

»Du hast recht. Helena weiß sicher, was sie tut. Es ist ja auch nicht ihr erstes Kind. Also dann, bis bald.«

»Ja, bis bald.«

Lisbeth legte das Telefon mit dem Gefühl weg, etwas

nicht gesagt zu haben, was sie hätte sagen müssen. Aber sie kam sich doch ein bisschen mutiger vor, jetzt, wo Sara ihre Frisur so in Ordnung gebracht hatte, dass sie französisch aussah. Und bald würde Sara herkommen.

Sie schaltete den Herd ein. Merkte, dass es wieder muffelte, und öffnete das Fenster. Ließ kalte, neblige Dezemberluft hereinströmen. Nahm Mehl und Salz aus dem Schrank. Scones konnte sie richtig gut backen, und Sara, die für alles Britische schwärmte, trank gern an den Nachmittagen, wenn sich die Möglichkeit bot, *Tea with Her Majesty the Queen.*

Tea with Her Majesty the Queen bedeutete, die Teekanne mit dem Bild von Königin Elizabeth hervorzuholen und warme Scones mit Schlagsahne und selbstgemachter Marmelade zu servieren. Zum Glück konnte Lisbeth Schwarze Johannisbeermarmelade vorweisen, die sie im Sommer von einer freundlichen Nachbarin bekommen hatte. Sie besaß zwar keine Teekanne mit dem Bildnis der Königin, war jedoch im Besitz von zwei englischen Teebechern.

Sara kam um Punkt drei. Lisbeth hatte inzwischen in der Küche gedeckt, hatte den Leuchter geholt, die erste und die zweite Adventskerze angezündet und Musik eingelegt. Der Abflussgeruch war nur zu bemerken, wenn man davon wusste, und wenn Sara nichts sagte, würde Lisbeth es jedenfalls nicht erwähnen. Etwas bedrückte ihre Freundin, etwas, das schlimmer war als ein undichtes Rohr in der Küche. Sara hatte sich alle Mühe gegeben, während der Frisurenrettung ihren Kummer zu verbergen, und sie war als Ablenkungsmanöver über Frida hergezogen.

Aber die dunklen Ringe unter ihren Augen waren davon nicht verschwunden.

8

Sonntag, 10. Dezember, Zweiter Advent

Sara überreichte ihr eine Amaryllis und eine Flasche Shampoo. Überging Lisbeths Dankesbezeugungen, indem sie das Haus betrat und die Dekorationen lobte.

»Setz dich. Ich habe gebacken, das möchte ich nur gesagt haben.«

»Seh ich doch. Lob, Lob.«

Sara erzählte von der unglückseligen Frida, die in Göteborg keine Wohnung finden konnte, weshalb die Gefahr bestand, dass sie sich bei Sara und Berra einmieten und pendeln würde. Es war ja nicht so, dass Sara der Tochter ihrer alten Freundin nicht helfen wollte, es war nur ohnehin schon so eng. Außerdem verstanden sich Frida und Saras eigene Tochter Solo nicht gerade gut.

Erst nach einer ganzen Weile wagte Lisbeth, zur Sache zu kommen.

»Was ist am Freitag passiert?«

Sara machte sich an der Kerze zu schaffen. Lisbeth krampfte sich der Magen zusammen.

»Du bist doch wohl nicht krank?«

»Nein, nein. So schlimm ist es nicht, und ich weiß, man soll denken, Hauptsache niemand ist krank oder gestorben. Aber ich bin so schrecklich beunruhigt, ich weiß nicht, was ich machen soll. Es geht um Solo.«

Sie brach in Tränen aus. Lisbeth streichelte ihren Arm und murmelte mitfühlende Worte, in dem Bewusstsein, dass sie hier dünnes Eis betrat. Sara war keine, die viel über ihre Probleme sprach. Als Berra, ihr Mann, vor etlichen Jahren mit einem blutenden Magengeschwür ins Krankenhaus gebracht werden musste, hatte Lisbeth erst drei Wochen später davon erfahren.

Sie hatte Sara deshalb gerügt. Hatte ihr gesagt, sie wolle so etwas wissen. Freundschaft baue darauf auf, dass man auch das Schwere zu teilen wage. Sie hatte sich bestimmt über irgendeine Bagatelle aus der Schule beklagt, während Berra im Krankenhaus lag und litt, und das war kein gutes Gefühl gewesen.

Sara hatte gesagt, sie könne das verstehen. Sie sei nur nicht an Vertraulichkeiten gewöhnt. Bei einem Vater, der sich bei der ersten Gelegenheit dünn gemacht hatte, und einer Mutter, die von morgens bis abends schuftete, um ihre beiden Töchter zu versorgen, hatte es einfach keine Gelegenheit gegeben, sich über etwas anderes zu beklagen als über die richtig großen Unglücksfälle. Den Rest behielt man für sich.

Jetzt ging es also um Solo. Die Tochter, die Sara mit zwanzig bekommen hatte. Lisbeth dachte oft, dass das damals sicher sehr anstrengend gewesen war, aber jetzt doch wunderbar sein müsste. Mit nur siebenunddreißig ein fast erwachsenes Kind zu haben. Solo war zudem ein liebes Mädchen und schien sich mit ihren Eltern gut zu verstehen.

»Was ist denn los mit Solo?«

»Sie ist … ach, Lis, es ist so schrecklich. Sie ist wegen Einbruch angeklagt. Weil sie angeblich einer Diebesbande angehört.«

»Was?«

Solo und Stehlen? Das passte nicht zusammen. Es musste ein Irrtum sein.

»Aber das kann doch nicht stimmen!«

Sara suchte nach etwas, mit dem sie sich die Augen wischen könnte. Lisbeth reichte ihr eine mit Weihnachtswichteln bedruckte Serviette.

»Ich begreife das selbst auch nicht. Egal, weshalb ich mir Sorgen gemacht habe, wenn es um sie geht, ich hätte doch nie gedacht, dass sie in so etwas hineingeraten könnte. Nie.«

»Aber …«

Sara schniefte. Putzte sich mit der Serviette die Nase.

»Du kennt doch Solo und weißt, dass sie das bravste Kind aller Zeiten ist. Ich war ja nicht sehr alt, als ich sie bekommen habe, aber es war von Anfang an klar, dass ich sie behalten würde, Berra und ich haben uns beide so gefreut. Und als sie dann da war, haben wir nur noch gestaunt, weil sie so ganz anders war als wir. Ich war ja nie besonders gut in der Schule. Nicht, dass ich die Schule nicht mochte, aber ich konnte einfach nicht still sitzen und büffeln. Nach einer Weile musste ich einfach weg und etwas unternehmen. Berra war auch so. Er war gut in Mathe, aber in der Oberstufe war ihm dann alles egal. Und es ist ja trotzdem gut gegangen, ich mag meine Arbeit, und Berra liebt die Werkstatt. Aber ab und zu denkt man ja doch, es wäre nicht so dumm gewesen, sich damals ein bisschen zusammenzureißen. Und dann kommt Solo und ist die Klassenbeste und lernt wie besessen und hat alles total im Griff.«

»Ja, das weiß ich.«

»Ich dachte ja, in der Oberstufe könnte es vielleicht doch Probleme geben, aber so kam es nicht. Sie hat einfach nur weiter gebüffelt und nie viel mit den anderen gefeiert. Wir hatten fast Angst, sie könnte zu einsam sein, aber sie hatte doch Freundinnen, das hatte sie immer. Dann kam sie auf dieses internationale Gymnasium, und die weite Fahrt jeden Tag hat ihr gar nichts ausgemacht. Sie war nur überglücklich und fand dann neue Freundinnen. Feine, wenn du verstehst, was ich meine, mit Eltern, die Villen im Schärengürtel haben und deren Kinder klassische Musik spielen und im Ausland studieren sollen. Ich bin einigen mal begegnet, aber nicht oft, weil Solo sie nicht mit nach Hause bringen wollte. Ich weiß, dass sie sich nicht schämt, aber wir wohnen so weit weg, und deshalb sind sie nach der Schule in der Stadt geblieben. Ab und zu hat sie bei Freundinnen übernachtet, und ich hab mir dabei natürlich nichts Schlimmes gedacht.«

»In welcher Klasse ist sie jetzt?«

»Der vorletzten, und das ist ganz schön hart. Unterricht auf Englisch und überhaupt. Aber ich habe immer nur gehört, dass sie sich wohlfühlt und dass alle nett zu ihr sind, und da konnte ich doch nur glauben, dass alles wunderbar läuft? Und dann stellt es sich heraus, dass einige aus Solos Clique Einbrüche verübt haben sollen. Sie sind in Häuser eingebrochen und haben Computer und Telefone und Schmuck und Geld und sonst was mitgenommen. Das ist doch der glatte Wahnsinn.«

»Und Solo soll da mitgemacht haben?«

»Ich weiß nicht. Das ist ihre Clique, und deshalb steht sie auch unter Verdacht. Aber die Polizei war schon bei uns zu Hause, und Solo soll auf der Wache vernommen werden, und dann gibt es vielleicht eine Verhandlung oder eine Anklage oder wie das nun heißt. Ich kenn mich mit sowas doch nicht aus.«

Lisbeth versuchte, Solo vor sich zu sehen, wie sie eine Fensterscheibe einschlug oder eine Tür aufbrach. Das gelang ihr nicht. Solo war mutig und würde niemanden abweisen, der sie um Hilfe bat. Aber stehlen? Wenn Lisbeth den Versuch wagte, ihre Persönlichkeit zu analysieren, würde sie sagen, Solo sei durch und durch ehrlich.

»Was sagt Solo? Denn du hast doch wohl mit ihr gesprochen?«

Sara putzte sich wieder die Nase. Umklammerte die zerknüllte Serviette.

»Natürlich hab ich das. Oder ich hab es versucht. Ich hab das Kind auf einen Stuhl gedrückt und mich vor sie gesetzt und gefragt, was hier los sei. Sie sagt, dass sie das nicht weiß und dass sie nichts getan hat. Aber ich sehe ihr ja an, dass sie mir etwas verschweigt. Wenn ich frage, ob sie wirklich nichts geahnt hat, ich meine, das ist doch ihre Clique, dann gibt sie keine Antwort. Ich will niemanden verpfeifen, hat sie gesagt. Ich habe versucht, ihr klarzumachen, dass hier nicht die Rede von verpfeifen ist, sondern dass sie erzählen muss, was sie weiß. Ich meine, da sind doch Leute bestohlen worden. Wenn man sowas getan hat, muss man die Konsequenzen tragen, habe ich gesagt. Aber das hilft nichts.«

Lisbeth versuchte, sich in Solos Situation zu versetzen. Beste Freunde, die eine Straftat begangen haben. Sie hat mitgemacht oder nicht, sie hat davon gewusst oder nicht. Sie ist vielleicht unter Druck gesetzt worden, damit sie dichthält. Wie würde sie selbst sich verhalten, wenn zum Beispiel Sara in etwas Kriminelles verwickelt wäre? Anzeigen oder schweigen?

»Da war vor allem ein Fall vor wenigen Wochen. Ein Mädchen, das zwanzig wurde und in einem Lokal ein großes Fest gab. Gegen Morgen, als sie zum Aufräumen zurückkamen, war alles gestohlen worden. Die Musikanlage, alle Geschenke, die auf dem Tisch lagen, etliche waren nicht einmal geöffnet worden. Das arme Mädchen. Und Solo hat vielleicht etwas damit zu tun!«

»Das glaube ich nicht. So, wie ich Solo kenne …«

»Schon, aber ich nehme an, den anderen Eltern geht es genauso. Nicht mein Kind, niemals. Aber irgendwer hat es doch getan, und wie gesagt, wir reden von Kindern, denen es an nichts fehlt. Sie haben das offenbar gemacht, weil sie das lustig fanden, oder so.«

»Was passiert jetzt?«

»Wir müssen wieder zur Vernehmung. Ich musste am Freitag mit Solo zur Polizei fahren, und nächste Woche muss sie noch mal hin. Bis dahin muss ich sie dazu bringen, zu erzählen, was sie weiß. Es geht doch um ihre Zukunft. Ich war immer so froh, wenn ich dran gedacht habe, dass ich im Leben doch etwas richtig gemacht habe. Die beste Tochter auf der Welt, ich meine, sie hat immer dafür gesorgt, dass niemand ausgeschlossen wurde, und sie war zu Hause immer solidarisch.«

Lisbeth legte die Hand auf Saras.

»Kannst du dich damit nicht zufrieden geben? Ich meine, davon ausgehen, dass sie unschuldig ist?«

»Das will ich doch. Das tu ich. Aber es gibt etwas, das sie nicht erzählt, das weiß ich einfach, und wenn sie nicht schweigt, um sich selbst zu schützen, dann schützt sie jemand anderen. Und was, wenn sie einen Grund haben, sie unter Druck zu setzen? Die Leute posten heute alles Mögliche im Netz, um ihren Willen durchzusetzen.«

»Ich bin sicher, dass Solo nichts getan hat, mit dem sie erpresst werden kann.«

Lisbeth versuchte, so beruhigend wie möglich zu klingen. Sara hatte ja eigentlich eine unangenehme Problematik berührt. Menschen, vor allem junge Mädchen und Frauen, die zu Dingen gezwungen wurden, um nicht auf die falsche Weise im Netz zu landen. Menschen, die das taten, gehörten wirklich vor Gericht und mussten streng bestraft werden.

Sie drückte die Hand ihrer Freundin.

»Du hast nicht nur bei Solo etwas richtig gemacht, sondern auch noch bei vielen anderen Dingen. Du hast ein feines Unternehmen aufgebaut, du machst deine Sache gut, du bist beliebt, und ich bin froh darüber, dass du meine Freundin bist.«

Sara zog eine kleine Grimasse. Und wirkte ein bisschen weniger bedrückt.

»Danke, Lis. Du bist lieb. Es ist gerade nur ein bisschen viel. Berras Vater geht es auch nicht gut. Er wird immer verwirrter, und vor einigen Wochen ist er gefallen und wir mussten ihn mit dem Krankenwagen ins Krankenhaus bringen lassen, und dort wurde ihm eine Wunde auf der Stirn genäht. Wir haben eines Abends darüber gesprochen, dass es jetzt losgeht mit alten Eltern, die unsere Hilfe brauchen. Wir dachten, das würde jetzt unser Hauptproblem werden, aber im Vergleich kommt es uns vor wie nichts. Auch wenn ich nicht weiß, wie es mit meinem Schwiegervater werden soll. Alles ist auf einmal über uns hereingebrochen, und bald ist auch noch Weihnachten.«

Sie wechselten einen Blick. »Stille Nacht« erklang im Hintergrund. Lisbeth dachte daran, was sie über den Kantor und den Pastor gelesen hatte, die dieses Lied einmal in einer deutschen Kirche vorgetragen hatten, zur Gitarrenbegleitung, weil die Orgel defekt war. Jetzt wurde das Lied auf der ganzen Welt gespielt, und sie war davon immer gerührt. Auch jetzt.

Saras Gedanken schlugen offenbar ähnliche Wege ein. Sie summte mit und lächelte. Sagte, Lisbeths Leuchter sei schön, ganz zu schweigen von der Klorollen-Lucia. Ob sie die für den Salon ausleihen konnte.

»Klar doch, wenn du willst. Hat Berra versucht, mit Solo zu reden?«

»Sicher. Aber er bekommt auch nicht mehr aus ihr heraus als ich, deshalb ist es am Esstisch bei uns ziemlich still. Berra ist furchtbar traurig, aber er ist auch wütend. Er ist so verdammt ehrlich, führt Buch über jede Krone und würde niemals schwarzarbeiten, also belastet ihn das hier gewaltig. Er liebt Solo natürlich über alles, aber er hat auch seine Prinzipien und findet, dass man zu seinen Taten stehen soll. Er findet, nur verdammtes Pack kennt den Unterschied zwischen Mein und Dein nicht, und er hat keinerlei Sympathie dafür, was hinter allem steckt. Ich kann ja verstehen, dass es nicht immer so leicht ist, auch wenn man viel Geld hat. Das Leben kann für alle hart sein, und man muss auch Fehler machen dürfen. Aber Berra sieht das nicht so. Also streiten wir uns auch, und alles wird noch schlimmer. Aber apropos Berra, ich muss jetzt nach Hause. Er hat versprochen zu kochen. Eigentlich war es nicht gut, so reinzuhauen, aber es hat so wahnsinnig gut geschmeckt.«

Sie erhob sich. Fing an, den Tisch abzuräumen.

»Lass nur. Das mach ich nachher.«

»Sicher?«

»Klar.«

Sara sah sich um, als sähe sie die Küche zum ersten Mal. Vielleicht spürte sie Estrids Anwesenheit. Lisbeth passierte das manchmal. Ein wachender Küchenengel, der über dem Schrank schwebte und alles im Auge behielt. Es roch nach Scones und ein wenig nach Ablauf. Aber nicht sehr.

»Hast du dich schon an die Haare gewöhnt?«

Sie begriff diese Frage nicht gleich. Dann fiel es ihr ein. Sie hatte ja eine neue Frisur. Am nächsten Tag würde sie die in der Schule vorzeigen, und sie würde das Urteil von Kollegen und Schülern hören. Der Wahrheit zuliebe hatte sie an diesem Sonntag reichlich oft in den Spiegel geschaut. Jedesmal sah dann eine andere sie an, und sie wusste noch immer nicht, wer diese andere war.

»Ja, noch mal tausend Dank.«

Sara umarmte sie.

»Es war schön, darüber zu reden, ich fühl mich jetzt besser. Sag's aber nicht weiter. Ich will nicht, dass über Solo geklatscht wird.«

»Natürlich nicht. Melde dich, wenn du willst, und sag Bescheid, wenn ich etwas tun kann.«

Eigentlich ein blöder Spruch. Aber sie wusste, dass Sara begriff, wie es gemeint war.

Sara blieb am Zaun stehen und winkte, dann war sie verschwunden. Lisbeth warf einen Blick in den Dielenspiegel. Stutzte abermals bei ihrem eigenen Anblick und musste an die Zeitschrift mit dem Bild von Harry und der fadendünnen Frau ohne Pony denken. Sie müsste seinen unbeantworteten Anruf löschen, um seinen Namen nicht mehr in der Anrufliste sehen zu müssen.

Sie schloss die Haustür und ging zurück in die Küche. Fing an abzuräumen und aß dabei noch einen Scone.

9

Montag, 11. Dezember

»Warst du beim Friseur?«

Margaretha musterte Lisbeth von Kopf bis Fuß. *Die Frisur sitzt auf dem Kopf,* hätte Lisbeth gern gesagt. *Also sieh dir nicht meine Füße an.*

Diese Frage war ihr schon gefühlte hundert Mal gestellt worden. Sie wurde unterschiedlich formuliert. Na, beim Frisör gewesen? Hast du eine neue Frisur? Neuer Look?

Es hatte schon auf dem Weg zur Schule angefangen. Torsten, der nichts sah, hatte trotzdem die Veränderung bemerkt. Neue Frisur, hatte er gesagt, hatte aber netterweise gleich hinzugefügt, die stehe ihr gut. Das steht der Frau Lehrerin.

Danach war ihr ausgerechnet Mariana über den Weg gelaufen, Mariana, deren Haare unter der Pudelmütze hervorquollen. Sie selbst hatte sich nicht einmal die Mühe gemacht, eine Mütze aufzusetzen. Besser, es hinter sich zu bringen.

Mariana hatte ihr auf diese freundliche Weise ein Kompliment gemacht, die es Lisbeth schwer machte, etwas an ihr zu kritisieren, etwas, das es rechtfertigte, dass man bisweilen so neidisch war, dass man nicht so freundlich sein konnte, wie es sich gehörte. Danach hatte Mariana gefragt, ob Lisbeth mit der Klasse zur üblichen Märchenstunde vor Weihnachten herüberkommen würde.

Die Kinder liebten diesen Besuch in Marianas Laden über alles. Das war auch leicht zu verstehen. Ein magischer Laden voller alter und neuer Spielsachen sowie Marionetten aller Art. Mariana und ihre Schwestern waren tüchtige Puppenspielerinnen, und auf ihrem Grundstück stand das familieneigene Karussell. Diesen die Fantasie anregenden Ort besuchen und zuhören zu dürfen, wenn Mariana aus einem Buch vorlas, war, wie eine andere Welt zu betreten.

Lisbeth hatte Marianas Einladung dankend angenommen und war weitergegangen. Hatte die Kollegen und ihre Kommentare über sich ergehen lassen. Am gelassensten waren wohl die Kinder geblieben. Eins hatte erklärt, Lisbeths Haare sähen aus wie eine weiße Kapsel, und damit war der Fall erledigt gewesen.

Die Rektorin zupfte an ihren eigenen Locken. Die rührten sich nicht von der Stelle, aber das sollten sie zweifellos auch nicht. Sie wollte sich wohl nur davon überzeugen, dass alles noch an Ort und Stelle lag.

»Doch. Ich war beim Frisör.«

»Sieht gut aus. Wirklich. Hat Sara …«

»Ja. Sara.«

»Wie geht es ihr denn?«

Zuerst begriff sie die Frage nicht. Dann ging ihr auf, dass Margaretha vielleicht von den Einbrüchen und möglicherweise sogar wusste, dass Solo etwas damit zu tun hatte. Das Ganze war doch von einer Gruppe von Schülerinnen eines renommierten Gymnasiums in einem Nachbarort ausgegangen, und es war durchaus möglich, dass alle Schulleitungen im Bezirk informiert worden waren.

Das hier war jedoch eine Schule für kleinere Kinder, die sicher nichts mit Diebstählen zu tun hatten. Doch Margaretha war ein Machtfaktor. Rektorin und landesweit gefragte Expertin für Schulfragen.

Lisbeth sah Margaretha an. Fand, dass deren Lächeln etwas Wölfisches habe.

»Gut. Das ist gut.«

Die Versuchung zu fragen war einfach zu groß. Dann schien Margaretha zu beschließen, ihre Karten bedeckt zu halten.

»Setz dich. Kaffee?«

»Ja, bitte.«

Sie hatte Nein sagen wollen, aber ihr war das falsche Wort herausgerutscht, und nun saß sie da mit einer glühend heißen Flüssigkeit in einem Becher mit dem Schriftzug der Schule.

Die Rektorin faltete die Hände auf dem Tisch.

»Ist bei dir alles in Ordnung?«

»Ja. Alles ist in Ordnung. Warum sollte nicht alles in Ordnung sein?«

Auch das war ihr so herausgerutscht.

»Ich meine, hier in der Schule. Hast du gute Klassen, was meinst du?«

»Ja, unbedingt. Es gibt einige, die zusätzliche Unterstützung brauchen, aber darüber haben wir ja schon gesprochen.«

Sie trank widerwillig einen Schluck Kaffee, vor allem, um etwas zu tun zu haben. Merkte, dass ihr der Schweiß ausbrach.

Die Rektorin ließ ihren Blick durch das Zimmer schweifen. Ein sinnvoll eingerichteter Raum mit Schreibtisch, Computer und Regalen mit Unterrichtsmaterial. Ein Sofa und auf dem Tisch eine Schüssel mit Nüssen, Feigen und Datteln, in die kleine Weihnachtswichtel gesteckt waren, geschnitzte Holzfiguren, die Lisbeth von der Ausstellung im Werksaal her erkannte. Eigentlich hätten sie sich dorthin setzen können. Das schlug Margaretha vor, wenn es um weniger wichtige Angelegenheiten ging.

Lisbeth stellte ihren Becher hin. Vielleicht merkte Margaretha, dass die Stimmung unbehaglich wurde. Eigentlich war sie ja keine, die unnötig herumdruckste. Die Zeit der Direktorin war kostbar.

»Ich höre nur Gutes von dir, das kannst du mir glauben. Im Kollegium bist du beliebt, und die Eltern sind zufrieden. Es gibt niemals Klagen, und deine Schüler und Schülerinnen machen sich gut. Sie sind gewappnet, wenn das Schuljahr endet.«

»Das höre ich gern.«

»Fühlst du dich wohl hier? Hast du das Gefühl, noch genug Kraft zu haben? Deine Woche ist doch sehr voll.«

»Ich finde, es geht gut.«

Wie oft hatte sie jetzt schon »gut« gesagt? Wie oft hatte Margaretha schon »gut« gesagt?

Margaretha machte sich jetzt an irgendwelchen Papieren zu schaffen. Zog ein Blatt heraus.

»Ich sehe auf deinem Stundenplan, dass du viel Sport hast.«

»Das hab ich doch schon lange.«

Margaretha nickte.

»Das sind dann ziemlich viele Zusatzstunden für dich.«

Lisbeth trank noch einen Schluck Kaffee. Spürte, wie es auf der Zunge brannte und wie sich das Schwarze einen Weg in den unvorbereiteten Magen bahnte. Die Stunden hatte sie doch, seit sie hier an der Schule war. Das wusste Margaretha nur zu gut.

Die Rektorin legte ihr Papier hin. Die Zeit für vage Formulierungen war offenbar zu Ende.

»Es ist so, dass du Unterricht gibst, für den du eigentlich nicht qualifiziert bist.«

»Nein, aber …«

»Du hast hervorragende Arbeit geleistet. Niemand hat sich beschwert. Aber ich habe jetzt schon eine ganze Zeit versucht, einen geeigneten Lehrer zu finden. Wir sind eine gute Schule mit ausgezeichnetem Ruf, aber wir müssen uns die ganze Zeit um ein höheres Kompetenzniveau bemühen, und es ist seit langem mein Wunsch, die Schule auch als Sportschule zu etablieren.«

Lisbeth schwieg. Die Sportstunden. Die besten Stunden der ganzen Woche. Die wollte Margaretha ihr jetzt wegnehmen, weil dies eigentlich nicht ihr Fach war.

»Ich suche schon eine ganze Weile nach jemandem, der mich bei dieser Profilschärfung unterstützt. Es muss ein Mensch mit Ambitionen sein, der meine Visionen teilt und die Fähigkeit besitzt, sie zu verwirklichen. Ich freue mich, weil ich jemanden mit genau den passenden Qualifikationen gefunden habe. Die Schule wird im Frühjahr einen Lehrer anstellen, der den gesamten Sportunterricht übernehmen wird. Das ist eine ganz neu geschaffene Stelle, die er nach den entsprechenden Richtlinien ausformen kann. Es geht darum, die Brohage-Schule zu einer Sportschule mit besonderem Schwerpunkt Abfahrtslauf umzuformen.«

»Abfahrtslauf?«

Profilschärfung. Sport. Abfahrtslauf. Ski? An der Westküste? Wäre es nicht besser, auf etwas anderes zu setzen … Windsurfing vielleicht? Kitesurfing? Dafür war die Gegend doch bekannt. Sogar international.

Aber Skifahren?

»Das ist eine Möglichkeit, die wir unseren Kindern immer schon gewährt haben. Busreisen ins Gebirge. Training für den Winter. Ich sehe dir an, dass du meinst, das sei eher etwas für die Schulen oben im Norden, aber ich finde, dass es nicht so sein muss. Es geht doch darum, allen Kindern die Möglichkeit zu geben, einen Sport auszuüben, mit dem sie vielleicht sonst nicht in Kontakt kommen würden. Wir werden Reisen in die norwegischen und schwedischen Berge unternehmen, und vielleicht sogar in die Alpen. Und dafür haben wir jetzt den Richtigen, ein Ski-Alpin-Profi.«

Lisbeth schwieg. Erkannte rechtzeitig, dass dies die Situation war, in der man zuerst nachdenken und dann reden sollte.

»Er heißt Jonas Bonde. Ist ausgebildeter Sportlehrer, hat auf Profiniveau trainiert und ist absolut qualifiziert.«

»Das bin ich auch.«

»Das weiß ich, Lisbeth. Aber du musst jetzt auch an unsere Schule denken. Und an das Kollegium. Wir finden es alle wunderbar, dass Jonas nicht nur hier anfängt, sondern dass er auch vorhat, sich hier im Ort niederzulassen. Wir haben zudem ein frauendominiertes Kollegium und freuen uns über eine ausgeglichenere Geschlechterverteilung.«

Durfte man das überhaupt? Einfach eine Lehrerin einbestellen und ihr die Unterrichtszeit kürzen? Was sagte die Gewerkschaft dazu? Sie könnte sich natürlich erkundigen. Die Sache an die große Glocke hängen. Die Betriebsrätin in der Schule war eine Frau, die es vielleicht interessant finden würde, dem Diskriminierungsaspekt in der Sache nachzugehen. Aber das mit der Qualifikation war natürlich ein Problem. Sie war nun einmal keine ausgebildete Sportlehrerin.

»Jonas hat im Kleinen schon angefangen, du wirst ihn also bald kennenlernen. Es ist ihm sehr wichtig, den Übergang so glatt wie möglich zu gestalten, und sicher wird er mit dir eure Zusammenarbeit besprechen wollen, ehe er den gesamten Unterricht übernimmt.«

»Das mit dem Skilaufen ...«

Sie musste irgendetwas sagen. Konnte nicht nur brav hier sitzen und nicken, während sie mit schonungsloser Präzision überfahren und während ihr nicht einmal die geringste Entschädigung angeboten wurde.

»Jonas hat wie gesagt an Profi-Wettbewerben teilgenommen. Er wird auch nach St. Anton fahren und seine Zulassung als Skilehrer erneuern. Es gibt da einen Kurs für Sportlehrer, reine Formalität, aber wenn er den Kurs durchlaufen hat, wird unserer Entwicklung zur Elite-Sportschule nichts mehr im Weg stehen.«

Margarethas Stimme hatte einen pädagogischen, fast mütterlichen Beiklang angenommen. Lisbeth verspürte einen sauren Geschmack im Hals. Sie war keine Schülerin. Das sollte Margaretha klar sein.

»St. Anton?«

»Ja. Das liegt in Österreich.«

»Ich weiß, wo St. Anton liegt. Wann fährt er?«

»Jetzt am Wochenende. Genauer gesagt schon am Samstag.«

»Wie lange denn?«

»Von Samstag bis Montag. Zwei Übernachtungen. Es wird kurz und intensiv, aber sicher effektiv.«

»Wer bezahlt das?«

Margaretha sah aus, als ob sie keine Lust hätte, die Frage zu beantworten, und als ob sie sich auch nicht dazu verpflichtet fühlte.

»Bezahlt die Schule?«

»Teilweise. Aber wir haben auch eine Beteiligung von Seiten der Gemeinde. Das hier ist wie gesagt eine Initiative, die ...«

»Fahren noch andere aus der Schule?«

Jetzt sah Margaretha wirklich ein bisschen schuldbewusst aus.

»Ich fahre mit, um am theoretischen Unterricht teilzunehmen. Es kommen auch noch Sportlehrer von anderen Schulen. Vielleicht sind auch noch weitere Schulleiter dabei.«

»Warum hast du mich nicht gefragt?«

»Aber liebe Lisbeth, jetzt nimm das doch nicht so persönlich. Das hat nichts mit dir zu tun. Du hast deine Sache ganz hervorragend gemacht.«

»Und fahre ich dann nicht mit? Und warum hast du mich nicht längst informiert?«

»Ich informiere dich doch jetzt.«

»Wäre es nicht nur logisch gewesen, mich einzuladen? Wo ich seit Langem Sport unterrichte?«

»Hier geht es aber vor allem um die *älteren* Schüler, und Abfahrtsski stand ja nicht auf dem Stundenplan. Klar, du warst mit den Klassen in Trysil, aber …«

»Ich habe auch an Wettbewerben teilgenommen. Ich war früher mal in der Juniornationalmannschaft. Das müsste ja wohl reichen, damit ich mitkommen darf.«

Die Lüge entschlüpfte ihr mit überraschender Leichtigkeit. Margaretha sah ausnahmsweise einmal ratlos aus.

»Juniornationalmannschaft? Das hast du nie erwähnt.«

»Habe ich wohl. Als du mich eingestellt hast. Und da müsste ich doch qualifiziert sein.«

Vielleicht kam es vom Kaffee. Der neuen Frisur. Margarethas Miene. Vom Weihnachtsessen um elf oder von Solos Problemen. Vielleicht war es die ganze Ungerechtigkeit der Welt, die sich in der absoluten Überzeugung manifestierte, dass sie auch mit auf diese Fortbildung gehen musste. Musste. Mitkommen. Um. Jeden. Preis.

Die Gewissheit war so stark, dass ihr das Gesagte absolut wahr vorkam. Sie hatte Margaretha wirklich informiert, als sie eingestellt worden war. Sie hatte der Juniornationalmannschaft angehört und war gut gewesen. Falls es eine Juniormannschaft gab. Für Slalom oder Skispringen oder Super G oder wie das alles hieß. Es spielte keine Rolle, denn sie war dabei gewesen. Lisbeth Cederström war die Hänge hinabgeflogen und hatte auf dem Siegerpodest gestanden. Sie war ein Talent, eins von den größten. War nur einen Sprung von der EM, der WM, sogar von den Olympischen Spielen entfernt gewesen, von den galaktischen Sphären, vom nächsten Flug zum Mond.

»Also, da finde ich, dass ich das Recht habe, mit nach St. Anton zu kommen. Ich bin mindestens so kompetent wie dieser Bonde. Das finden sicher auch … andere.«

Sie hätte wirklich fast »die Gewerkschaft« gesagt, und Margaretha schien das begriffen zu haben. Vermutlich hätte die Gewerkschaft auch etwas unternommen. Und so besorgt wie Margaretha um den Ruf der Schule war, wäre ein Konflikt mit der Gewerkschaft das Letzte, was sie jetzt brauchen konnte. Jetzt, wo sie so großartige Zukunftspläne hatte und wo sie selbst mit auf diese Reise gehen wollte.

»Ich muss schon sagen, ich bin überrascht. Du warst zwar in Trysil, aber ich habe nie gesehen, dass du …«

»Zum ersten bin ich dort für die Schüler da. Denen fährt man nicht gern davon. Zum anderen stehst du ja auch nicht gerade dauernd auf der Piste, wenn wir ins Skilager fahren.«

Das saß. Margaretha kam nur selten mit nach Trysil, und da sah man sie häufiger beim Après-Ski. Dass die Rektorin mit nach St. Anton kommen wollte, war also auch in dieser Hinsicht seltsam.

»Nun ist diese Reise ja schon gebucht …«

Margaretha unterbrach sich. Hatte vermutlich »seit Langern« sagen wollen, was nicht besonders klug gewesen wäre. Sie merkte sicher selbst, dass sie sich nicht vollständig korrekt verhalten hatte.

»Wenn ich gewusst hätte, dass du in der Juniornationalmannschaft warst …«

»Wer war in der Juniornationalmannschaft?«

Die Stimme kam von der Tür her. Lisbeth fuhr herum. In der Türöffnung stand ein Mann im Trainingsanzug. Groß, Dreitagebart, durchtrainiert. Wie aus einer Zahnpastareklame.

Mit einem *darf ich* kam er mit geschmeidigen Schritten herein. Sein Händedruck war fest und warm.

»Hallo, ich heiße Jonas Bonde, und du bist sicher Lisbeth? Dann werden wir im Frühling ja Kollegen. Sehr schön.«

Lisbeth nickte. Brachte keine Ton heraus. Nahm ein Deo oder Rasierwasser mit Fichtennadelduft wahr. Jonas Bonde hielt noch immer ihre Hand fest und blickte ihr fröhlich in die Augen.

»Aber jetzt bin ich ja so neugierig. Ich war ja auch in der Juniornationalmannschaft. Welche Trainer hattest du?«

Nicht rotwerden. Nicht stottern.

»Ich hatte … wie hieß er doch noch gleich … der …. Ja, du weißt doch, dieser … Holmlund. Es gab da eine Zeitlang pausenlos Trainerwechsel, viele hörten auf, und andere kamen neu dazu.«

»Holmlund? Nööö, an den kann ich mich nicht erinnern … wie sah er aus? War das ein großer Kerl aus Sollefteå, so einer mit Vollbart?«

»Ja, genau. Der war das.«

»Aber wann hat der denn aufgehört … das muss doch schon ewig her sein?«

»Nicht doch. Nicht Holmlund. Holmlund war keiner, der

so schnell das Handtuch warf. Er hat alles für seine Leute getan. Für uns.«

Jonas nickte.

»Ja, das war wohl so. Das war wohl kurz vor meiner Zeit, deshalb kann ich mich nicht an alles erinnern. Aber er war ja legendär, dieser Holmlund. Hieß er wirklich so? Aber das weißt du natürlich besser. Wenn du bei ihm trainiert hast, dann hast du wirklich die Grundlagen im Blut. Ich hoffe, ich falle da nicht zu weit zurück. Denn du kommst doch sicher auch mit nach St. Anton?«

»Ich habe ja gerade erst erfahren ...«

Sie konnte den Satz nicht beenden. Margaretha fiel ihr mit einem Anflug von Panik ins Wort.

»Natürlich kommt Lisbeth mit. Noch war nicht ganz sicher, wie viele Plätze wir haben, aber ich werde mich sofort um Flug und Hotelzimmer kümmern.«

Jonas strahlte. Lächelte so sehr, dass die Lachfältchen um seine Augen deutlich wurden. Lisbeth registrierte die sehr blauen Augen und die sehr muskulösen Oberarme. Es war nicht schwer zu verstehen, was Margaretha an ihm fand.

»Aber dann sehen wir uns ja bald, und sei es auch nur auf der Piste in St. Anton. Ich freue mich wirklich schon. Dann können wir Erinnerungen austauschen. Margaretha, ich bin gleich wieder da.«

Er winkte und verschwand auf weichen Gummisohlen. Lisbeth wandte sich wieder Margaretha zu, die ausnahmsweise offenbar nicht wusste, was sie sagen sollte.

»Schau morgen mal rein, dann erfährst du alle Details«, sagte sie endlich. »Und entschuldige, dass ich hierbei keine so glückliche Hand hatte. Natürlich kommst du mit. Ich bitte um Verzeihung.«

Die Rektorin zeigte Größe. Lisbeth nickte, murmelte ein

»bis dann« und verschwand. Die Erkenntnis, was hier eben passiert war, überwältigte sie mit monumentaler Kraft. Sie stolperte hinaus auf den Gang und auf den Schulhof und fühlte sich wie kurz vor dem Abgrund. In ihren Ohren sauste es, und ihr war schlecht. Sie kam erst zu sich, als ein Kind ihren Arm packte und daran zog.

»Frau Lehrerin, Lisbeth, weißt du, wir waren gestern mit dem Auto unterwegs, und dann sind wir in eine Straße gekommen, und da stand ein Schild, dass man da nicht fahren darf, aber Papa hat gesagt *drauf geschissen*, und dann sind wir doch da gefahren.«

10

Montag, 11. Dezember

Sie lief so schnell nach Hause, dass niemand mehr die Möglichkeit hatte, sie anzusprechen. Etwas über ihre Frisur oder ihre frühere Karriere bei der Juniornationalmannschaft für alpinen Abfahrtslauf zu sagen. Obwohl sich Letzteres ja nicht so schnell herumsprechen könnte. Sie hatte schließlich erst vor wenigen Stunden bei der Direktorin gesessen und über ihre Siege erzählt.

Seitdem waren mehrere Stunden vergangen. Unterrichtsstunden, bei denen sie das Gefühl hatte, im Nebel umherzutappen und nicht richtig zu sehen oder zu hören. Ein Kind hatte gebeten, die Kerzen anzünden zu dürfen, obwohl doch Montag war, und ehe sie sich's versah, hatte sie ja gesagt und alle hatten vor ihren brennenden Kerzen gesessen, während sie etwas vorlas, ohne auch nur ein einziges Wort zu verstehen.

Also nein, noch wusste niemand etwas. Aber bald würden es alle wissen. So lief es hier. Margaretha erzählte es irgendwelchen Kollegen, und die erzählten es anderen Kollegen, die wiederum ihren Männern oder Frauen davon erzählten, und die Kinder würden es am Abendbrottisch hören, und schon morgen würde jemand auf dem Schulhof auf sie zugestürzt kommen und sagen, Frau Lehrerin, Lisbeth, hast du an einer Meisterschaft teilgenommen und gewonnen? Zeig mal deine Medaillen!

Wieder machte sie den Umweg über den Hafen und wanderte am Strand entlang. Die Bebauung hier war während des Winterhalbjahres besser zu sehen, wenn der Campingplatz leer war und Bäume und Büsche kahl. Mauern und Fassaden standen ungeschützt da und konnten ohne den Schutz gepflegter Hecken betrachtet werden.

Der Ort hatte sich verändert. Estrid hatte ihr Schwarzweißfotos davon gezeigt, wie es früher hier ausgesehen hatte. Damals standen hier fast nur Sommerhäuser, typische Exemplare der Holzhäuser aus den 30er Jahren, und knorrige alte Bäume in den Gärten. Oft liebevoll ausgebaute Hütten, aufgelegte Boote im Garten, ein Bootskarren, vielleicht ein Kanu.

Inzwischen schossen die Villen wie die Pilze aus der Erde. Häuser mit mehreren Stockwerken und bodentiefen Fenstern und Kieswegen als Auffahrten, auf denen mehrere große Wagen nebeneinander standen. Und natürlich, wenn man mit dem Auto nach Åsa fuhr und von dort mit dem Zug, war man in knapp über einer halben Stunde mitten in Göteborg. Eine ganz normale Pendlerzeit, etwas, mit dem die Durchschnittsschweden in den Vororten zufrieden sein konnten.

Schön war es jedenfalls. Wieder fiel ihr das Glitzern in den kahlen Gärten auf, die Lichterketten, eine geschmückte Tanne im Garten, eine pudrige Schneedecke auf dem Boden. Wenn ein Sonnenstrahl Eis und Frost glitzern ließ, strahlte alles. Vermittelte Ruhe und nahenden Weihnachtsfrieden.

Wenn man nicht in wenigen Tagen nach St. Anton fahren müsste. Und vor dem halben Kollegium die Fähigkeiten im Abfahrtslauf demonstrieren.

Wieder überwältigte sie die Panik. Außerdem wollte Tobbe wegen des defekten Rohrs kommen und musste vielleicht die Wand aufbrechen, und sie müsste dann wegfahren, um… ja, was eigentlich? Wie sollte sie aus dieser Klemme herauskommen?

Eins nach dem anderen. *Eins nach dem anderen.*

Kaum war sie nach Hause gekommen, hatte den Mantel abgelegt und festgestellt, dass es ärger stank denn je, als auch schon Tobbe vorfuhr.

»Hallo, da bin ich wieder.«

»Hallo. Kommen Sie rein.«

Tobbe zog die Schuhe aus. Suchte ein wenig am Mantelstock, fand aber keinen leeren Kleiderbügel. Lisbeth machte rasch einen frei und stand mit der Jeansjacke in der Hand da.

»Kann ich Ihnen was anbieten? Einen Kaffee?«

»Gern.«

»Gehen Sie schon mal in die Küche. Ich muss nur schnell…«

Sie lief ins Wohnzimmer und warf die Jacke über einen Stuhl. Lief zurück und zog die Kaffeemaschine hervor. Maß Kaffee ab. Dachte, dass sie noch einen kleinen vertragen könnte, obwohl sie bei Margaretha so viel getrunken hatte. Es würde vielleicht eine lange Nacht werden.

»Alles in Ordnung?«

»Alles gut. Ja. Ich hab ein paar Sachen mitgebracht, und jetzt sehen wir mal, ob wir Bilder machen können. Jetzt riecht es ja auch stärker.«

»Ja. Das tut es.«

Der Kaffeeduft breitete sich jetzt glücklicherweise im Zimmer aus, und das war von einer gewissen beruhigenden Wirkung. Lisbeth fühlte sich inzwischen elend. Warum geriet sie in solche Situationen? Wie sollte sie da wieder herauskommen? Skiprofi? Und dazu dieses Problem in der Küche?

Reiß dich zusammen, dachte sie schließlich. Du bist gesund, und niemand ist gestorben, und Sara mit ihrer Tochter hat viel größere Probleme, und andere Leute haben auch Schäden im Haus und dieses andere, daran bist du ganz allein schuld.

»Dann wollen wir mal sehen.«

Lisbeth reichte ihm eine Tasse, und Tobbe leerte sie hastig. Dann kroch er unter den Spülstein und fing an, Rohre abzuschrauben. Rostflocken und schmutziges Wasser flossen in den Schrank, und er bat um einen Lappen. Auf dem Rücken liegend, in einer vermutlich ungeheuer unbequemen Haltung, führte er in das Rohr einen Stahldraht mit einem schwarzen Klumpen am Ende ein, bei dem es sich vermutlich um die Kamera handelte. Lisbeth fragte sich, wie das überhaupt funktionieren konnte.

»Klappt's?«

»Glaub schon.«

Sie setzte sich mit der Tasse in der Hand. Es schmeckte sogar gut. Sie schaute hinaus und sah eine Möwe über ihr Grundstück stolzieren. Dass die Möwen das Meer verließen und an Land gingen, war an sich nicht ungewöhnlich. Vielen war es passiert, dass die Vögel im Schornstein Nester bauten und alles dicht war, wenn man im Kamin Feuer machen wollte, und so ein Nest zu entfernen, war auch nicht so leicht. Eine wütende Möwenmama, die ihre Jungen beschützte, konnte ziemlich rabiat werden.

Die Möwe schien sich jedenfalls zu Hause zu fühlen. Wirkte irgendwie zufrieden, wie sie da umherwandelte. Lisbeth sollte sie verscheuchen, aber jetzt war einfach nicht der richtige Augenblick.

Es kratzte im Rohr. Der Stahldraht kam offenbar voran. Hoffentlich gab es einige Bilder. Hoffentlich klappte der

Versuch, und hoffentlich war Tobbe der richtige Mann für diese Arbeit. Er sah ebenso unscheinbar aus wie bei seinem ersten Besuch, diesmal trug er ein kariertes Flanellhemd. Aber er sah genauso lieb aus. Sie sollte sich der Herausforderung stellen und hoffte, dass ihre Hausratsversicherung etwas davon übernehmen würde.

Montagnachmittag. Am Samstag würde sie vermutlich in die Alpen fahren. Wenn sie vorher nicht krank würde. Das war eigentlich die einzige Möglichkeit. Aber wie peinlich war das denn? Und wie leicht zu durchschauen? Ihre Kollegen würden sie endgültig als Hochstaplerin entlarven, und das würde sie sich dann für den Rest ihres Lebens anhören müssen. Die Reisen nach Trysil ins Skilager, auf die sie sich immer so gefreut hatte, würden zum Albtraum werden.

Was war nur in sie gefahren?

Sie war durchaus eine passable Skiläuferin. Ihre Eltern waren gewissenhaft mit ihr und Helena in die Berge gefahren. Sie hatten Skikurse besucht und immer die passende Ausrüstung gehabt. Damals hatte sie fast jede Abfahrt geschafft. Steile Hänge hatten sie nicht abgeschreckt, und selbst Buckelpisten kam sie einigermaßen runter. Aber das war es ja gerade. Einigermaßen.

Zuallererst galt zu klären, ob sie überhaupt eine taugliche Ausrüstung hatte. Skier und Stiefel könnte sie natürlich mieten, da wäre sie bestimmt nicht die einzige. Aber die Kleidung? Ja, Hose und Jacke lagen oben auf dem Dachboden. Gut genug für einen Skiausflug mit den Schülern. Aber St. Anton? War das nicht zu allem Überfluss auch noch ein ziemlich mondäner Ort? Einer, an den die Schönen und Reichen fuhren?

»Entschuldigen Sie mich mal kurz.«

Lisbeth verließ die Küche und stieg auf den Dachboden.

Suchte die Skikleidung heraus. Sie fuhr selten, außer eben nach Trysil. Harry und sie hatten mal darüber geredet, aber es hatte sich nie ergeben. Er fuhr ja mit seinen Freunden und mit Kollegen, und ihm reichte das.

Einmal hatte sie Helena mit Familie begleitet, als die ein Ferienhaus in Sälen gemietet hatten. Es war nett, sie zu fragen, aber es war kein Urlaub, mit Schwester und Schwager und Neffen im Schlepptau. Die gesamte Ausrüstung für Abfahrt und Langlauf, Kinder, die zu unterschiedlichen Skikursen gebracht werden mussten, überall Skiunterwäsche, Kochen für die ganze Kompanie und für Lisbeth ein schmales Feldbett unter der Treppe. Außerdem war es die ganze Woche lang saukalt gewesen.

Jetzt brachte sie die Sachen nach unten und nahm sie in Augenschein. Nein, viel machten die nicht her. Seufzend kehrte sie zurück in die Küche, wo Tobbe gerade hervorgekrochen war und den restlichen Kaffee in sich hineinschüttete.

»Gut gegangen?«

Sie hatte schon gefragt, musste es aber noch einmal tun. Er nickte.

»Ich hoffe. Ich fahr jetzt nach Hause und kümmere mich morgen darum, und dann melde ich mich, sowie ich mehr weiß.«

»Wie lange kann das wohl dauern?«

»Ein paar Tage vielleicht. Oder, das kommt darauf an. Ich kann ja am Wochenende kommen, wenn Ihnen das recht ist. Mir macht das nichts aus.«

Lisbeth schluckte.

»An diesem Wochenende kann ich nicht. Da bin ich verreist.«

»Aber dann …«

»Wenn es vorher klappt, wäre ich natürlich schrecklich dankbar. Ich fahre am Samstag und bin Montagabend wieder zu Hause.«

»Dann versuche ich, vorher zu kommen.«

Er lächelte ermutigend. Er hatte wirklich ein freundliches Gesicht. Freundlich auch dann, wenn er nichts sagte. Wenn er an ihren Rohren herumschraubte oder seine Jacke aufhängte.

»Nur damit ich verstehe, worum es geht. Wenn also ein Loch im Rohr ist, dann kann Wasser ausgelaufen sein und ich habe einen Wasserschaden. Oder es hat nicht geleckt, aber das Rohr muss trotzdem repariert werden? Muss in beiden Fällen die Küche demontiert werden? Das muss sie wohl, nehme ich an?«

Die Frage kam ihr idiotisch vor. Natürlich musste man das Rohr erreichen können, um es zu reparieren. Eigentlich wollte sie ja nur etwas Beruhigendes hören. Etwa, ja, das muss sein, aber das ist nicht der Rede wert. Lässt sich in wenigen Tagen erledigen. Doch Tobbes Antwort überraschte sie.

»Wenn es ein Loch ist, das so gelegen ist, dass es nicht geleckt hat, kann man das erledigen, ohne alles aufzubrechen. Man kann einen Strumpf einlegen.«

»Einen Strumpf?«

»Ja, das war nicht so gut ausgedrückt. Aber stellen Sie sich vor, Sie schieben etwas in die Öffnung, das dann das Rohr von innen auskleidet. Sie gipsen das Rohr sozusagen von innen ein und dichten es auf diese Weise ab. Dann haben Sie ein etwas schmaleres Rohr, aber es leckt nun nicht mehr, und Sie brauchen das Loch nicht auszutauschen. Ich sage nicht, dass wir es so machen können, aber es wäre eine Möglichkeit.«

»Das klingt avanciert.«

»Es ist eigentlich nicht besonders schwer. Das Problem ist, dass alte Rohre leicht brechen. Wenn man dann an einer Stelle herumflickt, bricht es an einer anderen wieder auf. Wir nennen sie Glasrohre, sie brechen, wenn man sie nur anhaucht, und wenn das Rohr einige Jahre auf dem Buckel hat, zahlt auch keine Versicherung. Jetzt hat man ja besseres Material, aber früher hatte man das eben nicht, und dann kann so ein Strumpf eine sehr gute Lösung sein.«

»Ist das teuer?«

Sie hatte noch nicht einmal nach einem Kostenvoranschlag gefragt. Hatte keine Ahnung, was sie bereits schuldig war. Das hier würde vielleicht ihr gesamtes mühsam erspartes Notkapital verschlingen.

»Ich verspreche, die Kosten so gering wie möglich zu halten.«

»Danke. Und was bedeutet das?«

Wieder lächelte Tobbe auf seine sympathische Weise, die sie an seine Ehrlichkeit glauben ließ.

»Dreißigtausend Kronen, und wenn es aus irgendeinem Grund mehr wird, sage ich sofort Bescheid, damit Sie eine Entscheidung treffen können. Ich tue wirklich nichts, worüber wir nicht gesprochen haben. Vielleicht können Sie einen Teil der Kosten von der Steuer absetzen, und die Hausratsversicherung wird sicher auch etwas übernehmen. Aber das habe ja leider nicht ich zu entscheiden.«

Dreißigtausend Kronen. Eine 3 und viele Nullen tanzten vor ihren Augen. Lebt wohl, Ersparnisse. Lebt wohl, allerlei andere Dinge. Aber was hatte sie denn erwartet? Sie konnte nur nicken und sagen, das klinge ja richtig preiswert. Sie verschränkte die Arme. Rang mit den Tränen. Tobbe ging in die Diele, und sie lief hinterher.

»Dann melde ich mich vor dem Wochenende. Bis bald.«

11

Montag, 11. Dezember

Gleich darauf hörte sie das Auto anfahren. 30.000 Kronen, dröhnte es in ihrem Kopf, bis sie diesen Gedanken verdrängte. Eine Katastrophe nach der anderen.

Sie ging ins Arbeitszimmer nach oben, setzte sich vor den Rechner und fing an, die Juniornationalmannschaft für alpinen Abfahrtslauf zu googeln. Muntere Skiläufer in hautengen Anzügen, coolen Helmen und großen Sonnenbrillen standen im Gegenlicht da, die Skier in der Hand. Die meisten schienen aus dem Norden zu kommen, aber überall wurde dazu aufgefordert, dem lokalen Skiverein beizutreten.

Sie sah ein, dass ihr Betrug noch schlimmer war, als sie ohnehin schon vermutet hatte. Sie wusste nicht einmal, welchem Verein sie angehört haben könnte. Andererseits hatte Jonas Bonde sie nicht danach gefragt. Aus irgendeinem Grund schien er davon ausgegangen zu sein, dass sie in Stockholm trainiert hatte, und sie hatte das von ihm gedacht. Vielleicht weil sie beide nicht mit norrländischem Akzent sprachen. Auch wenn Lisbeth nicht in Stockholm aufgewachsen war und Jonas vermutlich auch nicht. Er konnte eigentlich durchaus hier aus der Gegend sein.

Die Übersicht der Wettbewerbe zeigte, dass sie auf nationaler und auf regionaler Ebene stattfanden. Aber so alt, wie sie war, konnte sie behaupten, ihre aktive Trainingszeit liege lange zurück, vielleicht als sie vierzehn, fünfzehn gewesen war.

Also vor etwa fünfundzwanzig Jahren. Dann war es doch legitim, vieles verlernt zu haben und nicht mehr so genau sagen zu können, wo sie an Wettbewerben teilgenommen hatte. Wenn sie Åre anführte, konnte das nicht ganz falsch sein. Dort könnte sich vieles geändert haben. Holmlund könnte zum Beispiel aufgehört haben.

Der gute alte Holmlund. Auf einen Impuls hin gab sie Holmlund und Ski ein. Einige belanglose Treffer. Danach suchte sie nach der Juniornationalmannschaft vor fünfundzwanzig Jahren. Probierte ein Suchwort nach dem anderen. Aber das half alles nichts.

Auch egal. Es war schließlich ein sekundäres Problem. Das primäre war das Skilaufen.

Vor dem Fenster war es nachtschwarz, aber sie musste nach draußen, um klar denken zu können. Hier drinnen konnte sie nicht atmen, sie konnte nicht zugleich an Skier und das Abflussproblem in ihrer Küche denken. Eigentlich hatte sie Sara anrufen und fragen wollen, wie es mit ihr und Solo ging.

Sie schaltete den Computer aus und ging die Treppe hinunter. Wäre fast ausgerutscht und bekam in letzter Sekunde das Geländer zu fassen. Das wäre ja schön, sich auch noch das Bein zu brechen. Im Haus zu liegen und das Telefon nicht zu erreichen.

Die Möwe war noch immer da, als sie eine Runde um ihr Grundstück drehte. Der Wind hatte allerlei Zweige von den Bäumen gerissen. Sie müsste harken und alles auf einen Haufen legen. Aber ansonsten sah alles ordentlich aus. Wenn sie mit heiler Haut aus dieser Sache herauskäme, würde sie den Garten für den Frühling richtig schön machen.

Die Straßen waren menschenleer. Einzelne Leute waren unterwegs, und ab und zu fuhr ein Auto vorbei. Lisbeth hob dann die Hand zum Gruß, brauchte aber nicht stehenzubleiben. Die neue Frisur hatte sie unter einer Mütze versteckt.

Sie wanderte abermals zum Strand hinüber. Das Meer lag spiegelblank da, und der Mondschein zeichnete eine silbrige Straße zum Horizont. Sie ging immer weiter und stellte nach einer Weile fest, dass sie auf Marianas Laden zusteuerte. Das Haus lag neben einer großen Wiese, wo im Sommer das Karussell aufgestellt wurde. Ihr Karussell, für das der Ort sogar ein bisschen berühmt war. Zu Recht, denn es war wunderschön, mit seiner Bemalung und den Pferdchen. Hundert Jahre alt, ein Kleinod von Marianas Eltern und ihren Schwestern. Vielleicht war es noch älter. Sie wusste, dass es schon zu Beginn des 20. Jahrhunderts durch Europa gereist war.

Jetzt stand es jedoch noch in der Scheune, um am sogenannten Karusselltag im Sommer herausgeholt zu werden. Dann wurden Imbissbuden aufgestellt, es gab Musik und ein Marionettentheater, und alle kamen, die dazu überhaupt in der Lage waren. Es war wirklich schön und natürlich eine Versüßung des Alltags, die die Kinder liebten.

In Marianas Fenstern brannte Licht, im Laden unten und im Obergeschoss, wo sie wohnte. Ihr Ehemann war vor einigen Jahren in die USA übersiedelt, und die Tochter hatte dort studiert, lebte aber jetzt wieder in Schweden und besuchte irgendeine Universität. Mariana aber war noch da. Kümmerte sich um ihren Laden und fuhr ab und zu nach Deutschland zu ihrem Freund. Lisbeth glaubte nicht, dass sie jemals weggehen würde. Hier waren ihren Wurzeln, ihre Erinnerungen, ihre Geschichte, ihre Schwestern. Ihr Vater war seit vielen Jahren tot, und ihre reizende Mutter erst vor wenigen Jahren gestorben. Sie hatten eine gute Beziehung gehabt, diese vier. Hatten zusammengehalten, obwohl der Vater so früh gestorben war. Mariana und ihre Schwestern brauchten einander bestimmt.

Wieder verspürte sie einen Stich des Neides. Sie hätte gern so eine Beziehung zu Helena, aber es hatte sich nicht so ergeben. Natürlich spielte der Altersunterschied eine große Rolle. Helena war immerhin vier Jahre älter, und es hatte gedauert, bis Lisbeth ihr auf Augenhöhe begegnen konnte.

Aber das war nicht alles. Sie hatten immer schon unterschiedliche Interessen gehabt und sich in ihrer Freizeit anders beschäftigt, hatten unterschiedliche Musik gehört und sich unterschiedlich engagiert. Helena hatte einen großen Bekanntenkreis und viele Freundinnen, Lisbeths Radius war immer viel kleiner gewesen.

Mit der Zeit hatte natürlich auch die Familiensituation eine Rolle gespielt. Helena hatte drei Kinder, und das vierte war unterwegs. Lisbeth hatte kein Kind und nicht einmal einen Partner, sie konnte nur ein paar gescheiterte Beziehungen vorweisen.

Sie wollte gerade kehrtmachen, als sie die Weihnachtsdekoration im Schaufenster entdeckt. Eine Landschaft mit verschneiten Hügeln und gefrorenen Seen, Trolle zwischen kunstvoll geschnitzten Tannen, Wichtel mit Lichtern neben Rentieren, die vollbeladene Schlitten zogen. Überall lagen Bücher, alte Märchensammlungen und Neuausgaben über die vielen Geheimnisse und Freuden des Weihnachtsfestes. Ein Paar weiße Schlittschuhe mit geschliffenen, messerscharfen Kufen. Pakete, glänzendes Geschenkpapier und buntes Seidenband.

Tausend Erinnerungen kamen in ihr hoch, Besuche im Spielwarenladen, sorgfältig geschriebene Wunschzettel, die per Post an den Weihnachtsmann geschickt oder den Eltern überreicht wurden, die Erwartung, wenn Papa die Gipskirche hervorholte, die er einmal in der Altstadt von Stockholm gekauft hatte, und wenn sie und Helena die dazugehörigen Figuren auf Betten aus Watte stellten und kleine Städte mit Häusern aus Holz und Tieren aufbauten, die sich um einen aus einem Spiegel hergestellten See versammelten.

Diese Magie, die sie mit Weihnachten verbunden hatte. Dass alles so schön war, dass man die ganze Zeit vor Erregung und Erwartung zitterte.

Sie fuhr zusammen, als sie Mariana hinter der Fensterscheibe entdeckte. Mariana saß an einem Tisch im Laden und schien mit einer Marionette beschäftigt zu sein. Einige ihrer Marionetten hatte sie selbst angefertigt, und viele Leute in Frillesås hatten so eine im Fenster hängen. Lisbeth hatte noch keine gekauft, vor allem, weil sie sich für keine entscheiden konnte und weil sie ziemlich teuer waren.

Mariana schaute auf, und ihre Blicke begegneten sich. Lisbeth wäre am liebsten weggelaufen, aber sie wusste, dass hätte feige gewirkt, oder schlimmer noch, als ob sie Mariana heimlich beobachtete.

Mariana stand auf, und gleich darauf wurde die Ladentür geöffnet.

»Hallo, du bist das? Möchtest du irgendwas?«

»Nein, nein, gar nicht. Ich hab nur einen Spaziergang gemacht, und dann musste ich dein Schaufenster bewundern.«

Mariana lächelte. Sie war wie immer schön, sah jedoch müde aus. Auch sie hatte feine Falten um die Augen und trug eine viel zu weite Trainingshose und ein zu großes Hemd. Sie war nicht auf Besuch eingestellt.

»Danke. Ich wollte auch losgehen, aber dann hatte ich doch keine Lust.«

Lisbeth sah die halbfertige Marionette auf dem Tisch.

»Machst du neue Puppen?«

Mariana fröstelte und verschränkte die Arme vor der Brust.

»Ich mache eine alte.«

»Die sind so schön. Ich will mir auch irgendwann eine zulegen.«

Zu spät sah sie ein, dass das als verdeckte Bitte klingen konnte, eintreten und sich umschauen zu dürfen. Aber Mariana schien das nicht so zu sehen. Oder vielleicht tat sie das, wollte jetzt aber nicht. Wieder wurde deutlich, dass sie allein sein wollte.

»Wieso interessierst du dich eigentlich so für Marionetten?«

Sie hätte sich die Zunge abbeißen können. Marionetten gehörten zu dem Karussell, gehörten zu Marianas Vater. Mariana verwaltete ein Erbe, und Lisbeth hatte sich auf dünnes Eis begeben. Außerdem wollte Mariana hier keine langen Reden führen, sondern ins Haus gehen und mit ihrer Arbeit weitermachen.

»Bei uns zu Hause hat es ja immer Marionetten gegeben, da ist es wohl selbstverständlich, und doch ist es immer noch spannend für mich. Wir, die Puppenspieler, erwecken die Puppen zum Leben. Eine Marionette hat immer denselben Gesichtsausdruck. Und doch glauben wir, dass sie lacht oder weint oder wütend ist, wenn wir ihrem Spiel zusehen, weil Stimmungen transportiert werden. Es ist eine Illusion, die wir für Wirklichkeit halten.«

Sie streichelte Lisbeths Arm.

»Entschuldige, das war jetzt ein ganzer Vortrag. Ich kann endlos lange darüber reden, wie unsere Gehirne funktionieren. Ich finde das so unglaublich interessant. Dass wir etwas sehen und es dann glauben. Aber das, was wir sehen, bedeutet vielleicht gar nicht das, was wir glauben. Meine Güte, jetzt rede ich schon wieder so kryptisch.«

»Nein, nein, überhaupt nicht. Das ist spannend. Es hat doch mit Manipulation zu tun, und manche sind darin ja sehr gut. Personen, meine ich, keine Puppen.«

Sie schwiegen. Lisbeth merkte, dass Mariana sie aus purer Höflichkeit hereinbitten würde, wenn sie noch länger stehenbliebe.

»Aber jetzt muss ich weiter, damit du in Ruhe arbeiten kannst. Morgen ist ja auch noch ein Tag. Bis dann.«

»Geh vorsichtig. Es ist dunkel hier. Bis dann.«

Lisbeth ging los. Drehte sich um, als sie ein Stück weit gekommen war. Jetzt war es dunkel im Laden. Sicher war Mariana nach oben in ihre Wohnung gegangen. Aber sie hatte etwas Wichtiges gesagt. Etwas, das von überragender Bedeutung war. Wir sehen und wir glauben. Illusion und Wirklichkeit. Das fantastische Gehirn und wie es funktioniert.

Fast auf der Treppe ausgerutscht.

Das Rohr von innen eingipsen.

Geh vorsichtig.

12

Dienstag, 12. Dezember

»Als Arzt muss ich energisch davon abraten. Ein gesundes Bein einzugipsen ist keine gute Idee. Die Muskelmasse bildet sich rasch zurück, und es kann auch andere Komplikationen geben. Je nachdem, wie lange der Gips bleibt, musst du das Bein ebenso trainieren wie nach einen Bruch. Es bedeutet also eine absolut unnötige Belastung für einen gesunden Körperteil.«

Dr. Girard sah sie aus seinen nussbraunen Augen an. Die funkelten.

»Aber als *Franzose* muss ich sagen, dass diese Idee genial ist. Absolut *brillante.*«

Dr. Girard arbeitete schon seit vielen Jahren im lokalen Gesundheitszentrum und hatte sicher dazu beigetragen, dass die Zentrale im Ort solche Beliebtheit genoss. Er war Lisbeths Hausarzt geworden, als sie hergezogen war, und sie dankte immer wieder ihrem Glücksstern, wenn andernorts Probleme mit der ärztlichen Versorgung erwähnt wurden.

Dr. Girard war zugänglich und zu seinen Telefonsprechzeiten wirklich erreichbar. Wenn man voller Panik Dr. Girards Privatnummer anrief, die er sicherheitshalber verteilte, bestand immer die Möglichkeit, einen noch freien oder eigentlich nicht existierenden Termin zu bekommen. Dr. Girard liebte seinen Beruf und seine Patienten, und er fand es wunderbar, das Leben der Menschen ein wenig verbessern zu können.

Dr. Girard war klein und rund und hatte einen schütteren Lockenkopf. Er war keine Schönheit, aber das vergaß man schon nach den ersten Minuten. Dr. Girards Art, die Hand zu geben, diese braunen Augen, die voller Engagement, Güte und Kompetenz auf ihrem Gegenüber ruhten … das alles war unwiderstehlich.

Bei Dr. Girard konnte man sich geboren fühlen. Man fühlte sich versorgt und gesehen.

Selbst Lisbeths Mutter suchte ihn auf, wenn sie zu Besuch kam. Es war doch praktisch und zudem so nett, einen Menschen mit ein wenig *savoir vivre* anzutreffen.

Dr. Girard stammte aus der Provence, war aber nach Schweden gezogen, der Liebe wegen. Madame Girard, auch Lisa am Markt genannt, hatte hinter Elenas Bäckerei eine kleine Boutique. Dass jemand dorthin fand, war ein Wunder, aber Elisa Girard besaß dieselben Eigenschaften wie ihr Mann, nämlich Menschen zu sehen, sie zu verstehen und die Versicherung auszustrahlen, dass sie für die Kundschaft da war und alles tun würde, um deren Leben ein wenig besser, froher und schöner zu machen.

Lisa Girard hatte viele Stammkundinnen, die gern zum Plaudern vorbeischauten, auch wenn sie gar nichts kaufen wollten. Freitags gab es ein Glas Cava, und dann konnte die Stimmung im Laden wirklich Wellen schlagen. Lisbeth hatte dort selbst eingekauft und war immer so empfangen worden wie von Lisas Mann im Ärztezentrum. Lisa besaß Geschmack, und wenn man in Panik geriet, war sie der rettende Strohhalm.

Dr. Girard lächelte so sehr, dass seine Augen noch heller funkelten. Lisbeth ahnte, dass er ihren Plan richtig lustig fand.

»Du fährst am Samstag, hast du gesagt? Dann komm

am Freitagabend her, dann bringen wir das in Ordnung. Gebrochene Beine sind zufällig meine Spezialität, ich habe als junger Mann in einer orthopädischen Klinik in einem französischen Wintersportort gearbeitet, und da musste ich dauernd gipsen. Das ist also das geringste Problem. Dann brauchen wir natürlich eine Geschichte … eine richtig gute Geschichte. Es muss für alle als Schock kommen, als *surprise,* wenn du am Flughafen auftauchst. Es muss glaubwürdig wirken.«

Er wanderte jetzt auf dem Teppich seines Sprechzimmers hin und her. Der weiße Kittel spannte sich über seinem Bauch, und das Stethoskop baumelte um seinen Hals, und die ganze Zeit murmelte er lateinische Wörter vor sich hin. Vermutlich ging er passende Verletzungen durch. Lisbeth ertappte sich bei dem Wunsch, dass er sich für eine unkomplizierte Verletzung entschied, bei der die Heilung nicht so lange dauern würde.

Dr. Girard blieb stehen. Hob einen Finger.

»Eine unkomplizierte Fußgelenkfraktur. Das nehmen wir. Wir werden einen Gipsstiefel machen ... ich glaube, wir bringen einen Absatz an, damit du auf dem Bein stehen kannst und nicht auf zwei Krücken durch die Gegend humpeln musst. Dann reicht eine. Du kannst eine zum Üben mitnehmen, wenn du willst. Aber das ist vielleicht keine gute Idee. Jemand könnte dich ja sehen. Ein Regenschirm geht auch erst mal. Zieh einen Stiefel an und stütz dich auf den Regenschirm und tu so, als ob es wehtäte. Versuch mal, wie es ist, eine Treppe hoch und runter zu gehen.«

»Das klingt gut.«

Nicht, dass sie einen anderen Vorschlag gehabt hätte. Soweit reichte ihre Kompetenz nicht. Dieses eine Mal wünschte sie Helena herbei. Doch dann dachte sie daran, was ihre Schwester dazu sagen würde, ein gesundes Bein einzugipsen, und sie war froh, Helena nicht um sich zu haben.

»Es dauert meistens vier bis fünf Wochen, bis das verheilt ist. Das ist eine lange Zeit mit Gips. Aber vielleicht fährst du über Weihnachten weg und lässt dich hier nicht blicken, dann können wir ihn früher abnehmen?«

Soweit hatte sie nicht gedacht, dass sie Weihnachten im Gips verbringen würde. Aber da würde sich eine Lösung finden. Jetzt ging es um das Skiwochenende.

»Ihr fliegt?«

Lisbeth nickte. Margaretha hatte sie schon am Morgen angerufen und über alle Details informiert. Flug von Landvetter nach Zürich, von dort mit dem Mietwagen nach St. Anton. Ein Zimmer war im Hotel Engelhof gebucht. Was nicht leicht gewesen war, wie die Rektorin andeutete, vielleicht um zu zeigen, dass sie sich wirklich angestrengt hatte, um ihr Verhalten wiedergutzumachen. Sie hatte zudem noch einmal ihre Freude und Überraschung über Lisbeths Profivergangenheit zum Ausdruck gebracht. Nun hätten sie zwei qualifizierte Lehrkräfte für Ski-Abfahrtslauf, und das könnte ja nur gut sein. Ein richtiger Glückstreffer, wenn man sich die Sache genauer überlegte.

Ich muss schon sagen, ich bin beeindruckt von deiner Zurückhaltung, hatte Margaretha sich außerdem abgerungen. *Dass du nicht mit deinem Wissen geprotzt, sondern es zum Besten der Schüler angewandt hast.*

Lisbeth hatte sich hin und hergerissen gefühlt. Auf eine seltsame Weise fand sie, Margarethas Lob für ihre harte Arbeit in der Schule verdient zu haben. Zugleich wurde sie jetzt für das gelobt, wofür sie kein Lob verdiente. Sie hatte rasch vorgebracht, sie müsse sich beeilen, hatte die Flucht ergriffen und sich damit getröstet, dass sie ja schon eine Idee hatte.

Die Idee war ihr auf dem Rückweg von Mariana gekommen. Tobbes Erklärungen über ein innen mit Gips abgedichtetes Rohr, Marianas Gedanken über Illusionen, dass die Leute sahen, was sie sahen, und es entsprechend deuteten. Zu Hause hatte sie dann sofort Dr. Girard angerufen.

Dr. Girard hatte ihr sofort einen Termin gegeben, als sie erklärt hatte, es gehe um Leben und Tod. In der Praxis hatte sie eilig ihre Geschichte erzählt, in dem Bewusstsein, dass sie vollkommen ehrlich sein musste, wenn sie eine Hoffnung auf seine Hilfe haben wollte. Es war alles andere als sicher, dass Dr. Girard alle medizinische Ethik und seine ärztlichen Prinzipien in den Wind schlagen würde, um sie aus einer Situation zu retten, in die sie sich ganz allein gebracht hatte.

Dr. Girard hatte ihr schweigend zugehört. Nach einer Weile hatten seine Mundwinkel gezuckt. Er hatte versucht, ein ernstes Gesicht zu machen, als Lisbeth in Tränen ausgebrochen war, aber das war ihm nicht gelungen. Am Ende hatte er losgeprustet und kaum wieder aufhören können. Er hatte Tränen in seinen funkelnden Augen gehabt, und Lisbeth hatte sich allein schon deshalb ein wenig weniger elend gefühlt.

Nun würde er sie also retten. Noch ein Adventswunder. Advent, ja. Auch hier war Advent. Leuchter auf dem Tisch und eine Schale mit Mandarinen und darin steckenden Nelken, die einen wunderbaren Duft verströmten. Solche hatten sie zu Hause auch gemacht. Hatten rote Bänder darum gewickelt und die Mandarinen ins Fenster gehängt, und dann waren sie umhergelaufen und hatten geschnuppert. Dr. Girard wusste, dass der Mensch nicht von Medizin allein gesund wurde.

»Und die Ursache? Hat die Frau Lehrerin sich da irgendwelche Gedanken gemacht?«

Lisbeth antwortete:

»Ich habe ein Motorrad, und vor einigen Jahren bin ich damit doch verunglückt. Das wissen alle. Damals habe ich mir eine Rippe gebrochen und den Fuß verstaucht und hatte eine Wunde am Bein, von der noch immer die Narbe zu sehen ist.«

Sie zog das Hosenbein hoch und den Strumpf nach unten. Zeigte die Narbe, die sich die Wade hochringelte.

Dr. Girard nickte.

»Ausgezeichnet. Wir können sagen, dass du von der Straße abgekommen bist und dich verletzt hast. Dass du mich erreichen konntest und ich mich sofort um dich gekümmert habe. Wir sehen uns hier am Freitag um sieben. Dann ist niemand hier, und wir können ganz ungestört arbeiten. Und bis dahin solltest du ein bisschen üben. Die Fluggesellschaft wird sicher keine Probleme machen. Aber ich gebe dir sicherheitshalber eine Bescheinigung darüber mit, dass du unbesorgt fliegen kannst. Und jetzt lass mich mal dein Bein untersuchen. Ich habe nämlich eine kleine Idee.«

Er kniete sich vor sie und zog ein Maßband auseinander. Maß Länge und Breite des Beines und des Fußes, notierte alles auf einem Block. Die ganze Zeit summte er eine Art Fanfare, und als er fertig war, rieb er sich die Hände und lächelte sein schönstes Lächeln. Lisbeth hätte ihm um den Hals fallen können. Sie erhob sich, bedankte sich noch einmal mit zitternder Stimme. Wusste nicht, was sie machen sollte, als Dr. Girard ihre Schultern fasste und sie ein wenig schüttelte.

»Das Leben wäre schrecklich langweilig, wenn alle

immer das Richtige täten. Aber wenn wir Fehler machen, merken wir, was wir aneinander haben. Und jetzt geh nach Hause und atme auf. Ich habe wie gesagt eine Idee, die alles leichter für dich machen kann.«

Lisbeth nickte. Vor der Tür saßen mehrere Menschen mit hoffnungsvoller Miene. Sie verspürte Zusammengehörigkeit mit ihnen. Lächelte ein wenig, während der Druck auf ihrer Brust bei jedem Schritt nachließ.

13

Dienstag, 12. Dezember

Es spielte keine Rolle, dass es jetzt schneite. Feuchter Schnee, der schmolz, sowie der den Boden berührte. Sie hatte trotzdem Lust zu tanzen und zu singen wie Gene Kelly und mit dem Regenschirm, mit dem sie Gehen trainieren sollte, in die Pfützen zu springen. Auch wenn ihr klar war, dass ein falscher Gips nur der erste Akt ihrer großen Vorstellung wäre.

Sie musste auch zum Flughafen gelangen, gestützt auf ihr gesundes Bein, und glaubwürdig erklären, warum sie sich nicht schon am Vorabend gemeldet hatte und was überhaupt passiert war – Dr. Girard hatte gesagt, Gips brauche normalerweise vierundzwanzig Stunden, um fest zu werden. Aber es gebe eine Möglichkeit, den Prozess zu beschleunigen, und sie solle erzählen, er habe alle zur Verfügung stehenden Mittel angewandt, um ihr zu helfen.

Sie musste zudem erklären, warum sie den irrsinnigen Entschluss gefasst hat, auf eine Skireise nach Österreich zu gehen, wenn sie gar nicht Ski laufen konnte. Sie musste überzeugend erklären, dass sie am theoretischen Unterricht teilnehmen und so viel wie möglich über Theorie und Bewertung lernen wollte.

Margaretha hatte ihr das Programm überreicht, und daraus ging hervor, dass sie am Samstagnachmittag eintreffen und als Erstes theoretischen Unterricht erhalten würden, bis zum Cocktail in der Bar und allgemeiner Geselligkeit geladen werden solle. Am Sonntag sollte dann die Praxis kommen, zusammen mit einem österreichischen Skilehrer, und sie hatte vor, den Sessellift zu nehmen und sich alles aus irgendeiner Berghütte anzusehen, oder warum nicht sogar neben der Piste? Am Montag standen vor der Heimreise Theorie und Praxis auf dem Programm, und sie wollte beides mitnehmen.

Ihr ging es nämlich um Kollegium und Schule. Das hatte Margaretha ihr ja ans Herz gelegt, ehe die Rektorin ihre Wende vollzogen hatte. Lisbeth konnte eine gewisse Befriedigung nicht unterdrücken, wenn sie daran dachte. Niemand könnte ihr vorwerfen, dass sie auf Kosten der Schule und Gemeinde eine Reise antrat, trotz Gipsbein. Denn sie dachte dabei eben nicht an sich, sondern an das Wohl der anderen.

Tatsache war, dass sie Licht am Horizont sah. Sie zog die Mütze aus und ließ den Schnee auf ihre Haare fallen. Hatte sich allmählich daran gewöhnt. Fand, dass das Helle sie ein wenig fröhlicher aussehen ließ. Sie hob das Gesicht zum Himmel, sah, wie die Wolken einander jagten, und dachte, dass sie jedenfalls bald richtig viel Schnee sehen würde. Und ein wenig Weihnachtsstimmung erleben.

Es war fünf Uhr, und wie immer war Licht in Elenas Bäckerei, aber dort bewegten sich keine Schatten. Vielleicht war Elena allein im Laden.

Sie wollte sich ohnehin etwas gönnen.

Sie bog ab und trat näher. Sah, wie Elena hinter dem Tresen etwas aufhob. Schob entschieden die Tür auf. Nahm die Düfte in sich auf.

Einfach himmlisch.

Sie schaffte es kaum, Elenas Gruß zu erwidern. Der Anblick des Angebotes überwältigte sie. Goldgelbe Safranschnecken mit köstlich gerösteten Rosinen. Pfefferkuchen mit und ohne Glasur, kunstvolle Pfefferkuchenhäuser, wo die Glasur vom Dach tropfte und Marzipanfiguren aus den Fenstern schauten. Zimtsterne und Schmalzkringel, Malzbrot und eine aus Pralinen gebaute Kirche, überbackene Nüsse und Toffee in allerlei Variationen. Und Elenas Spezialität. Zwei Scheidungstorten, wo Brautpaare mit Wichtelmützen und Lucia-Kronen in Marmelade getränkte Kuchenmesser hoben, um sich einander in mit Sahne gefüllte Abgründe zu stoßen.

In so eine Schnecke beißen. Eine Tasse Schokolade aus dem auf der Platte blubbernden Kessel trinken.

»Hallo, Lisbeth. Wie geht's denn so?«

»Danke, gut.«

Elena sah ihren Schwestern ähnlich. Die gleichen langen Haare, die gleichen Augenbrauen. Aber sie war eine robustere Variante. Lisbeth wollte sie sich nicht zur Feindin machen, und das wollte auch sonst niemand. Elena war bekannt dafür, dass sie ihre Meinung ohne Angst vor Reaktionen oder Konsequenzen sagte. Im Ort war sie eine Stimme, die gehört wurde. Elena legte den Finger in die Wunde. Sie war ein Arbeitstier und akzeptierte nicht, wenn andere ihre Pflicht vernachlässigten.

»Kann ich dir etwas anbieten?«

Ihr Impuls war, gleich wieder wegzulaufen. Zu kaufen, um zu Hause zu essen. Dann dachte sie an den Abflussgeruch, der immer penetranter wurde, und an die Einsamkeit in ihrem Haus. Sie konnte doch ein bisschen hier in dieser Wärme stehen. An ihrer Taktik für die Wochenendreise feilen.

»Eine Tasse Schokolade, bitte. Und eine Safranschnecke.«

»Sahne auf die Schokolade?«

»Was meinst du?«

Elena lächelte. Nicht strahlend, aber sichtbar.

»Ich meine, du solltest Sahne nehmen.«

»Dann tu ich das.«

Lisbeth setzte sich an einen der wenigen Tische, auf den Elena einen mit Rentierflechte gefüllten Leuchter gestellt hatte. Sie kehrte Elena den Rücken und schaute hinaus auf den Marktplatz. Ein kleiner Springbrunnen, das Fischauto, eine Imbissbude – ihr Lieblingsessen dort war Scholle mit selbstgemachtem Kartoffelpüree. Der Lebensmittelladen natürlich. Lisas Modegeschäft. Der Weihnachtsbaum, der die Feiertage ankündigte.

Sie war hingerissen, als Elena die Schokolade und die Safranschnecke vor sie hinstellte. Das hier würde sich in den sozialen Medien sehr gut machen, aber sie postete nicht sehr oft Fotos. Fand nicht, dass sie solchen Bildern von sich selbst wirklich entsprach. Wie hier und jetzt. Das war ja wohl kaum ihr Alltag.

Sie trank einen Schluck Schokolade. Biss in die Schnecke. Dachte an die trockenen Monsterschnecken vom Weihnachtsbasar. Dieses Geschmackserlebnis hier versetzte sie in ihre Kindheit, Schlittschuhlaufen mit Helena, wenn die große Schwester immer besser und immer schneller war und sie umkreiste. Skilaufen in den Sportferien, wenn das Kräfteverhältnis ebenso war. Die heiße Schokolade war die Rettung gewesen. Rote Wangen und ein wenig gefrorene Hände, dann schmeckte die Schokolade am besten. Fast hätte sie den Duft des Frostes gespürt, kalt und blau.

Elena machte sich im Hintergrund zu schaffen, ohne weiter auf sie zu achten. Eine gelassene Stille senkte sich über die Bäckerei, und Lisbeth merkte, dass sie endlos lange hier sitzen bleiben könnte. Noch eine Schnecke essen, zwei, mehr Kakao trinken.

Ihr Telefon ließ sie zusammenfahren, und sie riss es mit einem Schuldgefühl aus ihrer Tasche, als ob es ausgeschaltet sein müsste. Aber es war Sara und also wichtig.

»Hallo, wie schön, dass du anrufst. Wie geht's dir?«

»Wo steckst du?«

Sara klang angespannt.

»Ich sitze bei einem Kakao bei Elena.«

»Ach, wirklich? Bleibst du noch eine Weile? Dann komme ich vorbei. Ich mach hier jetzt Schluss, und dann kann ich in zwanzig Minuten da sein.«

»Dann bleibe ich. Ich stehe unter Schock, weil ich ein wahnsinniges Unternehmen gestartet habe. Aber du, wie steht es mit …«

Sie wollte nach Solo fragen.

»Das erzähle ich, wenn wir uns sehen, und du erzählst dann von diesem wahnsinnigen Unternehmen.«

»Aber viel wichtiger ist …«

»Langsam. Mehr Ärger kann ich im Moment nicht ertragen.«

Sara legte auf. Lisbeth stand auf und bat um Nachschub.

14

Dienstag, 12. Dezember

Als Sara zur Tür hereinkam, war Lisbeth bei der dritten Tasse angelangt. Draußen waren die Leute herumgewimmelt wie eine Ameisenschar. Hinein in einen Laden mit leeren Einkaufstaschen, heraus mit vollen.

Sie hatte gehetzte Familien gesehen, wo die Kinder vermutlich zum Brüllen hungrig waren und so schnell wie möglich zu Spaghetti Bolognese nach Hause geschafft werden mussten. Menschen, die in den Blumenladen gestürzt und mit Adventskränzen und Tannenzweigen wieder herausgekommen waren.

Sie konnte hier sitzen mit der Gewissheit, dass niemand auf sie wartete oder etwas von ihr verlangte. Vielleicht das einzige Privileg der Einsamkeit. Doch, ab und zu konnte sie so denken. Aber es war doch schön, in der Bäckerei zu sitzen und zu merken, dass sich im Hintergrund jemand bewegte.

Sie hatte jetzt außerdem Gesellschaft von Sara. Aber Sara war nicht sie selbst, jetzt noch weniger als am Sonntag. Ihre Haare waren leblos, und sie hatte eine neue Furche zwischen den Augenbrauen.

»Hier riecht es ja vielleicht gut. Ich habe einen Schweinehunger, ich konnte heute nichts zu Mittag essen, nur ein paar alte Chips, die wir noch im Schrank hatten, und jetzt ist mir schlecht.«

Sara ging zum Tresen und begrüßte Elena. Lisbeth

konnte hören, wie beide plauderten. Ihr kam der Gedanke, dass Sara vielleicht manchmal herkam. Vorbeischaute, um sich einen Kaffee zu holen, den sie entweder gleich hier trank oder mit in den Salon nahm. Sich vielleicht etwas für die Mittagspause kaufte. Elena hatte immer Pasteten und Piroggen. Zwei Unternehmerinnen, die über sich selbst und ihr Geschäft entschieden, aber zugleich wussten, dass alles an ihnen hing. Wenn man morgens nicht aufstand, den Laden öffnete und alles erledigte, was erledigt werden musste, würde man die Kundschaft und damit das tägliche Brot verlieren.

Sicher hatten beide oft genug gehört, wie schön es war, die eigene Chefin zu sein, selbst zu entscheiden, wann sie arbeiten und wann sie sich freinehmen wollten. Ebenso sicher hatten sie innerlich über diese ignoranten Reden geflucht.

Viele träumten davon, etwas Eigenes aufzumachen. Wenn ich Zeit habe, trau ich mich, und so weiter. Dann Lebewohl, festes Gehalt und Rentenansprüche. Lebewohl, Möglichkeit, die IT-Verantwortlichen der Firma anzurufen, die Lohnbuchhaltung oder die Marketingabteilung. Wenn du dich selbständig machen willst, dann musst du die Ärmel hochkrempeln und alles selbst machen, bis du dir vielleicht irgendwann Angestellte leisten kannst.

Lisbeth hatte diesen Traum nie gehegt, aber sie hatte großen Respekt vor allen, die ihn in die Tat umsetzten. Alle, die etwas unternahmen, hatten eigentlich Bewunderung verdient. Die handelten und aktiv wurden, die nicht nur meinten und dachten.

Sie hörte Elena nach Berra fragen, sicher ohne Hintergedanken und ohne etwas von Solos Sorgen zu wissen. Aber der Mensch war nun einmal ein Herdentier. Man musste sich doch am Wasserloch versammeln, Informationen und Klatsch austauschen. Ein Wort oder zwei wechseln, das Gehen leicht machen, wie es in einem schönen Gedicht hieß. Das taten sicher die Leute hier in der Bäckerei und im Salon. Das, was früher vor der Kirche passiert war.

Menschen brauchten einander eben.

Sara verließ den Tresen und setzte sich neben Lisbeth. Schokolade, belegte Brote und Pfefferkuchen. Zwei kleine Marzipanschweine. Sie ließ die Schultern sinken, als sie zu essen anfing.

»Wie läuft denn alles?«

Sara schob Lisbeth das eine Schwein hin, und die biss sofort hinein.

»Geht so.«

»Ist noch was mit Solo passiert?«

Lisbeth senkte die Stimme, aber Sara antwortete in fast normaler Lautstärke.

»Nicht sehr viel, und die Stimmung zu Hause wird mieser und mieser. Berra ist so schrecklich wütend und enttäuscht. Nicht nur weil Solo als Diebin verdächtigt wird, auch wenn er das natürlich auch schrecklich findet. Aber es tut ihm so weh, dass sie nicht mit uns spricht. Solo war sonst immer offen, vor allem, wenn es um ernste Angelegenheiten ging, und Berra ist für einen Mann doch reichlich redselig. Er wird nervös, wenn man nicht ausführlich über alles spricht, und er kann nicht schlafen, wenn wir uns gestritten haben, und es geht ihm schlecht, wenn er spürt, dass es anderen schlecht geht. Er und Solo hatten so eine gute Beziehung, und jetzt scheint Solo kein Vertrauen zu ihm zu haben.«

Lisbeth wusste, dass das stimmte. Eigentlich hätte sie selbst auch mit Berra reden können, das ging ihr jetzt auf.

Er war so einer, der zuhören konnte, ohne sich selbst gleich einzubeziehen und danach stockvernünftige Ratschläge zu erteilen.

Sara seufzte.

»Jedenfalls waren wir wieder bei der Polizei. Ich war mit Solo da, und dann musste ich draußen warten, weil sie mit ihr allein reden wollten. Ich bekam von einer netten Polizistin einen Kaffee, und dann kamen eine Frau und ein Mann und ein Mädchen vorbei, das in Solos Alter zu sein schien. Reizendes Mädchen, und die Eltern kamen mir total außer sich vor. Ich hatte den Eindruck, dass das Mädchen mich ansah, und dann sah ich, dass sie durch das Fenster in das Zimmer starrte, wo Solo saß. Auf der Rückfahrt hab ich dann Solo gefragt, wer sie war, und sie sagte, das sei Nadine aus ihrer Klasse, und so, wie sie das sagte, begriff ich, dass mit Nadine etwas nicht stimmte. Beim Essen habe ich Solo dann noch einmal darauf angesprochen. Ich hatte diesen Namen noch nie gehört.«

»Aber sie geht in Solos Klasse?«

Sara nickte. Aß einen Bissen von ihrem Brot.

»Berra bohrte auch nach, und Solo wollte wissen, warum das plötzlich so interessant sei. Du weißt schon, wie man eben reagiert, wenn man einem Thema lieber aus dem Weg gehen möchte. Berra fragte, woher sie komme, und Solo wurde sauer und fragte, was das denn für eine Rolle spiele, und Berra wurde genauso sauer und sagte, es sei ihm ja scheißegal, wo jemand herkommt, aber sie könnte ja wohl etwas über eine Klassenkameradin erzählen, das sei ja schließlich nicht zu viel verlangt. Also berichtete Solo, die Familie komme aus Chile, lebe aber schon ewig lange in Schweden. Nadine sei in Schweden geboren, falls das von Interesse sein könne. Berra schnaubte nur und fragte ganz offen, ob Nadine etwas mit den Diebstählen zu tun hat, und Solo sagte, das wisse sie nicht, und Berra wollte wissen, ob sie versuche, Nadine zu decken, und Solo fing wieder an zu weinen.«

Lisbeth konzentrierte sich auf den Stern, den Elena ins Fenster gestellt hatte. Der bedeckte die halbe Fensterscheibe und verbreitete ein mildes, schönes Licht. Sie drehte den Kopf und stellte fest, dass Elena nicht mehr zu sehen war. Wahrscheinlich hatte sie sich in die Küche zurückgezogen. Irgendwoher war das Brummen eines Küchengerätes zu hören.

Sara ließ den Kopf hängen und sagte, Berra mache das mehr zu schaffen als alles andere.

»Berra wird wahnsinnig, wenn er von Leuten hört, die andere ausnutzen. Einmal hat ein sehr guter Freund von ihm sich verliebt, aber die Frau zögerte noch. Da fing der Freund an, ganz heftig mit einer anderen zu flirten, von der er wusste, dass sie sich auch für ihn interessierte, und nun wurde die erste Frau eifersüchtig und entschied sich schließlich für ihn. Berras Kumpel ließ die andere dann fallen wie eine heiße Kartoffel. Er ist seit vielen Jahren glücklich mit seiner Frau, aber Berra hat das nie vergessen können. Man darf andere nicht zu eigenen Zwecken ausnützen, sagt er immer. Es spielt keine Rolle, wie ernst die Lage ist, man darf andere Menschen nicht benutzen.«

Lisbeth nickte. Dachte an Harry, der sie in der Kinoschlange angesprochen hatte, während seine gereizte Freundin ein Stück entfernt stand und zusah.

»Aber jetzt reden wir nicht mehr über mich. Du hast einen Plan, hast du gesagt. Was ist denn passiert?«

Es wirkte einfach unangebracht, in dieser Situation die eigenen Dummheiten anzuschleppen. Außerdem wollte sie ihre Haut ja auch mit Lug und Trug retten. Wo hier schon die Rede von Betrügen war. Doch sie würde das, was sie vorhatte, ja nicht auf dem Rücken eines anderen Menschen austragen …

»Aber bei deinen Sorgen …«

»Hör auf!«

Lisbeth holte Luft.

»Ich habe mich in eine unmögliche Lage gebracht. Gestern habe ich erfahren, dass die Schule einen Schwerpunkt auf Ski-Alpin legen will und einen Supermann als Sportlehrer angestellt hat, und ich soll fast alle meine Sportstunden verlieren. Das will ich natürlich nicht, ich war total verletzt, und als ich bei der Rektorin saß, habe ich ihr eine Lüge serviert und behauptet, ich habe in meiner Jugend auf Profiniveau im Abfahrtslauf trainiert. Und jetzt muss ich am Wochenende nach Österreich, um eine Skilehrerprüfung abzulegen, und das geht natürlich nicht. Aber dann ist mir etwas eingefallen. Ich habe Dr. Girard gebeten, mir am Freitag den Fuß einzugipsen, obwohl ich ja nichts gebrochen habe, und er ist bereit, mir zu helfen.«

So schnell ließ sich die ganze Situation also zusammenfassen. Sara konnte das alles jedoch nicht ganz so schnell verarbeiten. Der Pfefferkuchen blieb auf halber Strecke zum Mund hängen.

»Sag das noch mal. Langsam, damit ich es kapiere.«

Lisbeth fing von vorne an. Begann mit dem Weihnachtsbasar in der Schule, wo Margaretha angedeutet hatte, dass etwas bevorstand. Dann beschrieb sie das Gespräch, die gemeinen Versuche der Rektorin, Teile ihrer Arbeit zu entreißen, die Einstellung von Jonas Bonde, der aussah wie eine erwachsene Variante des Jungen auf der Zwieback-Packung. Über die Reise, die Schule und Gemeinde bezahlten, um die Schule auf eine absolut wahnsinnige Weise zu verbessern und dann ihre unüberlegte Reaktion, um sich nicht total ausbooten zu lassen. Die Panik danach. Tobbes Kommentare über Gips, Marianas Gedanken über Illusion und Manipulation und dass sie auf der Treppe fast ausgerutscht wäre.

»Welcher Tobbe?«

Sara nutzte die Gelegenheit, als Lisbeth Atem holen musste.

»Der soll in meiner Küche ein undichtes Rohr reparieren, damit es nicht mehr nach Abfluss stinkt. Ach ja, meine Küche muss saniert werden. Aber das ist im Moment mein geringstes Problem.«

Sara gab zu, dass sie einen vagen Fäulegeruch wahrgenommen hatte, als sie am Sonntag zum Tee bei Lisbeth gewesen war. So ernst hatte sie die Lage jedoch nicht gesehen. Aber natürlich. Es hatte ja auch nach Frischgebackenem geduftet.

»Und wer ist dieser Tobbe?«

Lisbeth erzählte, wie sie ihn gefunden hatte, und dass er jetzt schwer an der Arbeit sei. Sara schüttelte den Kopf.

»Du hättest doch Berra fragen können, der kennt jede Menge gute Leute, die das reparieren könnten. Aber jetzt mal eins nach dem anderen. Du kriegst also Gips, obwohl du nichts gebrochen hast? Ich begreife nicht, dass Girard sich darauf einlässt, aber er ist eben der netteste Mensch aller Zeiten.«

»Versprich mir, niemandem etwas zu sagen. Versprich es!«

Sara hob die Hand.

»Ich verspreche. Nicht einmal Berra und Solo. Ich werde eine gute Erklärung dafür finden, dass ich dich am Freitag abholen muss. Denn darum wolltest du mich doch sicher bitten?«

Lisbeth fühlte sich elend.

»Ja. Entschuldige. Ich kann gut verstehen, wenn du keine Zeit hast oder nicht willst.«

»Machst du Witze? Ich bin ja nur froh, wenn ich abgelenkt bin.«

Sara hatte wieder Glanz in den Augen. Richtete sich auf. Fing an, laut zu denken. Wenn Lisbeth am Freitag einen Gips bekäme, würde sie mitkommen. Dann könnte sie Lisbeth nach Hause fahren, und warum nicht sie auch zum Flughafen bringen? Sie habe sich ohnehin ausnahmsweise den Samstag freigehalten, und das habe sicher seinen Grund gehabt. Denn es wäre viel besser, wenn Lisbeth erst am Flughafen mit dem Gips in Erscheinung trat. Wenn Margaretha und der neue Superlehrer den Gips schon hier sähen, könnte es Probleme geben.

»Und du musst richtig gut aussehen. Du musst sie einfach total umhauen. Scharfe Skiklamotten, hast du die?«

Lisbeth schüttelte den Kopf.

»Ich kann mir auch keine kaufen. Die Küche ...«

Sara sagte, sie werde das Problem auf irgendeine Weise lösen. Die Illusion müsse perfekt sein und nur das Äußere zähle.

Sie verstummte. Lisbeth starrte aus dem Fenster. Elena kam zurück und machte sich hinter dem Tresen zu schaffen. Vielleicht wollte sie Feierabend machen. Sara leerte ihre Tasse. Zog im Sitzen ihren Mantel an.

»Wann wird es endlich so, wie es niemals war?«, fragte sie in die Luft hinein.

Der zehnte Kommentar. Der stoische, weise.

»Ich meine, man denkt, dass es eine Zeit gab, in der alles

wunderbar war und wie geschmiert lief und man es nicht besser hätte haben können, und so soll es wieder sein. Aber eigentlich war es doch nie so. Verstehst du, was ich meine?«

»Voll und ganz.«

Vom Marktplatz verschwanden jetzt Autos und Menschen. Der Fischstand machte dicht. Endlich sagte Sara, sie sollten vielleicht auch gehen. Elena wollte sicher schließen.

Lisbeth ging zum Tresen und bedankte sich. Starrte wieder auf die Auslage. Kaufte noch Brot und Zimtschnecken und bekam von Elena ein richtig reizendes Lächeln. Draußen umarmte Sara sie und versprach, sich zu melden. Sie verschwand in ihre Richtung, und Lisbeth ging zu sich nach Hause. Winkte ab und zu jemandem zu, sah, dass in der Lantmännen-Filiale die Fenster mit Plastiktannen in allerlei Größen und Varianten gefüllt waren. Sie waren wirklich schön und sahen aus der Ferne echt aus. Aber Lisbeth musste jetzt an andere Ausgaben denken.

Plötzlich fiel ihr ein, dass sie noch kein einziges Weihnachtsgeschenk gekauft hatte; wenn Helenas Kinder jedes eins bekommen sollten, könnte das zeitraubend werden. Es ist nicht so leicht Geschenke für Jungen unterschiedlichen Alters zu finden. Aber Kinogutscheine wären vielleicht eine Lösung, jedenfalls für die Älteren. Sie war schließlich keine Patentante. Helena und Micke hatten die Paten unter ihren eigenen Freunden ausgesucht, und das war natürlich ihr gutes Recht.

Eins nach dem anderen. Jetzt war Österreich an der Reihe, und sie fühlte sich ungeheuer erleichtert, weil sie Sara in ihren Plan eingeweiht hatte und weil Sara sie nicht gerügt, sondern sofort ihre Hilfe angeboten hatte.

Sie war fast zu Hause und sah das Haus schon aus der Ferne, als ihr ein Auto auffiel, das am Straßenrand parkte.

Sie dachte zuerst, Tobbe sei zurückgekommen. Dann kniff sie die Augen zusammen und sah, dass es nicht Tobbes Auto war, sondern ein sehr viel eleganteres. Eins, das sie nach dem Kauf kaum je hatte fahren dürfen, eins, dessen heller Lederbezug sich als so empfindlich erwiesen hatte, dass sie sich niemals setzen durfte, ohne vorher ein Handtuch unterzulegen. Ein Auto, das so vorsichtig behandelt werden musste, dass es immer noch wie neu aussah, obwohl es inzwischen sieben, acht Jahre auf dem Buckel haben musste.

Lisbeth ging langsamer. Zögerte, ehe sie das Gartentor erreichte und ihr Grundstück betrat. Die Möwe hatte sich offenbar häuslich niedergelassen. Sie stand bei einem Baum und versuchte, Körner aufzupicken, die von den für die Singvögel aufgehängten Getreidegarben zu Boden gefallen waren. Auf der Treppe saß ein Mann, den sie ebenfalls kannte. Er sprang bei ihrem Anblick sofort auf. Blieb stehen und spielte an seinen Mantelknöpfen herum.

Harry.

15

Dienstag, 12. Dezember

Er hatte sich nicht verändert. Sie erkannte sogar seinen Mantel, den schwarzen mit dem Samtkragen. Und verdammt, er trug sogar den Schal, den sie ihm zu ihrem letzten gemeinsamen Weihnachtsfest geschenkt hatte. Einen zurückhaltenden, blaugestreiften, der um einiges teurer war, als sie sich damals eigentlich hätte leisten können.

Das allein hätte doch alle Alarmglocken schrillen lassen müssen. In einen Kaschmirschal für die Beziehung zu investieren, während man selbst in Synthetik und Selbstgestricktem durch die Gegend lief.

Wann hatte sie ihn zuletzt gesehen? Das war mindestens drei Jahre her. Sie wohnte jetzt seit fast fünf Jahren hier, war fast direkt nach der Trennung umgezogen, und danach waren sie sich aus Versehen mal in Stockholm über den Weg gelaufen, als sie dort zu Besuch war. Anfangs hatte es auch Mailkontakt gegeben, vor allem über praktische Dinge. Gegenstände, die sie noch nicht aufgeteilt hatten, Rechnungen, die gemeinsam beglichen werden sollten.

Harry war in ihrer gemeinsamen Wohnung geblieben und lebte dort noch immer. Die steigenden Preise auf dem Stockholmer Wohnungsmarkt waren zu seinen Gunsten, die Summe, mit der er Lisbeth ausbezahlt hatte, wirkte heute niedrig. Aber für das Haus hier hatte es gereicht, und es kam darauf an, um die richtigen Dinge zu weinen. Die Sorgen in die richtige Rangordnung zu bringen.

Jetzt kam er auf sie zu.

»Hallo, Lisbeth.«

»Hallo.«

Ein *was machst du denn hier?* hing in der Luft, aber sie riss sich zusammen. Wollte sich so lange wie möglich ruhig und entspannt zeigen. Als wäre es ganz natürlich, dass ein Verflossener plötzlich einfach so auftaucht und vor dem Haus steht. Dass man damit eigentlich rechnen und es sogar nett finden könnte. Nein, aber das ist ja eine schöne Überraschung, so ungefähr. Es war ja auch eine Überraschung. Tritt ein, tritt ein.

Aber ihre Stimme war leider nicht ganz fest.

»Das ist aber eine Überraschung. Was machst du denn hier?«

»Ich hatte in der Gegend zu tun, und da wollte ich mal vorbeischauen. Entschuldige, ich hätte vorher anrufen müssen. Aber ich war in Malmö, und ich muss nach Göteborg, und dann habe ich das Ortsschild gesehen und dachte, es wäre doch schade, nicht vorbeizuschauen, wo ich schon in der Nähe war. Ich dachte, es könnte doch nett sein, zu sehen, wie es dir geht, und ein bisschen zu reden. Ist ja eine ganze Weile her.«

Die Unsicherheit, die er bei ihrem Anblick zuerst gezeigt hatte, verschwand nun schon. Er kannte sie ja schließlich. Konnte ihre Reaktionen deuteten, die kleinste Veränderung ihres Gesichtsausdrucks, und konnte sie zu seinem Vorteil nutzen, wie er es immer schon getan hatte. Ganz ruhig war er allerdings nicht. Lisbeth sah es in *seinem* Gesicht. Die Haare, die in die Stirn hingen, die spitze Nase, die Lippen. Vielleicht beobachtete er sie auf dieselbe Weise und versuchte Anzeichen des Alterns zu finden. Jetzt lächelte er.

»Ich hätte dich mit der Frisur fast nicht erkannt.«

»Ich …«

Sie verstummte. Welchen Grund gab es denn, ihm zu erzählen, dass die Frisur ganz neu war und dass sie sich selbst fast nicht damit erkannte?

»Die steht dir gut.«

»Möchtest du reinkommen?«

Etwas anderes hätte sie ja wohl kaum sagen können. Sie konnten doch nicht hier stehen bleiben und Höflichkeitsphrasen austauschen, während die Möwe sie aus gebührender Entfernung beobachtete.

»Gern. Was hast du für ein reizendes Haus.«

Lisbeth drängte sich an ihm vorbei und öffnete die Tür. Beglückwünschte sich zu der Anstrengung, ein wenig dekoriert zu haben, verfluchte zugleich, an der Garderobe keine Ordnung geschaffen zu haben. Aber sie hatte keinen Grund, sich vor Harry zu genieren, warum also hätte sie sich seinetwegen große Mühe geben sollen?

Sie war trotzdem erleichtert, als sie merkte, dass der Abflussgeruch im Moment nicht allzu aufdringlich war. Wenn sie das Fenster diskret öffnete, würde er kaum zu bemerken sein. Es war nur gut, dass Tobbe noch nicht dazu gekommen war, alles aufzureißen.

»Gib mir deinen Mantel.«

Als ob sie in einer Theatergarderobe stünde. Verflixt, dass ihre Mutter in solchen Dingen immer recht hatte. Es war wirklich keine dumme Idee, in der Garderobe etwas Ordnung zu halten.

Harry zog die Schuhe aus. Sorgfältig geputzt, sicher britisch und nicht unbedingt für einen Spaziergang unten am Meer geeignet. Und doch behauptete er, das getan zu haben. Ans Meer gegangen zu sein.

»Ich habe den Wagen abgestellt und eine Weile gewartet,

und dann habe ich eine Runde gedreht. Hier ist es schön, und da unten stehen ja ein paar richtig tolle Häuser.«

»Stimmt. Viele lassen sich hier nieder und pendeln zur Arbeit.«

Sie fing an, vom Ort zu erzählen, während sie im Haus Licht machte. Harry folgte ihr auf dem Fuße, stapfte auf Socken herum und lobte alles.

»Solche Schränke habe ich schon lange nicht mehr gesehen. Ich weiß noch, dass mein Vater eine alte Tante hatte, die haben wir besucht, als ich klein war, und in ihrer Küche sah es so aus.«

»Die Frau, von der ich das Haus gekauft habe, war dreiundneunzig, das ist sicher dieselbe Generation.«

Sie legte Brot und Zimtschnecken, die sie bei Elena gekauft hatte, auf die Anrichte, zeigte auf allerlei Teile der Küche und erklärte. Verspürte ein vages Unbehagen, als sie die Küche verließen und die Treppe hochgingen. Bei der Vorstellung, dass er da hinter ihr ging und sie musterte. Das peinliche Gefühl wurde stärker, als sie vor dem Schlafzimmer standen, auch wenn das Bett Gott sei Dank gemacht war.

Dass man so empfinden konnte! Sich vor einem Menschen genieren, mit dem man zusammengewohnt, mit dem man in einem Bett gelegen, den man geliebt hatte. Als ob sie langsam eine schwere, sperrige Falltür öffnete und sie dann mit einem Krach wieder fallen ließ. Ob Harry ebenso empfand, war schwer zu sagen.

Aber er hatte sich nach der leichten Nervosität auf der Treppe noch weiter gefangen. Jetzt ging er einfach an ihr vorbei. Blieb neben dem Bett stehen und schaute sich um.

»Hier ist mein Arbeitszimmer.«

Sie suchte dort Zuflucht, stand demonstrativ in der Türöffnung und zeigte in den Raum hinein. Harry trat neben sie. So nah, dass sie seinen Atem hören konnte. Er roch gut. Das hatte er immer getan, und sie wusste genau, mit welchen Produkten er dafür sorgte. Cremes und teure Herrenparfüms und ungeheuer leistungsstarke Rasierklingen.

»Wohin führt die Treppe hier?«

»Auf den Dachboden. Aber da gibt es nicht viel zu sehen.«

Sie ging wieder nach unten, kehrte in die Küche zurück. Harry folgte ihr. Sie standen einander gegenüber, stützten sich beide auf den Spülstein. Lisbeth fragte sich, was von ihr erwartet wurde. Ob es überhaupt eine Rolle spielte, was von ihr erwartet wurde. Was sie von sich selbst erwartete. Was sie wollte.

Es hatte eine Zeit gegeben, da hatte sie Harry niemals wiedersehen wollen. Damals hatte sie gedacht, er sei einfach jemand, den sie in einen Ordner stecken und archivieren wollte. Danach hatte es Augenblicke gegeben, in denen sie durchaus das Bedürfnis verspürt hatte, noch einmal mit ihm zu reden. Ihn zu fragen, was er wirklich gedacht und empfunden und gefühlt hatte. Das müsste möglich sein, wenn sich die ärgste Wut und Enttäuschung gelegt hatten.

Oder nicht. Es bestand die Gefahr, dass ein Gespräch zu gar nichts führen würde und man danach ebenso verletzt wäre wie damals. Als ob die Zeit, in der man versucht hatte, die Wunden heilen zu lassen, vergebens gewesen wäre, als ob alles mit einem einzigen in die Irre gelaufenen Kommentar wieder eingerissen werden könnte.

Genau deshalb hatte sein Anrufversuch sie ja so nervös gemacht. Wollte er sie tatsächlich erreichen? Das konnte sie sich doch fragen, jetzt, da er vor ihr stand.

Harry machte keine Anstalten, gehen zu wollen.

»Kann ich dir etwas anbieten? Einen Kaffee? Sonst habe

ich leider nicht besonders viel. Aber ein Butterbrot und ein paar Zimtschnecken …«

»Ich habe zufällig im Wagen etwas Proviant. Ich wollte im Hotel essen, hatte aber keine Lust, allein auszugehen. Ich kann die Sachen doch holen? Du musst schließlich auch etwas essen, falls du nicht schon gegessen hast?«

Sie wollte schon behaupten, dass sie mit einem Bekannten gegessen habe, einem gutaussehenden Mann, mit dem sie nun zusammen sei, warum nicht das Ski-Ass Jonas Bonde, den sie nicht kannte? Sogar Jan wäre eine Möglichkeit gewesen. Aber wie üblich reagierte sie nicht schnell genug und hörte sich sagen, nein, sie habe noch nicht gegessen, und ja, sicher.

Ehe sie hinzufügen konnte, dass sie eigentlich keinen besonderen Hunger hatte, war er auch schon verschwunden, hatte seine Schuhe angezogen, war hinausgegangen und zurückgekommen. In der Hand hielt er zwei Tüten mit Käse, Pasteten, Aufschnitt, gebratenem Gemüse, Kartoffelauflauf, Steaks, Fisch und zwei Flaschen Wein. Dazu einen Blumenstrauß. Rote Rosen.

»Ui. Ich muss schon sagen. Wolltest du die auf dein Hotelzimmer stellen?«

Endlich eine schlagfertige Bemerkung. Die er aber elegant parierte.

»Nein, die sind für dich. Ich muss wohl zugeben, dass ich schon mit dem Gedanken gespielt hatte, dich zu besuchen, als ich aus Malmö losgefahren bin.«

Lisbeth war total verdutzt. Wusste nicht, was sie sagen sollte. *Geh ihm ja nicht auf den Leim,* wiederholte ihre innere Stimme immer wieder. *Lass dich zu nichts verführen und glaub ihm kein Wort.* Sie durfte sich nicht in den Manipulationen fangen lassen, die Harry immer für etwas anderes ausgab. Etwas wollte er jedenfalls erreichen, wenn er mit roten Rosen in der Hand an einem Dienstagabend kurz vor Weihnachten bei ihr auftauchte. Das Schlimmste war, dass sie nun neugierig war, was es sein könnte.

Sie schnitt die Blumen an, stellte sie in eine Vase und stellte die Vase auf den Tisch. Machte den Kartoffelauflauf in der Mikrowelle warm, zusammen mit den Steaks und dem Fisch, stellte Schüsseln mit Salaten und Zubehör hin. Zündete Kerzen an. Wozu der Wein gut sein sollte, wusste sie wirklich nicht. Er musste doch weiter nach Göteborg.

Aber Harry zog schon den Korken aus einer Flasche.

»Musst du nicht fahren?«

»Ich dachte, du möchtest vielleicht Wein, und dann kann ich einen Schluck trinken, um mit dir anzustoßen.«

Während des Essens fragte sich Lisbeth, ob das hier so klug sei. Trotz allem, was sie eigentlich hätte sagen müssen, hatte sie doch keine besondere Lust, ihn zu treffen. Aber hier saßen sie nun bei einer leckeren Mahlzeit und unterhielten sich wie zivilisierte Menschen. Lisbeth beantwortete Fragen nach ihrer Arbeit und ihrem Leben ganz allgemein, und sie erzählte ausgewählte Dinge über die Schule. Frillesås, ihre Bekannten.

Das Motorrad entlockte ihm einen beifälligen Kommentar, und sie übertrieb ihre Touren, erfand sogar eine Clique, die im Sommer einige Wochen lang kreuz und quer durch Europa gefahren war. Harry hatte ihr so viele Lügen serviert, da konnte sie auch ein bisschen dick auftragen. Sie war ja schließlich nach Dänemark gefahren, und das lag auf der anderen Seite des Meeres.

Harry hörte interessiert zu, warf ab und zu einen kleinen Kommentar ein, wirkte fast beeindruckt. Aß und schenkte nach. Erzählte in dosierten Mengen über sich. Die Firma expandierte, und er hatte viel zu tun. Alles ging gut, aber man durfte nicht lockerlassen. Die Technik entwickelte sich, und man musste sich jeden Tag neu auf dem Laufenden halten. Die ganze Zeit stießen neue Leute dazu, junge Menschen, die sich selbstständig gemacht hatten und ihre Firmen nun mit gutem Verdienst verkauften. Überhaupt war es überraschend, wie viel Geld in Stockholm im Umlauf war. Sogar er fühlte sich jetzt manchmal schon alt.

Lisbeth dachte daran, wie Harry sehr bald nach seinem Studium der Systemwissenschaft seine eigene Firma gegründet hatte. Die analysierte, wie effektiv eine Marketingkampagne war und wen die Botschaft erreicht hatte. Und nun saß er hier und gab zu, dass er sich manchmal alt fühlte.

Er hatte nicht ganz so weiße Zähne wie Jonas Bonde, nicht ganz die gleiche Pfefferminzfrische, aber ansonsten sah er aus wie damals. Nur ein paar Jahre älter. Genau wie sie selbst. Die Wangen nicht mehr ganz so rund, hier und da ein Fältchen, wo früher noch keins gewesen war. Etwas abgenommen hatte er vielleicht auch.

In ihrem Kopf lief ein Film ab. Der Film über die vielen Male, wie sie so gesessen hatten, einander gegenüber, zu Hause oder im Restaurant. Anfangs war das schön gewesen, nach einer Weile nicht mehr ganz so schön. Ein solches Interesse hatte er ihr selten entgegengebracht.

Lisbeth entdeckte zu ihrem Schrecken, dass die Flasche jetzt nur noch zu einem Drittel gefüllt war. Sie hatte mehr getrunken als beabsichtigt. Oder hatte Harry sich doch nicht auf den kleinen Schluck beschränkt, um mit ihr anzustoßen?

Sie fühlte sich seltsam klar im Kopf. Wollte die Frage stellen, aber er kam ihr zuvor. Im Schein der Kerzen war sein Gesicht weicher geworden.

»Und wie sieht es mit der Liebe aus?«

Nun hätte sie wohl die endgültige Lüge servieren sollen. Über alle Männer reden, die sie umschwirrten, und wie die Angebote nur so über sie hereinhagelten, während sie jedoch ihre Freiheit im Moment über alles genoss. Einfach auf der Mühle loszudüsen, mit dem Wind in den Haaren und einem Mann in jeder Stadt.

»Ich hatte ein paar Beziehungen, aber im Moment bin ich Single. Und du?«

Harry lächelte bitter. Trank einen großen Schluck Wein.

»Im Moment weiß ich wirklich nicht.«

»Was weißt du nicht?«

»Ich war einige Zeit mit einer Frau zusammen, aber jetzt weiß ich nicht so recht, wo wir stehen.«

»Ich hab dich in einer Zeitschrift mit einer Frau auf einem Bild gesehen. War sie das?«

Harry machte ein verlegenes Gesicht.

»Ja, doch. Das ist sie. Sie bekommt immer eine Menge Einladungen zu Premieren.«

»Aber das gefällt dir doch sicher?«

»Doch, unbedingt. Das macht echt Spaß.«

Er spielte an seinem Glas herum. Trank einen Schluck. Füllte nach.

»Wenn du heute noch …«

Harry stellte sein Glas ab. Schaute ihr tief in die Augen.

»Ich hab dich kürzlich angerufen, aber du hast nicht geantwortet. Ich wollte mit dir reden, weil ich ziemlich viel an dich gedacht habe, Lisbeth. Das habe ich immer getan, auch wenn du das vielleicht nicht glaubst. Aber das habe ich. Ich habe daran gedacht, wie unser Leben war, und je mehr ich daran denke, desto mehr erkenne ich, wie viel zwischen uns gut war. Ich weiß, dass du von mir sehr enttäuscht warst, weil ich dich so schlecht behandelt habe, und da hatte ich es wirklich verdient, dass du mich verlassen hast. Ich will nur sagen, dass mir das schrecklich leidtut, dass ich mich so verhalten und was ich gesagt habe. Ich bitte um Entschuldigung.«

Sie wusste nicht, was sie antworten sollte. War darauf nicht vorbereitet. Hatte an diesem Abend mit Gummistiefel und Regenschirm trainieren und früh ins Bett gehen wollen.

»Es war so ruhig und schön mit dir. Es gab nie irgendwelche Ansprüche daran, wie ich aussah oder wie es bei der Arbeit lief oder wie es bei uns zu Hause war. Wenn ich einen Scheißtag hatte, hast du etwas Liebes gesagt, und wenn mir ein Deal durch die Lappen gegangen war, hast du gesagt, das kommt schon in Ordnung. Du hattest eine gute Zeit mit deinen Schülern, und wir konnten auf dem Sofa herumgammeln, uns einen guten Film ansehen und Süßigkeiten futtern. Damals hab ich manchmal gedacht, das kann doch nicht das ganze Leben sein, aber jetzt glaube ich mehr und mehr, dass es vielleicht gerade das Leben war. Das Leben, wenn es richtig gut ist.«

War es Harry, der hier saß und das alles sagte? Harry mit seinen spöttischen Kommentaren? Harry, für den der Weg immer nur vorwärts und aufwärts führte? Harry, der ihre Schlabberhosen verabscheute und sie deshalb so lange aufgezogen hatte, bis sie am Ende in viel zu engen Jeans auf dem Sofa saß, um sich seine Klagen nicht mehr anhören zu müssen.

»Du hast dich doch immer über meine Haushosen beschwert.«

Er lachte nicht einmal. Sah nur traurig aus.

»Ich weiß. Ich habe dir blödsinnige Vorwürfe gemacht.

Ich hatte so eine Vorstellung, wie ich sein müsste. Meine Eltern wollten ja immer, dass aus mir etwas Großes wird, und immer haben sie Druck gemacht, ich sollte büffeln und etwas tun und Erfolg haben und auf eigenen Beinen stehen und Geld verdienen. Mein Vater hat in meine Firma investiert, aber immer mit der Forderung, dass er sein Kapital mit Zinsen zurückbekommen würde. Ich dachte, ich wollte das alles so, aber jetzt frage ich mich, ob nicht sie das waren. Ich frage mich, was ich eigentlich will, und ich weiß nicht einmal, ob es mein Leben ist, wie es jetzt aussieht. Auf Bildern grinsen, die dann in Illustrierten landen.«

Er leerte die Flasche. Trank weiter. Konnte zweifellos nicht mehr nach Göteborg fahren. Aber in der Nähe musste es doch auch freie Zimmer geben.

»Ich bin seit zwei Jahren mit Agnes zusammen. Sie kommt aus einer adeligen, wohlhabenden Familie. Ihr Vater hat ein Gut in Schonen, und sie haben eine Wohnung auf Östermalm, und es ist so fein, so pikfein, wie es das nur sein kann. Bei meinem zweiten Besuch zu irgendeinem Anlass fragte ihre Mutter, ob nicht *Harry die Gäste empfangen und ihre Mäntel aufhängen kann.* Verstehst du? Da stand ich wie ein Diener und begrüßte Leute mit dämlichem Lächeln und hängte alte Pelze auf. Und so ist es weitergegangen. Klar war ich anfangs in Agnes verliebt, sie ist clever und sieht gut aus und ist cool und weiß, was sie will. Aber sie ist auch anstrengend, ist dauernd *on the run*, um die richtigen Leute auf die richtige Weise zu treffen. Dabei fingert sie die ganze Zeit an ihrem Handy herum, macht Bilder und postet sie, nur um sich danach mit den Likes zu brüsten. Wir gehen essen und verreisen, und sie erwartet, dass ich bezahle, und das Geld rinnt davon, und gerade jetzt läuft es in der Firma nicht so gut. Und doch beklagt sie sich über mein Auto. Das sei zu alt, sagt sie. Sie *schäme* sich, wenn sie darin fahren muss.«

Lisbeth hätte gern gefragt, ob auch Agnes auf einem Handtuch sitzen müsste, um das helle Leder nicht schmutzig zu machen, da entkorkte Harry schon die zweite Flasche und goss ihnen beiden ein. Sie konnte ihn nicht zurückhalten. Merkte, dass sie am ganzen Körper zitterte. Alte Gefühle bahnten sich ihren Weg. Begrabene Trauer, Enttäuschung. Wut.

Harry beobachtete sie. Seine Augen waren jetzt gerötet und ein bisschen trüb.

»Du siehst gut aus, Lisbeth. Man merkt, dass du deinen Platz im Leben gefunden hast. Das ist sofort klar, wenn man dich in diesem Haus sieht, und als ich da am Meer stand, dachte ich, so hätte ich es auch gern. Ein schlichteres Leben. Weihnachtsschmuck mit rotem Kram.«

»Wieso denn mit rotem Kram? Wie soll man denn sonst schmücken? Mit Blau?«

Harry schüttelte den Kopf.

»Du glaubst, ich mache Witze, aber so ist es nicht. Du solltest mal sehen, wie es aussieht, wenn Agnes für Weihnachten dekoriert. Ein blauer Designerweihnachtsmann, kein bisschen gemütlich. Weißt du noch, wie wir alles aufgestellt haben? Deine Klorollen-Lucia und meinen Holzwichtel? Ich war so verdammt froh, als ich sie wiedergesehen habe …«

Im Advent war ihre Beziehung wirklich immer am harmonischsten gewesen. Harry hatte als kleiner Junge aus einem Stück Holz einen Weihnachtswichtel geschnitzt, und er hatte ihn von seinen Eltern mit derselben Begründung zurückbekommen, *ist doch sicher nett für dich, den zu behalten.* Sie hatten darüber gelacht und ihre Kinder-Basteleien nebeneinander aufgestellt und das Ganze *a match made in heaven* genannt. Dann hatten sie ein Weihnachtslied gesungen. Harry hatte früher in einem Knabenchor mitgemacht und hatte die zweite Stimme übernommen. Er sang sehr gut, und Lisbeth hatte gesehen, wie sich sein Gesicht beim Singen veränderte. Das hatte ihr gefallen.

»... und am Heiligen Abend darf man keine Weihnachtsgerichte essen und Weihnachtsbier trinken. Aber ich liebe doch Weihnachtsbuffets. Ich liebe Schinken und eingelegte Heringe und Heringsauflauf und Malzbrot und Anisknäckebrot und Frikadellen.«

»Du kannst gern zum althergebrachten Weihnachtsschmaus zu uns kommen. Um elf Uhr am Heiligen Abend. Natürlich mit Mamas Weihnachtsschinken.«

»Ach! Ich liebe ihren Weihnachtsschinken. Niemand macht den so lecker wie sie.«

Und das war keine leere Schmeichelei. Harry und ihre Mutter hatten wie zwei kleine Kinder in der Küche gestanden und sich Schinkenscheiben abgeschnitten, ehe serviert wurde, und sie hatten sich kichernd damit vollgestopft.

Sie und Harry waren azyklisch gewesen. Im Dezember am Glücklichsten. Das war doch verrückt.

»Agnes möchte zu Weihnachten lieber verreisen. Jetzt will sie ausgerechnet nach St. Barths. Hast du eine Ahnung, wie teuer es ist, über Weihnachten und Neujahr dahin zu fahren? Das kostet ein ganzes Jahresgehalt. Ich kann mir nichts Scheußlicheres vorstellen, ich will doch Schnee. Wenn sie wenigstens Skilaufen wollte!«

St. Barths. Was für ein Glück, dass sie zufällig einen Artikel über diese Karibikinsel gelesen hatte und nicht auszusehen brauchte, als ob sie nur Bahnhof verstanden hätte.

»Ich fahre am Wochenende Skilaufen. In Österreich.«

»Wo denn?«

»St. Anton.«

»Wow. *Lucky you.* Welches Hotel?«

»Weiß ich nicht mehr. Irgendwas mit -hof. Soll richtig gut sein.«

Er fragte nicht, mit wem oder aus welchem Anlass. Vielleicht interessierte ihn das nicht ausreichend, vielleicht interessierte es ihn dermaßen, dass er gerade deshalb nicht fragte. Stattdessen fing er an, mit kleinen Kreisbewegungen Lisbeths Handrücken zu streicheln. Sie schwiegen beide, und die Stimmung veränderte sich, wurde elektrisch geladen und angespannt.

Und dann kam es. Jetzt war es an der Zeit.

»Weshalb bist du hergekommen? Eigentlich?«

Alte verdrängte Angst sauste in ihrem Kopf. Harry spielte weiter mit ihrer Hand und liebkoste ihre Finger. Sein Gesicht war offen und unschuldig.

»Ich wollte nur mit dir reden. Sagen, dass ich mich schäme.«

»Weshalb denn? Weshalb denn genau? Wegen damals, als wir auf dem Fest waren und du so heftig mit dieser Frau geflirtet und dich den ganzen Abend nur mit ihr unterhalten hast, während ich versucht habe, gute Miene zum bösen Spiel zu machen? Oder weil deine Eltern so oft Gemeinheiten zu mir gesagt haben und du nur gelacht hast, statt mich zu verteidigen? Oder weil ich so oft versucht habe, genau das zu sagen, was du mir jetzt sagst, nämlich, dass du das alles vielleicht nicht willst, sondern deine Eltern, und du geantwortet hast, es sei ja wohl kein Verbrechen ehrgeizig zu sein? Als ob ich nicht den geringsten Antrieb hätte?«

Er legte seine Hand wie einen Deckel über ihre. Bei der Berührung wurde ihr schlecht, und sie riss ihre Hand zurück.

»Ich sage doch, dass ich mich blöd verhalten habe. Alles war einfach blöd. Ich dachte, ich müsste anderen etwas beweisen, und eigentlich auch dir. Du glaubst das vielleicht nicht, aber ich habe dich beneidet, weil deine Arbeit sinnvoll ist, während ich mich mit etwas beschäftigte, von dem ich noch immer nicht weiß, ob irgendein Mensch das überhaupt braucht.«

»Es fällt mir sehr schwer zu glauben, dass du mich beneidet hast, Harry. Du hast ja sogar gemeint, ich hätte keinen Geschmack. Deine Mutter sollte uns die Wohnung einrichten. Und du hast immer gesagt, ich sei zu intelligent für die Arbeit, die ich machte. Es klingt vielleicht wie ein Lob, aber eigentlich ist es nur herablassend.«

»Ich weiß. Ich *weiß.*«

»Immer diese Kommentare. Lisbeth legt sich besser keinen Garten zu, schließlich kann sie Gras und Unkraut nicht unterscheiden. Davon hat Lisbeth keine Ahnung. Und und und …«

»Ich habe mich oft total bescheuert verhalten. Das sage ich doch gerade. Aber wir hatten doch auch gute Zeiten?«

Jetzt machte er ein flehendes Gesicht. Beugte sich über den Tisch vor. Bettelte mit den Augen. Lisbeth schluchzte auf. Erwiderte diesen Blick.

»Sicher. Wir hatten gute Zeiten. Deshalb bin ich ja bei dir geblieben, wegen dieser Augenblicke, in denen du du warst. Wenn du mir gezeigt hast, dass ich dir etwas bedeutete. Wenn wir zusammen Weihnachten gefeiert haben, ja, du hast wirklich recht. An Weihnachten war ich immer glücklich mit dir. Aber ich hatte eine Fehlgeburt, Harry. Und an dem Tag, an dem ich die Fehlgeburt hatte, warst du abends auf einer ach so wichtigen Konferenz. Denn da war sie. Irgendeine Frau, die dir gerade mehr bedeutete als ich.«

Harry hob die Hände.

»Das war feige. Das Feigste, was ich jemals getan habe. Verzeih mir, Lisbeth, ich …«

»Ich weiß noch genau, was du gesagt hast, als ich dir von meiner Schwangerschaft erzählt habe. Du warst wie zu Stein erstarrt. Kannst du dir vorstellen, was das für ein Gefühl ist? Dazustehen und zu sagen, dass man schwanger ist, und beim Partner nicht das geringste Gefühl zu entdecken? Nicht das kleinste Anzeichen von Freude?«

»Ich hatte nur solche Angst. Ich wusste nicht, was ich wollte, und ich war … ja, ich hatte eine Sterbensangst.«

»Dann hatte ich die Fehlgeburt, und du bist einfach abgehauen. Mir kam das vor, als wolltest du *feiern* gehen.«

Harrys Gesichtsausdruck veränderte sich. Jetzt sah er wütend aus.

»Da irrst du dich. Ich weiß, dass ich mich unmöglich benommen habe, als ich nicht zeigen konnte, wie sehr ich mich gefreut habe. Ja, ich war zuerst erschrocken, das gebe ich zu. Aber dann habe ich mich gefreut. Mehr und mehr. Und dann … also, Lisbeth, ich weiß nicht, ob du das verstehen kannst, aber ich war *auch* traurig. Es war wie eine Fehlschaltung, und ich bin losgezogen, um zu tun, als wäre alles wie vorher. Glaub mir, ich habe in meinem ganzen Leben nichts so bereut wie das da. Aber kannst du das verstehen? Dass ich auch traurig war?«

Er war immer lauter geworden, und als sie ihn nun ansah, hatte er Tränen in den Augen. Lisbeth sprang so plötzlich auf, dass der Stuhl rückwärts umkippte. Ihr Kopf glühte. Die Krämpfe, der Verlust, das grauenhafte Gefühl der Leere. Alles, woran sie nicht mehr hatte denken wollen.

Sie wollte davonstürzen, aber er packte sie. Legte vorsichtig die Arme um sie und strich ihr über die Haare, bis sie aufhörte zu weinen.

Dann legte er die Hände um ihr tränenüberströmtes Gesicht und küsste sie, ehe er mit festem Griff ihre Hand nahm und auf die Treppe zuging.

16

Mittwoch, 13. Dezember

Sie erwachte mit dem Gedanken, dass ihr offenbar jemand eine Handvoll Kies in die Augen geschleudert hatte. Und mit der Erkenntnis, dass Harry neben ihr im Bett lag. Er lag mit offenem Mund auf dem Rücken und hatte einen Arm über ihren Bauch gelegt.

Sie hob den Arm weg und quälte sich aus dem Bett. Hatte den Wecker nicht gehört oder ihn im Schlaf wohl ausgestellt. Jetzt hatte sie es gelinde gesagt schrecklich eilig. Und außerdem, *nein*. Sie hatte es fast vergessen, obwohl sie am Vorabend über die Klorollen-Lucia gesprochen hatten. Es war der Luzia-Tag, mit Lichterprozession durch die Schulmensa. Dafür waren zwar die älteren Schüler zuständig, aber sie trug die Verantwortung dafür, dass ihre eigenen Zöglinge an Ort und Stelle saßen, wenn die Königin des Lichtes mit ihrem Gefolge den Saal betrat.

Im Badezimmer duschte sie eiskalt und versuchte, das Dröhnen in ihrem Kopf zu ignorieren, das zweite innerhalb kurzer Zeit. Ein Kater nach einem Abend mit gutem Wein war zwar um einiges besser als einer, der von einer Überdosis Glühwein stammte. Aber das Phänomen war dasselbe, und diesmal hatte sie kaum eine Ahnung, wie es passiert war. Es war von einem Glas die Rede gewesen. Wenn überhaupt.

Sie ging zurück ins Schlafzimmer. Schlich sich hinein, nahm vorsichtig Kleider aus dem Schrank und zog sich unten in der Küche an, während sie Kaffee kochte. Teller, Besteck und Gläser mit vertrockneten Spuren des gestrigen Abendessens hatten noch den Tisch in Beschlag genommen. Der Anblick war ihr ziemlich unangenehm, sie beschloss jedoch, alles stehenzulassen, schließlich war jede Minute kostbar. Die Rosen waren über Nacht aufgegangen und mussten dem Morgen Schönheit verleihen.

Während sie im Stehen Kaffee trank, überlegte sie, was sie tun sollte. In der Schule anrufen und sich krankmelden? Ausgeschlossen. Einerseits aus Pflichtbewusstsein, andererseits im Hinblick auf das kommende Wochenende. Sie durfte sich nicht unsolidarisch zeigen oder Aufmerksamkeit auf sich lenken. Es würde noch dazu das falsche Signal an Harry senden, wenn sie auf ihre Arbeit pfiff, nur weil es ihm beliebt hatte, vorbeizukommen und sie mit Rosen, Wein und Delikatessen zu bestechen.

Was ihm ja teilweise auch gelungen war. Sie hatten die Nacht zusammen verbracht, und auch wenn es nicht bis zum Äußersten gekommen war, waren in diesem Bett doch Dinge passiert. Er kannte sie leider zu gut, er wusste, wie er sie anfassen sollte, und das im wahrsten Sinne des Wortes. Einen Moment lang war sie bereit gewesen, alle Hemmungen fahren zu lassen. Aber etwas hatte sie zurückgehalten, eine Stimme, die sagte, dass es Dinge gibt, die man am nächsten Morgen bereut, und dass es hier gerade genau darauf hinauslief.

Dennoch. Was sollte sie jetzt tun? Ihn wecken? Aber er hatte nicht ausgesehen, als ob er geweckt werden wollte, oder als ob er in seinem derzeitigen Zustand überhaupt geweckt werden könnte.

Am Ende griff sie zu Papier und Kugelschreiber.

Hallo, Harry. Ich musste zur Arbeit. Schlaf aus und nimm, was du möchtest, der Kaffee steht auf der Platte. Ich bin gegen drei wieder zu Hause. Es war nett, dass du vorbeigeschaut hast. Der Schlüssel hängt am Haken neben der Tür, leg ihn unter die Fußmatte, wenn du gehst. Ich hab mein Telefon eingeschaltet.
Lisbeth.

Wenn sie mehr Zeit gehabt hätte, hätte sie an jedem Wort herumfeilen können. Aber Zeit hatte sie nicht. Er wusste jetzt, wann sie nach Hause kommen würde – er könnte also warten, wenn er noch mehr zu sagen hatte. Sie hatte auch geschrieben, es sei nett gewesen. Und »wenn« du gehst, das konnte auch als »für den Fall, dass« verstanden werden. Weiter konnte sie ihm nicht entgegenkommen.

Sie lehnte den Zettel an die Vase mit den Rosen, zog den Mantel an und zog die Tür hinter sich zu. Harrys Auto war unter einer dünnen weißen Decke verschwunden, und einzelne Flocken rieselten zu Boden.

Sie war noch nicht weit gekommen, als sie das Klappern hörte. Lisbeth schaute sich um und sah Jan auf sich zukommen. Wenn sie gekonnt hätte, wäre sie weggerannt, aber er rief ihren Namen, und ihr blieb nichts anderes übrig als stehenzubleiben.

»Wo willst du denn hin?«

»Zur Schule.«

»Soll ich dich mitnehmen?«

Meinte er im Ernst, dass sie auf das Pferd springen sollte? Wohin denn? Vor ihn auf den Sattel oder hinter ihm?

»Danke, ist schon gut. Ich hab es eilig.«

»Und du meinst also, du bist schneller als ein Pferd?«

Lisbeth hatte das Gefühl, dass ihr anzusehen war, was sie

gemacht hatte. Am Vorabend. In der Nacht. Und das bestätigte sich sofort.

»Du hast Besuch, habe ich gesehen. Oder hast du dir ein neues Auto gekauft?«

»Ein Bekannter aus Stockholm, der in der Gegend zu tun hatte.«

»Ja, ich habe ihn gesehen, als er am Strand spazieren war.«

Damit war klar, dass Jan offenbar fand, Harry habe reichlich blödsinnig ausgesehen, in seinem Mantel und seinen britischen Schuhen. Sie fand diese Vorstellung lustig, wurde aber zugleich wütend.

»Ich muss mich wirklich beeilen.«

Jan rief, dann solle sie an einem anderen Tag mit ihm reiten. Lisbeth vermutete, dass er auf Cassius unterwegs war. Der als Zuchthengst angeschafft worden war, jetzt aber ein Wallach war, den Jan jeden Tag ritt und mit dem er sogar an Wettbewerben teilnahm.

Sie ging schneller. Erreichte den Schulhof und rannte ins Gebäude, wo ihre Schüler wie ein verzweifelter Chaoshaufen standen. Sie rief, sie sollten sich aufstellen, fegte sie wie trockenes Laub zusammen und brachte sie in den Saal. Überzeugte sich davon, dass sie die Mäntel auszogen, schnappte sich einen, der sich davonstehlen wollte, und führte sie an ihre Plätze. Die Kinder hatten rosige Wangen, und sie redeten und lachten vor lauter Freude, weil gleich Lucia kommen würde. Lisbeth war dankbar, weil sie so froh waren. Weil manche Dinge so waren, wie sie eben waren.

Dann wurde es leiser, und »Santa Lucia« wurde angestimmt. Gleich darauf schritt Lucia durch die Tür, mit ihrem Gefolge aus Dienerinnen, Sternsingern, Wichteln und Pfefferkuchenfiguren. Diesmal führte ein Mädchen den Zug an.

Es war heftig diskutiert worden, und manche Jungen hatten einen Anspruch auf die Führungsposition erhoben, was andere zu der Behauptung veranlasst hatte, wenn es nun ein seltenes Mal einen Posten gebe, der für eine Frau reserviert war, könne es nicht so bleiben, bis überall in der Gesellschaft Gleichberechtigung eingeführt wäre?

Sternsinger oder Dienerin, die Wahl stand allen frei, und sie hatten auch gewählt. Der Zug stellte sich vor dem Rest der Schule auf und sang »Es strahlt ein Stern« und »Lucia klein«. Ein Junge sang »Oh heilige Nacht« so schön, dass Lisbeth Tränen in den Augen hatte.

Sie hatte so oft an diesem Zug teilgenommen. War in aller Herrgottsfrühe aufgestanden, wenn die Mittwinterkälte besonders bitter gewesen war. Hatte sich an Kerzen und Manschetten zu schaffen gemacht, hatte das alte Hemd der Großmutter mit den kunstvollen Spitzen um Hals und Handgelenke angezogen, es war wirklich das schönste Lucia-Hemd, das sie je gesehen hatte. Sie hatte allerdings nie ganz vorn gestanden, war nie zur Lucia gewählt worden. Außer zu Hause, wenn sie und Helena einen winzigen Lucia-Umzug für die beiden Großelternpaare gemacht und dabei abwechselnd die Krone getragen hatten.

Aber was spielte das für eine Rolle. Der Lucia-Tag gehörte zu den schönsten Tagen des Jahres, und sie würde immer einen Kloß im Hals haben, wenn die ersten Kerzen in der Dunkelheit flackerten und Lucia mit frischgekochtem Kaffee oder Tee und leckerem Brot auf ihrem Tablett hereinkam.

Sie wachte aus ihren Überlegungen auf, als alles zu Ende war und sie die Schüler zurück ins Klassenzimmer bugsieren musste. Erfüllt von der Magie des Lucia-Tags sollten sie nun an ihren Weihnachtsgeschichten weiterschreiben, und Lisbeth lief umher und merkte, wie sie sich bemühten und wie auf dem Papier sehr unterschiedliche Weihnachtsfeste Gestalt annahmen. Weihnachten mit viel zu essen oder wenig, mit Geschenken oder keinen. Weihnachten, wo man in der Verwandtschaft herumgereicht wurde, Weihnachten, wo um den Weihnachtsbaum getanzt wurde, Weihnachten, wo es keinen Weihnachtsbaum gab und wo das ganze Fest eine seltsame Erfindung war, mit der man sich lieber nicht beschäftigte. Fantasieweihnachten mit geheimnisvollen Wesen mit Mützen, die drohten, die Welt und ihre Bewohner zu erobern, in Pakete zu packen und auf den Mond zu schießen.

Während der Lucia-Feier hatte sie es verdrängt. Aber jetzt musste sie in jeder Pause auf ihrem Telefon nachsehen. Zuerst mit der absoluten Überzeugung, dass es ihr doch total egal sei, dann, als nichts kam, mit einem wachsenden Gefühl der Enttäuschung. Kurz vor der Mittagspause spielte sie schon mit dem Gedanken, nach Hause zu laufen, riss sich aber zusammen. Begrüßte stattdessen Jonas Bonde, der mit seinem minzfrischen Enthusiasmus auf sie zugelaufen kam und bedauerte, bereits gegessen zu haben. Aber sie könnten doch so bald wie möglich mal miteinander reden, und wenn nicht, dann würden sie in St. Anton ja Zeit genug haben. Von Rektorin Margaretha war keine Spur zu sehen.

Als es halb drei wurde und sie die Schüler nach Hause schicken konnte, war es wärmer geworden. Dennoch stand auf dem Schulhof ein Schneemann. Der hatte Glitzer auf dem Kopf und alles Weiße in sich aufgesogen, musste aber zugleich mit steifen Stöckchenarmen und einem Kieselsteinlachen, das bald in Weinen umzuschlagen drohte, gegen immer ungünstige Witterungsverhältnisse kämpfen.

Lisbeth lief mit dem Telefon in der Tasche auf dem

schnellsten Weg nach Hause. Das Telefon blieb stumm. Als sie in ihre Straße einbog, sah sie es schon aus der Ferne. Das Auto war verschwunden, und sofort war die Enttäuschung da, ein bohrendes Gefühl, versagt zu haben.

Warum musste er herkommen und die alten Geschichten aufwärmen und ihr zudem Dinge vorspielen, die er doch gar nicht ernst meinte?

Die Möwe hatte sich bis zur Treppe vorgewagt. Lisbeth hob die Fußmatte an und zog den Schlüssel darunter hervor. Erklärte, dass sie jetzt ins Haus müsse, eine Mitteilung, die den Vogel dazu veranlasste, den Kopf schräg zu legen und mit den Augen zu plinkern. Der Abflussgeruch schlug ihr entgegen, um einiges stärker als am Vortag, und sie konnte nur hoffen, dass Harry den beim Aufwachen nicht bemerkt hatte.

Die Küche war leuchtendsauber, und als sie den Kühlschrank öffnete, waren die ganzen Lebensmittel dort, sorgfältig in Alufolie und Zellophan gewickelt. Die Rosen standen auf dem Tisch, zusammen mit der Klorollen-Lucia, die Harry offenbar geholt hatte. An der Lucia lehnte ihr Zettel, nun vervollständigt durch Harrys Antwort.

Danke für alles, und dafür, dass du mich überhaupt hereingelassen hast. Ich bin so froh darüber, dass wir den Abend zusammen verbracht haben und reden konnten und dass ich hier übernachten durfte. Du fehlst mir. Hören wir wieder voneinander? Einen schönen Lucia-Tag, übrigens. Sei umarmt, Harry

Lisbeth ließ sich mit dem Zettel in der Hand an den Küchentisch sinken. Fingerte an der Lucia herum, drückte einen Pfeifenreiniger gerade, damit die Lucia aufrecht stehen konnte. Dass ich hier übernachten durfte – redete er nur vom Schlaf? Du fehlst mir – aber auf welche Weise? Hören wir wieder voneinander – wann und wie?

Wollte sie das denn überhaupt?

Harry hatte sie an die guten Dinge erinnert, und natürlich hatten sie ab und zu ungeheuer viel Spaß gehabt. Wenn Harry das *Image* vergessen konnte, das ihm so wichtig war, wenn er nicht versuchte, andere zu beeindrucken. Sie war ziemlich sicher, dass er ehrlich gewesen war, als er gesagt hatte, bei ihr könne er sich entspannen. Nein, er hatte sich zu Hause bei ihnen nicht verstellen müssen, wenn sie allein gewesen waren. Die Frage war, ob es daran lag, dass sie so wichtig war oder dass sie so unwichtig war?

Was empfand sie selbst? Abgesehen von einer unendlichen Erleichterung darüber, dass sie dort oben im Bett nicht mehr gemacht hatten. Dann hätte sie sich jetzt unendlich ausgenutzt gefühlt. So leicht zu verlocken.

Die Fehlgeburt. Im fünften Monat, eine ganze Weile nach der Dreimonatsgrenze, wo man sich doch eigentlich ziemlich sicher fühlen konnte. Die Krämpfe, die heftigen Blutungen. Die Fahrt zum Krankenhaus, die Rückkehr mit einem Gefühl von ungeheurem Verlust und Versagen. Helena, die gerade das zweite bekommen hatte, und die Angst davor, ihren Eltern und ihrer Schwester erzählen zu müssen, was passiert war. Danach das achtlose *nächstes Mal geht's bestimmt gut, das wirst du sehen, ich hatte auch mal eine Fehlgeburt,* und gleich danach die Diskussion über Weihnachten, als ihr abermals erklärt worden war, was *den Kindern zuliebe* getan werden musste.

Aber Harry war auch traurig gewesen. Es war schön gewesen, das zu hören. Und dass er sie daran erinnert hatte, was gut gewesen war.

Am Vorabend hatte sie das Fest erwähnt, als er mit dieser anderen geflirtet und getanzt hatte, und seine ironischen Bemerkungen, die ab und zu wie Nadelstiche kamen. Die Wahrheit war, dass ein anderes Ereignis die Entscheidung gebracht hatte. Ein Kommentar.

Sie waren auf einem Empfang bei einem Risikokapitalunternehmen gewesen, ein wichtiger Manager, der in sein neues Büro in London geladen hatte. Harry hatte etliche andere Termine, und sie kombinierten das Ganze mit einem verlängerten Wochenende. Fuhren mit dem Sightseeingbus, gingen ins Museum und sahen sich alte Portraits an, tranken Bier in Pubs und gingen in *Fiddler on the Roof* und liebten sich danach in einem großen Himmelbett in einem Hotel, das so britisch war, dass sogar die Wände nach Earl Grey dufteten.

Es war eine Nacht, in der sie glaubte, dass sie wieder schwanger werden könnte. Dass die Fehlgeburt ein einmaliges Malheur gewesen sei. Dass sie alles Traurige hinter sich lassen würden.

Vor dem Empfang hatten sie sich fein gemacht. Harry elegant wie immer im dunklen Anzug, sie in einem wirklich schmeichelhaften Kleid und mit hochhackigen Schuhen, die sie seither nie wieder getragen hatte. Bei dem Empfang hatten sie sich unter die Menge gemischt, sich an Schnittchen und Champagner bedient und sich in verglasten und metallglänzenden Räumen umgesehen. Lisbeth hatte ein gewisses Unbehagen empfunden angesichts der fadendünnen und sehr jungen Frauen, die sich wie Pfauen in Designerkleidung vor den vor Geld strotzenden Männern wanden, auf eine kindliche Weise, die sie nicht verbergen konnten. Harry hatte um Entschuldigung gebeten und über Geschäfte reden wollen, und sie selbst war sofort in ein Gespräch mit einer seltsamen Frau in Lisbeths Alter gezogen worden.

Die Frau trug ein tiefausgeschnittenes Kleid und bat als Erstes um Entschuldigung für ihre Brüste, *ich sollte vielleicht nicht so viel davon zeigen, nach zwei Kindern sind die nicht mehr so schön.* Die ganze Zeit hatte sie zu ihrem Mann hinübergeschielt, der aussah wie Harry und der sie keines Blickes würdigte.

Lisbeth hatte versichert, das Kleid sei wirklich schick, und die Frau hatte sich nach einer Weile zu ihr vorgebeugt und ihr erklärt, es bestehe ein großer Unterschied zwischen ihr und ihrem Mann. Sie selbst habe ihr Architekturstudium nicht beenden können, die Kinder seien dazwischengekommen, und außerdem sei der Gatte die große Begabung und habe eine bessere Universität besucht.

He is upper class and I am working class, you see, hatte sie mit einem kleinen Lächeln gesagt. Als ob das alles erklärte, sogar, dass es ganz in Ordnung für sie wäre, sich selbst und ihren Körper herabzusetzen, während ihr Mann sie ignorierte.

Lisbeth hatte die Frau angestarrt. Geantwortet, an ihr sei doch nichts auszusetzen, und es sei ganz schön viel verlangt, allein die Verantwortung für zwei Kinder zu tragen und zugleich den Studienabschluss zu schaffen. Und innerlich war ihr dabei immer kälter geworden.

Sie ist ich. Ich bin sie. Ich werde so wie sie.

Zu Hause in Stockholm hatte sie versucht, dieses Thema zur Sprache zu bringen. Harry hatte zuerst gelacht und war dann wütend geworden. Das Ganze war zu einem grauenhaften Streit ausgeartet, und sie hatten einander angeschrien, und dann war er gekommen, der Kommentar, der das Fass zum Überlaufen gebracht hatte.

Du solltest vielleicht ein bisschen dankbarer dafür sein, dass ich mit dir zusammen bin.

Lisbeth hatte ihre Sachen gepackt, war ausgezogen, und damit war der Fall erledigt gewesen.

Sie stellte Teewasser auf. Nahm die Reste vom Vorabend aus dem Kühlschrank. Es schmeckte noch immer genauso gut, und die Rosen waren wirklich eine Pracht.

Wenn man sich die Sache überlegte, konnte man das Ganze auch als Sieg betrachten. Sie hatte Harry verlassen, nicht umgekehrt. Hatte begriffen, was passieren würde, und die Gefahr rechtzeitig abgewehrt. Jetzt kam er mit Rosen zu Besuch, die ein Vermögen gekostet hatten, dazu im selben Mantel und im selben Auto wie damals, und erklärte offen, dass er nicht glücklich sei mit der ponylosen Coachingfrau. In seinem Blick hatte etwas Verzweifeltes gelegen, als er ihre Persönlichkeit und ihre Forderungen ans Leben beschrieb, und er machte sich offenbar ernsthaft Sorgen über seine finanzielle Situation.

Und er hatte für das, was er gesagt hatte, um Entschuldigung gebeten. Diesen gemeinen Kommentar.

Während sie in ihrem eigenen Haus nur einen Steinwurf vom Meer entfernt saß. Mit einer Arbeit, die ihr gefiel, mit Freunden. Zwar ohne Kinder und ohne Partner, aber mit Motorrad und einer Möwe auf dem Grundstück.

Lisbeth ging ins Wohnzimmer. Machte Licht, kehrte zurück in die Küche und machte auch dort die Lampen an. Zündete sogar die Kerzen im Adventsleuchter an. Verstrich Tomatenpüree auf einem salzigen Keks, krönte das Ganze mit einer Olive. Nippte am Tee.

Vielleicht hätten sie und Harry ihre Beziehung retten können, wenn sie sich richtig miteinander ausgesprochen hätten. In all den Jahren hatte sie ihn und seine Unfähigkeit, ihr zuzuhören, verantwortlich gemacht. Aber ihr war das ja auch nicht besonders gut gelungen. Sie hatte zum Beispiel niemals erklärt, warum es so schrecklich für sie war, wenn er so offen seine Bewunderung für andere Frauen zeigte. Im Grunde war sie ja nicht eifersüchtig, denn sie hielt Eifersucht für ein ziemlich kontraproduktives Gefühl. Natürlich musste man jemand anderen mögen dürfen, ohne dass es eine Katastrophe für die eigene Beziehung bedeuten musste. Natürlich war es nett, wenn auch andere den Partner attraktiv fanden. Wenn sich das Ganze in erträglichen Grenzen hielt.

Aber sie war eben da gewesen. Die Narbe aus der Kindheit. *Jetzt haben sie Angst, weil ich wieder so hässlich bin.*

Das war lange her, und vielleicht war die konkrete Erinnerung verblasst, obwohl die Wirkung weiterhin anhielt. Sie waren klein, sie und Helena, und sie hatten ein neues Kindermädchen. Das Mädchen hatte sie begrüßt und nett und munter gewirkt, und Lisbeth hatte sie leiden mögen. Bis zu dem Tag, an dem das Kindermädchen Besuch von einer Freundin bekam.

Das Kindermädchen hatte mit besagter Freundin in der Küche gesessen. Helena war wohl in ihrem Zimmer, und Lisbeth wollte gerade zur Toilette gehen, als sie hörte, wie die Neue sich lauthals der Freundin gegenüber verbreitete.

»Also, die Eltern sind ja reizend und diese Helena ist einfach süß, aber diese Lisbeth, uiuiui, die ist ja so hässlich. Ich glaube, so ein hässliches Kind habe ich in meinem ganzen Leben noch nicht gesehen. Man kriegt es ja fast mit der Angst zu tun.«

Lisbeth hatte Zuflucht in ihrem Zimmer gesucht und war dort auf dem Boden in sich zusammengesunken und hatte nur noch geweint.

Sie war hässlich, das wusste sie bereits. Da die anderen immer zu Helena sagten, sie sei so hübsch, Lisbeth aber unerwähnt ließen, hatte sie nach Kinderart akzeptiert, dass sie sicher hässlich war. Ihre Eltern hielten es ja genauso. Helena war das süße Goldkind, während Lisbeth nett oder gut und lieb und tüchtig war, und sie hatte eigentlich nie weiter darüber nachgedacht.

Aber dass sie so hässlich war, dass andere es mit der Angst zu tun bekamen, hatte sie sich noch nie überlegt. Der Kommentar blieb haften und fing an, ihr Verhalten zu beeinflussen. Immer wenn sie neue Leute kennenlernte, kam dieser Gedanke – *jetzt kriegen sie es mit der Angst zu tun, weil ich so hässlich bin* –, und deshalb zog sie sich zurück und verlor einen Teil ihrer früheren Offenheit.

Und immer, wenn Harry einer anderen seine hemmungslose Bewunderung zeigte, hatte sie es wieder verspürt.

Die Weihnachtsfeste, als sie noch klein war. Die sie fast immer mit allen Großeltern zusammen gefeiert hatten. Alle vier am Leben, alle vier freundlich und wohlwollend und mit Geschenken, die man sich gewünscht hatte und die kein bisschen nützlich waren. Dann war der eine Großvater gestorben, dann die Großmutter und dann das andere Großelternpaar. Dann hatte Helena geheiratet und Kinder bekommen, und Weihnachten füllte sich mit Lärm und Geschrei, und der Nachbar erschien als Weihnachtsmann verkleidet.

Das Glück dann, als Harry dabei gewesen war. Die Einsamkeit, als er das nicht mehr war und sie die Fehlgeburt in frischer Erinnerung hatte. Das schreckliche Weihnachtsfest vor einigen Jahren, als ihre Eltern einen guten Freund und frischgebackenen Witwer eingeladen hatten, der ihr zu Weihnachten ein Negligé schenkte, und ihr Vater nachher noch gesagt hatte, *er ist doch immerhin Rechtsanwalt.* Sie hatte das Negligé weggeworfen. Hatte sich besudelt gefühlt.

Lisbeth stellte das Essen wieder in den Kühlschrank und ging hinaus in die Diele, fest entschlossen, vorwärts zu denken, statt in Grübeleien zu versinken. Ihr Blick fiel auf ihre Gummistiefel, und sie befand die für sauber genug, um damit durch das Haus zu gehen. Zog mehrere Socken übereinander an, damit ihr Bein sich dick anfühlte, und presste es in den Stiefel. Nahm einen Schirm. Hielt das Bein gerade, trat mit dem Absatz auf, stützte sich auf den Schirm.

Das war nicht so schwer. Ob sie es mit der Treppe probieren sollte?

Sie stieg eine Stufe nach der anderen hoch. Das Bein gerade halten, auf den Absatz auftreten, sich auf den Schirm stützen. Hervorragend. Das ging doch wie ein Tanz. Oben machte sie kehrt und wollte gerade die Treppe hinuntersteigen, als ihr Telefon zweimal hintereinander pling machte.

Die Schirmspitze rutschte über den Boden und dann ins Leere. Lisbeth tastete nach dem Geländer, verfehlte es jedoch. Glitt aus und fiel einige Treppenstufen hinab. Landete hart auf dem Hintern. Fluchte und kam auf die Beine. Hoffentlich nichts gebrochen. Das wäre ja noch schöner.

Arm und Rücken taten weh, als sie weiterhinkte und sich das Telefon schnappte. Die erste Nachricht war von Harry. *Noch mal danke. Es war so schön, dich zu sehen. Noch eins. Ich hab mich nie mit irgendwem so wohl gefühlt wie mit dir in … ja, du weißt schon. Wir sehen uns bald. Das will ich. Ich hoffe, du auch. Kuss, Harry.*

Die andere war von Sara.

Gott sei Dank, jetzt kam die Steuerrückzahlung. Ich hab Skiklamotten besorgt.

Lisbeth humpelte ins Wohnzimmer. Legte das Telefon auf

den Tisch und landete selbst auf dem Sofa. Bekam die Fernbedienung zu fassen und schaltete den Fernseher ein. Es wurde noch einmal der Lucia-Morgen gezeigt. Zum Glück hatte sie Schnecken zu Hause, und jedenfalls einige müssten mit Safran gewürzt sein.

17

Donnerstag, 14. Dezember

»Frau Lehrerin, Lisbeth, wer war deine beste Freundin, als du noch klein warst?«

Auf dem Schulhof wimmelte es nur so von Kindern und Erwachsenen, die wie Lemminge im Aufbruch begriffen waren. Einige knufften einander, andere warfen Schneebälle. Sie waren ausgelassen, wie das bei Schulschluss oft der Fall war. Alle gingen nach Hause, mit Schultaschen auf dem Rücken, beschwert von Wissen, aber mit frischer Luft in der Lunge.

Sie selbst war im Haus geblieben, hatte im Klassenzimmer aufgeräumt, hatte Zeichnungen sortiert und an der Wand befestigt. Einerseits, weil sie sich einredete, das sei notwendig, vor allem aber, um ihren Kollegen ganz allgemein und Jonas Bonde ganz besonders aus dem Weg zu gehen. Sie hatte nicht die geringste Lust, über ihre alpinen Fähigkeiten oder das kommende Wochenende zu plaudern. Das machte ihr jetzt wieder zu schaffen, obwohl Harrys Besuch sie abgelenkt hatte. Der Besuch und seine SMS.

»Hallo, wer war das?«

Lisbeth schaute hinunter in die wissbegierigen Augen des Jungen, der die Monsterschnecken gebacken hatte.

»Sie hieß Annabella.«

»Annabella? Komischer Name.«

»Ich fand den schön. Er ist schön.«

»War die deine beste Freundin?«

»Ja, sie war meine beste Freundin. Wir haben ganz viel miteinander gespielt. Wir haben in derselben Straße gewohnt, unsere Häuser lagen nebeneinander.«

»Ist die noch immer deine Freundin?«

Lisbeth schüttelte den Kopf. Zog den Reißverschluss an ihrer Jacke zu, wickelte sich den Schal doppelt um den Hals.

»Nein. Oder ja. Oder nein, doch nicht.«

»Weißt du das nicht?«

Lisbeth fuhr dem Kleinen durch die Haare.

»Nein, manchmal weiß man das nicht. Aber jetzt muss ich nach Hause, und du auch. Wir sehen uns morgen.«

Als Antwort bekam sie einen fragenden Blick, sie sah, wie der Mund sich zu einem Wasserfall von Fragen öffnete, wich aber aus, indem sie mit einem »bis dann« davonlief.

Sie ging immer schneller. Wusste, dass sie sich beeilen musste, wenn sie Tobbe sprechen wollte, der am Morgen gekommen war, als sie noch beim Frühstück saß. Er hatte um Entschuldigung für sein unangemeldetes Auftauchen gebeten, aber er sei ohnehin in der Nähe gewesen und habe gehofft, ihr zeigen zu können, was seine Fotos ergeben hatten. Dann hatte er sich an seinem iPad zu schaffen gemacht, auf einen Link geklickt und ihr ein verschwommenes Bild vorgeführt, das offenbar ihr Rohr darstellte. Danach hatte er auf einen Schatten gewiesen. Das berüchtigte Loch.

Die gute Nachricht war, dass es oben saß. Das Risiko eines Wasserschadens war also minimal. Die weniger gute Nachricht war, dass die Sache mit dem Strumpf schwierig werden könnte. Aber er hatte sein Werkzeug mitgebracht und war bereit loszulegen. Wenn sie ihm vertraute, könnte er den ganzen Tag arbeiten, während sie in der Schule war.

Sie hatte nicht viel Zeit gehabt, sich die Sache zu überlegen, und sie hatte ja gesagt. Jetzt war er mit seiner Kamera hier gewesen, hatte sich in der Küche häuslich niedergelassen und das Problem lokalisiert. Da konnten sie wohl ans Werk gehen und aufs Beste hoffen.

Es war wirklich nur gut, dass Harry gerade an jenem Abend gekommen war. Es spielte keine Rolle, wie ihre Gefühle aussahen oder nicht aussahen, sie hätte ihm auf keinen Fall eine Küche im Auflösungszustand zeigen wollen. Dann hätten sie niemals so dasitzen können, wie sie es getan hatten, und nichts von dem, was nun eben gesagt oder getan worden war, hätte gesagt oder getan werden können, und dass es passiert war, hatte doch immerhin einen gewissen Sinn gehabt.

Auch wenn sie nicht wusste, was sie von seiner SMS halten sollte. Sollte sie das als Kompliment auffassen?

Lisbeth nahm ihr Handy. Wählte Saras Nummer, erreichte sie jedoch nicht. Hinterließ eine Mitteilung, fragte, wie es gehe, und bekam nach ganz kurzer Zeit eine SMS als Antwort. *Erzähl ich Freitag, und dann bring ich die Skiausstattung mit. Die wird passen. Versprochen. Mach gerade Margarethas Haare. Die fährt offenbar auch übers Wochenende zum Skilaufen nach Österreich …*

Diese Skireise hatte das Potenzial, den ganzen Ort zu verändern. Sie war wie ein Dachsbau unter der Veranda. Potenzial zu einer gewaltigen Explosion.

Tobbes Wagen stand noch vor dem Haus. Lisbeth bog auf das Grundstück ab, nachdem sie zuerst der Möwe zugewinkt hatte, die sich auf einer Treppenstufe niedergelassen hatte. Lisbeth hatte ihr am Morgen ein wenig Brot hingelegt, in dem Bewusstsein, dass das vielleicht keine gute Idee war. Aber etwas im Verhalten der Möwe zog sie an. Vielleicht war es eine einsame Möwe. Eine, die ihre Schar nicht suchte, sondern von dieser wegwollte, die sich ein eigenes

Leben aufbauen wollte. So eine konnte doch eine Brotkruste oder zwei verdienen.

Staub flog ihr entgegen, als sie die Haustür öffnete. Sie rief Hallo und hängte ihre Jacke auf. Dann ging sie in die Küche.

Verschwunden.

Oder nein. Nicht verschwunden. Nur … verändert. Die unteren Schränke waren verschoben worden, der Boden freigelegt, und Tobbe stand mit Gehörschutz da. Offenbar hatte er gerade gebohrt, als sie gekommen war.

Als er sie entdeckte, riss er sich den Gehörschutz vom Kopf. Sein Pullover war feucht und klebte ihm am Rücken.

»Wie geht es?«

Lisbeth versuchte, ihre Stimme fest klingen zu lassen. In Wirklichkeit hätte sie losheulen mögen. Sie hatte so sehr auf diese Strumpflösung gehofft, gedacht, alles werde sich mit so wenig Scherereien wie möglich lösen lassen. Aber hier gab es die größtmögliche Menge an Scherereien. Schränke standen im Wohnzimmer. Porzellan war ausgeräumt worden und stand auf dem Boden. Überall Staub.

»Ging das mit dem Strumpf nicht?«

»Leider nein. Zuerst sah es gut aus, aber dann brach es auseinander. Ich habe mir alle Mühe gegeben, aber es ist ganz einfach zu alt.«

Tobbe schüttelte den Kopf. Die Rohre waren empfindlich, und ein Strumpfversuch hatte gereicht, um das Rohr an mehreren Stellen brechen zu lassen. Es gab einfach keine andere Möglichkeit, als den Boden aufzubrechen, ein neues Rohr zu legen und alles wieder zuzumauern.

Er zeigte hinüber zum Wohnzimmer und erklärte, wo er was hingestellt hatte. Lisbeth starrte den Boden oder das an, was davon noch übrig war. Das Mauerwerk, in das das

Rohr eingebettet gewesen war, war weggebohrt worden. Die Leitungen sahen aus wie sich windende Seeschlangen.

Tobbe setzte zu der Erklärung an, alles sehe viel schlimmer aus, als es war. Er sei schon weit gekommen und bei der Stelle angelangt, die die Leckage verursacht habe. Jetzt müsse er zum Baumarkt fahren und ein passendes Stück Rohr besorgen und dann den Austausch machen, damit alles dicht wäre und er schnell wieder zumauern könne.

»Sie können Ofen und Herd benutzen, eigentlich fast alles, aber die Spülmaschine lieber nicht. Es wird noch eine Weile ein bisschen unordentlich hier aussehen, aber das lässt sich in ein paar Tagen in Ordnung bringen.«

»Okay.«

Unordentlich! Das war doch zum Lachen. Das war ja fast komisch.

Tobbe sah, dass sie blass wurde.

»Ich verspreche Ihnen, dass Sie sich auf mich verlassen können und dass ich das so billig machen werde, wie ich nur kann. Und dann hab ich mir etwas überlegt. Sie haben gesagt, dass Sie übers Wochenende wegfahren. Wenn Sie mir die Schlüssel anvertrauen, kann ich hier weiterarbeiten. Dann ersparen Sie sich etwas von dem Chaos.«

Sie öffnete den Mund zu einer Antwort, schloss ihn aber gleich wieder. Müsste sich die Sache doch wenigstens überlegen.

»Es ist vier Uhr, und ich wollte jetzt los und versuchen, das Rohr zu besorgen. Dann komme ich morgen vorbei, wenn das recht ist. Dann können Sie mir sagen, wozu Sie sich entschlossen haben. Die Rosen habe ich übrigens auch ins Wohnzimmer gestellt, falls Sie die vermissen.«

Lisbeth nickte. Die waren ihm also aufgefallen. Sie hatte nicht vor, etwas dazu zu sagen. Wollte fast schon erklären, dass sie ihm durchaus vertraue, aber dass es gerade ein wenig zu viel sei, als sie draußen auf der Straße Reifen kreischen hörte. Gleich darauf wurde an die Tür geklopft. Tobbe schaute sie an, und sie ging zur Tür, mit dem ängstlichen Gedanken, etwas falsch gemacht zu haben. Vielleicht war sie als Betrügerin entlarvt und von der Juniornationalmannschaft für Alpinskilauf angezeigt worden, weil sie versucht hatte, sich mit fremden Federn zu schmücken.

Draußen stand Helena. Ihre große Schwester.

Sie trug eine Art Poncho, unter dem ihr Bauch hervorragte. Bis dahin sah die Frau auf der Treppe aus wie Helena, aber damit endete dann die Ähnlichkeit. Diese Helena war nicht frisiert, geschminkt, beherrscht und geschäftig. Diese Helena war eine rasende Furie mit zerzausten Haaren und Irrsinn im Blick. Hinter ihr auf der Straße glaubte Lisbeth, Helenas Auto zu sehen. Einen soliden Kombi, der seine Nase in die Hecke bohrte.

»Aber hallo. Was machst du denn hier?«

»Was ist da für ein Auto vor deinem Haus? Ich wäre fast damit zusammengestoßen.«

»Das gehört einem Handwerker, der …«

Helena wartete keine Antwort ab, sondern schob sie zur Seite. Wühlte zwischen den Kleiderbügeln, murmelte vor sich hin, kämpfte mit ihrem Poncho und warf ihn schließlich auf den Boden. Ihre Haare waren von diesem Manöver elektrisiert und ließen nach allen Seiten Funken aufstieben, und die ansonsten so fein gezupften Augenbrauen ihrer Schwester stießen über deren Nase zusammen. Ihr Hals war von roten Flecken bedeckt.

»Kannst du mir bei den verdammten Stiefeln helfen?«

Helena ließ sich auf einen Stuhl fallen. Lisbeth packte den einen Stiefel. Der saß wie angegossen, und sie musste sich gewaltig dagegenstemmen, um ihn endlich zu lockern. Als sie auch den linken bewältigt hatte, war sie in Schweiß gebadet.

Wann war Helena zuletzt hier gewesen? Und allein? Vermutlich gleich nach Lisbeths Einzug. Aber auch damals hatte sie die Kinder bei sich gehabt. Jedenfalls war Helena niemals hier gewesen, ohne so zu sein, wie Helena eben war. Elegant und gut angezogen, den Blick über den Horizont gerichtet, effektiv und korrekt. Die Haare glänzend und über die Schultern fallend.

Nun saß sie auf dem Stuhl wie ein gestrandetes Walross und hatte noch nicht einmal hallo gesagt.

»Ich bin da draußen von einer wahnsinnigen Möwe angefallen worden, und daneben lag Brot. Du bist doch wohl nicht so dumm, die zu füttern? Denn das schreit ja geradezu nach Problemen. Die wird sich hier häuslich niederlassen und alles vollkacken, und du wirst sie nie wieder los.«

Seltsam, welche Gefühle ein solcher Kommentar auslösen konnte. Lisbeth hatte sich das auch schon gedacht, jedenfalls zum Teil, es war ein Aspekt, den sie in Betracht gezogen hatte, sogar, als sie das Brot hingeworfen hatte, dieser Gedanke aber verwandelte sich nun plötzlich in sein genaues Gegenteil. Niemand sollte herkommen und sich über ihre Möwe beklagen oder ihr sagen, wie sie sich ihren eigenen … Haustieren gegenüber zu verhalten hatte.

Ein *das kann dir ja wohl scheißegal sein* lag in der Luft, aber dann folgte Lisbeth dem Rat, den sie immer ihren Schülern gab. Presste die Oberlippe auf die Unterlippe. Riss sich zusammen.

Was mochte ihr nur diese Ehre der ganzen ungebetenen Gäste erweisen? Zuerst Harry und jetzt ihre Schwester. War sie zu einer Art psychologischen Praxis geworden?

Dass Helena etwas auf dem Herzen hatte, war deutlich. Genau wie zuvor Harry. Dann war man gut genug. Und die blöde Lisbeth änderte bereitwillig ihre Pläne, da sie sich von einer kleinen Schmeichelei in Gang bringen ließ und billig im Betrieb war.

Helena erhob sich. Sie war riesig. Wenn Lisbeth es nicht besser gewusst hätte, oder wenn sie nicht gewusst hätte, dass Helena immer alles besser wusste, dann hätte sie auf Zwillinge getippt. Der Bauch steckte unter einem riesigen selbstgestrickten Pullover, dazu trug Helena ausgebeulte Leggings. Keine Spur von schicker, praktischer Umstandsmode.

»Was machst du …«

Helena war bereits in die Küche gewatschelt. Dort blieb sie stehen und glotzte Tobbe an, der gerade seine Sachen zusammenpackte.

»Und wer ist das da? Und was will der hier?«

Das war dermaßen unhöflich, dass Lisbeth rot wurde. Wenn sie ehrlich war, musste sie jedoch zugeben, dass Helena vieles sein konnte, unverschämt und grob aber nicht. Ihre Schwester musste also total außer sich sein.

Sie trat zwischen die beiden.

»Tobbe, das ist meine Schwester Helena. Tobbe hilft mir mit einem gebrochenen Rohr. Das ist nicht so schlimm, wie es aussieht, kein Wasserschaden oder so, aber es muss natürlich gemacht werden.«

»Sie kümmern sich alleine um die Küche?«

Die Schwester wandte sich nun an Tobbe. Lisbeth dachte, es sehe Helena so furchtbar ähnlich, niemals das Wichtige aus dem Blick zu verlieren. Alles voll unter Kontrolle zu haben. Inklusive der Reparaturen in Lisbeths Küche, von denen sie erst seit ungefähr einer Minute wusste.

»Ich bin wie so eine Einmannband, wissen Sie. Spiele alle

Instrumente selbst. Gitarre in der Hand, Glöckchen an den Füßen und die Trommel auf dem Rücken. So geht es am besten, dann ist man nicht auf andere angewiesen. Auf mich selbst kann ich mich immer verlassen.«

Tobbe streckte Helena die Hand hin, und die griff automatisch zu, ehe sie etwas sagen konnte. Er fügte hinzu, er habe gerade gehen wollen. Lisbeth brachte ihn hinaus in die Diele. Verspürte Bewunderung dafür, wie er die Lage entschärft hatte, und stellte sich vor, wie er in der Stadt auftrat. Er hatte sich wirklich sehr schnell gefasst.

Tobbe zog seine Schuhe an und wiederholte, dass er am nächsten Nachmittag vorbeikommen werde. Wenn ihr das recht sei, natürlich. Wenn er lächelte, sah er ganz reizend aus.

»Das ist furchtbar nett, dass Sie am Wochenende arbeiten. Ich muss nur einen Reserveschlüssel heraussuchen.«

»Das hat Zeit bis morgen. Bis dann.«

»Bis dann. Und Entschuldigung, das mit meiner Schwester. Sie ist sonst nicht so.«

Das Letzte flüsterte sie nur. Tobbe lächelte noch breiter.

»Ich hab schon Schlimmeres erlebt, und in dem Zustand kann es ein bisschen hin und her gehen. Das kennt man doch.«

Er hatte also Kinder. Vielleicht auch eine Frau. Aber so wirkte er nicht. Abermals fragte Lisbeth sich, wie sein Leben wohl aussah.

»Bis dann.«

»Vielleicht steht Helenas Auto im Weg?«

»Nicht so schlimm.«

Die Tür fiel zu. Lisbeth kehrte zurück in die Küche, wo Helena auf einen Stuhl gesunken war und die Beine ausstreckte.

»Kann ich dir etwas anbieten?«

Helena stützte den Kopf in die Hände und stöhnte.

»Soll ich Teewasser aufsetzen?«

Keine Antwort, nur ein Nicken. Lisbeth holte eine Kanne, stellte die englischen Tassen auf den Tisch und nahm dann mit einem gewissen Zögern Harrys Feinkost wieder aus dem Kühlschrank.

Auch Elenas Brot und Zimtschnecken kamen auf den Tisch und sahen fast genauso lecker aus wie am Vortag, und Tomaten, Oliven, Soßen und Käse hatten sich im Kühlschrank erholt. Es war nicht dumm, wenn Helena sah, was Lisbeth an einem gewöhnlichen Donnerstag im Dezember anbieten konnte. Auch wenn das in einer Küchenruine passierte.

Nun saßen sie einander gegenüber. Aller guten Dinge sind drei. Zuerst Sara mit ihren Sorgen, dann Harry, jetzt Helena. Lisbeths Lebensberatung. LLB. Rund um die Uhr geöffnet, zugänglich für alles und alle, und je schlimmer, desto besser.

»Warum bist du hier? Ich meine, das ist wunderbar, aber ich sehe dir doch an, dass etwas passiert ist.«

Zuletzt hatten sie sich fünf Monate zuvor beim Geburtstag ihrer Mutter getroffen. Wie immer Kaffee und Kuchen in der Villa in Göteborg. Helenas Bauch war noch kaum zu sehen gewesen.

»Was passiert ist? Das kann ich dir sagen. Micke hat die Nase voll, das ist passiert. Er sagt, dass er nicht mehr weiß, was er will. Er weiß nicht, ob er seine Arbeit weitermachen will oder so leben, wie wir das tun, oder mit mir, und dass er überlegt, ein Restaurant in Italien aufzumachen, zusammen mit einer Frau, die zehn Jahre älter ist als er.«

18

Donnerstag, 14. Dezember

Peinlicherweise war Lisbeths erster Gedanke, dass das ja wohl keine gute Idee sein könnte. In Italien ein Restaurant aufmachen? Da gab es doch sicher an jeder Straßenecke ein gemütliches Lokal. Sie war zwar nur einmal dort gewesen, aber sie hatte diesen Eindruck gehabt.

Helena häufte derweil wild durcheinander Essen auf ihren Teller. Vielleicht lag es an dem Kind, das sein Recht verlangte. Aus dem Kind konnte etwas werden. Wie gut, dass sie Essen im Haus und Harry nicht mehr im Haus hatte.

»Oh! Das ist ja schlimm, Helena. Ist etwas passiert? Vielleicht bei der Arbeit?«

Micke arbeitete bei einer Versicherung, und zwar schon lange. Lisbeth war nicht bei Mickes Gesellschaft versichert. Dass sie bei irgendwelchen Schäden nie mit Geld rechnete, wurde immer wieder bestätigt, wenn der Schwager sich darüber ausließ, welche idiotischen Begründungen für ihre Unglücksfälle die Leute auftischten. *Ich bin ganz ruhig über die Straße gefahren, als ein Pfosten auf die Straße gestürzt kam,* war einer von Mickes Standardwitzen, der beim ersten Mal komisch gewesen war, einigermaßen komisch beim zweiten und beim dritten sehr viel weniger komisch.

Aber sie hatte sich mit Micke immer ziemlich gut verstanden. Hinter dem zundertrockenen Äußeren und den viereckigen Brillengläsern hatte sie einen Abenteurer erahnen können. Tatsache war, dass sie das, was Helena gerade erzählt hatte, nicht total überraschte. Micke war zum Beispiel als Einziger in der Familie von der Anschaffung ihres Motorrades so begeistert gewesen, dass er sie bat, es ausleihen zu dürfen. In jungen Jahren hatte er nämlich den Motoradführerschein gemacht, aber viel zu selten genutzt.

Helena kaute wütend auf einer getrockneten Tomate herum. War offenbar bereit, alles zu massakrieren, was sie an Italien erinnerte. Sie hatte noch keine Träne vergossen, und vielleicht war sie ja gar nicht traurig. Nur außer sich vor Wut. Es war klug gewesen, das Problem mit Mickes Arbeit in Verbindung zu bringen und nicht mit ihrem Privatleben.

»Nein, nicht, soviel ich weiß. Alles war wie immer. Die Kinder sind brav, und mir geht es gut, und ich mache keine Probleme, obwohl ich ziemlich schwanger bin und mich wirklich beklagen könnte, wo ich doch sozusagen einen riesigen Bauch habe und damit schlafen und auch noch arbeiten soll. Und dann das. Wir waren essen, ich hatte Babysitting organisiert, und wir saßen im Restaurant, und ich redete über die Entbindung, und dann brach das alles hier nur so aus ihm heraus. Jetzt ist er ausgezogen. Er wohnt bei seinen Eltern und hat sich krankschreiben lassen.«

»Glaubst du nicht, dass es ein Burnout sein könnte?«

Lisbeth hatte schon sagen wollen, dass die Sache mit der Hausgeburt vielleicht den Ausschlag gegeben habe. Aber sie traute sich nicht. Helena war riesig. Und sie war wütend.

»Bei dem Job? Da muss man doch ein Genie sein, wenn man einen Burnout schafft!«

Lisbeth hatte noch immer keine Lust, Öl ins Feuer zu gießen und zu sagen, dass vielleicht nicht alle über Helenas Kapazität verfügten, ihre Fähigkeit, emotionalen Ballast zur Seite zu schieben und effizient wie ein Pferd auf der Trabrennbahn durchs Leben zu pflügen. Auch wenn Helena viel schaffte, war sie doch eine schwerbeschäftigte Frau, die rund um die Uhr arbeitete, und die Kinder waren von beiden. Drei Kinder und eins unterwegs, mit allem, was das an Bringen und Holen und Freizeitaktivitäten bedeutete, dazu Hausaufgaben und Kleiderkauf und Gute Nacht-Geschichten und Kochen. Micke hatte sicher immer seinen Anteil geleistet. Natürlich hatte auch er Anspruch auf einen Burnout.

Sie warf einen raschen Blick auf das Rohr. Chaos. Ja, das konnte man wirklich sagen. Die Küche roch nach Staub, winzige Teilchen schienen durch die Luft zu schweben und sie dick und zu schwer zum Atmen zu machen. Aber ein eigentlicher Geruch war nicht vorhanden. Seltsam, wenn man sich das überlegte. Es müsste doch stinken, jetzt, wo alles freigelegt war.

Ihr ging auf, dass Tobbe ihr nicht mehr hatte zeigen können, wo genau im Rohr das Loch saß. Sie hatte nur das Bild gesehen. Dann war Helena gekommen und hatte alles unterbrochen, und Lisbeth hatte sich nicht konzentrieren können.

Und dabei hätte sie an diesem Abend trainieren müssen. Donnerstagabend, viel Zeit hatte sie jetzt nicht mehr. Morgen würde das Bein gegipst werden. Diese verflixte Helena, musste die gerade jetzt eine Ehekrise kriegen und die Lisbeth vor den Latz knallen. Warum hatte sie nicht zu einer ihrer vielen Freundinnen gehen können? Mit denen sie in Kurzurlaube fuhr, ein verlängertes Wochenende in Paris oder London oder sogar New York?

Lisbeth war einmal gefragt worden, ob sie mitkommen wollte. Aber sie hatte kein Geld gehabt und deshalb dankend abgelehnt und behauptet, schon andere Pläne gemacht zu haben. Vielleicht hätte sie ehrlich den wahren Grund nennen sollen, sie war jedenfalls nie wieder aufgefordert worden.

Helena kaute noch immer in wilder Wut. Lisbeth sah sie an. Sie ist meine Schwester, dachte sie. Wir haben dieselben Eltern, und wir haben etliche Jahre unter demselben Dach verbracht, aber trotzdem weiß ich nicht mehr so genau, wer sie ist. Ich weiß, wie sie sich anzieht und wie sie ihre Kinder erzieht und welche Partei ihre Stimme bekommt und dass sie gern Kabeljaurücken mit Krabben isst.

Aber wir sind auseinandergeglitten, und jetzt weiß ich nicht mehr, was sie zum Lachen oder zum Weinen bringt. Ich weiß nicht, was sie sich mehr als alles andere wünscht oder wovor sie Angst hat oder ob sie sich nach etwas sehnt, das sie nicht bekommen kann. Ich weiß nicht, ob sie Angst davor hat, krank zu werden, oder ob sie an Gott glaubt, und wenn ja, auf welche Weise, und ich habe keine Ahnung, wie ihr Sexualleben mit Micke aussieht. Wir müssten uns allein treffen, nur sie und ich, und zusammen etwas unternehmen, damit wir Gelegenheit zum Reden haben.

Aber das wäre vielleicht zu viel verlangt. Vor einigen Jahren hatte sie gelesen, dass Geschwister in dem Glauben leben, dieselben Kindheits- und Jugenderfahrungen zu teilen, da sie ja dieselben Eltern haben – falls das der Fall sei. Aber dieser Glaube trifft nicht einmal bei den Kernfamilien zu. Die Jahre, die zwischen den Geburten der Kinder liegen, können ausreichen, um die Eltern total zu verändern, auch deren Beziehung zueinander, und also ist das Klima, in dem das nächste Kind aufwächst, ein ganz anderes. Helena und sie könnten in vollkommen unterschiedlichen Klimazonen aufgewachsen sein. Mit ganz unterschiedlichen Eltern, auch wenn es dieselben waren.

Helena war wie gesagt älter, und vier Jahre waren in diesem Zusammenhang viel. Sie hatte ein eigenes Zimmer gehabt und dessen Tür abgeschlossen. War nett gewesen und hatte Lisbeth mitgenommen, wenn das verlangt wurde, aber das war auch alles, was nur verständlich war. Helena hatte immer Ordnung, einen Plan, ein Ziel. Lisbeth hatte viel mehr geschwankt und gezweifelt.

Hatten ihre Eltern sie unterschiedlich behandelt? Schwer zu sagen. Aber eigentlich nicht. Beide hatten unter einem gewissen Leistungsdruck gestanden, was die Schule und die Freizeit anging, aber wenn sie ihr Bestes taten, reichte das. In Helenas Fall war es ja auch gar nicht nötig gewesen, strengere Forderungen zu stellen, und Lisbeth hatte sich ja auch einigermaßen gemacht.

Als Teenager hatte Helena die eine oder andere Romanze gehabt, und später waren dann fesche Jungs gekommen und hatten sie abgeholt, während Lisbeth am Fenster hing und gern gewusst hätte, wo sie hinfuhren. Schließlich hatte Helena während des Studiums Micke kennengelernt, und sie hatten eine riesige Hochzeit gefeiert, und dann waren die Kinder und das Haus und alles gekommen, was dazu gehörte.

Jetzt saß Helena also hier. Fraß, als ob sie seit Tagen keine Nahrungsmittel mehr gesehen hätte, kippte sich mit Tee voll und hatte Tomatensoße am Kinn.

Helena schaute mitten im Kauen auf.

»Was hast du mit deinen Haaren gemacht?«

»Schneiden lassen.«

»Sieht gut aus. Aber du wolltest doch nie kurze Haare.«

»Das wächst ja nach. Das ist eben das Schöne an Haaren.«

Wie die Tochter von Saras Freundin nach dem Haareschneiden gesagt hatte. Kein schlechtes Argument, wenn man es sich genauer überlegte.

Helena ging auf dieses Thema nicht weiter ein. Legte Messer und Gabel auf den Teller. Wischte sich mit der Serviette das Gesicht ab und verschmierte die Tomatensoße noch weiter. Sie sah müde aus. Müde und traurig. Zum ersten Mal, seit sie hereingekommen war, verspürte Lisbeth Mitleid, trotz des unklaren Kommentars über ihre neue Frisur. Helena würde schließlich in wenigen Wochen ein Kind bekommen.

»Wie hast du diesen Handwerker aufgetrieben?«

»Tobbe. Er heißt Tobbe. Er ist gerade erst hergezogen, und ich habe im Laden einen Zettel gesehen und sofort angerufen.«

»Ist auf den denn überhaupt Verlass?«

»Ich brauchte sehr schnell jemanden, und er konnte sofort kommen. Und bisher hat er gute Arbeit geleistet. Das muss doch repariert werden.«

Helena gab keine Antwort. Sah sich nur die Verwüstung an, schien aber nicht aufstehen zu wollen. Lisbeth streckte die Hand nach den Streichhölzern aus und zündete dann die erste und danach die zweite Adventskerze an.

»Wo sind die Kinder?«

Helena seufzte.

»Mama ist jetzt da und kümmert sich um sie. Ich habe gesagt, ich müsste Überstunden machen, ich habe es einfach noch nicht über mich gebracht, ihr das von Micke zu erzählen. Bald ist ja Weihnachten, du weißt schon, und da ist nur der Weihnachtsschinken wichtig.«

Sie wechselten einen Blick. Schwesterlich, verständnisinnig. Lächelten einander kurz an.

»Alles klar.«

Das Telefon machte pling. Lisbeth bat um Entschuldigung und ging hinaus in die Diele. Glaubte, es sei Sara. Aber es war Harry. Als sie die SMS öffnete, sah sie, dass er ein Bild von sich geschickt hatte, mit leicht heruntergelassener Unterhose und nacktem Oberkörper. *Sehnsucht nach dir,* stand unter dem Bild, gefolgt von einem Herzen. Lisbeth drückte das Bild weg. Atmete tief durch und ging zurück.

»Entschuldige.«

Helena winkte ab.

»Ich begreife nicht, was Micke sich denkt. Da glaubt man, einen Menschen zu kennen, und dann stellt es sich heraus, dass man keine Ahnung von ihm hat. Er hat nie etwas gesagt und schien immer zufrieden zu sein, ich meine, wir hatten es doch gut zusammen. Wir haben es gut zusammen. Alle haben wohl mal Probleme, aber dass er einfach wegwill und Koch werden … dabei kann er ja nicht mal kochen!«

»Wir war er denn so in der letzten Zeit? Habt ihr euch viel gestritten?«

»Nicht mehr als sonst. Ich meine, wir streiten uns nicht so oft, auch wenn man manchmal genervt sein kann. Er meint manchmal, man sollte einfach auf alles pfeifen. Sagt, wir könnten das Haus verkaufen und uns ein Wohnmobil zulegen und ein Jahr durch die USA und Kanada fahren und einfach leben. Total wirklichkeitsfremd. Als ob er noch immer darauf wartet, dass sein Leben richtig losgeht. Du hast Kinder, habe ich geantwortet. Aber die kommen natürlich mit, sagt er dann. Wie gesagt, ich begreife nicht, was er sich denkt.«

»Wie lange ist er schon weg?«

Helena schnaubte. Erklärte, dass Micke nach dem Restaurantbesuch mit nach Hause gekommen sei, in aller Eile eine Tasche gepackt habe und verschwunden sei. Das war vier Tage her. Seither hatte er nicht angerufen, keine Nachricht geschickt, auf ihre nicht geantwortet, nichts. Sie hatte es auch in seiner Firma versucht, aber auch da war er ja nicht zu erreichen, wie gesagt.

Die Schwester kratzte wütend auf dem Teller herum. Lisbeth hätte ihr gern gesagt, sie solle damit aufhören, ehe der Ton unter der Glasur hervorschaute, das sah doch scheußlich aus. Aber sie verkniff sich auch das. Die pedantische Essweise ihrer Schwester, bei der jeder Krümel verzehrt werden musste, war lächerlich. Sie machten in der Familie gern Witze darüber, dass man Helenas Teller gleich wieder in den Schrank stellen könnte, ohne den Umweg über die Spülmaschine. Helena war *not amused,* wenn dieser Spruch kam. Und sie kratzte immer weiter.

»Was hast du denn jetzt vor?«

Hast du einen Plan? Das ungefähr hatte sie gefragt. Einen Plan, wie sie für die Skitour einen hatte. Was ja auch in Ordnung war, was man von Menschen in einer Krise aber nicht verlangen durfte. Man sollte ihnen zuhören, ohne ihnen mit Ratschlägen und Hinweisen zu kommen, und auf keinen Fall sollte man sich selbst einbeziehen. Darüber reden, dass man ja weiß, was das für ein Gefühl war, und ich hatte ja auch schon Angst, und man glaubt, man müsse sterben, wenn man in der Nacht so daliegt, aber das tut man nicht, denn das Herz gibt nicht einfach auf und hört auf zu schlagen, auf irgendeine seltsame Weise macht man weiter, auch wenn es nur eine Stunde am Stück funktioniert.

Doch, das konnte sie vielleicht sagen. Aber sie sollte sich nicht über sich selbst verbreiten und die Erlebnisse der anderen verringern, die natürlich einzigartig waren. Lisbeths Angst war nicht Helenas Angst. Lisbeths Gefühl der Verlassenheit ließ sich nicht mit Helenas vergleichen. Und Helena hatte Kinder, das musste sie sich einfach klar machen. Kinder, auf die Rücksicht genommen werden musste. Kinder, die grübelten und weinten und Gefühle hatten. Man durfte dann nicht einfach nur an sich selbst denken, jedenfalls nicht die ganze Zeit.

Aber dennoch. Lisbeth musterte Helena, die zurückgelehnt und mit verzweifeltem Gesicht in ihrem sonst so kühlen Gesicht auf dem Stuhl saß. Mir ging es saudreckig, wäre ihr fast herausgerutscht. Ich kam mir so einsam und wertlos und wie eine Versagerin vor, dass ich kaum noch glaubte, dass irgendetwas einen Sinn hätte, als ich mein Kind und Harry verloren hatte und neu anfangen musste. Wie oft hast du mich angerufen? Einmal? Bist du je hergekommen und hast ein ganzes Wochenende hier in diesem Haus verbracht? Nein, das ging nicht, wegen der Kinder. Aber mit deinen Freundinnen nach Paris fahren, das ging.

Scheißegal.

»Was hast du gesagt?«

»Ich wollte wissen, was du jetzt vorhast.«

Helena schüttelte den Kopf.

»Ich weiß nicht. Ich habe keine Ahnung. Wie sollte ich auch, wenn ich nicht einmal mit ihm sprechen und herausfinden kann, was er will? Ich weiß nicht mal, was ich den Kindern sagen soll.«

»Was hast du bisher gesagt?«

»Dass er für die Firma verreisen musste. Wenn es länger dauert, muss ich wohl sagen, dass er seine Eltern besucht, aber das geht ja auch nicht endlos lange. Bald ist Weihnachten, und ich weiß nicht einmal, ob er mit uns feiern will. Lässt mich einfach mit allem sitzen. So entsetzlich egoistisch.«

Mickes Eltern wohnten in Trollhättan. Nicht das Ende der Welt, aber doch ein ganzes Stück von Göteborg entfernt. Helena hatte offenbar ein ziemlich gutes Verhältnis zu ihren

Schwiegereltern, und auch sie kümmerten sich viel um ihre Enkel, genau wie ihre eigenen Eltern. In der Hinsicht hatten Helena und Micke es wirklich gut getroffen.

Wieder machte das Telefon pling. Lisbeth versuchte, das zu ignorieren, aber bald darauf ertönte das nächste pling. Helena sah sie an, und widerwillig musste sie sich eingestehen, dass sie rot wurde. Sie ging hinaus, sah nach und stellte fest, dass Harry ein Strandbild geschickt hatte. Eins, auf dem er sich in der Sonne auf einer Decke räkelte. *Hierhin will ich mit dir zusammen fahren,* hatte er geschrieben.

»Wer war das?«

So schlimm war die Lage auch wieder nicht, wenn ihre Schwester glaubte, sich in Lisbeths SMS einmischen zu dürfen.

»Nur eine Kollegin. Du, das ist traurig. Wirklich. Ich …«

Ich wünschte, ich könnte etwas tun, hatte sie sagen wollen. Gefolgt von einem *was kann ich tun?,* gefolgt von einem *warum kommst du ausgerechnet zu mir?* Dinge, von denen sie nicht wusste, wann sie sie von ihrer großen Schwester zuletzt gehört hatte. Im selben Moment begriff sie, warum Helena hergekommen war. Doch, sicher wollte sie Trost. Doch, sicher hatte sie in dieser Situation gedacht, dass Blut dicker ist als Wasser. Doch, sicher hatte sie auch gefunden, es sei besser, vor Lisbeth die Fassung zu verlieren als vor anderen. Was an sich ja auch ein Vertrauensbeweis war.

Aber vor allem wollte sie, dass Lisbeth mit Micke redete. Dass sie diejenige war, die mit dem Schwager sprach und Informationen darüber einholte, was er nun eigentlich für Pläne hatte.

»Du kannst doch mit ihm reden?«

Helena ließ das klingen wie eine Bitte, aber sie wirkte auch erleichtert, weil es endlich gesagt worden war. Als ob sie wüsste, dass Lisbeth niemals auf den Gedanken kommen würde, nein zu sagen.

»Glaubst du denn, dass er mit mir reden würde? Ich meine, wenn er wirklich nichts von sich hören lässt, steckt er vielleicht in einer furchtbaren Krise?«

Helena schob das Kinn vor und sah trotzig aus. Dann legte sie beide Hände auf den Bauch. Ihre Miene wurde weicher, während sie murmelte, dass der Kleine so herumstrampelte, dass sie kaum schlafen könnte. Stolz und Liebe waren zu hören, trotz allen Elends und aller Ungerechtigkeit des Lebens, das Glück über einen munteren kleinen Wicht, der bald das Licht der Welt erblicken würde.

Lisbeth fragte eilig, ob die Schwester sich wohlfühle, vor allem, um nicht die andere Frage beantworten zu müssen, ob sie also Micke anrufen könnte. Aber Helena fühlte sich wohl, ihr war dieses Mal so gut wie nie schlecht geworden.

»Bitte, Lisbeth, du kannst Micke doch anrufen? Ich glaube ganz bestimmt, dass er mit dir reden wird, er mag dich doch, das war immer schon so. Einmal hat er zu mir gesagt, dass er dich bewundert, weil du so mutig bist.«

»Mich? Mich bewundert er? Weil ich mutig bin?«

»Das hat er gesagt.«

Lisbeth hätte gern gewusst, wann diese Bemerkung gefallen war und was sie für Micke für Konsequenzen gehabt hatte. Ob Helena sich sofort breitbeinig vor ihn hingestellt hatte, die Hände in die Seiten gestemmt, und gefragt, wie das denn zu verstehen sei. Ob sie selbst das denn nicht sei? Mutig? Worauf Micke natürlich sofort beteuert hätte, natürlich sei Helena mutig, nur wüssten eben alle, dass Helena mutig war, während es vielleicht nicht das erste war, woran man in Verbindung mit Lisbeth dachte, weil sie das nicht so offen in die Welt hinausposaunte oder bei der ersten

Begegnung zeigte. Worauf Helena vermutlich gefragt hätte, ob sie selbst denn ihren Mut in die Welt hinausposaunte, worauf Micke sicher geantwortet hätte, nein, das nicht, keine der beiden Schwestern posaune ihren Mut in die Welt hinaus.

Und das alles, während er sich sicher verfluchte, weil er dieses Thema überhaupt erwähnt hatte.

Lisbeth fühlte sich unter Druck gesetzt. Sollte sie nun Position beziehen oder sollte sie vermitteln?

»Natürlich kann ich versuchen, ihn anzurufen, aber was soll ich denn sagen? Soll ich sagen, dass ich auf deinen Wunsch hin anrufe?«

»Nein, nein, um Himmels willen. Sag einfach … sag, dass du mich getroffen hast und dass ich dir erzählt habe, was passiert ist, und dass du da doch mal anrufen und fragen wolltest, wie es ihm geht.«

Das Gespräch sollte also mit einer Lüge beginnen und danach auf falscher Grundlage geführt werden.

»Wer ist diese Frau eigentlich, mit der er das Restaurant aufmachen will? Trifft er sich schon länger mit ihr?«

Eine freundliche Umschreibung für Fremdgehen. Aber keine konnte so tun, als ob diese Möglichkeit nicht existierte. Helena schüttelte den Kopf. Sagte, es sei eine Kollegin, mit der Micke schon seit vielen Jahren zusammenarbeitete. Eine ältere Frau, die vor langer Zeit von ihrem Mann verlassen worden war und immer davon geträumt hatte, in Italien ein Restaurant aufzumachen.

»Was sie mit Micke will und was er dabei leisten kann, ist mir ein Rätsel, aber so ist die Lage. Soweit ich das aus dem Wenigen verstanden habe, das aus ihm herauszuholen war, ehe er abgehauen ist.«

Vielleicht hat sie Dinge gesehen, die du nicht gesehen

hast, wollte Lisbeth sagen, aber etwas in Helenas Augen hielt sie davon zurück. Warum taten die Menschen einander die ganze Zeit so weh? Warum kämpften sie so mit ihren eigenen Unzulänglichkeiten, statt sich ein bisschen wohl und ein bisschen tüchtig und ein bisschen herrlich zu fühlen und am Ende mit anderen und vor allem denen, die sie zu lieben behaupten, ein wenig versöhnlicher umzugehen?

Sie schaute sich wieder um. Die Küche. Auch so eine Sache. Und bald sollte sie mit Gipsbein nach Österreich fliegen.

»Okay. Ich ruf ihn an. Ich fahre am Wochenende allerdings weg, ich muss mal sehen, ob ich ihn vorher noch erreiche.«

Helena schaute auf. Machte ein inquisitorisches Gesicht.

»Wo willst du denn hin?«

»Nach Österreich. Skilaufen.«

Diese Reise hatte wirklich ihre Vorteile, theoretisch jedenfalls, und als bevorstehendes *Event.* Harry hatte zwar nicht mehr viele Fragen gestellt, nachdem sie von der Wochenendreise erzählt hatte, aber andererseits hatte er angefangen, Bilder von einer Sorte zu schicken, die Lisbeth nicht einmal in ihrer ersten gemeinsamen Zeit bekommen hatte. Helena ihrerseits hob beide Augenbrauen auf eine Weise, die Überraschung und eine gewisse Unzufriedenheit signalisierte.

»Mit ein paar Kollegen. Einer ist ein ehemaliger Ski-Champion, das wird also sicher lustig. Wir fahren nach St. Anton.«

Helena seufzte.

»Ach. Da ist es so schön. Wir waren vor ein paar Jahren da, das war wunderbar. Ich würde sonst was darum geben, wenn ich auch wegkönnte. Nur ich und ein paar nette Menschen. An mich selbst denken. Abschalten. Vielleicht eine Massage buchen …«

Lisbeth starrte in die eine Kerzenflamme, bis die vor ihren Augen tanzte. Helena spielte ein wenig an der Klorollen-Lucia herum, sagte aber nichts. Vielleicht hatte sie selbst auch so ein frühes Produkt zu Hause. Aber wenn ja, dann glaubte Lisbeth nicht, dass sie es aufgestellt hatte. Helenas Haus war schließlich geschmackvoll. Vielleicht nicht nur in Blau und mit einer einzigen Goldschnur geschmückt wie bei Harrys Freundin, aber es ging doch in diese Richtung. Auch wenn die von den Kindern gebastelten Kunstwerke einen Ehrenplatz bekamen. Dass Helena ihre Kleinen liebte, war über jeden Zweifel erhaben.

Sie schwiegen. Endlich erhob Lisbeths Schwester sich mit einer gewissen Mühe. Griff sich in den Rücken und machte ein beleidigtes Gesicht.

»Ja, ja. Ich muss jetzt jedenfalls zurück.«

»Bist du sicher? Willst du nicht lieber hier übernachten? Draußen ist es doch so dunkel.«

Helena schüttelte den Kopf.

»Ich muss morgen arbeiten, und möchte gern zurück zu den Kindern und Mama ablösen.«

»Und sie hat wirklich keinen Verdacht? Und Papa auch nicht?«

»Ich habe doch gesagt, dass sie nichts weiß, und Papa hat definitiv keine Ahnung. Ich kann das jetzt einfach nicht zur Sprache bringen.«

Helena watschelte hinaus in die Diele, ließ sich auf den Stuhl sinken und versuchte, ihre Stiefel anzuziehen. Lisbeth kniete nieder und half ihr dabei. Helenas Beine schienen noch weiter angeschwollen zu sein, und der Reißverschluss ließ sich nicht hochziehen. Der Poncho wurde vom Boden hochgehoben, und Lisbeth schob die Füße in ein Paar Holzschuhe und brachte ihre Schwester zum Wagen.

Dort blieben sie stehen. Helena schien zu zögern, dann umarmte sie Lisbeth vorsichtig, so gut sich das machen ließ.

»Danke für das Essen und dafür, dass ich mit dir reden durfte. Aber sag niemandem etwas, versprochen? Und melde dich, wenn du ihn angerufen hast.«

»Ja.«

Lisbeth schlang sich die Arme um den Leib. Fror in ihrem dünnen Pullover.

»Mama hat übrigens gesagt, dass du eine Hausgeburt willst und dass alle dabei sein sollen.«

Sie wagte wirklich erst jetzt, die Hausgeburt zu erwähnen, und weiter wagte sie in diesem Moment auch nicht zu gehen. Aber vielleicht könnte diese Bemerkung einen Gedanken auslösen.

»Ja, das will ich. Ich weigere mich, noch einmal im Krankenhaus zu liegen und mir vorzukommen wie auf einem Fließband. Ich will es endlich so haben, wie es für mich richtig ist.«

Die Stimme kam aus dem Inneren des Autos, und dann setzte Helena abrupt zurück und riss dabei etliche trockene Zweige aus der Hecke. Lisbeth sah, wie sich ihre Rücklichter entfernten. Ein Schrei aus der hinteren Ecke des Gartens hätte ihr fast eine Höllenangst eingejagt, aber dann begriff sie, dass es ihre Möwe gewesen sein musste.

Ein solidarischer Schrei, das ging ihr sofort auf.

Diese Möwe war zweifellos auf ihrer Seite, und das war gut. Sie brauchte alle Unterstützung, die zu haben war, jetzt, wo Helena von ihr einen Gefallen verlangt, aber keine einzige Frage nach der Skireise, ihrer Arbeit oder dem Leben ganz allgemein gestellt hatte.

19

Freitag, 15. Dezember

»So, ja. Dann wären wir fertig. Steh jetzt auf, damit ich sehen kann, wie es aussieht.«

Lisbeth sah hinab auf ihr Bein, das jetzt von den Zehen bis zum Knie in Gips steckte. Wenn sie ehrlich sein wollte, dann war sie schrecklich nervös gewesen, als sie ihr Haus verlassen und sich auf die Straße geschlichen hatte. Sie hatte gehumpelt und auf einem Bein gestanden, als Sara sie abgeholt hatte, um die Illusion zu vervollkommnen, falls zufällig jemand vorbeikäme. Für einen schrecklichen Augenblick hatte sie in der Ferne den alten Torsten mit seinem Hund gesehen, aber zum Glück waren die beiden dann in eine andere Richtung abgebogen.

Sara hatte unterwegs die ganze Zeit geredet, während Lisbeth kaum ein Wort herausgebracht hatte. Das, was ihr bevorstand, wog jetzt viel schwerer als das, was in der anderen Waagschale lag. Das, wozu sie jetzt unterwegs war, erforderte Mut und Entschlossenheit, und als sie da so neben Sara saß, merkte sie, dass sie von beidem keine Spur aufweisen konnte.

Sie war schon den ganzen Tag über nervös gewesen, und als sie auf einem abgelegenen Gang Jonas erspäht hatte, hatte sie feige kehrtgemacht und die Flucht ergriffen. Die Kinder hatten die spontane Erlaubnis erhalten, zu einer zusätzlichen Märchenstunde zu Mariana zu gehen, und sie waren lammfromm gewesen, damit die Lehrerin sich die

Sache nicht anders überlegte. Als sie nach der letzten Stunde losgingen, standen ihnen drei freie Tage bevor. Der Montag war ja frei, weil Lisbeth Skilaufen war und ihnen danach noch viel mehr schöne Dinge beibringen würde, die man an einem verschneiten Hang machen kann.

Jetzt war es zu spät, sich die Sache anders zu überlegen. Aber Dr. Girard hatte sie und Sara in der Praxis empfangen und etwas in seinen Augen hatte Lisbeth beruhigt. Sie strahlten ein solches Glück über dieses Vorhaben aus, dass alles wieder machbar wirkte. Dass auch Sara dadurch in bessere Laune geraten war, war ein weiteres Plus. Fantastisch, dass sie mit ihren Problemen andere so froh machen konnte.

Am Vorabend, nachdem sie Helena zum Auto gebracht und in ihrer verwüsteten Küche aufgeräumt hatte, hatte sie endlich eine Trainingsrunde mit Regenschirm und Gummistiefel eingelegt. Es war ziemlich gut gegangen. Sie hatte außerdem gepackt, ihre abgenutzte Reisetasche hervorgeholt und das Schönste hervorgesucht, was sie nur finden konnte. Die andere Hälfte des Platzes war für das Skioutfit reserviert, und da war Sara geheimnisvoll geblieben. Diese Überraschung würde erst später an die Reihe kommen.

Dr. Girard fragte, was es für ein Gefühl sei.

»Gut. Das fühlt sich gut an.«

Sie wanderte umher, gestützt auf die Krücke, die ihr zur Verfügung gestellt worden war. Es war nicht so schwer. Sie würde ihre Armmuskeln dabei entwickeln, auch wenn das Bein an Muskelmasse verlor, und Dr. Girard hatte ihr noch einmal versichert, sie brauche sich wegen der Nebenwirkungen keine Sorgen zu machen. Nicht bei der Konstruktion, die er sich überlegt hatte.

Dann fing er an zu erklären. Er hatte ja schon bei ihrer

letzten Begegnung eine Idee gehabt, und die hatte er seither verfeinert. Es ging hier ja um eine Illusion von Gips. Niemand würde zu genau hinschauen, was bedeutete, dass er sich Freiheiten herausnehmen konnte, und das Ergebnis war deshalb eine zweigeteilte Vorrichtung. Er hatte zuerst einen Gipsverband konstruiert und den dann in zwei Hälften gesägt. Wenn Lisbeth mit Gips auftreten musste, konnte sie die beiden Gipshälften zusammenfügen und eine elastische Binde herumwickeln, damit alles hielt. Wenn sie allein war, konnte sie alles einfach abnehmen.

Er hatte an den Abenden, nachdem er ihren Fuß und ihr Bein ausgemessen hatte, daran gearbeitet, und das Ergebnis sah richtig gut aus. Wenn sie sich noch eine weite Hose besorgen und über das ganze Ensemble ziehen konnte, würde niemand irgendeinen Verdacht schöpfen.

Sie blieb vor Dr. Girard stehen, und der nahm den Gips auseinander und forderte sie auf, es selbst zu probieren. Lisbeth legte die Hälften aneinander und umwickelte sie mit der Binde. Es sah aus wie ein unbeholfen verpacktes Weihnachtsgeschenk, aber am Ende hatte sie es geschafft. Nun saß der Gips ganz fest, und sie konnte immer unbehinderter umherhumpeln.

»Hervorragend. Das sieht hervorragend aus. Und die Nervosität, die ich deiner gerunzelten Stirn ansehe, kann ja wohl an Schmerzen liegen. Das wird alles ganz wunderbar gehen.«

Wieder lächelte Dr. Girard. Reichte ihr einen Briefumschlag mit der Bescheinigung für die Fluggesellschaft und einer Liste von Anweisungen über den Umgang mit dem Gipsverband. Das Bein hochlegen, wenn man sitzt, solche Dinge.

»Was bin ich schuldig?«

»Nichts. Das geht auf meine Rechnung. Ich verbuche es auf meinem Vergnügungskonto, wenn du versprichst, mir nach deiner Rückkehr alles zu erzählen. Wenn etwas sein sollte, kannst du mich jederzeit aus Österreich anrufen, und vergiss ja nicht, dass du einen Motorradunfall hattest. Morgen musst du sagen, dass der Gips gerade hart geworden ist. Was hast du für eine Verletzung?«

»Eine unkomplizierte Fußgelenkfraktur.«

»Sehr gut. Du meldest dich, wenn etwas ist?«

»Versprochen. Vielen, vielen Dank.«

Sara sagte das ebenfalls, Hände wurden geschüttelt, und Dr. Girard entließ sie. Lisbeth trat mit dem Gipsabsatz auf, stützte sich auf die Krücke und begriff, dass es das eine war, mit Stiefel und Schirm zu üben, und etwas ganz anderes mit einem echten Gips. Aber es tat nicht weh, und dass niemand von ihr erwartete, besser gehen zu können, war beruhigend. Außerdem war es eine ungeheure Erleichterung, dass Dr. Girard dafür gesorgt hatte, dass sie den Gips zum Duschen und Schlafen abnehmen konnte. Sie hatte sich ja schon darauf eingestellt, mindestens vier Wochen so herumlaufen zu müssen.

Sie erreichten den Parkplatz, der ebenfalls mit einem prachtvollen Weihnachtsbaum geschmückt war. Lisbeth schaute sich um und sah, dass in den Fenstern des Gesundheitszentrums Leuchter standen und in der Dezemberdunkelheit ein freundliches Licht verbreiteten. Und dafür war sie dankbar.

Dann schaffte sie es, sich ins Auto zu setzen. Versetzte sich dabei mit der Krücke einen Hieb, konnte sie dann aber doch vor ihren Sitz bugsieren. Zu Hause angekommen war Sara absolut bereit, mit hereinzukommen, auf ein Glas Wein zu bleiben und auf gutes Gelingen anzustoßen.

Auch sie blieb in der Küche stehen und musterte schweigend die Verwüstung. Wie Helena am Vorabend. Wie Lisbeth selbst beim ersten Mal. Während Harry es zum Glück ja nicht gesehen hatte.

»Musste wirklich so viel aufgebrochen werden?«

»Ich weiß nicht. Ich weiß nur, dass es gestunken hat und dass es jetzt nicht stinkt und dass er sympathisch wirkt und gesagt hat, dass es nicht mehr als 30.000 Kronen kosten wird.«

»Hat er das versprochen?«

»Mehr oder weniger.«

Sara kniete nieder und sah sich alles genauer an. Sagte, bei diesem Umfang klinge das ja nicht so schrecklich.

»Hier ist wohl das Loch, nehme ich an.«

Sie zeigte auf eine Delle im Rohr. Lisbeth nickte. Mochte nicht zugeben, dass sie keine Ahnung hatte, dass sie sich auf den Experten verließ.

»Setz dich ins Wohnzimmer. Dann bringe ich alles. Du hast dir doch das Bein gebrochen.«

Dieser schlichte Scherz führte zu erlösendem Gelächter, und kurz darauf hatte Sara die nun noch dürftigeren, aber weiterhin appetitlichen Überreste von Harrys Besuch und den von ihm hinterlassenen Wein hervorgeholt. Sie stellte alles auf den Wohnzimmertisch, und sie ließen sich auf das Sofa sinken.

»Was hast du denn unternommen? Denn diese Leckereien hast du ja wohl kaum hier gekauft? Und Rosen hast du auch bekommen, wie ich sehe.«

Lisbeth schielte zu dem Strauß hinüber, den Sara gemeinerweise ebenfalls auf den Tisch gestellt hatte. Die Rosen hatten sich geöffnet und waren jetzt schon fast obszön groß.

Sie seufzte. Es würde ihr wohl nicht erspart bleiben.

»Harry ist plötzlich aufgetaucht.«

»Harry? Dein Ex?«

»Ja.«

»Und was wollte er?«

Sara hatte die Gläser gefüllt, und sie stießen kurz auf »Gipserfolg« an. Lisbeth dachte, wie froh sie darüber war, Sara hierzuhaben. Eine für den Moment fröhlichere Sara. Vielleicht hatten ihre Probleme sich geklärt. Vielleicht hatte sie einen Grund weniger zur Unruhe.

Sie ließ sich auf den Sofakissen tiefer sinken und streckte das Bein so weit aus, dass es hoch lag. Dachte schon daran als an das »gebrochene Bein«. Fing an, von Harrys Besuch zu berichten. Wie er mit Essen und Wein und Rosen aufgetaucht war und darüber gesprochen hatte, wie schön ihr gemeinsames Leben gewesen war. Wie schlecht es mit der neuen Beziehung lief, und dass auch er traurig über die Fehlgeburt gewesen war.

Sara stellte ihr Glas hin.

»Die Fehlgeburt? Hattest du eine Fehlgeburt?«

»Ja.«

»Wie schrecklich. Was ist denn passiert?«

Wenn es möglich gewesen wäre, weniger zu sagen, hätte sie das versucht. Aber Sara hatte gewagt, ihr die Sache mit Solo anzuvertrauen, und jetzt war sie an der Reihe. Also erzählte sie so sachlich wie möglich, was damals passiert war, dann ging sie rasch dazu über, dass Harry ihr neuerdings SMS und Fotos schickte. Vielleicht hatte Sara verstanden, dass hier ein wunder Punkt berührt worden war, denn sie stellte keine weiteren Fragen zu dem Verlust, sondern verlangte jetzt Bildbeweise, schnappte sich ungebeten Lisbeths Telefon und holte mit Lisbeths Hilfe die Fotos aufs Display.

»Das ist doch der glatte Wahnsinn. Hast du geantwortet?«

»Etwas Nichtssagendes.«

»Nämlich?«

»Dass es dort herrlich aussieht und dass ich mich schon nach dem Sommer sehne.«

»Aha.«

Lisbeth konnte nicht entscheiden, ob das der zehnte, stoisch weise Kommentar oder einfach nur ein *normales* Aha war.

Sie trank einen Schluck Wein. Hatte das Gefühl, ein bisschen zu schweben und etwas selbstsicherer geworden zu sein, während Sara ihr Glas drehte und sich in die Farbe des Weines vertiefte.

»Ja, von Wein hat er immerhin Ahnung. Nicht, dass ich die große Expertin wäre, aber das hier war keine billige Flasche, das merke sogar ich. Die Rosen gab es sicher auch nicht geschenkt, also will er etwas. Falls er nicht einfach in Panik geraten ist, weil die Sache mit der anderen jetzt ernst wird.«

Das konnte sein. Das konnte sehr gut sein. Trotzdem tat es weh. Weil sie dumm genug war, an Menschen zu glauben, obwohl sie es besser wissen müsste. Nicht, dass sie wieder mit Harry zusammen sein wollte. Aber nun war etwas, das vor kurzem noch ganz scheußlich gewesen war, etwas weniger scheußlich geworden.

Sie schmierte sich einen Keks, um abzulenken.

»Doch. Das kann schon sein. Aber ich …«

»Was denn?«

»Ach, nichts.«

Das Schweigen wurde ein bisschen angespannt.

»Es ist wohl nur, dass ich mich gefreut habe, weil auch er

damals traurig war. Es klingt vielleicht nicht nach sehr viel, aber für mich hat es etwas bedeutet.«

Sara streichelte den Gipsverband.

»Was soll ich sagen, ich kenne ihn ja nicht mal. Empfindest du denn noch etwas für ihn?«

Sara schüttelte den Kopf. »Nein. Nicht mehr, als was man wohl immer für jemanden empfinden wird, zu dem man eine enge Beziehung gehabt hat. Egal, wie die geendet ist.«

Sara schien nachzudenken. Sah Lisbeth freundlich an.

»Du kannst doch immer Kinder bekommen, wenn du möchtest. So alt bist du doch nicht.«

»Ja. Aber du, wie läuft es mit Solo? Ist da noch etwas passiert?«

»Unbedingt. Warte, ich muss nur schnell etwas holen.«

Sie verschwand. Lisbeth füllte die Gläser wieder und versuchte, die Gefühle zu verdrängen, die Saras Bemerkungen über Kinder in ihr geweckt hatte. Dachte gerade, dass es Dinge gibt, bei denen man nicht einmal freundliche Ermunterungen hören mag, als Sara mit einer großen Tasche über der Schulter zurückkam und anfing, den Inhalt herauszuziehen.

»Schau mal her. Hast du schon mal so was Schickes gesehen?«

Taillierte Jacke mit Gürtel und Fellbesatz um die Kapuze. Schlankmachende Hose mit Reißverschluss an den Seiten. Vermutlich für Slalomstiefel gedacht, aber auch für Gips hervorragend geeignet. Dazu glänzendweiße Handschuhe, eine farblich passende Skimütze und eine elegant getönte Sonnenbrille.

»Woher hast du das alles? Das hast du doch wohl nicht gekauft, du Wahnsinnige?«

Die Sachen mussten doch ein Vermögen gekostet haben. Ungefähr zehnmal so viel wie die Rosen. Oder hundertmal.

»Zieh das mal an. Wir testen das mit dem Bein.«

Lisbeth stieg in den Skianzug. Als sie fertig war, war sogar Sara stumm geworden, und als sie in den Spiegel schaute, konnte sie feststellen, dass es nicht Lisbeth war, die von dort ihren Blick erwiderte. Sondern eine Granate auf der Piste, eine Frau, die sich durch Stil und Geschmack auszeichnete, eine Skiläuferin, die wusste, was sie tat, auch wenn sie nicht mehr der alpinen Juniornationalmannschaft angehörte. Sogar die neue Frisur passte dazu.

Sie spürte etwas Hartes im Ärmel, zog den Reißverschluss auf und find eine Liftkarte. Aus Aspen. Die Hose ließ sich leicht so hochschieben, dass Platz für den Gips war. Es war einfach genial.

Dass der Anzug zudem praktisch war, stand außer Frage. Ihr wurde warm, und sie schälte die unterschiedlichen Schichten ab. Sara hatte sich inzwischen in Ekstase gesteigert. So ungeheuer schick, so furchtbar cool! Besser, als sie sich das hatte vorstellen können.

»Wenn du sagst, dass du das hier gekauft hast, dann weiß ich nicht, was ich tue. Doch, dann weiß ich, was ich tue. Dann werde ich bis an den Rest meines Lebens in deinem Salon putzen.«

»Nichts da. Ich habe alles von Nadine geliehen, Solos Freundin vom Gymnasium. Die hat es von ihrer Mutter geliehen.«

»Was?«

Sara war nun so aufgekratzt, dass sie kaum noch still sitzen konnte. Doch, es sei ihr ja schwergefallen, zu Hause nichts zu verraten, aber sie habe sich doch so weit wie möglich an die Wahrheit gehalten und erzählt, Lisbeth müsse nach Österreich zu einem Kurs für Skilehrer und sei deshalb ein bisschen nervös. Berra und Solo hatten interessiert zugehört, dann hatten sie angefangen, über Leistungsangst zu reden, und zum ersten Mal seit sehr langer Zeit sei es an ihrem Abendbrottisch richtig gemütlich zugegangen.

Danach hatte Sara erzählt, dass Lisbeth einen Skianzug brauchte, und zwei Tage darauf hatte Solo gesagt, sie könne vielleicht helfen, und noch zwei Tage später sei sie mit dem ganzen Kram nach Hause gekommen.

»Ich war natürlich nervös, wegen der Diebstahlsache, ich dachte, das hier könnte ja auch gestohlen sein. Aber Solo hat dann erzählt, sie habe mit ihrer Freundin Nadine gesprochen, das war die, die ich auf der Polizeiwache gesehen habe. In Nadines Familie steht Ski anscheinend hoch im Kurs, und Solo meinte, sie könne sich vielleicht von Nadine Kleider ausleihen. Aber als Nadine mit dem Kram kam, war der ja nicht von ihr, sondern von ihrer Mutter. Solo war natürlich gleich total nervös, aber Nadine behauptet, sie habe gefragt und es sei überhaupt kein Problem.«

Es war ja nur gut, dass es der Skianzug der Mutter war und nicht der der Tochter. Sonst hätten Hintern, Oberschenkel und Bauch wohl kaum hineingepasst, jedenfalls nicht gleichzeitig. Ein Glück, dass die Mutter von Solos Freundin, eine Frau, die Lisbeth gar nicht kannte, aber deren luxuriöse Skikleidung sie jetzt in ihrer Obhut hatte, offenbar nicht superschlank war. Aber sie durfte die Sachen jetzt nicht ausdehnen. Durfte sie auch nicht bekleckern. Musste sich vor dem Essen umziehen. Schokolade, Kaffee. Apfelstrudel, Glühwein, auf diesen Sachen … grauenhafte Vorstellung.

»Weiß die Mutter, dass ich mir die Sachen ausleihe?«

Sara hob die Hand.

»Ganz ruhig. Ich habe sie natürlich angerufen und gefragt. Nadines Mutter war überaus nett und sagte, wenn sie mir und Solo irgendwie helfen könnte, wäre sie ja nur froh. Sie schien zu glauben, der ganze Kram sei für mich. Und da habe ich nicht mehr gesagt, und den Rest habe ich nicht kapiert. Also habe ich danach noch mit Solo gesprochen.«

Sara verstummte. Lisbeth hatte den Eindruck, der Skianzug auf dem Boden führte ein Eigenleben. Dass er sich erhob, zu einer Vogelscheuche wurde und durch die Gegend tanzte.

»Ich habe Solo gefragt, ob sie endlich erzählen könnte, was eigentlich los ist. Ich habe gesagt, dass ich sie liebe, egal, was sie getan hat, und dass wir das hier in Ordnung bringen werden, weil wir alles in Ordnung bringen, wenn wir nur zusammenhalten. Da fing sie an zu weinen, und dann kam es. Sie hat wirklich nichts mit diesen Diebstählen zu tun, und diese Nadine hat das auch nicht. Aber Nadine wusste etwas mehr über die ganze Geschichte, und deshalb hat die Polizei sie in die Mangel genommen, genau wie Solo. Aber Solo hat Nadine zuliebe geschwiegen, und Nadine hat den anderen zuliebe geschwiegen, und das hat natürlich alles nur schlimmer gemacht.

Auf jeden Fall war Solo zu dem Schluss gekommen, dass Nadine wirklich erzählen musste, was sie wusste, und am Ende sind sie beide zur Polizei gegangen, ohne Berra und mir etwas zu sagen. Sie hatten natürlich furchtbare Angst, aber sie haben mit wirklich guten Leuten reden können. Es gibt offenbar genug Beweise, die die Schuldigen mit den Diebstählen in Verbindung bringen, und da war Nadines Aussage nicht so wichtig. Ich nehme an, dass Nadine dann alles ihren Eltern erzählt hat, und die waren natürlich genauso froh wie ich, weil ihr Kind nicht mehr unter

Verdacht steht. Ich muss mich wohl irgendwann mit Nadines Mutter zusammensetzen, damit wir über alles sprechen können. Auf jeden Fall glaube ich, dass Solo froh war, weil sie jetzt helfen konnte. Sie weiß ja, wie stressig das Ganze für uns war.«

Sara machte ein erleichtertes Gesicht. Lisbeth atmete auf. Stieß aus Versehen mit dem Gips gegen die Sofakante.

»Dann ist das jetzt ausgestanden?«

»Noch nicht ganz, aber es lichtet sich. Ich würde mir schreckliche Sorgen machen, wenn es wirklich eine kriminelle Bande gewesen wäre, aber es waren doch brave Schülerinnen, die eins auf die Finger gekriegt haben, und ich glaube nicht, dass sie sich an Solo oder Nadine rächen werden. Stell dir vor, es wird vielleicht doch ein friedliches Weihnachtsfest. Wir werden zu Hause feiern, und dann müssen wir bei Berras Vater vorbeischauen, aber vielleicht kann er ja auch zu uns kommen, wenn er sich stark genug fühlt. Vielleicht ist es das letzte Mal. Es wäre einfach zu schön, wenn es klappt.«

Sara versank noch tiefer im Sofa. Zog eine Decke heran und breitete sie über sich aus. Erzählte dann, dass Berras Vater früher am Heiligen Abend immer selbstgebrannten Schnaps mitgebracht hatte, und dass sie ja keine Schnapstrinkerin sei, aber dieser Schnaps sei wirklich köstlich, denn er sei mit Kräutern aus seinem eigenen Garten gewürzt.

»Wir trinken den zum Hering. Weißt du, wenn man Hering kauft und in ein neues Glas legt, mit ein paar Möhrenraspeln und roten Zwiebeln, dann schmeckt er wie selbst eingelegt.«

»Nein, das wusste ich nicht. Was du alles kannst!«

»Das habe ich von meiner Mutter gelernt, zu Hause

haben wir das immer so gemacht. Sie kannte sich aus mit solchen Tricks. Hast du übrigens gepackt?«

Sara war fast wieder glücklich. Lisbeth dachte, dass nichts so schön ist wie Schmerz, wenn der aufhört. Körperlicher Schmerz natürlich. Aber auch seelischer. Sie erhob sich mit einer gewissen Mühe und humpelte zum CD-Ständer hinüber. Ihr Blick fiel auf die Weihnachts-CD von Andrea Bocelli, und bald füllte »Ave Maria« das Zimmer. Sara murmelte, *das ist so schön,* und danach schwiegen sie und hörten einfach nur zu.

Lisbeth dachte, dass es nicht mehr viel mehr als eine Woche bis Weihnachten war, und dass sie vorher nach Österreich und zurück reisen würde. Aber es war schön, dass bei Sara und Solo alles in Ordnung zu kommen schien. Und dass Solo in dieser Nadine offenbar eine richtig gute Freundin gefunden hatte. Und dass die Skisachen von deren unbekannter Mutter ihr zur perfekten Illusion verhelfen würden.

Vielleicht hatte das alles doch einen Sinn. Auch wenn der unbegreiflich war.

Unter dem Gips juckte es. Aber den konnte sie ja abnehmen. Dem Himmel sei Dank für Dr. Girard!

20

Freitag, 15. Dezember

Als sie die Türklingel hörte, war ihr erster Gedanke, dass Helena zurückgekommen sein könnte. Helena, die auf das Grundstück gefahren war, die Möwe massakriert hatte und einen Bericht über das Gespräch mit dem Schwager forderte. Zu dem Lisbeth noch nicht gekommen war, an das sie kaum auch nur gedacht hatte.

Dann ging ihr auf, dass die Person, die dort draußen stand, gesittet geklingelt und nicht mit den Fäusten gegen die Tür gehämmert hatte wie eine Furie. Es konnte natürlich wieder Harry sein, und dann würde sie nicht wissen, wie sie sich verhalten sollte, mit dem Bein im Gips, der aufgebrochenen Küche und der gemütlich auf dem Sofa liegenden Sara.

Aber auf der Treppe standen weder Harry noch Helena, sondern Tobbe mit einer mit Folie bedeckten Backform in der Hand.

»Nein, aber hallo! Also ja, Sie wollten ja vorbeikommen. Kommen Sie rein. Hier ist der Schlüssel, es ist wahnsinnig nett von Ihnen, dass Sie mir zuliebe am Wochenende arbeiten wollen.«

»Kein Problem. Hier. Bitte sehr.«

Lisbeth nahm die Form entgegen. Die war warm und duftete köstlich. Sie hob die Folie ein wenig an und entdeckte einen frischgebackenen Sandkuchen.

»Sie waren so geschockt, als Sie die Küche gesehen haben.

Und da wollte ich um Entschuldigung bitten, weil ich nicht ausreichend erklärt habe, was ich tun wollte. Ich weiß ja, dass es nicht so arg ist, wie es aussieht. Aber es ist ja etwas ganz anderes für Sie, nach Hause zu kommen, und alles ist in seine Bestandteile zerlegt.«

»Danke. Das ist lieb. Das wäre aber wirklich nicht nötig gewesen.«

Er stand noch immer auf der Treppe. Lisbeth fragte sich, was sie tun sollte. Ihn hereinbitten, um, ja, wozu eigentlich? Sara war da, und es gab vielleicht nicht mehr so viel zu besprechen?

Sara war inzwischen in die Diele gekommen. Sie musterte Tobbe von Kopf bis Fuß und streckte schließlich die Hand aus.

»Sie sind also der berüchtigte Tobbe, der Lisbeths Küche in Schuss bringen soll.«

»Japp, der bin ich. Ich wollte nur den Schlüssel holen.«

»Lasst euch von mir nicht stören, ich wollte ohnehin gerade gehen. Du, ich hole dich morgen früh genug ab. Ist es in Ordnung, wenn ich das Auto stehen lasse?«

Tobbe fragte sofort, ob er sie irgendwohin mitnehmen könnte. Sara schüttelte den Kopf und sagte, es werde ihr nur guttun, zu Fuß zu gehen und ihren Kopf ein bisschen auszulüften. Sie zog ihren Mantel an und war so schnell verschwunden, dass Lisbeth es kaum schaffte, sie zu umarmen und ihr noch einmal zu danken.

Tobbe stand noch immer auf der Treppe, und jetzt musste sie ihn einfach hereinbitten. Im Haus sah er sich ein bisschen unsicher um, und ihr ging auf, dass es neun Uhr am Freitagabend war und dass er nichts Besseres zu tun hatte, als zu ihr zu kommen und einen Schlüssel zu holen und ihr einen selbstgebackenen Kuchen zu überreichen.

Er ist einsam, dachte sie nun. So einsam wie ich. Aber heute Abend war ich gar nicht so einsam, ich hatte doch eine gute Freundin zu Besuch. Er hatte nicht einmal das. Aber er wohnte ja noch nicht lange hier, hatte er das nicht erzählt? Vielleicht hatte er in den vergangenen Wochen jeden Abend vor dem Fernseher verbracht.

»Der fühlt sich ja noch warm an. Möchtest du ein Stück und eine Tasse Tee?«

Genau darauf hatte sie selbst jetzt Lust. Nach dem Wein und dem köstlichen Imbiss.

Er zögerte einen Moment. Aber nur einen Moment.

»Gern. Wenn es nicht ungelegen kommt. Ich hoffe übrigens, dass ich deine Freundin nicht vertrieben habe.«

»Absolut nicht.«

Tobbe legte ab und folgte ihr in die Küche. Sie sah ihn zum ersten Mal ohne Blaumann. Und dann ging ihr auf, dass die Stunde der Wahrheit gekommen war, im selben Moment, in dem er es entdeckte.

»Aber was ist dir denn passiert? Du hast ja das Bein in Gips!«

»Ja. Ich war mit dem Motorrad unterwegs und bin gestürzt und hab mir eine unkomplizierte Fußgelenkfraktur geholt.«

»Oh! Wann ist das denn passiert?«

Lisbeth zögerte mit der Antwort. Gestern, da war ja Tobbe noch hier gewesen. Gleich danach.

»Gestern Abend. Spät. Als du gegangen warst und Helena auch. Ich wollte noch eine Runde drehen, und das war's dann.«

»Ach, ach. Ja, draußen ist es jetzt ganz schön glatt. Aber was für ein Pech. Tut es weh?«

»Es geht. Ein bisschen.«

»Wie scheußlich. Es hätte ja richtig böse enden können.«

Das Wasser kochte, und sie machte den Tee und schnitt den Kuchen an. Der war noch immer warm, und sie begriff, dass er ihn direkt aus dem Ofen genommen hatte und dann sofort hergefahren war. Lisbeth überlegte und stellte schließlich alles auf den Küchentisch. Tobbe war an Küchen gewöhnt, und sie hatte das Gefühl, dass sie sich beide hier entspannter fühlen würden, mit den Tellern auf Estrids Decke, der Klorollen-Lucia im Blickfeld und den Rohren in nächster Nähe. Wenn das Gespräch ins Stocken geriete, könnten sie immer noch zusammen den Schaden inspizieren.

Tobbe hatte sich inzwischen gesetzt. Er schien sich nicht ganz wohl in seiner Haut zu fühlen. Als ob er mehr daran gewöhnt sei, sich mit den Händen zu beschäftigen, während er redete. Jetzt ruhten die Hände auf seinen Knien und sahen hilflos aus, und als er die Tasse hob, lag in dieser Bewegung etwas Bewegendes.

Bewegendes. In der *Bewegung.* Jetzt musste sie aber aufhören.

»Worüber lachst du?«

Lisbeth schüttelte den Kopf.

»Mir ist nur etwas eingefallen. Entschuldige.«

Es wurde wieder still. Lisbeth biss in ihr Kuchenstück.

»Mmmm, köstlich. Das schmeckt ja nach Weihnachten!«

»Das ist ein weicher Pfefferkuchen. Den backe ich immer im Dezember.«

Tobbe sah froh aus. Trank seinen Tee.

»Aber also, willst du wirklich mit dem Bein da verreisen?«

»Ja, wo doch alles gebucht ist.«

»Und wohin geht die Reise?«

»Nach Österreich. Es ist ein Skiwochenende mit der Schule, eine Fortbildung. Und da will ich nichts versäumen.«

Tobbe stieß einen Pfiff aus.

»Mehr Pech kann man ja wohl nicht haben. So kurz vor einer Skireise das Bein brechen! Was für ein Glück, dass der Gips schon hart geworden ist. Ich hab mir vor ein paar Jahren das Bein gebrochen, und da durfte ich mehrere Tage lang nicht aufstehen. Aber inzwischen sind ja vielleicht Fortschritte gemacht worden.«

»Das hier war eine Gipssorte, die schnell hart wird. Mein Hausarzt ist Franzose und hat in den Alpen Beine eingegipst, er kennt sich also aus.«

»Glück im Unglück also.«

»Ja. Das kann man wirklich sagen.«

Die Krücke stand noch im Wohnzimmer. Lisbeth wünschte sie neben sich. Das hätte die Illusion überzeugender gemacht.

Sie redeten weiter, zuerst ein bisschen stockend, dann lockerer. Tobbe erzählte wieder, dass er noch nicht sehr lange in der Gegend wohnte. Er hatte sich eine Wohnung in Åsa gesucht und wollte dort bleiben, bis er etwas anderes fände. Am liebsten hätte er ein kleines Haus, es wäre egal, wenn das heruntergekommen wäre, er könnte es doch aufmöbeln. Natürlich wäre ein Haus am Meer schön, aber davon träumte er ja sicher nicht als Einziger.

Er kam eigentlich aus dem Norden, war aber oft an der Westküste gewesen, da seine Großeltern eine Hütte in der Nähe der norwegischen Grenze hatten. Jetzt hatten die Umstände ihn wieder hergeführt, und da konnte er ja nur das Beste daraus machen.

Draußen war es wie üblich stockfinster. Lisbeth dachte an

ihre großartigen Pläne, den Garten mit Lichterketten und anderen Dingen zu schmücken, aber daraus war ja nichts geworden. Sie erwähnte es Tobbe gegenüber, und der sagte, er habe einen schönen Christbaumständer und werde sich bald einen Baum holen. Er liebe den Duft der Nadeln und wisse, wie so ein Baum behandelt werden müsse, auch das habe er von seiner Großmutter, von der auch der Christbaumständer stamme. So ein alter, in dem der Baum wirklich Wasser genug bekam. Und dann habe er einen schönen Weihnachtsteppich, den er darunterlegen könnte. Mit Böcken und Schweinen.

»Wie wirst du denn Weihnachten feiern?«

Lisbeth zupfte ein bisschen an Estrids Stickereien herum.

»Zu Hause bei meinen Eltern, mit meiner Schwester und ihrer Familie. Helena, die kennst du ja jetzt. Es war schade, dass du sie in dieser Verfassung erlebt hat, sonst achtet sie sehr auf ihr Aussehen und ihre Manieren. Aber sie hatte eine kleine Krise.«

»Ist nicht so schlimm. Sie ist ja auch schon reichlich weit fortgeschritten, da spielen ihr vielleicht die Hormone einen Streich.«

Lisbeth überlegte, ob sie die Frage stellen könnte, und kam zu dem Schluss, dass das möglich sei. Er hatte es ja selbst erwähnt.

»Hast du Kinder?«

»Zwei. Ein Junge und ein Mädchen. Zehn und zwölf Jahre alt. Im Moment sind sie jedes zweite Wochenende bei mir, und später sehen wir dann weiter.«

Sollte sie noch weitere Fragen stellen? Wäre das fehl am Platze und aufdringlich?

»Sie hat mich vor einem halben Jahr verlassen. Ist jetzt mit meinem besten Freund zusammen.«

»Oh nein. Ach, wie schrecklich! Wie grauenhaft für dich!«

LLB. Mal wieder Lisbeths Lebensberatung. Aber darüber konnte sie jetzt nicht einmal lachen. Der Mann, der ihr gegenüber saß, tat ihr nur unendlich leid. Wegen des besten Freundes verlassen zu werden. Als ob Harry und Sara etwas miteinander angefangen hätten, als sie noch mit Harry zusammen war. Ob man über so etwas jemals hinwegkam?

»Er war ja immer viel bei uns zu Hause, und das Schlimmste ist, dass die Kinder ihn schrecklich gern haben. Und ich habe ihn auch ins Vertrauen gezogen, wenn etwas anlag, und dabei hat er die ganze Zeit nur in die eigene Tasche gewirtschaftet.«

»Wie schrecklich. Das tut mir so leid für dich.«

»Man kann ja nur versuchen weiterzukommen. Es bringt nichts, über vergossene Milch zu weinen. Aber ich hab mich in meinem Leben wohl schon auf andere Dinge mehr gefreut als auf dieses Weihnachtsfest.«

Nicht über vergossene Milch weinen, auch andere Mütter haben schöne Töchter, besser, einmal vorbeigeschossen zu haben, als es nie zu versuchen. Ja, es gab tausende von Redensarten, in denen es darum ging, dass man wieder auf die Beine kommen konnte, sich den Staub abzuklopfen und weiterzugehen.

Aber niemand konnte wirklich wissen, welche private Hölle eine einsame Seele durchleben musste, und niemand konnte von sich behaupten, die Lösung zu besitzen. Die mussten sie selbst finden, alle, die sich herumgequält hatten und bezeugen konnten, wie weh jeder Schritt getan hatte.

»Ich kann nur ahnen, wie schlimm das für dich ist. Aber ich hatte vor ein paar Tagen Besuch von meinem Ex, und das war schon seltsam. Wir hatten keine Kinder, eins war unterwegs, aber das wurde dann doch nichts. Ich war nie gut genug für ihn, so kam es mir jedenfalls vor, und darüber wollte er reden. Warum, weiß ich eigentlich nicht.«

Das musste reichen, war aber ein kleiner Versuch, die Enttäuschung zu teilen. Sie schaute auf und erwiderte Tobbes Blick.

»Also, nein, die Weihnachtsfeste seitdem waren vielleicht nicht gerade das größte Vergnügen. Auch wenn ich Weihnachten eigentlich liebe.«

»Ich auch. Und man muss kämpfen.«

»Ja, das muss man.«

»Es wird ja nichts besser dadurch, dass man zusammenbricht.«

»Nein, das wird es nicht.«

Die Kerze war fast heruntergebrannt, und die Flammen waren still und schön. Ihre Haut fühlte sich unter dem Gips warm an, und Lisbeth schaute verstohlen auf die Uhr. Halb elf. Sie saßen seit über einer Stunde hier, und es war sehr nett, trotz der ernsten Gesprächsthemen. Aber sie hatte am nächsten Tag so viel vor. Vielleicht hatte er ihren Blick bemerkt, denn er stand sofort auf und bot an, abzuräumen, damit sie nicht allzuviel herumhumpeln müsste, mit dem Bein.

Ehe sie abwehren konnte, hatte er bereits alles in den Kühlschrank gepackt. Das Letzte, womit er ankam, waren die Rosen, die Sara ins Wohnzimmer gebracht hatte. Er stellte sie vorsichtig auf den Küchentisch.

Er ahnte sicher, woher die stammten, sagte aber nichts. Stattdessen reichte er ihr die Krücke, und sie humpelte hinter ihm her in die Diele und nahm den Schlüssel vom Haken an der Wand.

»Ich komme am Montagabend zurück. Mach, was du bis

dahin schaffst. Ich hoffe ja nicht, dass du das ganze Wochenende durcharbeitest.«

»Kein Problem. Die Kinder sind ja bei meiner Ex, und da ist es nur gut, etwas zu tun zu haben. Danke für den Tee. Und ich hoffe, du hast ein gutes Gefühl dabei, mir dein Haus anzuvertrauen.«

»Unbedingt. Und danke für den Kuchen, der ist wirklich wahnsinnig lecker. Was hast du da für Zutaten?«

»Zimt und Ingwer und Nelken. Und ein bisschen Himbeermarmelade. Du kannst das Rezept haben, wenn du willst.«

Es schneite jetzt wieder, und irgendwo bei der Hecke bewegte sich ein schwarzer Schatten. Die Möwe. Lisbeth erwähnte sie, und Tobbe sagte, auch er habe den Vogel bemerkt, der lasse sich hier häuslich nieder, und das könne man verstehen.

Dann streichelte er ihre Wange. Eine leichte Berührung, die vorüber war, ehe sie sie richtig wahrnehmen konnte. Danach sah er so verlegen aus, dass er ihr fast leidtat.

»Entschuldigung, du hattest da ein Staubkorn. Aber jedenfalls, mach dir wegen der Küche keine Sorgen.«

»Danke. Es ist eine große Erleichterung, dass ich dich gefunden habe und dass du so schnell kommen konntest.«

Tobbe lächelte und ging zu seinem Auto. Öffnete die Tür. Drehte sich um.

»Du, noch eins. Du bist stark. Jammerst kein bisschen, obwohl du doch das Bein gebrochen hast. Das bewundere ich.«

Lisbeth blinzelte eine Schneeflocke weg, die in ihren Wimpern hängengeblieben war. Schaute zum Winterhimmel hoch.

»Danke. Ich tu mein Bestes.«

Tobbe ließ den Motor an. Öffnete das Fenster und winkte, während sich das Auto in Bewegung setzte.

»Weiter so, Lisbeth!«

21

Samstag, 16. Dezember

Das Zimmer war noch luxuriöser, als sie sich das vorgestellt hatte. Margaretha hatte zweifellos eine eigene magische Absprache mit dem Hotel getroffen. Die Rektorin war eine tüchtige Verhandlerin und hatte immer ein Extraargument im Ärmel, wenn man glaubte, alles ausdiskutiert zu haben. Vielleicht hatte auch die Hotelmanagerin kapituliert. Welchen anderen Grund hätte sie, einer Delegation schwedischer Lehrer ein Upgrade zu verpassen.

Ein Doppelbett für sie allein. Glänzende Holzvertäfelung an der Wand. Frischrenoviertes Badezimmer. Flauschige Handtücher, freier Zugang zur Minibar, die aber leider nur alkoholfreie Getränke enthielt. Und am Morgen auf dem Balkon Kaffeetrinken.

Der Balkon, ja. Lisbeth schob die Tür auf und trat hinaus. Die Alpenluft kam ihr entgegen, füllte ihre Lunge mit etwas Weißem und Klarem. Der Balkon schien über dem Boden zu schweben und wurde von mit Schnee gepuderten Tannen eingerahmt. Ein Stück weiter ahnte sie die Piste, wo Skiläufer elegante Kurven schwangen.

Sie ließ sich in den Sessel sinken, der strategisch platziert war, um die bestmögliche Sicht zu bieten. Entdeckte eine infrarote Lampe, schaltete sie ein und spürte, wie sich die Wärme ausbreitete, während der Balkon durch einen roten Feuerschein erhellt wurde. Dachte, das alles habe sich bereits gelohnt. Streckte das Bein mit dem Gips unter der flatternden Hose aus. Erhob sich mit einer gewissen Mühe, machte sich eine Tasse Kaffee und ging wieder hinaus.

Das hier war das wahre Leben. Was auch passieren würde, sie hatte diesen Moment. Und die Erinnerung an Margarethas Blick, als sie einander im Flughafen begegneten.

Sara war wie versprochen rechtzeitig gekommen, und zusammen hatten sie Lisbeths Gepäck im Auto verstaut, den Schnee von den Fenstern gekratzt und Lisbeth samt Krücke auf den Vordersitz bugsiert. Lisbeth hatte sich die Haare gewaschen und die elegante Mütze von Nadines Mutter aufgesetzt. Die Mütze gab ihr ein alpines Image und hielt gleichzeitig den Pony in Schach. Hier durfte nichts dem Zufall überlassen werden.

Am Vorabend hatte sie den Gips mit Leichtigkeit abgenommen und überraschend gut geschlafen. Es war etwas schwerer, den Gips wieder anzubringen, und sie war zuerst sehr nervös gewesen, hatte es am Ende aber geschafft. Aufgrund des Gipsverbandes musste sie auch ihre Garderobe überdenken. Ein langes Kleid, das sie seit zehn Jahren nicht mehr getragen hatte, kam mit, zusammen mit einer weiten Hose und einer Jeans, die sie mit einer gewissen Trauer zerschnitten hatte. Der Zweck heiligt die Mittel, und sie dachte, das Ganze werde auf diese Weise glaubwürdiger. Ein kleines Opfer ließ sich nicht eben nicht vermeiden.

Die Fahrt dauerte nicht lange. Sara setzte sie ab, ohne sie ins Flughafengebäude zu begleiten, klopfte ihr auf den Rücken und verlangte lückenlose Berichterstattung. Dann war Lisbeth mit der Krücke in der einen Hand losgehumpelt, die Tasche in der anderen Hand.

Sie hatte Aufsehen erregt. Der Augenblick, als Margaretha und Jonas Bonde sie zu Gesicht bekamen, war filmreif.

»Aber was hast du denn angestellt?«

Margaretha schlug die Hände vor den Mund, und ihre Augen strahlten Unglauben aus. Lisbeth servierte ihre Geschichte vom Motorradunfall und die unkomplizierte Fußgelenkfraktur auf eine Weise, die ihr als ungezwungen erschien. Ein Glück, dass am Vorabend Tobbe aufgetaucht war und ihr eine Möglichkeit zum Üben geboten hatte.

»Aber warum hast du nichts von dir hören lassen?«

»Aber Margaretha, ist doch klar, dass ich euch nicht im Stich lasse, wo du alles so perfekt arrangiert hast. Dr. Girard hat gesagt, ich könnte fahren, und Sara war in der Nähe und hat mir geholfen. Ich wollte dich wirklich nicht beunruhigen. Du hattest doch bestimmt genug andere Dinge im Kopf.«

Es war ein schönes Gefühl. Einfach unbeschreiblich schön. Margaretha wusste nicht, was sie antworten sollte, und war deshalb erfreulich stumm geblieben. Der minzfrische Jonas Bonde blickte dagegen provozierend positiv in der Jacke einer bekannten Skimarke und mit Stiefeln mit signalroter Schnürung.

»Das nenne ich doch mal Kampfesmut. Man merkt, dass du Wettkämpfe gemacht hast«, sagte er, ehe er entschlossen ihre Tasche nahm und als Erster zum Einchecken marschierte. Im Flugzeug saßen sie glücklicherweise nicht nebeneinander – allzu lange vertrauliche Gespräche über die alpine Nationalmannschaft waren wirklich nicht nötig. Aber als sie den Mietwagen abholen wollten, hatte sich Jonas sofort hinter das Lenkrad gesetzt und sie mit einem *selbstverständlich* neben sich auf den Vordersitz platziert, während Margaretha einsam auf der Rückbank thronen musste.

»Falls es dir nichts ausmacht, Margaretha. Aber ich kenne die Straße ja gut, ich bin hier schon so oft gefahren.«

Margaretha antwortete, das sei absolut in Ordnung, danach war sie verstummt, als ob sie noch immer nicht wüsste, wie sie mit dieser Situation umgehen sollte. Lisbeth dachte, dass das alles nur zu ihrem Vorteil sei, und während sie sich die Landschaft und die in der Ferne aufragenden Berge ansah, war sie fast fröhlich.

So fühlte sich also eine Betrügerin nach einem gelungenen Coup! Sie konnte verstehen, dass dieses Gefühl verlockend war, und ermahnte sich sogleich, sich dem Siegesrausch nicht zu früh hinzugeben.

Aber jetzt war sie hier, an Ort und Stelle, im Hotel. Hatte ein eigenes Zimmer mit eigenem Balkon und eigener Kaffeemaschine. Ein reizendes junges Mädchen im Dirndl hatte sich um sie gekümmert, hatte *Grüß Gott* gesagt und ihr ihr Mitgefühl wegen des gebrochenen Beines ausgesprochen.

Und was für eine Weihnachtsdekoration! Mit Schnee besprühte ausgestopfte Rentiere mit glasigem Blick, silberne Kugeln, uralte Schlitten und Holzskier, die zu schönen Stillleben arrangiert waren, Schüsseln mit roten Äpfeln, glitzernde Engel, die unter der Decke hingen, und es roch nach Schnee und Winter. In ihrem Zimmer stand zudem ein Weihnachtsmann mit langem Bart und rotem Mantel, und in einer Schale lag in bunte Folie gewickeltes Weihnachtsmarzipan.

Sie schaute auf die Uhr. Fünf. Nach dem ursprünglichen Plan hätten sie sofort mit dem theoretischen Unterricht einsteigen müssen, aber diese erste Stunde war ausgefallen, da der Lehrer kurzfristig als Kommentator bei einem Wettlauf einspringen musste. Das gab ihr eine Stunde, um sich auszuruhen und sich umzuziehen, ehe alle sich im Restaurant trafen, erst zu einem Cocktail und dann zum Essen.

Lisbeth schaute vom Balkon hinunter. Sah einen beleuchteten Swimming Pool, in dem ein einsamer Mann hin und her schwamm. Sie kniff die Augen zusammen und dachte, es könne sehr wohl Jonas Bonde sein. Der verschwendete wirklich keine Zeit. Gott sei Dank war das Spa kein Ort, wo sie eine Begegnung mit ihm riskierte. Niemand erwartete, dass sie in dem Zustand, in dem sie sich jetzt befand, schwimmen oder baden ging.

Sie ging zurück ins Zimmer, zog sich aus und nahm mit einer gewissen Mühe den Gips ab. Es würde ein ziemliches Gefummel werden, ihn wieder anzulegen. Das Bein war rot und die Haut ein wenig zerschrammt, und sie massierte sich selbst, um den Blutkreislauf in Gang zu bringen, ehe sie unter die Dusche ging. Was machten eigentlich Leute, die sich auf ehrliche Weise das Bein brachen? Zogen die sich über alles eine Plastiktüte? Aber sie konnten doch kaum so lange stehen wie sie und das wunderbar warme Wasser so lange über ihren Leib strömen lassen, wie sie wollten.

Die Bodylotion des Hotels duftete nach Lavendel, und Lisbeth rieb sich ausgiebig ein und schlüpfte in den eleganten Morgenrock, der zusammengefaltet auf ihrem Bett gelegen hatte. Hob den Skianzug auf und strich erwartungsvoll mit der Hand darüber. Dankte in Gedanken Nadines Mutter, wie immer die wohl heißen mochte, für ihre Hilfsbereitschaft, und fragte sich noch einmal, was diese Frau wohl glaubte, wer an diesem Wochenende ihre Skisachen trug. Vermutlich glaubte Nadines Mutter, dass Sara die Kleidung trug. Was Lisbeth natürlich erst recht dazu verpflichtete, alles sauber und unversehrt zurück nach Hause zu bringen.

Sie blieb vor dem Kleiderschrank stehen. Zögerte, zog aber dann das lange Kleid heraus. Das war kein Ballstaat, sondern für einen Anlass wie diesen hier gedacht. Schwarz und ziemlich ausgeschnitten, aber sie hatte eine Jacke mit, und seit sie die Engländerin getroffen hatte, die sich wegen ihrer Brüste entschuldigte, hatte sie beschlossen, sich ihrer eigenen niemals zu schämen.

Harry hatte ihr zudem einige Komplimente für dieses Kleid gemacht. Die Frage war, warum sie es nicht häufiger getragen hatte. Weil es ihr zu extravagant vorgekommen war. Aber jetzt kannte Not kein Gebot.

Harry, ja. Er hatte keine weiteren Nachrichten geschickt, und sie wusste noch immer nicht, wie sie sich ihm gegenüber verhalten sollte, ob sie böse werden, sich verletzt fühlen, über alles lachen, ihn verachten oder ihn bedauern sollte. Letzteres würde sicher von selbst verfliegen. Er hatte sich schließlich selbst in seine jetzige Lage gebracht. Aber er wirkte ehrlich, als er über sie beide und über sein eigenes Verhalten sprach. Dass es ihm leidtat.

Aber das bedeutete doch nicht, dass er die Liebe ausgraben konnte, wie einen vor langer Zeit verbuddelten alten Knochen. Einen Knochen, der immer noch saftig war und verzehrt werden konnte.

Dann war da noch Micke. Vielleicht sollte sie ihren Schwager gleich anrufen und die Sache hinter sich bringen. Ihn fragen, warum er sich so kurz vor Weihnachten und Hausgeburt aus dem Staub gemacht hatte. Aber das könnte teuer werden und sie außerdem aus der Konzentration reißen.

Stattdessen schickte sie eine SMS an Sara und hängte Bilder vom Hotel an, während sie ihre Haare und ihr Gesicht fertigmachte. Überlegte, ob sie Nylonstrümpfe anziehen sollte, ehe sie den Gips anlegte, und sah dann ein, dass sie sich damit schon jetzt verraten könnte. Streifte also den Kniestrumpf über, den sie von Dr. Girard bekommen hatte, wickelte den Gips wieder fest, schnitt mit der Nagelschere ein Bein von der Strumpfhose und zog das andere an. Schob den Fuß in einen eleganten Schuh und dachte, es sei beim Packen ein Vorteil gewesen, nur einen Schuh von jeder Sorte unterbringen zu müssen. Das machte alles doch um einiges leichter.

Sie packte die Krücke und warf einen Blick in den Spiegel. Der Pony blieb brav liegen, vielleicht waren die Haare ein bisschen gewachsen, oder sie hatte sich daran gewöhnt, jedenfalls konnte sie sich mit ihrem Spiegelbild identifizieren. Das Kleid verbarg das Bein, und das Einzige, was hervorlugte, waren eine schwarze Zehenspitze und der Gipsfuß.

Fertig.

Als sie die Tür zum Restaurant aufschob, war sie gute fünf Minuten zu spät, alles in der Hoffnung, nicht mit Jonas Bonde allein sein zu müssen. Aber ob es nun die Alpenluft war, das Urlaubsgefühl oder etwas anderes, was Margaretha ihre Pflichten vernachlässigen ließ, jedenfalls war sie noch nicht da. Jonas Bonde war allein, er lehnte mit dem Rücken am Tresen und nippte an einem Drink, vertieft in das Panoramafenster und den Ausblick auf das Skigebiet.

Er strahlte auf, als er sie sah.

»Aber hallo, da haben wir sie ja. Die Heldin des Tages. Und du siehst ja vielleicht gut aus!«

Er gestikulierte mit beiden Händen, um klarzustellen, dass die ganze Lisbeth elegant war, vom französischen Pagenkopf bis zum Gips. Er selbst trug eine schwarze Hose, ein weißes Hemd und ein teures Sakko. Sein Gesicht war rosig, vermutlich noch vom Schwimmen und vielleicht einer Runde Sauna, oder warum nicht einer kleinen Skitour. Lisbeth traute ihm jede physische Leistung zu.

»Was darf es sein?«

»Ein Glas Weißwein, bitte.«

Jonas Bonde sprach mit der Bedienung absolut akzeptables Deutsch. Die Antworten kamen in gebrochenem Englisch. Lisbeth nahm den Wein, trank ihm zu, lehnte sich ebenfalls mit dem Rücken an die Bar und schaute aus dem Fenster, hinaus auf die Pisten und auf die Stadt weiter unten. Jonas Bonde seufzte.

»Ich kann mich kaum zurückhalten. *Can't wait.* Das sieht so verdammt gut aus. Es muss ja bitter für dich sein, nicht laufen zu können. Du tust mir so leid!«

»Ich tu mir auch leid.«

»Ich meine, sieh dir das doch mal an! Und sie laufen noch immer, schau mal! Die müssen die Piste ewig lange geöffnet haben. Ziemlich gefährlich, eigentlich. Aber der Schnee ist perfekt. Ich habe vorhin eine Runde gedreht und nachgesehen. In ein paar Monaten gibt es solchen Schnee nicht mehr, auch wenn es nichts Schöneres gibt als Skilaufen im Frühling. In der Sonne am Hang sitzen. Aber du weißt ja, wie das ist. Wie viel läufst du so im Jahr?«

»Ja, du … das wird … das ist ein bisschen unterschiedlich. Kommt ja darauf an, wo man hinkommt. Ich bin ab und zu in Sälen …«

Sie versuchte verzweifelt, sich daran zu erinnern, wie es beim letzten Mal gewesen war, als sie und Helenas gesamte Sippschaft hingefahren waren. Jonas Bonde lachte.

»Sälen? Kann ja keine besondere Herausforderung für dich sein, was?«

Lisbeth drehte ihr Glas.

»Es geht doch vor allem um das Gefühl.«

»Genau. Das Gefühl. *Feeling.* In welcher Disziplin warst du am besten?«

Schnell denken. Hieß das noch immer Großslalom? *Lieber Gott, mach, dass es Großslalom heißt.*

»Großslalom.«

Jonas Bonde nickte.

»Aha. Erfordert viel Technik. Ich bin auch viel Großslalom gelaufen. Aber auch normalen Slalom natürlich. Wollen wir auf den Balkon gehen?«

Lisbeth folgte ihm hinaus auf den Balkon, der sich fast um das gesamte Restaurant zu ziehen schien. Unter ihr lagen die Hänge in der Dunkelheit, erleuchtet durch die Scheinwerfer der Pistenraupen. Jonas Bonde seufzte und sagte, das Ganze habe so eine Art New-York-Gefühl, oder nicht? Lisbeth nickte wortlos. Dachte, New York sei weniger gebirgig, und da fahre eigentlich niemand mit Pistenraupen durch die Gegend. Sie war zwar noch nie in New York gewesen. Aber sie hatte genug Bilder gesehen. Es hing sicher irgendwie mit *feeling* zusammen.

Sie fröstelte trotz der Jacke. Jonas Bonde nahm ihre Oberarme und rieb sie von oben bis unten auf eine Weise, die sicher kameradschaftlich und kollegial wirken sollte. Dann hörte er so plötzlich auf und schaute ihr so tief in die Augen, dass sie fast losgeprustet hätte.

»Du, Lisbeth, ich wollte dir etwas sagen, ehe Margaretha kommt. Wir haben uns ja noch gar nicht richtig kennengelernt, aber ich hoffe, das können wir bald nachholen, und jedenfalls finde ich es fantastisch, wie du damit umgehst, dass ich deine Stunden übernehmen soll. Ich fühle mich wirklich willkommen bei euch, und ich hoffe, dass wir zusammenarbeiten können, auch wenn du nicht mehr allein für diese Klassen verantwortlich bist.«

Lisbeth zwang sich ein Lachen ab. Rache ist ein Gericht, das kalt serviert am besten schmeckt.

»Schön, dass du das findest. Ich hoffe, du wirst dich an der Schule und in Frillesås wohlfühlen. Wieso hast du dich eigentlich dort beworben? Abgesehen von dieser Fortbildung in Österreich?«

Jonas Bonde nagelte sie weiterhin mit Blicken fest. Sie starrte zurück. Sie hatte nicht vor, bei diesem Kräftemessen zu verlieren. Am Ende senkte er den Blick und wischte sich einen nicht existierenden Fussel vom Hosenbein.

»Ach, darum ging es ja gerade. Ich bin doch aus Göteborg, auch wenn man das nicht mehr so deutlich hört, und ich fand es nett zurückzukommen.«

»Wo warst du denn vorher?«

»Ach, hier und da. Stockholm, Uppsala, ein Abstecher nach Hudiksvall. Dann noch einige Jahre in Åre, das waren die allerbesten. Ja, du verstehst schon.«

Er blickte wieder hinüber zum Panoramafenster. Zog einen dünnen Zigarillo hervor, gab sich Feuer, machte einige Züge und blies den Rauch bewusst mit dem Gesicht von Lisbeth abgewandt aus.

»Entschuldige, hast du was ins Auge gekriegt?«

»Keine Sorge. Ich finde eigentlich, dass es im Freien ziemlich gut riechen kann. Zigarren jedenfalls. Das ist das Einzige, was ich rauche.«

»Zigarren?«

»Ja. Einige Male im Jahr. Aber nur draußen.«

Sie und Harry hatten sich ab und zu je eine Zigarre gekauft, wenn sie etwas zu feiern hatten. Sie konnte sich an den Zigarrenduft im Sommer erinnern, warme Abende, wenn sie Krebse gegessen und gesehen hatten, wie die Sonne im Meer versank. Jonas Bonde warf ihr abermals einen beifälligen Blick zu.

»Du steckst wirklich voller Überraschungen, du. Läufst

Ski und fährst Motorrad und rauchst Zigarren und ja … also, ja … entschuldige, möchtest du ein Zigarillo?«

»Warum nicht?«

Sie zog ein Zigarillo aus der Schachtel und ließ sich von Jonas Bonde Feuer geben. Er war ihr plötzlich sehr nah, und sie konnte feststellen, dass er tatsächlich nach Pfefferminz roch. War er überhaupt real? Er hatte etwas Theatralisches. Als hätte er in seinem Zimmer vor dem Spiegel geübt. Aber manche waren sicher hin und weg von seiner Art.

Sie wandte sich wieder dem Alpenmassiv zu und paffte einige Züge. Jonas Bonde zeigte und erklärte Wissenswertes über Arlberg und wie es zugegangen war, als die Einheimischen unter großer Mühe und harten Entbehrungen den ersten Skilift bauten, er habe darüber ein Buch gelesen und sie könne es gern von ihm ausleihen.

Danach bat er um Entschuldigung dafür, dass er so viel redete. Er sei oft so, wenn er sich zu sehr engagierte, und jetzt wolle er mehr über *sie* wissen. Warum sie Lehrerin geworden war und wie lange sie schon an dieser Schule arbeitete und in Frillesås wohnte und ob sie sich dort wohlfühlte und was sie früher gemacht hatte.

Lisbeth fragte sich gerade, wer eigentlich auf die Idee mit diesem Kurs in Österreich gekommen war. Ob die Initiative zu dieser Reise von Margaretha ausgegangen war und ob der Kurs wirklich notwendig war, um ein Skigymnasium aufzubauen. Sie antwortete mit dosierten Details über ihr Leben und Wirken, erwähnte Stockholm und dass auch sie an die Westküste zurückgewollt hatte. Jonas Bonde drehte sich um.

»Du, ich glaube, Margaretha ist da. Wir sollten vielleicht reingehen.«

Margaretha stand auch wirklich im Restaurant, andere

Kursteilnehmer waren jedoch nicht zu sehen. Die Rektorin sah aus wie eine Diva, mit toupierten Haaren und dramatischem Leiden, die Füße in neugekaufte und zu enge Schuhe gepresst. Lisbeth fiel ein, dass sie Margaretha eigentlich nicht besonders gut kannte. Sie hatten kollegiale Bemerkungen über die Zusammenarbeit ausgetauscht, hatten im Lehrerzimmer Kaffee getrunken, hatten verhandelt und am Ende des Unterrichtstages »bis dann« gesagt.

Aber Margaretha hatte sie nie zu sich nach Hause eingeladen. Lisbeth wusste nur, dass sie einen Mann und erwachsene Kinder hatte. Beschloss, von nun an alle neu zugezogenen Kollegen zum Essen einzuladen, um sie willkommen zu heißen. Es war idiotisch zu glauben, dass Menschen ein funktionierendes Sozialleben hatten, wenn sie erst wenige Wochen an einem Ort wohnten.

Aber vielleicht sollte sie bei Jonas Bonde eine Ausnahme machen. Der würde ausreichend andere Einladungen erhalten.

Die Rektorin hob ihr Glas.

»Ja. Dann wären wir vollzählig, und als Erstes möchte ich euch zu diesem Wochenende willkommen heißen. Vor uns liegt natürlich eine Menge Arbeit, aber wir wollen uns auch amüsieren und einander besser kennenlernen. Vor allem möchte ich dich willkommen heißen, Jonas. Es wird eine spannende Reise sein, die wir antreten, um unserer Schule eine Kompetenzspitze als Skischule zu verschaffen, aber ich bin wirklich sicher, dass es uns gelingen wird. Eine Schule ohne Visionen stagniert. Ich fand deine Argumentationen überaus überzeugend. Und nun, lasst uns zu Tisch gehen.«

Lisbeth registrierte, dass Margaretha sie abschätzend musterte. Sie hatte nichts darüber gesagt, dass Lisbeth sich trotz des gebrochenen Beines hergekämpft hatte. Auch gut.

Das Einzige, woran sie selbst denken musste, war, sich nicht zu versprechen oder zu vergessen, wie sie gehen musste.

Letzteres schien jedoch das geringste Problem zu sein. Jonas Bonde nahm ganz einfach ihren Arm, und ihr blieb nicht viel anderes übrig, als neben ihm herzuhinken. In letzter Sekunde fiel ihr noch ein, dass sie mit der freien Hand nach der Krücke greifen musste. Der Blick der Rektorin war ein weiteres Mal unbezahlbar.

22

Sonntag, 17. Dezember, Dritter Advent

Ein Sonnenstrahl fiel über ihr Gesicht. Es war halb acht, und sie hatte tief und traumlos geschlafen. So gut wie schon lange nicht mehr. Ein beunruhigender Gedanke: Dass sie als Betrügerin besser schlief, als wenn sie versuchte, alles richtig zu machen.

Lisbeth schlug die Decke zurück, machte sich Kaffee und ging hinaus auf den Balkon. Die Silhouette der Berge sah aus wie von Kindern aus Papier ausgeschnitten, und der Himmel versprach Blau. Es konnte ein strahlender Tag werden. Einer, von dem alle Skifans träumen.

Sie lehnte sich ans Geländer und spürte, wie das Koffein ihren Körper zum Leben erweckte. Beim Essen hatten sie am Wein nicht gespart. Lisbeth hatte sich für einen Moment gewundert, als die Rechnung kam. Durften Beamte überhaupt auf Staatskosten ausgehen, und durften sie so viel Wein trinken? Aber die Rektorin hielt sich immer peinlich genau an sämtliche Vorschriften und musste also wissen, was sie tat.

Sie schaute nach unten. Die Gefahr bestand, dass Jonas Bonde schon morgens früh seine Bahnen im Pool zog, und dann könnte er hochblicken und sie ohne Gips entdecken. Aber das Bassin war noch immer zugedeckt, und selbst die Kräfte des Kollegen mussten doch ihre Grenzen haben. Er hatte am Vorabend ziemlich viel getrunken, und bei jedem Glas hatte er sich ein wenig weiter zu ihr hingebeugt und wiederholt, wie tapfer er sie fand, was für einen *fighting spirit* sie besaß und wie er sich auf die Zusammenarbeit freute und ein Prosit auf alte und neue Siege.

Lisbeth hatte daraufhin ein Prosit auf ihren alten Skilehrer Holmlund ausgebracht, von dem sie alles gelernt hatte, was sie konnte. Das war mehr als mutig, es war geradezu tollkühn. Aber ein bisschen Lob im Zusammenhang mit Alkohol und Höhenluft hatte eben solche Wirkung. Jonas Bonde schloss sich dem Prosit an und legte den Arm um sie.

Margaretha sah dabei nicht unbedingt froh aus. Lisbeth kam kurz der Gedanke, die Rektorin sei in den minzigen Jonas verliebt. Was traurig wäre, aber natürlich nicht unmöglich. Ihr konnte das sicher passieren, wie allen anderen auch. Lisbeth würde genau aufpassen, wie Margaretha sich heute verhielt.

Die Aussicht war noch immer hinreißend, und zum ersten Mal war sie wirklich traurig, dass sie nicht Ski laufen konnte. Sie atmete einige Male tief durch, spürte einen kalten Luftzug um die Beine und kehrte ins Bett zurück. Schlüpfte unter die Daunendecke und schaltete ihr Telefon ein.

Drei Nachrichten waren gekommen. Die von Sara bestand vor allem aus fröhlichen Emojis, Ausrufezeichen und aufmunternden Zurufen sowie der Forderung nach weiteren Bildbeweisen, vor allem von Lisbeth im Skidress. Die zweite kam von Helena, die in schroffem Tonfall zu erfahren verlangte, ob Lisbeth inzwischen mit Micke gesprochen habe. Die dritte war von Harry. Ein Bild von ihm in schwarzer Jacke, Skihelm und gewaltiger Sonnenbrille, im Hintergrund strahlende Sonne. *Amüsier dich in Österreich.*

Altes Bild, so wie es aussah. Hätte überall aufgenommen sein können. Sogar zu Hause auf ihrem eigenen Grundstück.

Saras Wunsch war leicht zu erfüllen, und sie antwortete, genau das werde sie tun, sobald sie genügend Fotos gemacht hätte. An Helena schrieb sie ein kurzes Nein, sie sei ja übers Wochenende in Österreich. Diese Erinnerung konnte der Schwester guttun, wenn sie selbst nicht einmal den Anstand besaß, diese Reise zu erwähnen oder sich daran zu erinnern.

Nach einem gewissen Zweifel ging sie hinaus auf den Balkon, machte ein Foto der Tannen und der Berge und der Aussicht und schickte es an Harry, mit dem kurzen Text: *Wird gemacht.* Merkte dann, dass sie nicht mehr viel Zeit hatte, und zog sich in aller Eile an.

Diesmal machte der Gipsverband keine Schwierigkeiten. Dazu Skijacke und eine flatternde Hose. Sie packte die Krücke, schleppte sich ins Restaurant, wo die beiden anderen sich bereits am Frühstücksbuffet bedienten. Jonas Bonde sah aufgekratzt aus. Gestikulierte und redete und sprang auf, sowie sie sich gesetzt hatte.

»Aber hallo, guten Morgen, guten Morgen! Ich hol dir was. Was hättest du denn gern? Nimm das Porridge, das bestellt man da hinten. Du weißt doch sicher noch, dass es in den harten Trainingsphasen nie etwas anderes gab? Haferbrei mit Dörrobst und Rosinen und so? Das ist noch immer das Einzige, was ich esse, wenn ich Sport treibe, und Eier, natürlich. Möchtest du auch ein Ei? Ich hol dir eins!«

Auf Margarethas Teller lagen Croissants, Salami, Joghurt und Marmelade. Lisbeth sagte ja danke zu einem Skifrühstück, und Jonas kam mit Brei und Ei zurück. Es schmeckte gut, wie hausgemacht, und sie aßen und lobten und ließen sich Kaffee, Tee und frischgepressten Saft nachschenken. Lisbeth wurde gefragt, ob sie noch mehr wünsche, sie bat um Brot und verzehrte dann knuspriges dunkles Brot mit

Käse und Schinken aus der Region. Ein Frühstück, an das man sich gewöhnen könnte.

»Was passiert jetzt? Zuerst zum Hang, oder was?«

»Du willst also wirklich mit hochkommen?«

Margaretha machte ein überaus skeptisches Gesicht.

»Ja, unbedingt. Ich weiß wirklich nicht, warum ich im Hotel sitzen sollte, bei dem schönen Wetter. Ich höre beim theoretischen Unterricht zu, und dann setze ich mich irgendwohin und warte, bis ihr vom Praxisunterricht zurückkommt.«

In diesem Moment ging ihr auf, dass der österreichische Skilehrer es mit einer reichlich heterogenen Gruppe zu tun hatte. Mit dem Skiass Jonas Bonde und mit Margaretha. Sowie den anderen Teilnehmern, von denen sie noch immer keine Spur gesehen hatte.

»Ja, dann mach, was du willst. Aber was, wenn du ausrutschst? Du hast dir doch gerade erst das Bein gebrochen, und es tut sicher weh.«

»Ja, es tut weh. Aber nicht so schlimm, dass eine Tablette nicht helfen könnte, und jetzt bin ich hier und will so viel ich kann mitbekommen. Allein schon der Schule zuliebe.«

Margaretha sah irritiert aus. Hörte jetzt schon gar zu oft von Lisbeths Engagement für die Schule und das Kollegium. Sicher bereute sie bitter, dass sie zur Solidarität aufgerufen hatte, und Lisbeth fand, sie könne gern noch ein bisschen länger bereuen.

»Ja, du weißt sicher am besten, wie es dir geht.«

»Richtig. Wie sieht unser Plan also aus?«

»Der Plan sieht so aus, dass alle, die sich zu dieser Gruppe angemeldet haben, den unteren Lift nehmen und gemeinsam zur Piste hochfahren. Wir anderen können ja Skier mitnehmen, Jonas und ich haben unsere eigenen dabei, wir werden in dieser Hinsicht also keine Zeit verlieren. In diesem Hotel wohnen offenbar keine weiteren Teilnehmer, aber die werden ja zu uns stoßen. Ich weiß ja nicht, was du vorhast, aber ich nehme an, das Hotel kann dich fahren. Wie spät ist es jetzt? Wir sehen uns dann um zwei.«

»Dann breche ich jetzt auf, wenn ihr entschuldigt. Wir sehen uns beim Lift.«

Lisbeth leerte ihren Kaffee. Jonas Bonde hielt sie zurück und ermahnte sie, ja ihr Telefon mitzunehmen, und ob er ihre Nummer haben könne? Sie nannte eilig ihre Nummer und verließ den Tisch, fuhr zu ihrem Zimmer hoch und stellte fest, dass er bereits angerufen hatte, um sicherzugehen, dass sie nun auch seine hatte.

Lisbeth wandte sich an die Rezeption, die gern dafür sorgen wollte, dass sie zum Skilift gefahren wurde. Zog den Skidress an, rieb ihr Gesicht ein, schob sich die Sonnenbrille auf die Stirn und stellte abermals fest, dass sie provozierend gut aussah. Klemmte die Krücke unter den Arm und fuhr nach unten, wo ein Hotelangestellter mit dem Auto wartete. Von den anderen war nichts zu sehen.

Der Österreicher sprach gutes Englisch, er fand es traurig, dass Lisbeth sich verletzt hatte, konnte aber mitteilen, dass sie da wirklich nicht die Einzige sei. Die Verhältnisse waren trügerisch, und es war viel Betrieb am Hang. Das Liftsystem war ausgebaut und brachte die Leute in raschem Wechsel nach oben, was kürzere Schlangen, aber mehr Gedränge bedeutete. Es war ein Vorteil, wenn man außerhalb der Pisten fahren konnte, aber da müsse man sich auch vorsehen. Mit der Lawinengefahr war nicht zu scherzen, und es hatte so viel geschneit, dass man wirklich nicht auf eigene Faust losziehen sollte, egal, wie gut man war.

»*Schönen Tag noch*«, rief er zum Abschied, als sie auf den

Lift zu humpelte, wo Margaretha und Jonas mit Skiern an den Füßen nebeneinanderstanden. Um sie herum standen etliche Skiläufer, die allesamt aussahen wie Jonas Bondes jüngere Geschwister, und mitten unter ihnen stützte sich ein braungebrannter Mann im roten Overall auf seine Stöcke.

Offenbar war er über die Situation informiert worden, denn er begrüßte Lisbeth, ohne überrascht auszusehen, stellte sich als der Lehrer vor und teilte lakonisch mit, als er Lisbeths Krücken sah, dass das ja Pech sei, dann befahl er sie in die Liftschlange. Dass sie mit gebrochenem Bein auf die Piste wollte, kommentierte er nicht weiter. Hier waren alle für sich selbst verantwortlich und mussten sehen, wie sie über die Runden kamen.

Was offenbar sogar Margaretha eingesehen hatte. Sie sagte nichts und wirkte in ihrem engsitzenden Overall ein wenig in sich zusammengesunken. Jonas Bande dagegen sah euphorisch aus, er trug einen sportlichen Skianzug und hatte einen Rucksack auf dem Rücken.

»Wow, du siehst ja richtig profihaft aus. Und was für ein fescher Dress!«

Er machte ihr weitere Komplimente, ehe er ausführlich erklärte, dass die Lawinengefahr absolut bestand und wie viel Prozent mehr Überlebenschance man mit einem solchen Rucksack hatte. Verwickelte sich in Beschreibungen darüber, wann genau zu welchem Zeitpunkt der Airbag ausgelöst wurde, während Lisbeth sich ausschließlich auf den Lift konzentrierte.

Als sie an die Reihe kam, ließ sie sich ohne Probleme in den Sitz fallen, und auch diesmal blieb Jonas Bonde neben ihr wie eine Klette.

Der Lift schaukelte hin und her, während sie über die Piste schwebten. Jede Menge Menschen, große und kleine.

Mächtiges Massiv, weiße und sonnige Hochebenen. Sie wollte wirklich einmal allein herkommen. Einen Kurs für Skilehrer buchen, mehr lernen. Dass die Schule sich auf alpinen Abfahrtslauf spezialisieren wollte, wirkte allerdings immer noch idiotisch. Aber da es nun einmal so war, sollte sie doch das Beste daraus machen, und wenn Jonas Bonde ihr den Arbeitsplatz streitig machen wollte, war das letzte Wort noch nicht gesprochen.

Sie entdeckte am Boden zwei Personen, die dicht nebeneinander standen und nicht so recht zu wissen schienen, in welche Richtung sie nun laufen sollten. Einer von ihnen war angezogen wie Harry, nach dem wenigen, was sie auf dem Bild erkennen konnte, das er geschickt hatte, und neben ihm stand eine Frau in einem silberglänzenden Anzug. Es hätten Harry und sie selbst sein können. Nur dass sie sich niemals eine solche Farbe ausgesucht hätte.

Jonas Bonde redete und redete. Er verlangte ihre Aufmerksamkeit, und sie sah ihn an und stellte fest, dass er über alle Aufnäher referierte, die er auf seiner Skijacke angebracht hatte.

»Hier haben wir Aspen, warst du da schon mal? Nein? Also, da musst du unbedingt mal hin, in den USA zu laufen, ist etwas ganz besonders, der Schnee ist anders, und es ist so total *nice,* die Leute sind freundlich, und es ist irgendwie eine gute Stimmung. Es ist ein bisschen nordisches *Feeling,* Tannen mitten auf dem Hang, und man kann sogar auf einen Bären stoßen, wenn man Pech hat, aber mir ist das noch nie passiert. Und das hier ist Whistler, Kanada ist auch ganz toll. Ich hatte da eine Hütte gemietet, und es war der glatte Wahnsinn, morgens aufzuwachen und gleich vor der Tür Rehe zu sehen, oder was immer da so rumläuft. Als ich zuletzt da war, hatte ich neun Tage am Stück Sonne. Ich habe für eine Reisezeitschrift einen Artikel über die Gegend geschrieben, und das hat mir ja sehr geholfen, die schönsten Stellen zu finden, solche Abfahrten, du wärst hin und weg.«

Der Lift arbeitete sich weiter aufwärts. Jonas Bonde redete ununterbrochen und zeigte weiter auf seine Aufnäher.

»Hier Chamonix. Das ist wirklich herrlich, gewissermaßen ursprünglich, da laufen nur die echten Veteranen, und das merkt man. Es gibt endlose Möglichkeiten für *offpist*, man kann so viele Abfahrten laufen, wie man will, ohne irgendwem zu begegnen. Die Lifts sind nicht wie hier, sie sind ziemlich alt, aber das gefällt mir, es ist so eine Art *give and take.* Hier, also hier, schau mal ... der hier ist aus Japan. Das muss man toll finden, da schneit es die ganze Zeit, du siehst nicht an einem Tag die Sonne, es schneit einfach nur, und du läufst auf Puderschnee, bis du Muskelkater in den Armen kriegst, die musst du so hochhalten, weil es so viel Schnee gibt. Das ist heftig.«

»Das glaube ich gern.«

Lisbeth hielt ihre Krücken fest. Das Ende der Liftreise näherte sich, und sie fragte sich, wie sie aus dem Lift herauskommen sollte. Aber da oben gab es sicher Personal, das die Fahrt verlangsamen würde, damit sie nicht wie ein Müllsack herausfallen und versuchen musste, sich zu retten, ehe der nächste Lift angesaust kam.

Sie konnte Jonas Bondes Augen nicht sehen. Das wäre auch nicht möglich gewesen, wenn er keine Sonnenbrille getragen hätte. Aber das tat er natürlich. Eine viel kleinere Version als Harrys, aber ebenso dunkel.

»Auf dieser Seite habe ich die Schweiz. Österreich ist ja ein bisschen gemütlicher, die Schweiz dagegen ist eleganter, an den Hängen gibt es Skihütten mit richtig flotten Restaurants, jedenfalls in Zermatt.«

»Ich bin sehr für Skihütten. Man will ja laufen und nicht endlos viel Zeit verlieren.«

Jonas Bonde stimmte ihr zu. Nein, wer wollte das schon. Aber in Zermatt gab es gutes Essen. Von Italien ganz zu schweigen. Die Dolomiten. Konnten wunderbar sein. Hier war der Aufnäher.

Jetzt blieben ihnen nur noch wenige Meter, bis sie absteigen müssten, und Lisbeth hörte nicht mehr zu. Konzentrierte sich auf die Rampe, die näher rückte, und auf die Leuchtspuren im Schnee, die abwechselnd grün und rot blinkten. Jonas hatte inzwischen die Stange vor ihnen hochgehoben, und sie saß schutzlos da, bereit zu einem todesverachtenden Sprung, als der Lift langsamer wurde und fast zum Stillstand kam. Ein junger Mann sprang herbei und fasste sie unter dem Arm, und dann stand sie ein Stück entfernt auf sicherem Boden und konnte aufatmen.

Der Lehrer stand auch schon da. Lisbeth registrierte dankbar, dass der Schnee hart genug war. Die Krücke bohrte sich zwar in den Schnee, aber sie hatte den angeblich gebrochenen Fuß mit mehreren Schichten Socken überzogen, und das dämpfte dann doch.

Margaretha und die anderen schlossen sich an, neben der Rektorin Männer und Frauen, die aussahen, als seien sie schon ihr Leben lang Ski gelaufen. Der Lehrer erklärte, dass sie mit einem weiteren Lift noch höher fahren müssten. Von dort würden sie ein Stück neben der Piste nach unten laufen.

Margarethas Mund war zu einem Strich unter der Sonnenbrille geworden. Lisbeth konnte sich vorstellen, dass die Rektorin von Panik überwältigt war. Sie hatte sich zwar selbst in diese Lage gebracht, aber die Konsequenzen waren brutal.

»Ja, dann geht es jetzt weiter. Sie können hier warten. Sie sehen uns von der Terrasse aus, und wir reden dann später weiter.«

Der Lehrer hatte sich zu ihr umgedreht und zeigte auf eine Hütte, an der schon etliche Skier lehnten. Margaretha öffnete den Mund, vielleicht zu einem letzten Versuch, ihre Haut zu retten, indem sie verkündete, es sei ihre Pflicht, sich um ihre verletzte Kollegin zu kümmern. Jonas Bonde drehte sich zu Lisbeth um, als ob sie nie aufgehört hätten, über seine Skierfahrungen zu reden.

»Rat mal, was ich hier habe. Schau her!«

Er hob seine Jacke hoch. Zeigte den Pullover darunter, der ebenfalls von Abzeichen bedeckt war.

»Ich will St. Anton irgendwo hier anbringen. Ich war ja schon oft hier, obwohl ich eigentlich nach der französischen Schule fahre. Ich meine, ich habe zwar in Schweden Skilaufen gelernt, aber mein erster Lehrer war Franzose und…«

Er redete weiter, während er sich bückte, um seinen Stiefel festzuschnallen. Einige Skiläufer jagten in nächster Nähe vorüber, und im nächsten Augenblick rutschte er rückwärts. Er versuchte, anzuhalten, aber er geriet in eine Mulde und wurde immer schneller, dann überschlug er sich und verlor das Gleichgewicht. Sein Tempo steigerte sich, und die Stöcke sausten davon, während sich die Skier nicht lösten, sondern weiterhin an den Stiefeln festhingen.

Lisbeth reckte den Hals und sah, wie Jonas Bonde davonjagte, bis er in einer Wolke aus Schnee verschwand und bewegungslos liegen blieb, während eine wachsende Skiläuferschar sich im Kreis um ihn sammelte.

»*Das ist doch… mein Gott… aber so was…*«

Der Lehrer wirkte sprachlos. Dann bat er rasch um Entschuldigung und lief los. Lisbeth humpelte ein Stück weiter und sah, dass die Zuschauerschar immer noch wuchs.

Nun hörte sie ein schallendes Lachen. Drehte sich um und sah drei ältere Männer. Schweden.

»Habt ihr das gehört? Er fährt nach der französischen Schule! Aber sein Sturz war ja wohl schwedisch durch und durch!«

23

Sonntag, 17. Dezember

Dritter Advent

»Verdammt, das tut ja vielleicht weh! Wieso konntest du gleich danach schon wieder rumlaufen? Ich hab mir ja schon früher mal beide Beine und Arme gebrochen, und deshalb war ich so erstaunt darüber, wie gelassen du das hinnimmst. Aber also, jetzt staune ich noch viel mehr. Wie hast du gestern den ganzen Tag überstanden?«

»Ich bin nicht so schmerzempfindlich. Und meine Fußgelenkfraktur ist ja unkompliziert.«

»Aber im Flughafen bist du angekommen, als ob nichts passiert wäre, wie auf einem Sonntagsspaziergang. Ich kann mich ja fast nicht bewegen … au, verdammt.«

Nicht fluchen, hätte sie fast gesagt, ungefähr so, wie sie die Schüler zurechtwies. Nichts wird besser davon, dass du mit Verwünschungen um dich wirfst. Aber ich verstehe ja, dass es wehtut. Genauer gesagt, das verstehe ich nicht. Denn ich weiß ja nicht, was das für ein Gefühl ist.

»Und übrigens habe ich auch eine unkomplizierte Fußgelenkfraktur. Der Arzt hat etwas gesagt, was ich nicht verstanden habe, aber dann habe ich gegoogelt.«

»Willkommen im Club.«

Lisbeth hob ihr Glas. Jonas Bonde tat es ihr nach kurzem Zögern nach. Hatte schmerzstillende Mittel bekommen, hatte aber offenbar nicht vor, der möglicherweise explosiven Wirkung von Alkohol gleich danach auszuweichen. Hier galt es, im Nebel des Vergessens zu verschwinden, um nicht an den lächerlichen Sturz und die darauf folgenden Schmerzen erinnert zu werden. Mit der Nase auf die Piste fallen, ohne auch nur eine einzige Abfahrt hinter sich gebracht zu haben.

Dieser Gedanke reichte aus, und schon wollten Lisbeths Mundwinkel sich nach oben bewegen, und sie musste sich alle Mühe geben, sie an Ort und Stelle zu behalten. So ging es ihr, seit sie gesehen hatte, wie Jonas Bonde den Hang hinabrutschte wie ein Stich Butter in einer Bratpfanne. Es war natürlich schrecklich, es war Pech, Schadenfreude war nicht schön, und es war nicht lustig, wenn jemand anderes Schmerzen hatte.

Aber es hatte so wahnsinnig komisch ausgesehen!

Alle, außer Lisbeth, waren zur Unglücksstelle hinuntergeeilt, sogar Margaretha, und dort hatten sie gewartet, bis Hilfe in Gestalt von erfahrenen österreichischen Sanitätern mit einem Schlitten im Schlepp eingetroffen war. Jonas war auf den Schlitten gepackt und nach unten gefahren worden, um dann sofort in die Klinik geschafft zu werden, wo die Fußgelenkfraktur festgestellt wurde, worauf das Gipsen folgte.

Lisbeth war mit dem Lift nach unten gefahren und hatte Personal finden können, das sie ins Hotel zurückbrachte. Sie setzte sich strategisch auf die öffentliche Skiterrasse und wartete auf nähere Informationen. Margaretha war zwei Stunden später eingetroffen und hatte düster ausgesehen, hatte aber zugleich etwas von ihrer üblichen Entschlossenheit zurückgewonnen. Hier gab es ein Problem, das sie lösen konnte, und damit befand sie sich auf sicherem Boden. Ihre verängstigte Miene von vorhin am Hang war verschwunden.

Nun konnten sie aus der Situation nur das Beste machen, und das sagte sie auch sofort zu Lisbeth, ehe sie die Situation schilderte. Die so aussah, dass auch der Champion nun ein eingegipster Champion war. Von einem Zertifikat konnte deshalb keine Rede sein.

Margaretha hatte die Schule augenblicklich vom Kurs abgemeldet. Schließlich konnten weder Jonas noch Lisbeth Ski laufen, und da war es doch besser, den Schaden so weit wie möglich zu begrenzen. Sie selbst brauchte am Kurs auch nicht mehr teilzunehmen. Der Kursleiter war überaus verständnisvoll gewesen, und sie hoffte, dass sie wenigstens einen Teil der Kosten erstattet bekommen würden.

»Wir fahren ja auch schon morgen, und da hat es doch keinen Sinn, auf Biegen und Brechen einen früheren Flug zu suchen. Wir machen einfach das Beste aus der Zeit, die uns hier noch bleibt«, hatte sie gesagt.

Lisbeth war auf ihr Zimmer zurückgekehrt und hatte mit einem gewissen Bedauern die elegante Skikleidung abgelegt, nachdem sie sich im Spiegel fotografiert und das Bild dann an Sara geschickt hatte. Danach wickelte sie sich in den Morgenrock und setzte sich auf den Balkon, bis Margaretha mitteilte, dass Jonas aus dem Krankenhaus zurückgekehrt sei und dass sie sich im Restaurant treffen wollten, um die Lage zu diskutieren, Kaffee zu trinken und sich ein Stück Apfelstrudel zu gönnen.

Das hatten sie getan. Kaffee getrunken, Strudel gegessen, einen Schnaps bestellt und dann mit Wein weitergemacht. Am Ende waren sie zu Tisch gegangen, nachdem sie sich kurz auf ihren Zimmern umgezogen hatten. Jetzt saßen sie hier. Verzehrten gut abgehangenes Wild, Steinbock oder Gemse oder was immer das sein mochte, tranken österreichischen Wein und versuchten, sich mit der Situation abzufinden und zu ergründen, was die für sie jeweils bedeutete.

Jonas sah wirklich ziemlich gequält aus. Hatte sich so gut angezogen, wie es eben ging, hatte aber eine Trainingshose nehmen müssen, da er die Jeans nicht über den Gipsverband ziehen konnte. Hemd und Sakko passten so gar nicht zu seiner weichen Schlabberhose, aber, wie er mit einem gewissen Galgenhumor konstatierte, so lange er saß, ging es ja noch.

Lisbeth trug wieder ihr Kleid und hatte sich nicht einmal die Mühe gemacht, den Gips besonders hart zu umwickeln. Es würde ja doch niemand kontrollieren, und das Kleid hatte am Vorabend seine Wirkung getan und würde das auch an diesem tun. Margaretha schien ihren Appetit wiedergefunden zu haben und bestand auf einem Nachtisch. Sie hatte sich auch an diesem Abend in Schale geworfen, und an ihren Locken war nichts auszusetzen.

»Tja, da seht ihr, so kann es gehen.«

Die Rektorin leerte ihr Glas und füllte nach. Wieder dachte Lisbeth an die Kosten für diese Reise. Fragte sich, ob das wirklich über das Spesenkonto laufen konnte. Der Wein war nicht der billigste, aber Margaretha hatte etwas von Zuschlagen gemurmelt, unklar, womit.

Margaretha drehte sich zu Jonas um und versuchte, ihn abzulenken. Bat ihn, ein wenig über seinen Hintergrund zu erzählen, seine Erfahrungen aus anderen Schulen. Einmal streifte sie das Thema Familie, aber Jonas biss nicht an. Als der Nachtisch serviert wurde, Weihnachtseis mit Zimt und Orangenschale, wussten sie beide noch immer nicht, ob Jonas Bonde Single war oder nicht und ob er Kinder hatte.

Lisbeth dachte, solche Fragen hätte Margaretha doch eigentlich beim Bewerbungsgespräch schon stellen können.

Aber wenn er dort solchen persönlichen Fragen ebenso geschickt ausgewichen war, war das vielleicht nicht so leicht gewesen.

Margaretha bestellte Kaffee mit *avec.* Fragte, ob Lisbeth nicht müde sei. Vielleicht lag ein kleiner Unterton in ihrer Stimme. Er war ganz fein, war nur aus einer Nuance herauszuhören, aber es hatte vielleicht auch eine Bitte darin gelegen.

Aber egal. Wenn Margaretha mit Jonas Bonde allein bleiben und unter vier Augen noch einen trinken wollte, dann konnte Lisbeth das zulassen. Sie hatte ohnehin kein besonderes Interesse daran, die Bekanntschaft mit einem Mann zu vertiefen, der seine Qualifikationen haben mochte, aber der sich ja doch selbst der Nächste zu sein schien. Vielleicht waren es die Alarmglocken aus ihrem Leben mit Harry, vielleicht abermals das Gefühl, dass Jonas Bonde jemanden spielte, der er sein wollte, aber nicht war.

Sie könnte ebenso gut auf ihr Zimmer gehen und es sich dort gemütlich machen. Mehr als ein Gespräch zwischen den beiden würde für Margaretha auch nicht herauskommen. Jonas Bonde schien nicht in Verführungsstimmung zu sein.

Sie gähnte ein wenig demonstrativ und hielt sich die Hand vor den Mund.

»Ich weiß nicht, wie ihr das seht, aber es war doch ein langer Tag und ich …«

Jonas Bonde sah sie mit schwimmenden Augen an.

»Nein, geh noch nicht. Der Abend ist noch jung, und du bist doch keine, die so schnell aufgibt. Hört ihr das?«

Er wandte sich an die übrigen Gäste im Restaurant und erhob sich mit einer gewissen Mühe. Schwankte.

»Lasst uns auf Lisbeth anstoßen, hört ihr? Sie ist fantastisch. Entweder man kneift, oder man macht das Beste aus der Situation. Sie macht das Beste daraus. Das tut sie, dieses Mädel hier.«

Die anderen Gäste hörten auf zu reden und schauten zu den dreien hinüber. Eine Familie mit Kindern, einige Herren, die in eine Diskussion über deutsche Politik vertieft gewesen waren, ein einsames Paar, das bisher nur Augen füreinander gehabt hatte. Die Köche in der Küche, die gleich neben dem Restaurant lag und alles im Blick hatten. Das Personal, das höflich im Servieren innehielt.

Jonas Bonde drehte sich zu Lisbeth um. Wurde lauter.

»Du hast wirklich viel mehr Mumm in den Knochen, als ich bei unserer ersten Begegnung geglaubt habe!«

»Danke.«

Sie nickte, während sie versuchte, ihn zum Hinsetzen zu bewegen. Jonas Bonde ließ sich auf seinen Stuhl sinken, und die anderen widmeten sich wieder ihrer Mahlzeit, beugten sich zueinander vor, kommentierten und lachten.

Lisbeth spürte, wie ihre Wangen nach einem Tag in der Sonne brannten – und weil sie das Objekt eines peinlichen Versuchs öffentlicher Lobpreisungen gewesen war. Man brauchte sich nicht darum zu kümmern, was andere dachten, aber man konnte es sich ja vorstellen. Drei Gäste aus Schweden, davon zwei in Gips, und der eine Gegipste steht auf und hält eine Rede für die andere Gegipste, und das ganze Restaurant muss zuhören.

»Aber wie gesagt, ich muss jetzt wirklich schlafen gehen.«

In diesem Augenblick klingelte Margarethas Telefon. Sie machte einen Versuch, das zu ignorieren, aber es klingelte immer weiter. Die Rektorin zog das Telefon aus ihrer Handtasche, meldete sich mit Hallo und erhob sich danach mit einer Geste, die um Entschuldigung bat. Entfernte sich vom Tisch und verschwand in Richtung Toiletten.

Als sie zurückkehrte, machte sie ein ernstes Gesicht.

»Jetzt muss ich hier die Tafel aufheben. Lisbeth, kannst du dich um die Rechnung kümmern und alles auf mein Zimmer setzen lassen? Nr. 39?«

»Sicher. Es ist doch hoffentlich nichts passiert?«

Margaretha lächelte müde.

»Nein, es ist nichts passiert. Jedenfalls nichts, was nicht schon einmal passiert wäre. Entschuldigt mich und macht euch noch einen schönen Abend mit euren unkomplizierten Fußgelenkfrakturen.«

Es war ein Versuch zu scherzen, der nicht richtig gelang, und gleich darauf war sie verschwunden.

Es war inzwischen wirklich schon ziemlich spät, und Lisbeth brauchte sich nicht mehr dafür zu entschuldigen, dass sie müde war. Die Frage war, ob sie Jonas Bonde in diesem Zustand allein lassen konnte. Nach seiner spontanen Rede schien er zwar ein wenig ausgenüchtert zu sein, und vielleicht war er bei klarem Verstand gewesen und hatte nur etwas Verrücktes tun wollen. Sie kannte dieses Gefühl. Wenn alles so schlimm war, dass es nicht schlimmer werden konnte. Dann kam der Drang auf den Tisch zu springen und ein Lied anzustimmen.

Aber dennoch. Er war ein Kollege und konnte nur mit Mühe gehen.

Jonas bestellte mehr Kaffee und fing an, über Weihnachten zu reden. Dass er eigentlich dann auch hatte Skilaufen wollen. Nicht, dass er schon gebucht hätte, aber für eine Person fand man immer noch etwas. Weihnachten in den Bergen, gab es etwas Schöneres? Ohne die ganzen Zankereien darüber, wo man feiern sollte.

»Gibt es bei dir zu Weihnachten Streit?«

»Meine Eltern haben sich vor vier Jahren getrennt. Ich

kapier das alles nicht. Sie waren vierzig Jahre zusammen und davon fünfunddreißig verheiratet. Was hat es denn für einen Sinn, sich dann noch scheiden zu lassen? Wenn man so lange durchgehalten hat, schafft man doch den Rest auch noch?«

»Sie wollten den Rest vielleicht nicht mehr schaffen? Sie wollten vielleicht mehr?«

Jonas Bonde zuckte mit den Schultern.

»Ich weiß nicht, was sie wollten. Jetzt hat meine Mutter einen neuen Mann, und sie feiern mit seiner Familie, mein Vater setzt sich zu Weihnachten immer nach Thailand ab, und unser Haus haben sie verkauft. Alles ist so komisch, an Feiertagen und vor allem zu Weihnachten, deshalb fahre ich immer weg. Ich laufe gern am Heiligen Abend ganz allein Ski, und dann koche ich mir Reisbrei mit ganz viel Zimt und Mandeln, und danach finde ich vielleicht eine kleine Bergkirche und gehe in die Christmette, es tut so gut, da im Warmen zu sitzen und die vielen brennenden Kerzen zu sehen und Choräle zu hören, bei denen man mitsingen kann. Aber in diesem Jahr wird nichts daraus.«

Lisbeth machte den Mund auf und dann gleich wieder zu. Hatte von dem Weihnachtsessen um elf Uhr vormittags erzählen wollen, sah aber ein, dass es im Vergleich doch geradezu traumhaft war. Ihr Elternhaus war immerhin noch vorhanden, und ihre Eltern lebten zusammen. Hatten irgendwo auf ihrer Reise entschieden, *wir zwei machen weiter, so oder so.*

Das Restaurant füllte sich jetzt mit neuen Gästen. Die Menschen drängten sich am Tresen, und etliche kamen heraus auf die Veranda. Jonas Bonde schaute sich kurz um und erklärte, dieses Lokal sei eine ziemlich beliebte Tränke für Gäste aus anderen Hotels, wenn es spät würde. Lisbeth wollte gerade fragen, ob er das Hotel vorgeschlagen und Margaretha überredet hatte, als zwei Personen hereinkamen, die sie kannte. Den einen aus dem wirklichen Leben, die andere von einem Foto in einer Klatschzeitung.

Harry und die Coachingfrau ohne Pony.

24

Sonntag, 17. Dezember, dritter Advent

Harry sah aus wie in der Warteschlange an einer Kinokasse oder bei dem Empfang in London. Er sah nicht aus wie bei ihrer letzten Begegnung, als er schlafend in ihrem Bett gelegen hatte. Die Coachingfrau trug ein enges Kleid mit tiefem Ausschnitt im Rücken. Himmelhohe Absätze, die Haare flatternd wie in einem eigenen Sturmwind.

Harry hatte sich zum Tresen durchgedrängt und machte den Barmann auf sich aufmerksam. Bald hielten sie beide einen Drink in der Hand, stießen an, dann drehten sie sich um und ließen ihre Blicke durch das Lokal schweifen.

Keine Fluchtmöglichkeit. Wenn sie nicht unter dem Tisch verschwinden und sich bis zum Morgengrauen dort verstecken wollte. Eine Sekunde lang spielte sie wirklich mit diesem Gedanken. Jonas Bonde beobachtete sie. Jetzt mit glasklarem Blick.

»Jemand Bekanntes?«

»Mein Ex. Mit seiner neuen Freundin.«

»Dein Ex? Ja, verdammt.«

In diesem Moment hatte Harry sie entdeckt. Erstarrte. Lisbeth begriff, dass das nicht nur eine Metapher war. Er erstarrte wirklich. Wurde sozusagen zu Eis. Hätte offenbar fast sein Glas fallen lassen.

Er hatte gewusst, dass sie an diesem Wochenende nach St. Anton wollte, hatte gewusst, dass das Hotel auf *-hof* endete. Aber so überrascht, wie er aussah, schien er nicht damit gerechnet zu haben, sie hier zu treffen. Oder? Und was wollte er überhaupt hier?

Die Coachingfrau bemerkte sein Verhalten, da sie offenbar nicht die richtige Reaktion auf eine Bemerkung erhielt, und stellte dann rasch fest, in welche Richtung Harry blickte. Lisbeth hatte den Eindruck, dass der Blick der Coachingfrau wie ein glitschiger Schleimstrahl über sie hinwegglitt, sie und ihren Begleiter bewertete, alles in Kronen, Sozialstatus und Erfolg umrechnete. Harry starrte sie noch immer an, und sie starrte so unverwandt zurück, dass er sich am Ende offenbar nicht mehr wohl in seiner Haut fühlte.

Jonas Bonde sah genauso interessiert hin. Als er sich wieder zu Lisbeth umdrehte, hatten seine Augen einen neuen Glanz gewonnen. Er war doch ein Wettbewerbsmensch. Genau das vereinte Menschen, die gemeinsam in der Juniornationalmannschaft für alpinen Abfahrtslauf trainiert hatten.

Er beugte sich über den Tisch vor. Flüsterte.

»Wusstest du, dass er herkommen würde?«

Lisbeth senkte ebenfalls die Stimme.

»Nein.«

»Und die Freundin, kennst du sie?«

»Nein.«

Jonas Bonde nickte. Hatte ein spitzbübisches Funkeln in den Augen.

»Okay. Alles klar.«

Harry handelte als Erster. Beugte sich zur Coachingfrau hinüber und flüsterte ihr etwas ins Ohr. Die Coachingfrau schürzte die Lippen und fasste Harry am Arm, als er auf den Tisch zugehen wollte.

»Nein, aber hallo! Was für eine Überraschung. War das hier, wo du … ich meine, nein, dass wir uns hier treffen!«

Er hätte sich fast versprochen. Mit großer Wahrscheinlichkeit hatte die Coachingfrau – Agnes, hieß sie nicht so? – keine Ahnung davon, dass Harry geplant hatte, Lisbeth an diesem Wochenende in St. Anton über den Weg zu laufen. Mit ebenso großer Wahrscheinlichkeit wusste sie nichts davon, dass er Lisbeth mit Rosen und Wein überrascht und in dem kleinen Haus am Meer in Frillesås bei Lisbeth übernachtet hatte, nein ganz bestimmt nicht.

So, wie sie selbst nicht wissen durfte, dass Agnes Agnes hieß. Falls das nicht in einer Zeitung stand, natürlich. Das war ja absolut möglich.

Jonas Bonde hatte sich mit einer gewissen Mühe erhoben. Verschwunden war die jammernde Elendsgestalt. Hier stand der minzduftende Abenteurer vom Morgen, einer, der alles einsetzte und bereit war, die Folgen zu tragen. Lieber eine gewagte Abfahrt um den Preis einer unkomplizierten Fußgelenkfraktur als einige feige Kurven auf einer Piste zusammen mit anderen mittelmäßigen Amateuren.

Sie waren jetzt *Partners in crime,* Lisbeth und Jonas Bonde. Ihre Abmachung war wortlos getroffen worden, wenn auch mit einem rasch gewechselten Blick, der sagte: *Hilf du mir, dann helf ich dir.*

»Das ist ja wirklich eine Überraschung. Was für ein Zufall.«

Lisbeth erhob sich und ging auf die beiden zu. Umarmte Harry ganz leicht und streckte Agnes die Hand hin. Die Coachingfrau lieferte einen schlaffen und kühlen Händedruck, während ihre Lippen vor Botox und Ärger gleichermaßen anschwollen.

»Das ist ja total unerwartet. Euch hier zu treffen. Lisbeth heiße ich.«

Sie hatte hinzufügen wollen, *und ich bin Harrys Verflos-*

sene, konnte sich aber noch zurückhalten. Natürlich wusste Agnes von ihr. Man konnte sich nur fragen, was. Keine Ahnung, wie Harry sie beschrieben hatte. Vielleicht hatte er sie total heruntergemacht, um der anderen eine Freude zu machen. Die Botox-Coachingfrau sah ja nicht aus wie eine, die das Scheinwerferlicht gern mit anderen teilte. Aber vielleicht hatte er sie auch attraktiver erscheinen lassen, als sie war, um sich selbst in besseres Licht zu rücken.

Jonas Bonde nutzte diese Gelegenheit, um sich vorzustellen. Zum ersten Mal war Lisbeth dankbar für seine minzfrische Entschlossenheit.

»Und ich bin Jonas Bonde. Ein Kollege von Lisbeth.«

»Harry.«

»Agnes.«

Jonas Bonde schaute Agnes tief in die Augen, was eine gewisse Wirkung zu haben schien. Die Coachingfrau brachte ein kleines Lächeln zustande. Danach wurde es still, während sämtliche Beteiligten ihren nächsten Zug überlegten. Weitere Höflichkeiten oder raschen Rückzug? Irgendwer, der sagte, das war ja nett, aber jetzt müssen wir, und so weiter?

Jonas Bonde ergriff abermals die erlösende Initiative. Vielleicht hatte er am wenigsten zu verlieren.

»Wollt ihr euch nicht einen Moment setzen? Und wir hätten gern noch zwei Drinks wie die in dem Glas da, bitte schön.«

Letzteres war an einen vorbeilaufenden Kellner gerichtet. Harry sah verlegen aus, und Agnes wurde wieder sauer, aber Jonas Bonde hatte schon einen Stuhl für sie zurückgerückt und ihr blieb nichts anderes übrig, als sich zu setzen. Harry nahm neben Lisbeth Platz, und die Situation war zur Tatsache geworden. Die Drinks wurden gebracht, und Jonas Bonde hob sein Glas.

»Ja, dann auf die Alpen! Auf unerwartete Begegnungen in den Alpen!«

Harry rutschte verlegen hin und her, und Lisbeths Krücke fiel zu Boden. Er hob sie auf und schien erst jetzt ihren Gipsfuß zu bemerken.

»Aber was ist dir denn passiert?«

Jonas Bonde beugte sich mit weit aufgerissenen Augen über den Tisch.

»Wahnsinn, was? Wir waren heute früh mit einer Clique unterwegs, mit einem eigenen Bergführer, weit hinter den Bergen, die man da sieht, man kommt nur mit einem Hubschrauber dorthin, es war unbeschreiblich wunderbar. Und wir liefen also los und Lisbeth vorweg, und alles wäre gutgegangen, wenn da nicht eine kleine Lawine gekommen wäre. Wir mussten fahren wie der Teufel und konnten uns vor dem Schlimmsten retten, aber Lisbeth und ich haben uns beide das Bein gebrochen. Es war aber nicht so schlimm, wir wurden ja ziemlich schnell geholt, und auch wenn es nicht witzig ist, unter einem Hubschrauber in der Luft zu baumeln, muss man ja die Rettungsdienste hier in Österreich bewundern, was die alles schaffen! Aber egal, es war es doch wert, oder?«

Seine Augen strahlten, als er Lisbeth die Hand auf den Arm legte. Sie ließ ihn gewähren und sagte mit demselben Enthusiasmus:

»Unbedingt. Das sind doch die Touren, an die man sich später erinnert. *Once in a life time,* sozusagen. Am frühen Morgen, bei Sonnenaufgang, nur wir und die Gipfel.«

Harrys Miene entgleiste.

»Wie unangenehm, so eine Lawine. Aber das klingt ja heftig. Ich wusste gar nicht, dass du …«

Er unterbrach sich. Sah ein, dass er zwei Möglichkeiten

hatte. Sie herunterzumachen oder auf den siegenden Zug aufzuspringen.

»Sie ist wie ein Speer auf der Piste. Aber das weißt du doch sicher?«

Jonas Bonde schaute Harry fragend an. Agnes lachte auf, ein affektiertes und gemeines kleines Lachen.

»Ach. Da sieht man's mal wieder. Du hast gesagt, die sei ein ziemlicher Angsthase, der niemals irgendein Risiko eingeht.«

Die. Als ob Lisbeth gar nicht im Raum wäre. Witzigerweise machte sie das nicht wütend. Sondern nur noch entschiedener.

»Ganz so habe ich mich ja wohl nicht ausgedrückt.«

Harry versuchte zu lachen, während sein Blick zwischen den beiden hin und her wanderte. Er sah ängstlich aus. Lisbeth lächelte Agnes an.

»Und da hatte er auch recht. Es hat Zeiten gegeben, in denen ich vorsichtiger war. Aber mit dem richtigen Menschen an der Seite kann man die schwindelerregendsten Höhen erklimmen.«

Schwindelerregende Höhen. Ganz schön hoch gegriffen. Aber es wirkte. Agnes sah noch unzufriedener aus.

»Aber wann seid ihr hergekommen, und wie lange bleibt ihr?«

Agnes legte Harry die Hand auf den Arm, so wie Jonas Bonde das bei Lisbeth gemacht hatte. Jetzt sah sie triumphierend aus.

»Wir sind gestern gekommen und bleiben bis Dienstag. Es ist ja schön, ein bisschen Winter mitzunehmen, ehe wir nach St. Barth weiterfahren, und wir sind auch auf Jagd nach *Locations* für unsere Hochzeit. Ja, das wusstest du vielleicht nicht? Dass wir heiraten wollen?«

Diese Frage war an Lisbeth gerichtet. Die sich vorbeugte und ein noch strahlenderes Lächeln zeigte.

»Nein, das wusste ich nicht. Aber wie schön für euch beide. Ich gratuliere.«

Aus unklaren Gründen krampfte sich allerdings ihr Magen zusammen. Sie würde später über diese Gründe nachdenken. Jetzt musste sie so gut Theater spielen wie Jonas Bonde und durfte nicht eine Sekunde zittern. Harry sah geschockt aus, und das war einwandfrei eine Hilfe. Wenn sie sein Gehirn spalten und einen Blick auf die Herrlichkeiten hätte werfen können, hätte sie das zweifellos getan. Glück strahlte er jedenfalls nicht aus.

»Ihr wollt heiraten? Aber das ist doch phantastisch! Meinen Glückwunsch für euch beide. Wir sollten vielleicht auch zuschlagen, Liebling? Im Sommer? In Schonen?«

Jonas Bondes Frechheit und seine Geistesgegenwart kannten keine Grenzen. Aber offenbar hatte er begriffen, dass Lisbeth um ihre Fassung rang. Und die Wirkung war unvergleichlich. Harry schien kurz vor der Explosion zu stehen, und Agnes' Interesse war geweckt.

»In Schonen? Wo denn?«

Jonas Bonde ließ sich zurücksinken und verschränkte die Hände im Nacken.

»Meine Familie hat dort seit mehreren Generationen ein Landhaus, derzeit wohnt dort mein Vater. Es ist eigentlich zu groß, zu viel Grundbesitz, der gepflegt werden muss, und dazu den ganzen Stall voller Rennpferde. Aber es geht schon irgendwie, und man trennt sich ja auch nicht so leicht von seiner Geschichte, man hat doch die Aufgabe, etwas an die nächste Generation weiterzureichen. Ich meine, wir wollen doch keine Jugend, die keine Ahnung von ihrer Geschichte hat …«

Agnes sah hingerissen aus.

»Genau das sage ich auch immer. Meine Eltern haben auch ein Gut in Schonen, in Österlen.«

»Das ist doch nicht dein Ernst?«

Während Jonas Bonde und Agnes ihre Diskussion über schonische Landgüter, Adelsfamilien und die schwedische Geschichte vertieften, versuchte Harry, Lisbeths Blick einzufangen. Er schien in Panik zu sein.

»Wohnt ihr übrigens hier? Im Hotel?«

»Natürlich. Wo soll man denn sonst logieren, wenn man in St. Anton ist? Das hier ist wirklich in jeder Hinsicht das beste Haus, und man möchte auf Reisen doch gern gut wohnen. Das gehört mit zum Vergnügen, finde ich.«

Jonas Bonde hob die Hände. Agnes schob die Lippen vor und nickte.

»Ganz meiner Meinung. Das versuche ich auch immer, Harry zu sagen, aber an diesem Detail müssen wir noch ein bisschen arbeiten. Wir diskutieren darüber, welches Hotel in St. Barth wir über Weihnachten und Neujahr nehmen wollen, und ich habe eben noch gesagt, dass es doch total unsinnig ist, in einem tristen Loch zu hausen, wenn man schon losfährt, ich meine, warum soll man hässlich wohnen, wenn man schön wohnen kann?«

Harry leerte sein Glas. Fuhr sich mit dem Finger unter dem Kragen entlang. Suchte abermals Lisbeths Blick. Agnes hatte derweil einen Konvoi von Pistenraupen entdeckt, die den Hang herabkamen.

»Aber meine Güte, wie schön, das muss ich knipsen. Kommst du mit?«

Sie drehte sich zu Harry um. Jonas Bonde reagierte blitzschnell.

»Wir sollten vielleicht auch Feierabend machen, Liebling. Sollen wir nicht auf unserem Balkon ein *night cap* trinken? Von dort ist die Aussicht noch schöner. Aber noch mal, herzlichen Glückwunsch, ihr beiden. Und amüsiert euch noch. Nett, euch kennenzulernen.«

Damit erhob er sich. Griff zu seinen Krücken, sah aber nicht mehr jämmerlich aus. Hier posierte ein *still standing man,* der auf der Jagd verwundet worden, aber mit der Beute zufrieden war. Lisbeth erhob sich ebenfalls und hob ihre Krücke. Registrierte, dass weder Harry noch Agnes mehr über die *offpist*-Tour oder die Verletzungen wissen wollten, die sie sich zugezogen hatten. Was ihr als Fortschritt erschien.

Sie humpelte an Jonas Bondes Seite und lächelte die beiden anderen an.

»Dann bis dann, Harry. Und ja, wirklich nett, dich kennenzulernen, Agnes. Habt schöne Tage hier und auf St. Barth. Ihr könnt übrigens unseren Tisch übernehmen, wenn ihr wollt. Es macht nichts, dass ihr nicht hier wohnt.«

Am Tresen fiel ihr ein, dass sie die Rechnung vergessen hatte, aber sie bat nun darum und konzentrierte sich darauf, zu unterschreiben, ohne nach links oder rechts zu schauen. Erst im Fahrstuhl kam sie zur Besinnung. Merkte, dass sie von den seltsamsten Gefühlen erfüllt war. Dankbarkeit Jonas Bonde gegenüber, und zugleich Entsetzen über die vielen Lügen, die er so einfach aus dem Ärmel geschüttelt hatte. Wut und Enttäuschung über Harrys Feigheit und Wut auf sich selbst, weil sie auf seine Jammerreden hereingefallen war.

Jonas Bonde beugte sich über sie und redete über alles und nichts. Als ob das, was er gesagt hatte, bereits Wahrheit geworden wäre. Sie hatten sich wirklich in einem Lawinenunglück das Bein gebrochen und würden jetzt auf dem

Balkon einen Absacker trinken. Sie hörte erst richtig zu, als er ihr versicherte, sie habe doch Glück, dass sie nicht mit diesem Kerl zusammen war, und die Freundin sei von der Sorte, die er ganz besonders verabscheute.

»Die fressen andere Menschen zum Frühstück und interessieren sich nur für sich und für ihr Aussehen, alles dreht sich um die Fassade, und das ist zum Gähnen interessant, man schaut einmal hin, und man schaut nochmal hin, und dann denkt man, sag doch ein einziges Mal etwas Gescheites …«

Sie blieben vor Lisbeths Tür stehen. Er hing auf zwei Krücken, sie stützte sich auf eine.

»Danke für diesen Abend, Jonas. Du bist ein bisschen verrückt, aber das war wirklich … also, danke. Surreal. Aber unvergesslich.«

Sie hatte sich klarer ausdrücken wollen. Hatte ihm danken wollen, weil er ihren Liebhaber gespielt hatte, weil er einen Unfall konstruiert hatte, der die Fantasie viel mehr anregte als die Wirklichkeit, weil er ihr Image aufpoliert hatte, auch wenn seins nebenbei auch ganz schön gefunkelt hatte.

Aber das wusste er ja schon. Sie wussten es beide. Jonas Bonde grinste zufrieden.

Dann zwinkerte er ihr zu.

»Sollen wir den Drink auf dem Balkon nicht doch nehmen? Wir können morgen doch ausschlafen. Wir müssen ja nicht in aller Herrgottsfrühe auf den Brettern stehen.«

Er sah aus wie ein munteres Hundebaby, das einen Leckerbissen erwartet, weil es so brav war. Sie zögerte einen Augenblick zu lange.

»Na gut. Aber nur einen. Ich bin wirklich hundemüde.«

Sie schloss auf. Ließ sie beide eintreten. Machte Licht

und ging vor. Trat hinaus auf den Balkon und schaltete die infrarote Lampe ein. Ging wieder ins Zimmer. Wollte schon die Minibar öffnen, als ihr einfiel, dass die keinen Alkohol enthielt. Sie würden wohl bestellen müssen. Jonas Bonde kam hinter ihr her, und als sie sich umdrehte, stand er sehr dicht vor ihr.

Die Krücken fielen krachend zu Boden, als er die Arme um sie legte. Dann spürte sie seine Lippen auf ihren, und danach küsse er sie auf die Stirn, auf die Wangen und wieder auf den Mund. Er balancierte auf einem Bein, streifte die Träger ihres Kleides hinunter, schob die Hand unter den Stoff und liebkoste ihre Brust.

Lisbeth wich vorsichtig zurück, bis sie das Bett berührte, und Jonas Bonde kam hinterher. Sie hatte schreckliche Angst, er könnte sich auf sie stürzen und umkippen, wenn sie zu schnell auswich. Was er tat, war nicht unangenehm, und sie spürte, wie ihr Körper widerwillig reagierte, während ein anderer Teil von ihr an der Decke schwebte, sie beide beobachtete und schallend über diesen unbeholfenen Versuch der Intimität lachte.

Am Ende konnte sie nicht mehr standhalten, sondern kippte rückwärts auf das Bett. Jonas Bonde fiel über sie. Er stützte sich auf die Arme und küsste sie immer weiter, und sein verletztes Bein ruhte schwer auf ihrem, so dass Gips an Gips rieb.

»Lisbeth, du bist wunderbar, du bist wirklich etwas ganz Besonderes, hast vor nichts Angst, und du bist so, so, du bist wirklich …«

Jetzt riss er an seiner Trainingshose. Kämpfte, um beide Beine zu befreien, streifte Lisbeths Kleid hoch, entblößte ihr Gipsbein. Großer Gott, mach, dass der Gips nicht abgeht, konnte sie noch denken, aber Jonas Bonde schien keinerlei

Interesse an der Gipsbeschaffenheit zu haben. Er rutschte nach unten, liebkoste die Innenseite ihrer Oberschenkel, küsste sie auch dort. Sein eingegipstes Bein hing über der Bettkante, schnitt in ihre Wade, und sie versuchte, sich ein wenig zur Seite zu drehen, ohne eine Ahnung zu haben, wie sie mit allem umgehen sollte. Nichts hinderte sie daran, sich hinzugeben und alle Hemmungen fahren zu lassen, aber es musste doch vollkommen wahnsinnig aussehen, nur, wen interessierte das schon, aber dennoch, Gips schlug wieder gegen Gips, und sie versuchte, ihr Bein an sich zu ziehen.

»Aaaaaah!«

Jonas Bonde lag zusammengekrümmt und mit gerade ausgestrecktem Bein auf dem Boden. Sie richtete sich auf und beugte sich über die Bettkante.

»Jonas, was ist passiert?«

Er gab keine Antwort. Lag nur da und jammerte. Lisbeth stand mit einer gewissen Mühe auf und konnte ihm mit noch mehr Mühe auf die Beine helfen. Jonas Bonde schwankte bedenklich, und sie humpelte zu seinen Krücken und konnte sie ihm überreichen. Spürte voller Panik, dass ihr eigener Gipsverband auseinanderglitt. Zog seine Hose hoch und knöpfte sein Hemd zu, während sie diskret versuchte, ihren Verband wieder zu befestigen. Fragte sich zugleich, wie Jonas es geschafft hatte, sich so weit auszuziehen, in seinem Zustand. Aber vielleicht hatte sie es mit einem Meister in mehreren Klassen zu tun.

»Du Jonas … wir sollten vielleicht auf eine andere Gelegenheit warten?«

Das war das Beste, was ihr gerade einfiel. Er starrte sie mit zusammengekniffenem Mund an und sah aus, als ob er schreckliche Schmerzen hätte. Vielleicht hatte die Wirkung von Alkohol und Tabletten nachgelassen.

»Ich bring dich auf dein Zimmer. Wir brauchen jetzt beide Schlaf.«

Er sagte noch immer nichts, ließ sich aber zu seinem nur wenige Türen weiter gelegenen Zimmer führen. Lisbeth sprach ein Stoßgebet, dass Margaretha nicht auf den Gang schauen und sich fragen sollte, was hier los war. Sie ging mit in Jonas' Zimmer und blieb ein wenig unschlüssig zwischen seinen auf dem Boden verstreuten Skikleidern und seiner halbgepackten Tasche stehen. Die elastische Binde um ihr Bein löste sich jetzt wirklich, alles war im Zerfall begriffen, und sie versuchte verzweifelt, den Verband mit dem anderen Bein festzuhalten.

»Brauchst du noch weitere Hilfe?«

»Nein, lass nur. Ich komm schon zurecht.«

Auf dem Kopfkissen saß ein abgenutzter Teddybär. Jonas Bonde schnitt eine Grimasse.

»Mein treuester Reisegefährte. Geh jetzt. Gute Nacht.«

»Gute Nacht.«

Er ließ sich aufs Bett sinken und kämpfte abermals mit seiner Hose. Verzog vor Schmerz das Gesicht, versuchte aber zu lächeln, als sie die Tür öffnete.

25

Montag, 18. Dezember

Das Restaurant war fast leer. Natürlich. Alle hatten als Erstes nach dem Aufwachen die Vorhänge zurückgezogen, gesehen, wohin der Hase lief und in aller Eile Brei und den Rest in sich hineingestopft, um aus diesem strahlenden Tag das meiste herauszuholen.

Sie selbst hatte in aller Ruhe eine Tasse Kaffee auf dem Balkon trinken und abwarten können, bis sich der ärgste Betrieb gelegt hatte, ehe sie nach unten gegangen war. Sie war mit einem gewissen Zittern und der Hoffnung, ihren Mitreisenden nicht über den Weg zu laufen, nach unten gehumpelt. Margaretha war an sich wohl kein Problem, aber es könnte schön sein, sich die Frage zu ersparen, wie der Abend verlaufen war, nachdem die Rektorin sie verlassen hatte. Jonas Bonde wollte sie lieber nicht schon zum Frühstück begegnen.

Sie streckte unter dem Tisch das Bein aus. Der Gips saß jetzt wieder, nachdem sie ihn über Nacht abgenommen hatte. Sie fühlte sich unbeholfen, das war aber auch alles. Gesund zu sein, keine Schmerzen zu haben. Das war ein Geschenk. Wenn man nur gesund war, sollte alles andere eigentlich gehen, wie es wollte. Was nichts daran änderte, dass sie noch immer wütend und traurig wurde, wenn sie an Harry und die unerwartete Begegnung des Vorabends dachte.

Was hatte er mit seinem Besuch bei ihr in Frillesås wohl bezweckt? War das einfach die Torschlusspanik vor der bevorstehenden Hochzeit? Wieso hatte er das verschwiegen, als er zu ihr gekommen war und sich solche Mühe gegeben hatte, den reuigen Sünder zu spielen. Ganz zu schweigen davon, dass er ihr Avancen gemacht hatte.

Vielleicht liebte er diese Agnes, wusste aber nicht, wie er mit ihr umgehen sollte. Vielleicht liebte er sie auch nicht, oder war gerade dabei, zu entdecken, dass er das nicht tat. Dass Äußeres schön sein kann, aber glatt, wenn man versucht, es zu packen. Welche Strafe, mit einer solchen Person zusammenleben zu müssen.

Aber warum war er mit ihr nach St. Anton gefahren, wo er doch wusste, dass Lisbeth auch dort sein würde? Warum war er mit seiner Freundin in ein Hotel gegangen, das etwas mit *-hof* hieß? Hatte er geahnt, welches Hotel es war, nachdem sie ihm als Reaktion auf sein Skifoto das Foto der Aussicht geschickt hatte? Hatte er die gemeine Absicht gehabt zu vergleichen? Sie beide nebeneinander zu sehen, ehe er sich entschied? Als ob er überhaupt eine Wahl hätte?

»Darf ich etwas aus der Küche bringen?«

Der Kellner war zuvorkommend, und sie bat abermals um Eier, ehe sie zum Buffet humpelte. Lud Croissants und Brötchen und jede Menge leckeren Belag auf einen Teller. Bat zuerst um Tee und dann um Kaffee und schaute hinaus auf die Hänge. Eine herrliche Aussicht.

Sie wollten gegen drei Uhr aufbrechen, und sie hatte Zeit. Wollte versuchen, sich den Ort anzusehen. Ihr ging auf, dass sie alle Gedanken an die Küche zu Hause verdrängt hatte, und sie fragte sich, ob Tobbe wohl in diesem Moment dort an der Arbeit war. Vielleicht sollte sie anrufen. Andererseits – nein. Noch ein brüchiges Rohr, und sie drohte ebenfalls zusammenzubrechen. Und mit einem langen Strumpf von innen abgedichtet werden zu müssen.

Sie zog ihr Handy hervor und schaltete es ein. Hatte ganz bewusst damit gewartet, hatte nicht die geringste Lust, sich der Wirklichkeit und den Menschen, die sie bevölkerten, zu stellen. Diese Morgenstunde auf dem Balkon, die Tannen voller Schnee und Majestät. So war Weihnachten, wenn alles so war, wie es sein sollte.

Drei entgangene Anrufe und zwei SMS von Harry. Einiges davon stammte noch vom Vorabend, vermutlich, als Agnes eingeschlafen und sie selbst jedenfalls weit weg gewesen war. *Ruf mich an,* hatte er geschrieben. *Bitte, ruf an, ich kann erklären, es ist nicht so, wie du denkst,* stand in der anderen. Eine SMS von Margaretha, in der die Rektorin schrieb, sie sei mit dem Lift gefahren und wolle ein wenig allein skilaufen. Noch eine Nachricht von Helena mit der Frage, ob sie sich bei Micke gemeldet habe, gefolgt von einem *hoffentlich geht's dir gut, schick ein bisschen Sonnenschein.*

Lisbeth legte das Telefon weg. Trank frisch gepressten Apfelsinensaft, biss in das noch warme Croissant und bat um noch mehr Kaffee. Bekam einen Weihnachtskaffee, der nach Zimt duftete, und dazu einen kleinen Pfefferkuchen. Sah ein, dass sie nicht zu lange im Restaurant bleiben durfte. Jonas Bonde konnte auftauchen, und vielleicht bestand auch die unwahrscheinliche Möglichkeit, dass Harry herkam, so verzweifelt, wie er gewirkt hatte. Allein, dass er sie um einen Anruf bat, ohne daran zu denken, dass Agnes doch ihr Gespräch mithören könnte.

»Könnte mich in einer halben Stunde ein Wagen zur Ortsmitte bringen?«

»Aber sicher doch.«

Der freundliche Kellner nickte, und sie verließ so schnell sie konnte das Restaurant, nachdem sie vorher noch einen

Blick auf eine Marienstatue in einer Wandnische geworfen hatte. Stellte sich vor, dass das gütige Lächeln sich an sie richtete, als Aufmunterung.

Eine halbe Stunde später saß sie im Auto des Mannes, der sie schon einmal gefahren hatte. Auch heute redete er wieder ungezwungen mit ihr. Dass sie ihm noch immer leidtat, dass sie nicht Ski laufen könnte, wenn sie gekonnt hätte, hätte er ihr erzählen können, wo die Einheimischen liefen, dass sie den Tag damit begannen, mit einem alten, ziemlich weit entfernten Schlepplift hochzufahren und die Aussicht zu genießen, die man niemals sattbekam.

»Kommen hier viele Gäste zu Weihnachten?«

»Massen.«

Der Fahrer nickte. Doch, ja, alles sei über Weihnachten und Neujahr ausgebucht. Gäste aus aller Welt, die in den Alpen feiern wollten, und da taten sie wirklich ihr Bestes, um Weihnachtsstimmung zu erzeugen. Essen, Musik, Tannen und Pakete und die Kirchen waren natürlich offen, und Messen fanden statt mit der allerschönsten Musik.

»Dann sollten Sie herkommen«, endete er seine Rede, ehe er sie mit der Ermahnung absetzte, ihn anzurufen, sowie sie müde würde.

Lisbeth hinkte durch die Hauptstraße und gab sich alle Mühe, die Krücke nicht auf eine vereiste Stelle oder in den Schnee zu stellen. Hatte mit dem Gedanken gespielt, hier unten den Gips abzunehmen, wagte aber nicht, dieses Risiko einzugehen. Bisher war ihr alles so gut gelungen, da wollte sie nicht auf der Ziellinie noch patzen. Sie schaute in die Läden. Boutiquen, Cafés, Vermietung von Skiern und Stiefeln. Sie dachte an Elenas Bäckerei, an Safranschnecken und Pfefferkuchen, sah, dass es hier Stollen und Lebkuchen und andere Leckereien gab.

Weihnachten, ja. Weihnachtsessen um elf. Sie hatte noch immer eine Menge Dinge, die sie sich überlegen musste.

Es duftete nach Glühwein, und gleich darauf sah sie einen kleinen Stand. Zögerte, kaufte dann aber einen Becher. Trank, während sie die Alpenluft einatmete, registrierte die hohen Schneewälle, die sich an den Straßenrändern auftürmten. Es kam ihr fast unwirklich vor, dass sie am Abend schon wieder in ihrem eigenen Haus am Meer sein würde.

Irgendwann ging sie dann in einen der größeren Skiläden, wo es nach nassem Schnee und Wollsocken roch. Wanderte ziellos zwischen den Regalen hin und her, bewunderte Pullover mit Weihnachtsmotiven und rote Schals mit Schneeballmuster. Kaufte endlich für Helenas drei Söhne Mützen, ein Lederportemonnaie für ihren Vater, ein Paar Handschuhe für ihre Mutter und eine Tasche für Helena. Dann war da ja noch Schwager Micke. Falls sie den zu Weihnachten überhaupt sehen würde. Am Ende kaufte sie ihm einen Skischal, und nach weiterem Überlegen fand sie einen Christbaumanhänger in Form einer Liftkabine für Handwerker Tobbe, der sich nicht auf Weihnachten freute, der aber Weihnachtsbäume liebte. Bezahlte alles und ging wieder hinaus. Betrat ein Café und bestellte Kaffee und ein Stück Apfelstrudel.

Als sie dort am Fenster saß, konnte sie in aller Ruhe die Menschen betrachten, die draußen vorübergingen, in Pelz gehüllt und mit dem Atem wie Rauch vor dem Mund. Sie ertappte sich bei der Überlegung, ob es wohl Bergmenschen gab, so wie es Seemenschen oder Waldmenschen gab. Vermutlich. Natürlich wurde man von der Natur geprägt, in der man aufgewachsen war.

Sie holte das Handy hervor. Entgangener Anruf von Helena. Ihre Schwester musste hysterisch sei. Die Vorstellung, dass Helena sie erreichen könnte, ohne dass sie selbst den Schwager erreicht hätte, war nicht angenehm. Und da sie ohnehin pleite war, käme es wohl auch nicht mehr darauf an. Und hatte nicht übrigens die EU festgesetzt, dass Gespräche innerhalb der Mitgliedsländer nicht zusätzlich kosten dürften?

Sie suchte Mickes Nummer. Er meldete sich beim dritten Klingeln. Perfekte Verbindung, als ob er am Nachbartisch säße.

»Hallo, das ist aber eine Überraschung. Ich hatte nicht gedacht, dass ich dich erreichen würde.«

»Warum denn nicht? Mit wem spreche ich überhaupt?«

Die Stimme des Schwagers klang ein bisschen gestresst.

»Ich bin's. Lisbeth.«

»Ach so. Hallo.«

Lisbeth fragte sich, wie oft sie Micke direkt angerufen hatte, ohne den Umweg über Helena, und sie kam zu dem Schluss, dass es nicht besonders oft gewesen war. Höchstens zwei-, dreimal in all den Jahren. Seit Helena den Festnetzanschluss im Haus abgeschafft hatte, war es noch seltener gewesen.

»Wie geht es dir?«

»Warum fragst du? Hat Helena gesagt, dass du mich anrufen sollst?«

Natürlich. Er war ja nicht blöd.

»Du, ich rufe aus Österreich an. Ich bin heute Abend wieder zu Hause, aber ich wollte mich doch mal melden, weil ...«

»Hat Helena gesagt, dass du mich anrufen sollst?«

Kein Ausweg möglich. Keine Lust, in diesem Punkt zu lügen.

»Ja, das hat sie. Sie war vor einigen Tagen bei mir zu Hause und hat erzählt, was passiert ist.«

Micke lachte auf. Ein bitteres Krächzen von Lachen.

»Helena sagt, du sollst mich anrufen, und dann rufst du an. Natürlich. Hat sie dir auch gesagt, was du sagen sollst?«

»Nein. Das hat sie nicht. Sie hat erzählt, das du bei deinen Eltern wohnst und mit dem Gedanken spielst, in Italien ein Restaurant zu eröffnen, und dass du nicht weißt, mit dem du in Zukunft zusammenleben willst ... also, was du willst.«

»Und dann schickt sie dich, damit du die Lage peilst und ihr dann Bericht erstattest?«

Er hatte natürlich nicht Unrecht. Trotzdem ärgerte sie sich. Wurde von ihm zusammengestaucht, weil sie versuchte, nicht von ihrer Schwester zusammengestaucht zu werden.

»Weißt du, Micke, von mir aus brauchen wir überhaupt nicht mehr darüber zu reden. Ich habe nicht darum gebeten, in die Sache hineingezogen zu werden. Helena war bei mir, und sie war total außer sich, und da war es ja nicht so leicht, Nein zu sagen. Aber ich habe nichts mit der Sache zu tun, und ich bin übers Wochenende auf Skitour, und ich bin nur froh, wenn ich nichts über eure Familienstreitigkeiten hören muss. Wir können jetzt sofort auflegen, und dann sage ich Helena, dass du nicht mit mir reden wolltest, und damit ist der Fall für mich erledigt. Dann kann ich mich hier in St. Anton angenehmeren Dingen widmen.«

»St. Anton? Da ist es doch so schön.«

»Das hat Helena auch gesagt.«

»Was machst du denn da?«

»Einen Kurs mit der Schule. Ich fahre heute Nachmittag nach Hause.«

»Mit der Schule? Ich muss schon sagen.«

Schweigen. Dann ergriff Micke wieder das Wort. Nicht mehr aggressiv, nur noch resigniert.

»Also, wenn du sagst, dass es nicht so leicht war, Nein zu sagen … weißt du, ich hab es so satt, dauernd überfahren zu werden. Im Büro und zu Hause und einfach überall. Nichts ist gut genug, immer wird geklagt, und wie man's macht, macht man's verkehrt. Rat mal, was mir vorige Woche passiert ist? Ich hatte einen Scheißtag und wollte noch irgendwo einen Kaffee trinken, ehe ich nach Hause fuhr, und als ich noch da sitze und nur versuche, durchzuatmen, kommt eine Frau und starrt mich an und fragt, *bist du ein weißer gekränkter Mann?* Ich habe nur Chefinnen und zu Hause hat Helena das Zepter in der Hand. Diese ganzen schwachen Frauen, von denen dauernd die Rede ist, wo stecken die eigentlich? Ich kann keine entdecken.«

Er holte Luft. Lisbeth hätte losprusten mögen. Ein weißer gekränkter Mann. Das würde sie sich merken.

Micke seufzte.

»Entschuldige, Lisbeth. Es ist nett, dass du anrufst. Das alles ist wirklich nicht deine Schuld, und wenn jemand weiß, dass dieser Anruf nicht deine Idee war, dann ich. Aber noch mal, ich hab das alles einfach so satt. Ich habe es satt, mit einem Menschen zusammenzuleben, der alles besser kann und weiß und für alles eine Lösung hat und niemals müde zu werden scheint und immer nur vorwärts blickt und stark zu sein scheint, ohne je zuzugeben, dass es ihr auch mal schlecht geht. Sie hat nie genug, das ist das Schlimmste. Drei Kinder reichen nicht, es müssen vier sein. Ich meine, ich liebe sie alle, aber ab und zu habe ich das Gefühl, keine Luft zu bekommen. Es reicht nicht, Ärztin zu sein, sie muss Oberärztin werden. Es reicht nicht, in einem großen Haus zu wohnen, es muss ein noch größeres her. Es reicht nicht, eine Woche Skilaufen zu fahren, es müssen zwei sein. Ich halte das nicht mehr aus. Ich halte das schon seit mehreren Jahren nicht mehr aus. Ab und zu wünscht man sich einen richtig großen Grund, um ordentlich wütend zu werden, aber den gibt es nicht. Es gibt immer nur den täglichen Kleinkram.«

»Was für Kleinkram?«

»Wie gesagt. Es ist nie genug. Wir müssen immer weiter kommen. Ein neues Projekt nach dem anderen. Wir können nie damit zufrieden sein, was wir haben.«

»Helena ist ungeheuer ehrgeizig, das war sie immer schon. Ich verstehe auch nicht, wie sie das schafft, und ich fühle mich auch manchmal überfahren. Aber so geht es mir auch mit anderen. Nicht nur mit ihr. Man darf nicht immer die Schuld bei anderen suchen. Das muss ich immerhin sagen.«

»Du bist ja auch nicht mit ihr verheiratet.«

»Nein, aber ich bin ihre Schwester. Und es ist trotz allem nicht ihre Schuld, dass es mir so geht. Und auch nicht, dass es dir so geht. Irgendwann müssen wir alle Verantwortung für uns selbst übernehmen.«

Wieder wurde es still. Lisbeth schaute aus dem Fenster. Menschen, die hin und her wanderten, etliche mit Skiern über der Schulter. Gemütliche Häuser. Eine Familie mit Kindern, wo ein kleiner Marsmensch sich mit Helm, Stöcken und Skiern abmühte, alles fallen ließ und mit Hilfe eines Erwachsenen wieder aufsammelte.

Lisbeth machte noch einen Versuch.

»Und die Lösung ist, nach Italien zu gehen? Willst du das denn? Und deine Kinder in Schweden zurückzulassen?«

In Italien ist es ja vielleicht immer noch toll, Macho zu sein, hätte sie fast hinzugefügt.

»Ich weiß nicht. Als meine Kollegin das gesagt hat, klang es einfach wunderbar. Losfahren, etwas anderes tun. Das wollte ich auch. Man hat eine Vorstellung von sich selbst, und an der will man festhalten, und ich habe wohl die Vorstellung, dass ich ganz einfach leben kann, ohne so viel Kram, überall auf der Welt. Aber natürlich habe ich noch nichts entschieden. Ich habe doch Kinder, genau wie du sagst, und natürlich liebe ich sie. Und es kommt jetzt ja auch noch eins.«

Man hat eine Vorstellung von sich selbst, und an der will man festhalten. Vielleicht. Oder vielleicht war auch das genaue Gegenteil der Fall. Man hat eine Vorstellung von sich selbst, und an der will man *nicht* festhalten. Eher den Wunsch, seine Wurzeln zu finden. Oder sie aus dem Boden zu ziehen. Sie anderswo zu pflanzen, in fruchtbarerer Erde.

Vielleicht waren das zwei Seiten derselben Medaille.

Lisbeth dachte, es klinge so, als mache Micke sich in erster Linie Sorgen um die Finanzen. Wie soll man vier Kinder ernähren, und vielleicht noch mehr, wenn Helena in diese Stimmung kommt und abermals schwanger wird? Lisbeth hatte keine Ahnung, was er bei seiner Versicherungsgesellschaft verdiente, aber davon, dass Helena ein gutes Gehalt bezog, konnte sie ja ausgehen. Dennoch.

Sie dachte an das vierte Kind. Das unterwegs war und vielleicht zum entscheidenden Faktor geworden war.

»Helena hat erzählt, dass sie diesmal eine Hausgeburt plant. Wolltest du das auch?«

»Was glaubst du denn? Meinst du, ich würde auf so eine Idee kommen? Ich habe furchtbare Angst vor Schmerzen, und den Anblick von Blut finde ich auch nicht toll, und jetzt soll die ganze Familie da sitzen, ich meine, die Kleinen, wie toll kann das denn sein, wenn sie sehen, wie ihre Mama da liegt und … großer Gott, was, wenn etwas passiert? Es soll wohl auch eine Hebamme dabei sein, aber trotzdem.«

»Aber warum hast du dann nicht widersprochen?«

Wieder lachte Micke auf. Bitter.

»Wann hast du Helena zuletzt widersprochen?«

»Das weiß ich nicht. Aber gut ist das auch nicht.«

Dann schwiegen sie wieder, bis Micke das Schweigen brach. Jetzt klang er traurig.

»Du, noch mal danke für den Anruf. Ich hab dich immer gern gemocht, das weißt du. Du bist aus einer schlechten Beziehung ausgestiegen, ehe es zu spät war. Du warst dir zu schade dafür, und das war stark. Ich hätte dir das schon früher sagen sollen.«

»Ich weiß nicht, ob ich mir zu schade war. Micke. Ich habe mich ganz schön tief in den Dreck drücken lassen, ehe es nicht mehr ging.«

»Eben. Du hast gewusst, wo die Grenze verlief.«

Hatte sie das getan? Das hier war nicht der richtige Augenblick und der richtige Ort, um darüber mit ihrem Schwager zu diskutieren. Wie sie sich Harry gegenüber verhalten hatte, oder, schrecklicher Gedanke, wie sie sich verhalten hatte, als sie sich in Jan verliebt hatte und reiten lernen wollte.

Aber sie freute sich doch über dieses Kompliment.

»Keine Ahnung, ob ich das gewusst habe. Da spielt einiges eine Rolle. Aber jedenfalls hoffe ich, dass ihr eine Lösung findet. Ich kann euch wohl nur den Rat geben, dass ihr miteinander reden müsst, und ich finde, du musst ehrlich sagen, wie es dir geht und wie du empfindest. Ihr braucht ja nicht sofort zu einer Entscheidung zu kommen. Abgesehen davon, dass es keine Hausgeburt geben wird.«

Micke lachte wieder. Klang diesmal ein bisschen fröhlicher.

»Werden sehen. Bist du gerade am Hang?«

»Nein, ich sitze in einem Café. Ich muss bald zurück ins Hotel und packen.«

»Okay. Dann pass auf dich auf. Bis dann.«

»Bis dann. Und pass du auf dich auf.«

Sie leerte die Tasse, griff nach ihrer Krücke und humpelte hinaus. Legte den Kopf in den Nacken und sah sich die märchenhaften Lichtergirlanden an, die über der Straße schwebten und die Weihnachtsfeiertage ankündigten. Weihnachten mit seiner Botschaft von Frieden und Versöhnung. Sie dachte, sie könnte Helena eine SMS schicken, dass sie mit Micke gesprochen habe und nicht viel klüger geworden sei, dann hätte sie es hinter sich.

Dann schaute sie auf die Uhr. Sie musste zurück. Packen. Auschecken.

Nach Hause fahren.

26

Mittwoch, 20. Dezember

»Ich möchte dich als Erstes um Entschuldigung bitten, Lisbeth. Ich muss einfach zugeben, dass ich mich geirrt habe. Das sieht mir nicht ähnlich und ist in einem solchen Ausmaß noch nie passiert. Aber das macht die Sache nicht besser.«

Sie saßen in der Sofaecke in Margarethas Büro und hatten Kaffee und Safrankuchen vor sich stehen. Margaretha hatte neuen Kaffee gekocht und aufgetischt. Schon am Dienstag waren sie im Schulkorridor zusammengestoßen, beide ziemlich erschöpft nach der Heimreise aus St. Anton. Margaretha hatte sie gleich gebeten, am Mittwoch nach dem Unterricht in ihr Büro zu kommen.

Nun saßen sie hier. Lisbeth streckte vorsichtig das Bein aus. Hatte wie üblich den Verband angelegt und schaffte das inzwischen problemlos in wenigen Minuten. Auch das Gehen war nicht mehr so schwierig, und sie war fast verdutzt gewesen angesichts der vielen Fragen, die in der Klasse über sie hereingeprasselt waren. Frau Lehrerin, Lisbeth, Frau Lehrerin, was hast du denn gemacht? Das Bein gebrochen, hatte sie geantwortet und war fast ebenso überrascht gewesen wie die Kinder. Ja, genau das.

Margaretha hatte sie gebeten, auf dem Sofa Platz zu nehmen, was normalerweise bedeutete, dass das Gespräch etwas länger dauern und etwas mehr zu ihren, Lisbeths, Gunsten ausfallen würde. Die Rektorin seufzte und faltete die Hände auf ihrem Knie. Sie sah enttäuscht und niedergeschlagen aus.

»Ich bin von Jonas Bonde verführt worden, also nicht im wortwörtlichen Sinne …«

Sie rang sich ein rasches Lächeln ab.

»… aber verführt ist trotzdem das richtige Wort. Und ein bisschen bezaubert. Er kann wirklich reden und besitzt eine unglaubliche Fähigkeit, für seine Sache zu argumentieren. Als er hier im Sessel saß und von seinen Visionen für die Schule erzählte, war ich fast wie bekehrt. Die Schule steht ja leider unter Beschuss. Unsere Politiker übertreffen sich gegenseitig mit der Behauptung, die Leistungen sänken und die Probleme wüchsen und niemand wollte hier arbeiten. Dann sitzt so ein fähiger Lehrer vor mir und sprüht vor Begeisterung, und das wirkt so inspirierend. Ich bin ja selbst ein positiver Mensch, aber ab und zu verliert man doch den Glauben daran, was man tut. Ich dachte, das hier könnte wirklich gut werden, nicht nur für mich, sondern für das gesamte Kollegium.«

»Ich verstehe, was du meinst. Das mit der Begeisterung.«

Kein Problem, der Rektorin da zuzustimmen. Ein Lehrer, der vor Engagement brannte, war Gold wert. Nicht nur für die Kinder, sondern für die ganze Schule.

Margaretha rückte ihre Brille gerade. Nahm sie ab, hauchte die Gläser an, wischte sie ab und setzte die Brille wieder auf. Konzentrierte sich auf ein kryptisches Schaubild an der Wand gegenüber.

»Aber ich war so geblendet, dass ich gar nicht gemerkt habe, dass er mich an der Nase herumgeführt hat. Ich habe seine Angaben nicht ausreichend überprüft. Er hatte ja Papiere bei sich, und alles sah überzeugend aus, und da habe ich in keiner der Schulen angerufen, wo er früher gearbeitet hat. Was unverzeihlich ist, nicht zuletzt im Hinblick darauf, dass ich mehrere der Schulleiter kenne und ein Anruf so leicht gewesen wäre. Das habe ich dann gestern nachgeholt, ja, eigentlich schon, als wir zurückgekommen waren. Sein Auftreten in St. Anton hat meinen Verdacht geweckt. Die Art, wie der Kurs aufgebaut war, das Hotel … etwas da stimmte nicht.«

»Er hat das also alles organisiert?«

»Organisiert hatte ich das, leider. Aber er hat uns für den Kurs angemeldet und das Hotel empfohlen und behauptet, er habe Beziehungen, die uns einen Rabatt verschaffen würden. Und vor Ort habe ich dann festgestellt, dass der Kurs nur für lokale Skilehrer war und das Hotel keineswegs Rabatt berechnete. Das Ganze ist ja so peinlich.«

Lisbeth hatte Mitleid mit ihr. Dachte daran, wie sich die Rektorin abends fein gemacht hatte, konnte sich vorstellen, welche Vorstellungen sie vielleicht gehabt hatte, was Jonas ihr in Aussicht gestellt hatte.

»Und jetzt habe ich allerlei in Erfahrung gebracht, unter anderem, dass Jonas nie besonders lange an einem Arbeitsplatz geblieben ist. Mit seinen Visionen von einer Skischule hat er sich offenbar auch früher schon versucht, und einmal ist er wohl auch ziemlich weit damit gekommen, ehe er seine Stelle und alles, was er in die Wege geleitet hatte, einfach hingeworfen hat. Ich habe auch nach Belegen für seine Profivergangenheit gefragt, aber da hat er gekniffen. Heute erst kam eine Mail, in der er sagt, dass er sie leider verloren hat, da er so oft umgezogen ist. Jetzt ist mir also klar, dass er sich als jemand ausgegeben hat, der er gar nicht ist. Ganz offenbar besitzt er die Qualifikationen und Meriten, auf die er sich berufen hat, überhaupt nicht.«

»Man kann Zeugnisse aber wirklich verlieren.«

Margaretha schüttelte den Kopf. Riss ihren Blick vom Schaubild los.

»Ich habe auch beim Schwedischen Skiverband angerufen, und die können ihn nirgendwo finden. Es ist natürlich lange her, das haben sie auch gesagt. Und klar, ich muss gerechterweise zugeben, dass ich keine Beweise dafür habe, dass er mich belogen hat. Aber ich bin sicher, dass er das getan hat.«

Sie trank einen Schluck Kaffee. Stellte die Tasse mit einem leisen Knall auf den Tisch.

»Weißt du, Lisbeth, das Schlimmste ist, dass ich so furchtbar enttäuscht von mir selbst bin. Ich kann Leuten eigentlich immer gut ansehen, ob sie lügen. Irre mich sonst nie. Wenn die Schüler herkommen und ich herausfinden soll, ob sie die Fensterscheibe eingeworfen haben oder nicht, oder ob sie geschummelt haben oder nicht, dann weiß ich sofort, was Sache ist. Man sieht es an den Augen. Ich würde zum Beispiel nie auf die Idee kommen, bei dir irgendetwas zu überprüfen. Wenn du sagst, dass du in der Juniornationalmannschaft warst, dann weiß ich, dass das stimmt. Aber auf Jonas Bonde bin ich hereingefallen. Frierst du?«

»Nein, nein. Ich, also danke, aber ich finde, du solltest dich nicht zu hart verurteilen. Man lernt aus seinen Fehlern, sprach der Igel und stieg von der Schuhbürste. Das hat jedenfalls meine Oma immer gesagt.«

Margaretha lachte.

»Das werde ich mir merken. Aber jedenfalls wird Jonas im Frühling wohl nicht bei uns anfangen. Er hat mir geschrieben, es sei zwar traurig, aber die geplante Reise im Februar müssten wir wohl verschieben. Das hat er schon am Montagabend mitgeteilt, als wir uns gerade erst getrennt hatten. Ich habe nicht sofort geantwortet, sondern mich erst gemeldet, um nach den Zeugnissen zu fragen, und da er keine vorlegen kann und da die Schulleiter gesagt haben, was sie sagen konnten, würde ich ihm am liebsten sofort kündigen, noch ehe er angefangen hat.«

»Was? Geht das?«

Margaretha sah entschlossen aus.

»Das muss ich noch feststellen. Aber wenn er keine Zeugnisse vorlegen kann, kann ich vermutlich geltend machen, dass er falsche Tatsachen vorgespiegelt hat. Ehrlich gesagt, ich weiß es nicht. Aber ich habe das Gefühl, dass er nicht bereit sein würde, deshalb einen Prozess zu riskieren. Er will vielleicht nicht, dass man ihm so genau auf die Finger schaut. Jedenfalls hätte er ja doch nicht gleich zum Frühjahrshalbjahr anfangen können, da er sich das Bein gebrochen hat und offenbar viel größere Probleme damit hat als du. Was natürlich auch etwas über seine Ausdauer und Disziplin sagt.«

Es wurde an die Tür geklopft, und ein Kollege kam herein, wechselte ein paar Worte mit der Rektorin und hinterließ einen Stapel Papiere auf dem Tisch. Eine willkommene Atempause. Der Raum kam Lisbeth ein wenig stickig vor. Margaretha wartete, bis der Kollege mit einem *so ein Pech, Lisbeth* verschwunden war und die Tür hinter sich geschlossen hatte, ehe sie weitersprach.

»Summa summarum möchte ich, dass du weitermachst wie bisher und deine Sportstunden behältst. Die betroffenen Lehrer sind damit einverstanden. Ich habe mit allen geredet. Ich werde auch sehen, ob ich etwas mit deinem Gehalt machen kann. Ich bin sehr froh darüber, dich hier an der Schule zu haben. Du bist ein Gewinn für das Kollegium, und das will ich deutlicher zum Ausdruck bringen als bisher.«

Lisbeth merkte, dass sie rot wurde.

»Danke. Schön, dass du das sagst. Ich werde wohl nach den Weihnachtsferien noch eine Woche Urlaub brauchen, um wieder auf die Beine zu kommen.«

»Natürlich. Und Skigymnasium werden wir auch nicht, das sehe ich im Moment jedenfalls nicht. Es gibt ja andere Sportarten. Wassernahe.«

Durch das Fenster waren fröhliche Stimmen zu hören. Kinder, die noch auf dem Schulhof herumtrödelten. Es waren die letzten zitternden Tage vor den Weihnachtsferien, und das meiste vom Pensum war bereits geschafft. Die Schule war ein Organismus, in dem alle einen Teil des Blutkreislaufs bildeten. Ein Organismus, in dem sie bleiben, ihre Stunden zurückbekommen und besser bezahlt werden würde. Und eine zusätzliche Woche Urlaub obendrein.

Sie fragte sich, ob sie sich wohl noch einmal bedanken, aufstehen und gehen sollte, aber sie sah, dass Margaretha offenbar noch mehr auf dem Herzen hatte. Sie sah jetzt verletzlich aus. Traurig.

»Dann ist da noch etwas. Du weißt vielleicht noch, dass ich am ersten Abend beim Essen so überstürzt aufbrechen musste. Ich hatte einen Anruf vom Pflegedienst. Es ist nämlich so, dass mein Mann seit einigen Jahren ziemlich krank und die meiste Zeit bettlägerig ist. Er kann auch aggressiv werden. Ich bin so oft bei ihm, wie ich kann, es fällt mir schwer, ihn alleinzulassen, und das machte wohl die Möglichkeit einer kleinen Unterbrechung mit einem neuen Kollegen so verlockend und hat dazu beigetragen, dass ich mich gedankenlos verhalten habe. Dieser Anruf hat mich dann jedenfalls zurück in die Wirklichkeit geholt. Mein Mann hatte wieder einen Anfall. Es ist alles in Ordnung, es ist also nicht so schlimm. Aber jetzt weißt du Bescheid.«

Es musste ihr ungeheuer schwergefallen sein, das zu sagen. Lisbeth schämte sich. Weil sie sich darüber geärgert hatte, dass die Rektorin sie nie zu sich nach Hause eingeladen hatte.

»Ich verstehe. Oder, eigentlich nicht… ich kann ja nur ahnen, wie es bei dir aussieht. Aber ich finde es wirklich bewundernswert von dir, dass du dich so um deinen Mann kümmerst, und ich kann gut verstehen, dass du mal rausmusstest.«

Dass Margaretha vielleicht auf noch mehr gehofft hatte, brauchte nicht gesagt zu werden. Auch das war verständlich.

Die Rektorin atmete auf.

»Was diese Reise angeht, so werde ich alle Kosten für die Verpflegung und einen Teil der Hotelrechnung übernehmen. Gott sei Dank haben wir da keine Probleme, mein Mann und ich.«

Klug und redlich von Margaretha, alle möglichen Vorwürfe aus dem Weg zu räumen.

»Und jetzt, da du weißt, wie es bei mir aussieht, würde ich dich gern irgendwann im Januar zum Essen einladen. Ich hätte das schon längst machen sollen, aber ich bin immer ein bisschen nervös, wenn ich Besuch habe. Du musst es nehmen, wie es kommt.«

»Danke. Aber du brauchst dich wirklich nicht verpflichtet zu fühlen.«

»Tue ich nicht. Ich möchte das aber.«

»Dann komme ich gern.«

»Und ich hoffe, dass einiges von dem, was ich gesagt habe, unter uns bleiben kann. Wenn du nicht findest, dass das zu viel verlangt ist.«

»Natürlich nicht.«

Margaretha ließ sich auf dem Sofa zurücksinken. Lisbeth

rutschte auf dem Polster hin und her. Jonas Bonde würde wohl nicht an der Schule anfangen, sie würde ihre Stunden zurückerhalten, Margarethas Geständnisse. Wirklich einiges zu verdauen.

Margaretha fuhr sich mit der Hand über die Locken. Die saßen jedenfalls an Ort und Stelle. Lisbeth dachte an die Rückfahrt nach Schweden. Wie sie zum Packen ins Hotel gefahren war, wie sie sich getroffen hatten, wie Margaretha gefahren war, während Jonas sich nach hinten gesetzt und nicht viel gesagt hatte. Stattdessen hatte er fast die ganze Zeit an seinem Telefon herumgespielt.

Im Flugzeug war auch nicht viel gesagt worden. Jonas Bonde war fast sofort eingeschlafen und vorher die ganze Zeit Lisbeths Blick ausgewichen, als ob er sich schämte oder vorgeben wollte, dass das, was passiert war, nie passiert war. Dass er den Hang hinab und aus dem Bett gefallen war, ohne überhaupt an irgendeiner Front etwas vollbracht zu haben.

Erst nach der Landung in Göteborg hatte er einen jämmerlichen Versuch unternommen, seinen Charme wieder aufzudrehen. Hatte sie beide umarmt, hatte gelächelt und gesagt, er werde in Göteborg bleiben, hoffe aber, dass sie sich bald wiedersehen würden und diese Reise wiederholen könnten, natürlich unter *günstigeren Voraussetzungen*. Weder Margaretha noch Lisbeth hatten darauf eine Antwort gegeben.

Sie hatten sich in Margarethas Auto gesetzt und waren nach Hause gefahren, und schon jetzt hatte die Rektorin nachdenklich gewirkt, sicher hatte sie über alles nachgedacht, was sie Lisbeth jetzt erzählt hatte, und Lisbeth war für das Schweigen dankbar gewesen. Sie war erschöpft. Müde bis in die Knochen.

Margaretha hatte sie vor ihrem Haus abgesetzt, und sie war durch den Garten gehumpelt, hatte die Möwe in einer Ecke entdeckt und sich unsinnigerweise glücklich darüber gefühlt, dass sie zu Hause war, auch wenn sie nur zitternd den Schlüssel ins Schloss gesteckt hatte. Dann war sie sofort in die Küche gegangen, um sich anzusehen, wie die aussah.

Fast alles war an Ort und Stelle. Nicht ganz. Aber fast. Und es duftete wieder frisch. Holz und Meer. In einer Ecke lag einiges an Werkzeug, was darauf hinwies, dass Tobbe zurückkommen würde. Lisbeth war auch deshalb erleichtert gewesen. Sie war dann fast sofort schlafen gegangen. Und hatte sich am nächsten Morgen wieder dem Alltag gestellt.

Jetzt saß sie hier.

Margaretha sah nachdenklich aus, und nur das Rauschen der Heizung war zu hören. Draußen war es dunkel, aber auf dem Boden lag noch ziemlich viel Schnee.

»Was war es für ein Gefühl, nach Hause zu kommen, Lisbeth?«

»Gut. Ich meine, ich fühle mich wohl in meinem Haus. Ich brauchte einige Reparaturen in der Küche, aber die scheinen bis Weihnachten fertig zu werden, und das ist doch ein Glück.«

Margaretha nickte.

»Schön. Es ist wichtig, dass man gern nach Hause kommt. Ich habe daran gedacht, als ich dich abgesetzt hatte, daran, was es bei mir für ein Gefühl sein würde. Ich weiß ja nie, in welcher Stimmung mein Mann sein wird. Ob es ein guter oder ein schlechter Tag wird. Aber jedenfalls, als ich am Montag nach Hause kam, war er aufgestanden und wartete. Er trug einen Schlafanzug und hätte eigentlich schlafen müssen, aber das tat er nicht. Und er hat sich so gefreut, als ich kam. Hat mich gestreichelt, gesagt, er sei einsam gewesen, es sei so schön, dass ich wieder da war. Und als ich dann durch das Haus ging, habe ich gesehen, dass für Weihnachten geschmückt war. Offenbar hatte er den Pflegedienst die Weihnachtssachen hervorholen lassen, und alles stand da, wo es immer steht. Die Schale mit den Nüssen beim Kamin und der Rehbock an der Haustür und die Kerzenhalter im Fenster. Er war so stolz, als ich ihn gelobt habe.«

Margaretha blinzelte und wandte sich ab. Lisbeth hatte einen Kloß im Hals, als die Rektorin mit unsicherer Stimme weitersprach.

»Es gibt Leute, die meinen, ich sollte ihn verlassen oder ihn wenigstens in einem Pflegeheim unterbringen. Meine Kinder würden mir keine Vorwürfe machen. Aber wir Menschen sind doch nicht nur aus Fleisch und Blut, wir sind auch aus unseren Erinnerungen, ich weiß nicht, ob wir ohne die so viel wert wären. Ich jedenfalls nicht. Mein Mann und ich hatten viele glückliche Jahre zusammen, und er war immer für mich da. Dass ich jetzt das Glück habe, gesund zu sein, und er das Unglück, krank zu sein, dafür kann er doch nichts.«

Mit diesen Worten erhob sich Margaretha, und Lisbeth folgte ihrem Beispiel. Sie blieben in der Tür stehen, und Lisbeth begriff, dass die Rektorin an ihren Schreibtisch zurückkehren und vielleicht noch ein Telefongespräch hinter sich bringen wollte.

»Fröhliche Weihnachten, Lisbeth. Wir sehen uns ja vor den Ferien noch, aber ich wollte es schon jetzt sagen.«

Nun tat sie es. Umarmte Margaretha spontan. Merkte, wie die Rektorin sich für einen Moment widersetzte, ehe sie die Umarmung vorsichtig erwiderte.

»Danke, Margaretha. Und ebenfalls. Fröhliche Weihnachten.«

27

Mittwoch, 20. Dezember

Sie machte dem Gips zum Trotz den Umweg über Torstenvik. Humpelte an den Strandhäuschen vorbei und blieb an der Spitze der Odde stehen.

Dort lagen die Inseln wie vage Schatten in der Dunkelheit. Was immer auf dieser unbegreiflichen Welt mit den ebenso unbegreiflichen Menschen, die sie bevölkerten, passierte, dort lagen die Inseln. Sie würde so bald nicht hinkommen, ab und zu fuhr sie mit Sara und Berra in dem kleinen Boot mit dem Außenbordmotor. Aber sie sehnte sich so sehr danach, ihre Füße auf die Steine von Nordsten zu setzen.

Sie atmete einige Male tief durch. Spürte den Seewind im Gesicht. Sah sie vor sich, wie sie einander an den Händen hielten und um den Weihnachtsbaum tanzten. Jonas Bonde, dessen Schulkarriere aufhören würde, ehe sie angefangen hätte, der sein Bein und sein Selbstvertrauen zusammenflicken und die Scherben in seinen Rucksack packen würde, zusammen mit seinem Kuscheltеddy, um dann zum nächsten Ziel weiterzumarschieren und vielleicht ein bisschen Frieden in der Mitternachtsmette in einer abgelegenen Kirche zu finden.

Sara, die sie noch nicht gesehen hatte, aber die herüberkommen würde, um die Skikleidung abzuholen und sie auf den neuesten Stand zu bringen. Helena, die eine SMS darüber bekommen hatte, dass Lisbeth Micke erreicht hatte, dass es aber nicht viel mehr zu berichten gab, als dass die beiden miteinander reden müssten. Worauf Helena so viele wütende Mitteilungen auf Lisbeths Anrufbeantworter hinterlassen hatte, dass der vermutlich aufgegeben hatte. Harry, der noch eine lange SMS geschickt hatte und darin erklärte, dass er, als sie St. Anton erwähnt hatte, Sehnsucht verspürt und ebenfalls eine Reise gebucht hatte und so diese Situation gewissermaßen herbeiprovoziert, denn sie seien doch alle letztlich vom Unterbewusstsein gesteuert, sagte sie das nicht immer? Tobbe mit seinem freundlichen Lächeln und seiner Ghostbuster-Ausrüstung, den sie seit ihrer Rückkehr aus Österreich nicht erreicht hatte.

Mit einer gewissen Mühe ließ sie sich in einer Felsspalte nieder und blieb dort sitzen, bis es zu kalt wurde. Machte kehrt und ging zurück. Die Straßen waren verlassen, aber in den meisten Gärten, an denen sie vorbeikam, sah es behaglich aus. Vor einigen Wochen hatte sie beschlossen, etwas mit ihrem eigenen Grundstück zu machen, und immerhin hatte sie einige wenige Dekorationen mit einer zerzausten Lucia als Krönung aufgestellt.

Jetzt hatte das eigentlich keinen Sinn. Der Heilige Abend war doch schon in wenigen Tagen. Aber es war so schön, was Margaretha über ihren Mann und den Weihnachtsschmuck erzählt hatte. Wie ihr Mann sich an die gemeinsame Geschichte und an viele zusammen verbrachte Jahre klammerte.

Sie bog von der Straße ab, näherte sich dem Haus. Sah etwas. Schaute über die Hecke.

Um die Hecke wand sich eine Girlande, die die Blätter glitzern ließ. Zwischen den Beeten gab es leuchtende Zweige, die ein behagliches Licht über die winterharten Gewächse und den verschneiten Rasen warfen. Mitten auf dem

Grundstück stand ein Rentier, ein elegantes Teil in Weiß und Gold, das dem Garten eine Aura von, warum nicht, Weihnachtsdekoration in New York gab? Jedenfalls dieses *Feeling.*

Lisbeth lief so schnell das Gipsbein es erlaubte über den Gartenweg. Im Haus sah alles aus wie immer, mit Ausnahme der Küche. Da waren sämtliche Spuren der Reparaturen verschwunden, und alles glänzte vor Sauberkeit. Mitten auf dem Tisch stand ein Weihnachtsgesteck, ein Topf voller Hyazinthen, Amaryllis, Moos, Apfelsinenschalen und Zimtstangen. Keine Karte. Aber der Duft füllte die ganze Küche. Keine Spur von Abflussgeruch.

Im oberen Stock war nichts passiert. Lisbeth ließ sich auf das Bett sinken, zog die Hose aus und nahm den Gips ab. Was für eine Erleichterung. Es war unleugbar anstrengend, damit herumzulaufen. Schön, dass nur noch einige Tage blieben, dann würden die Weihnachtsferien ihr eine Erholungspause geben. Wenn sie in die Schule zurückkehrte, würden alle Verbände verschwunden sein. Sie würde dann nur noch Dr. Girard Bericht erstatten und ihm danken müssen.

Sie kehrte in die Küche zurück. Kochte Tee, deckte auf. Bewunderte noch einmal das Weihnachtsgesteck. Sog den Duft von Hyazinthen und Zimt ein. Weihnachten. So fühlte sich das an. Und die ganze Beleuchtung im Garten … dahinter konnte eigentlich nur einer stecken.

»Schöne Weihnachten im Voraus!«

Lisbeth fuhr vor Schreck zusammen.

»Ui, du hast mich aber erschreckt.«

»Entschuldige, das wollte ich nicht.«

Tobbe stand in der Türöffnung, hatte sich hinter ihr ins Haus geschlichen, die Schuhe abgestreift, was logisch war.

Er hatte ja auch alles sauber gemacht, nachdem er mit seiner Reparatur fertig war.

Er wirkte ein wenig verlegen.

»Entschuldige, dass ich mich nicht gemeldet habe, seit du zurückgekommen bist. Ich hatte einiges zu tun, und vor allem wollte ich dich damit überraschen, dass alles fertig ist. Ich hatte gehofft, das bis Montag schaffen zu können, aber das hat nicht geklappt.«

Lisbeth fand, dass er aussah wie ein zufriedener Weihnachtsmann, der alle Geschenke aus seinem Sack verteilt hat.

»Das macht doch nichts. Und du hast alles so schön gemacht. Ich weiß nicht, was ich sagen soll.«

»Wenn du dich freust, dann reicht das für mich. Heute hatte ich einige Stunden frei, und da konnte ich den Rest erledigen, und ich dachte, es könnte doch nett sein, mich ein bisschen um deinen Garten zu kümmern.«

»Ich werde natürlich …«

Sie hatte »bezahlen« sagen wollen.

»Hör auf. Das hier war meine freche Idee, und ich habe es ebenso für mein Vergnügen getan wie für deins.«

»Noch mal danke. Und jetzt ist also alles fertig?«

»Japp, das sollte es sein.«

Er kam in die Küche, zeigte und erklärte genau, was er getan hatte.

» … und dann habe ich alles dokumentiert, was du für die Versicherung brauchst.«

»Auch dafür vielen Dank.«

Alle Formalitäten waren erledigt. Die Frage war, was nun passieren sollte. Alles Werkzeug war aufgeräumt, es musste also ein purer Höflichkeitsbesuch sein.

»Aber was ist mit deinem Bein passiert? Wieso konntest du den Gips schon abnehmen?«

Sie warf einen kurzen Blick nach unten, als ob sie nicht begriffen hätte, was er meinte, und ebenso überrascht sei wie er, hätte aber gleichzeitig laut schreien können. Wie idiotisch, wo sie es so lange geschafft hatte. Ihr fiel keine irgendwie mögliche Erklärung ein, nicht die kleinste Lüge, und mit jeder Sekunde verschlechterten sich die Möglichkeiten zu einem würdevollen Rückzug.

»Du … also … möchtest du eine Tasse Tee? Dann kann ich erklären.«

Eine Viertelstunde später saßen sie am Küchentisch. Und auf den Tisch kamen Margarethas Idee von einer Skischule, Jonas Bondes erster Auftritt, ihre eigenen panischen Lügen und Dr. Girards Hilfsbereitschaft. Auf den Tisch kamen auch Jonas Bondes Beinbruch, Harrys Auftauchen in Österreich, der Exfreund, von dem sie erzählt hatte, für den sie nie gut genug gewesen war. Harrys schreckliche Freundin, eine eventuelle Hochzeit und Margarethas Entscheidung, was das ganze Projekt anging. Das Einzige, was sie ausließ, war Jonas Bondes Verführungsversuch. Es gab keinen Grund, Jonas noch lächerlicher zu machen, als er das selbst schon geschafft hatte.

Als sie fertig war, schüttelte Tobbe den Kopf. Dann brach er in schallendes Gelächter aus. Er hat ein wunderbares Lachen, konnte sie noch denken. Es verwandelt sein ganzes Gesicht. Er sollte häufiger lachen.

»Man muss sich viel anhören, ehe einem die Ohren abfallen. Ich bin beeindruckt, das muss ich sagen. Du hast gut gespielt, als ich zuletzt hier war. Es ist fast ein bisschen beängstigend. Aber wie siehst du die Sache mit deinem Ex jetzt?«

»Eigentlich bin ich nur noch sauer. Oder nein, er tut mir leid. Vor allem tut er mir wohl leid.«

»Was für ein Glück, das du da rausgekommen bist. Leute, die lügen und einen wie Dreck behandeln, machen das oft wieder. Lebenserfahrung. Ich sollte das vielleicht nicht sagen, aber ich tue es trotzdem.«

»Macht nichts. Du hast doch recht.«

»Und deine arme Rektorin.«

»Ja. Ich schäme mich, wenn ich daran denke, wie ich sie betrogen habe, aber andererseits hat alles dazu geführt, dass wir uns viel besser verstehen, und da kommt aus allem doch hoffentlich etwas Gutes heraus. Der Einzige, der alles ruinieren kann, bist du, und da hoffe ich wirklich, dass du mich nicht verrätst.«

»Das verspreche ich. Wenn ich dich wiedersehen darf.«

Vielleicht war ihm das zu schnell herausgerutscht, vielleicht hatte er warten wollen. Aber er sah nicht verlegen aus, nur freundlich und ein wenig entschlossen. Lisbeth sah ein, dass sie nicht einmal höflich zu sein brauchte. Es war die ganze Zeit schon angenehm gewesen, Tobbe im Haus zu haben, und das hatte nicht nur mit schadhaften Rohren zu tun.

Bei ihm fühlte sie sich sicher. Fühlte sich ein bisschen besser, als sie war.

Sie schaute ihm in die Augen.

»Gern.«

Eigentlich hatte sie sagen wollen, sie könne nichts versprechen, hatte aber ausnahmsweise Verstand genug, sich das rechtzeitig zu verkneifen. Er war frisch geschieden. Er war zutiefst verletzt nach einem grauenhaften Verrat. Er konnte vielleicht auch nichts versprechen. Aber er wollte sie gern wiedersehen. Das reichte für den Moment.

Vielleicht könnte sie einen Schluck Glühwein anbieten. Doch er war mit dem Auto da, und Glühwein könnte die

Geschehnisse beschleunigen. Also schenkte sie Tee nach und fragte ein bisschen zu schnell wieder nach Weihnachten. Wo er doch nicht mit seinen Kindern feiern würde, jedenfalls nicht den Heiligen Abend.

Tobbe spielte ein wenig an der Klorollen-Lucia herum.

»Die Kinder kommen vielleicht am Ersten Weihnachtstag, aber für Heiligabend werde ich wohl gutes Essen und ein paar Filme bunkern. Vielleicht drehe ich eine Runde auf dem Meer. Ich habe ein kleines Boot, das reicht dafür. Meine Eltern haben ein Haus in Spanien und feiern dort, und ich bin eingeladen, aber in diesem Jahr habe ich keine Lust. Mein Bruder fährt mit der ganzen Familie hin, und ich würde mich nur überflüssig fühlen. Außerdem will ich wenigstens ein bisschen mit meinen Kindern zusammen sein, und wie das jetzt aussieht, kann ich sie jedenfalls nicht mit nach Spanien nehmen. Man kann nicht mehr viel selbst entscheiden.«

Wir sind beide einsam, dachte sie. Wir halten unser gebrochenes Herz in der Hand und wissen nicht, was wir mit Weihnachten anfangen sollen, diesem großen Fest, das Frieden und Hoffnung und Liebe für alle Menschen auf Erden bringen soll. Aber wir beide haben unsere richtige Rolle im Krippenspiel noch nicht gefunden. Wir sind die, denen ein Hirtenkittel übergeworfen wird, und dann sollen wir dicht bei den Kulissen stehen und eine leere Stelle füllen, oder, schlimmer noch, vielleicht sind wir nur ein Kaktus oder ein Esel.

»Wir könnten vielleicht etwas zusammen machen? Jedenfalls an einem der Tage? Ich weiß noch nicht, wie das bei mir wird, ich feiere sonst bei meiner Familie in Göteborg, aber es ist ein bisschen wie bei dir. Meine Eltern und meine Schwester mit allen Kindern, und du hast ja gesehen, dass es da auch nicht so harmonisch zugeht, wegen meiner

Schwester, deshalb ist alles gerade in der Schwebe, und ich bin keine gute Köchin, aber vielleicht könnten wir zusammen etwas zustande bringen?«

Damit war es gesagt, einfach so.

»Gern. Ich wollte auch fragen, aber du warst mutiger. Weihnachten ist ja etwas Besonderes, und da bittet man nicht gerade um ein Date.«

»Eben deshalb.«

»Genau. Eben deshalb.«

Sie lächelten einander an. Einige Sekunden länger als üblich, dann schaute Lisbeth aus dem Fenster. Es war nicht mehr undurchdringlich schwarz, sondern eine von Lichtpunkten und dem Leuchten eines Rentiers durchwirkte Dunkelheit. Tobbe schaute ebenfalls hinaus.

»Weißt du, als ich da draußen an der Arbeit war, habe ich an eine Geschichte gedacht, die ich als Kind gehört hatte. Mein Vater hat von einer Kontaktanzeige erzählt, ein Bauer suchte eine passende Frau, die einen bestimmten Traktor hatte. Antwort mit Foto … des Traktors. Und mein Vater sagte, man soll sich immer fragen, was andere, die mit einem zusammen sein wollen, wirklich erwarten. Ich war sicher erst zehn oder elf, und da habe ich nicht so ganz begriffen, was er meinte, aber ich habe oft darüber nachgedacht. Und dann dachte ich daran, wie ich hier bei dir gesessen und erzählt habe, dass ich von einem kleinen Haus am Meer träume, das ich so gern aufmöbeln würde, und dass sich das vielleicht angehört hat wie so eine Kontaktanzeige. Was es aber nicht war. Aber es konnte sich so anhören.«

»Daran habe ich keine Sekunde gedacht.«

»Happ. Dann habe ich etwas anderes getan, wovor mein Vater mich gewarnt hat. Tritt nie eine Dummheit breit, sagte er. Was ich gerade gemacht habe.«

»Das ist doch nicht so schlimm.«

Sie lächelten einander wieder an. Lisbeth wollte gerade nach seinem kleinen Boot fragen, als es an der Tür klopfte. Hart und gebieterisch, ungefähr so, wie bei Helena.

»Erwartest du Besuch?«

»Nein. Nicht dass ich wüsste.«

Sie stand auf und wollte zur Tür gehen, aber er hielt sie zurück.

»Es geht mich zwar nichts an, aber vielleicht solltest du nach oben gehen und den Gips wieder anlegen? Nur so eine Idee.«

Sie lächelte ihn dankbar an.

»Natürlich. Kannst du dann aufmachen? Die Stellung halten?«

Damit rannte sie die Treppe hoch. Legte die Gipshälften an und wickelte den Verband darum. Hörte Tobbe etwas sagen, hörte, dass jemand anderes antwortete. Zog die Hose an, packte die Krücke und humpelte nach unten, während die Stimmen lauter wurden.

Harry.

Als er Lisbeth sah, machte er Anstalten, sich an Tobbe vorbeizudrängen.

»Dieser Hausmeister sagt, ich dürfte nicht reinkommen. Das hat der ja wohl nicht zu entscheiden?«

»Ich sage nur, Sie sollten warten, bis Lisbeth nach unten gekommen ist.«

»Wer ist dieser Kerl?«

Sie standen einander gegenüber. Tobbe in seiner Jeans und seinem gestrickten Pullover. Harry vermutlich wieder unterwegs von einer Besprechung. Sie starrten einander an. Harry wütend, Tobbe höflich, und sie drängte sich dazwischen, so gut das ging.

»Tobbe, das hier ist Harry. Harry, das hier ist Tobbe. Er hat ein Rohr in meiner Küche repariert.«

Tobbe trat einen Schritt zurück, und Harry lief knallrot an.

»Ziemlich spät, da sollte der Handwerker jetzt vielleicht Feierabend machen.«

»Reiß dich zusammen.«

Sollte sie Harry hinauswerfen? Ihn bitten zu gehen? Aber dann würde sie die Gelegenheit verpassen, ihm bei einem letzten dramatischen Auftritt die Leviten zu lesen.

»Lisbeth, bitte. Ich muss mit dir reden.«

Eine Sekunde. Zwei. Drei. Genug für Tobbe, um seine Jacke zu nehmen und seine Schuhe anzuziehen.

»Dann gehe ich. Bis dann.«

Er nickte zu Harry hinüber, hob für Lisbeth die Hand und hatte den Zaun schon erreicht, ehe sie ihn einholen konnte, behindert vom Gips und der Tatsache, dass sie am anderen Fuß keinen Schuh hatte. Sofort drang die Feuchtigkeit durch den Strumpf.

»Hallo, warte! Tobbe, warte!«

Er drehte sich um.

»Das war Harry, wenn ich das richtig verstanden habe.«

Sie nickte.

»Ich habe ihn nicht hergebeten, und ich weiß nicht, was er will. Ich habe kein Interesse an einer engeren Beziehung zu Harry, aber …«

Tobbe fiel ihr ins Wort. Deutete ein Lächeln an.

»Du brauchst nicht um Entschuldigung zu bitten oder mir etwas zu erklären, Lisbeth. Du tust, was nötig ist. Wir hören voneinander.«

Damit war er verschwunden, und ehe sie ihn wieder einholen konnte, war er in eine Seitenstraße abgebogen.

Ein Motor dröhnte, und gleich darauf fuhr Tobbe vorbei. Winkte durch das Fenster. Sah vielleicht ein bisschen enttäuscht aus.

»Ich will es zu Ende bringen. Ich will doch nicht … hallo!«

Das Letzte schrie sie, aber es half nichts. Der Wagen war schon weit weg, und sie konnte nur zurückhumpeln.

Ins nächste Gefecht. Zu dem sie nun bereit war. Mehr denn je.

28

Mittwoch, der 20. Dezember

Harry war in die Küche gegangen und hatte sich an den Tisch gesetzt. Die Schuhe hatte er nicht ausgezogen.

Sie dachte, es sei schade, dass er nicht begriff, was dieses kleine Manöver ihn kosten würde. Es waren zwar die britischen Halbschuhe und keine Winterstiefel, und bestimmt hatte er sie sorgfältig an der Fußmatte abgekratzt. Aber man trampelte nicht einfach ungebeten in Lisbeth Cederströms Küche. Man setzte sich nicht an ihren alten Flohmarkttisch, man legte nicht die Arme auf Estrids gestickte Tischdecke, und man schaute sich nicht beifällig um und fand alles ganz wunderbar. Diesmal waren auch keine Blumen zu sehen, und die alten standen mit hängenden Köpfen und mit Stängeln in einem faulig riechenden Blumenwasser in der Küche.

Lisbeth trat in die Türöffnung. Verschränkte die Arme vor der Brust.

»Was willst du hier?«

Sein Gesicht zeigte alles von Wut und Verärgerung über Verzweiflung und Panik und Unsicherheit bis zu Berechnung. Dass man so gut wissen konnte, was ein anderer Mensch dachte, und wie uninteressant diese Person wurde, wenn man den Trick durchschaut hatte.

Er ist mir eigentlich total gleichgültig, dachte sie. Er und sein verflixtes Hemd und seine Schuhe und sein Schwanken zwischen Wollen und Können, zwischen Eitelkeit und

Echtheit. Ja, du, Harry, du stehst an einer Kreuzung und hast die Wahl zwischen zwei Wegen, von denen der eine den Wegweiser Richtung Karriere und Gold zeigt, während es in der anderen Richtung um den Mut geht, du selbst zu sein. Du weißt, dass der erste Weg dich unglücklich machen wird, du spürst es in jeder Faser deines Körpers und mit den Teilen deiner Persönlichkeit, die trotz allem authentisch sind.

Aber du wirst nicht auf deine innere Alarmglocke hören, und sie wird sich nur bemerkbar machen, wenn dein Herz losrast oder wenn du bei einem Geschäftsessen vor Langeweile stirbst oder wenn du merkst, dass du mit jedem Tag älter wirst. Aber niemand wird Mitleid mit dir haben.

»War das dein neuer Kerl? Du scheinst ja mehrere auf einmal zu haben.«

Ein jämmerlicher Versuch, Überlegenheit zu demonstrieren. *Lass es, Harry. Ich kenne diese Taktik und werde nicht wieder darauf reinfallen. Mich zu verfolgen, damit ich unglücklich und unsicher werde, um dann zum Gnadenstoß anzusetzen und das zu bekommen, was du willst.*

»Ich verstehe nicht einmal, dass du fragst, Harry. Glaubst du, dazu auch nur das geringste Recht zu haben? Glaubst du, dass ich auf irgendeine Weise verpflichtet bin, dir zu sagen, ob ich eine oder mehrere neue Beziehungen habe, oder nicht?«

»Das war nicht so gemeint, das muss dir doch klar sein.«

Kurzes, freundliches Ausweichen, ehe man zum nächsten Stoß ausholt.

»Eine Art Handwerker, oder?«

Sie ging zu ihm hinüber. Setzte sich nach reiflichem Überlegen und starrte ihm in die Augen.

»Ja, er ist eine Art Handwerker. Er hat meine Küche repariert, wenn du das unbedingt wissen willst. Außerdem ist er ein guter Freund.«

Harry gab keine Antwort. Registrierte natürlich die beiden Tassen, die einander gegenüber auf dem Tisch standen. Sie hatte nicht vor, neuen Tee zu kochen oder gar eine Flasche Wein zu öffnen. Nie im Leben.

»Aber du hast meine Frage noch nicht beantwortet. Was willst du hier?«

Nun ließ er seine Maske fallen. Vielleicht war diese Reaktion sogar echt. Er sah mitgenommen aus, wie nach einer heftigen Grippe. Bleich und fahl, mit einem Stich Grün in der Haut.

»Du antwortest ja nicht, wenn ich anrufe oder SMS schicke, und ich muss doch erklären können. Es muss ja total seltsam gewirkt haben, dass ich mit Agnes in deinem Hotel aufgetaucht bin und dass sie dann von Hochzeit geredet hat.«

»Ja, Harry. Das war überaus seltsam. Hast du eine gute Erklärung?«

Er schüttelte den Kopf, als ob es ihn auch überraschte, dass das hatte passieren können.

»Dass wir nach Österreich gefahren sind, war eine spontane Eingebung, nachdem ich bei dir gewesen war. Ich hatte das vorgeschlagen, um nicht nach St. Barth fliegen zu müssen, ich dachte, das könnte eine kleine Reise werden, die dann ausreichen würde, und dann würde ich nicht über Weihnachten verreisen müssen. Ich hatte ja keine Ahnung, wo du wohnen würdest.«

Er sah sie flehend an, bettelte um Verständnis. Sie konnte nur schnauben.

»Das überrascht mich. Du wusstest, dass ich nach St. Anton fahren würde, wusstest, dass ich in einem Hotel wohnen würde, das auf *-hof* endet, was die Auswahl einschränkt.

Warum bist du also genau dahin gefahren, wo du doch die Wahl zwischen allen Skiorten in Österreich hattest, ganz zu schweigen von allen in der Schweiz und in Frankreich und außerdem in Schweden?«

Harry schüttelte den Kopf, als ob er wirklich nicht die geringste Ahnung hätte.

»Ich weiß nicht. Ich hatte nicht geplant, nach dir zu suchen, aber vielleicht wollte ich das doch, das kann schon so sein. Ich wollte es vielleicht, ohne es zu wissen. Aber dann war ich doch total geschockt.«

»Das habe ich gemerkt.«

»Ja, aber Agnes fing an, über St. Barth und die Hochzeit zu reden, und darüber hatten wir überhaupt nicht gesprochen. Die Hochzeit, meine ich. Ich weiß nicht, was sie da für ein Spiel spielt.«

»Warum fragst du sie nicht einfach? Ihr seid doch zusammen. Sieht jedenfalls so aus.«

»Ich weiß nicht, was wir sind.«

Das Letzte schrie er. Lisbeth beobachtete ihn belustigt. Da sitzt er in meiner Küche und schreit. Interessant.

»Also, wir haben sicher mal über das Heiraten gesprochen, dass das nett sein könnte, aber wir haben noch nichts entschieden. Ich habe keine Lust, mich festzulegen, und sie ist … also, ich empfinde nicht mehr so für sie, und ich will nicht.«

»Warum machst du dann nicht Schluss?«

»Ja, das ist eine gute Frage. Ich meine, ich finde, dass ich ziemlich deutlich war.«

»Offenbar nicht, wenn sie doch eure Hochzeit plant und du nicht protestierst.«

Harry streckte die Hand aus, um ihre zu berühren. Sie wich aus und beugte sich über den Tisch zu ihm.

»Weißt du, Harry, ich glaube, du hast absolut Recht. Du weißt nicht, was du willst. Deshalb willst du dir alle Wege offen lassen, so lange das geht, und wenn etwas nach fester Bindung riecht, dann haust du ab und beschaffst dir die Bestätigung, dass du noch immer die Wahl hast. Ich war sicher die erste Station, da ich so gutgläubig bin, und du kamst mit Rosen und Wein und ein bisschen sentimentaler Erinnerungen an unsere gescheiterte Beziehung, beinahe wäre ich dir wieder auf den Leim gegangen. Halbnackte Bilder an eine Ex schicken, wenn man kurz vor der Hochzeit steht. Wie tief bist du eigentlich gesunken?«

»Du hast ja auch nicht direkt gesagt, ich sollte aufhören. Du hast schließlich geantwortet.«

»Ja. stimmt. Ich habe geantwortet. So neutral wie möglich, aber trotzdem. Weil ich nicht wusste, wie ich mit dieser Situation umgehen sollte, und weil ich mich auch über deinen Besuch gefreut habe. Ich bin dir wieder auf den Leim gegangen, und nicht, weil ich dir jedes Wort geglaubt hätte, sondern, weil ich es gut fand, dass du darüber sprechen wolltest, was zwischen uns geschehen ist. Jetzt ist mir klar, dass es nur ein Spiel deinerseits war, um dein Selbstvertrauen aufzublasen. Ich gehe davon aus, dass ich nicht die Einzige bin, die Bilder bekommen hat.«

Harrys Blick flackerte. Lisbeth merkte, dass sie am ganzen Körper kalt wurde. Wie dumm konnte man eigentlich sein?

Dann änderte sich seine Miene wieder.

»Okay, okay. Ich will ganz ehrlich sein. Ja, du hast sicher recht mit vielem, was du sagst. Aber ich habe wirklich nur dich besucht, und ich, also, ich habe seither sehr viel an dich gedacht. Du musst mir glauben, wenn ich das sage, alles, was ich dir gesagt habe. Das war ehrlich gemeint. Ich habe anfangs vielleicht auch anderen ein Bild geschickt, aber danach nur noch dir. Und du warst doch auch nicht ganz ehrlich? Du willst ja offenbar ebenfalls heiraten, und davon hast du kein Wort gesagt, als ich hier war. Du hast da auf diesem Stuhl gesessen und mir erzählst, du wärst Single, und dann sitzt da dieser Skiläufer im Restaurant und redet von eurer Hochzeit. Was glaubst du, was das für mich für ein Gefühl war?«

Lisbeth konnte nur mit Mühe ernst bleiben. Dachte zum ersten Mal voller echter Wärme an Jonas Bonde. Schauspiel oder nicht, er hatte wirklich diese entscheidende Darstellung mit perfektem Timing geliefert.

»Es wäre wirklich verlockend, dir jetzt ordentlich was vom Pferd zu erzählen, Harry. Aber so tief will ich doch nicht sinken, anders als du. Jonas Bonde ist ein Kollege und mehr nicht. Er sollte an unsere Schule wechseln, und dann hätten wir zusammen der Schule Spitzenkompetenz im alpinen Abfahrtslauf verschaffen sollen. Aber ihm war klar, dass du mein Ex bist und dass ich keine Ahnung von deinen Hochzeitsplänen hatte, und dann hat er ein wenig gespielt, um mir einen Gefallen zu tun. Ich finde ja eigentlich nicht, dass ich dir eine Erklärung schuldig bin, aber wenn du so direkt fragst, habe ich auch keine Lust zu lügen. Und auch keinen Grund.«

Sie hatte die Wahrheit nur ein bisschen frisiert. Aber das war ja nicht gelogen, jedenfalls nicht, wenn es um Dinge ging, die man zu Harry sagte. Ihr fiel ein, dass Harry nicht nach ihrem gebrochenen Bein oder der Hubschrauberfahrt nach St. Anton gefragt hatte, oder danach, wie gut sie jetzt Ski fuhr. Da verlief vielleicht für ihn die Grenze.

»Du wirst also nicht heiraten?«

»Nein, ich werde nicht heiraten. Du vielleicht?«

»Ich weiß nicht. Ich… es ist irgendwie zu weit gegangen, und ich weiß nicht, wie ich da wieder rauskommen soll. Aber du und ich, wir könnten doch vielleicht…«

Lisbeth erhob sich. Spürte, dass sie jetzt am ganzen Körper zitterte. Ruhe, immer mit der Ruhe. Bisher hast du dich hervorragend geschlagen, also ruinier jetzt nicht alles mit einem zu spät kommenden Ausbruch. Du kannst losschreien, wenn er weg ist. Kannst ein Kissen schlagen. Oder auch zwei.

»Ich glaube nicht, Harry. Das hier ist irgendwie auch schon zu weit gegangen. Ich finde, du solltest jetzt gehen.«

»Lisbeth, bitte. Ich fand es einfach nicht gut, dich neben diesem Schönling zu sehen. Ich war eifersüchtig.«

Er blieb am Tisch sitzen. Schaute mit einem Blick zu ihr auf, der sicher glaubhaft wirken sollte. Blendendweißes Hemd und der leichte Duft nach Rasierwasser. Großstadtpuls sozusagen. So wenig verwirrt, dass er seinem Äußeren die übliche Zeit gewidmet hatte.

»Du? Eifersüchtig? Du konntest einfach nicht ertragen, dass ich nach St. Anton wollte. Du musstest hinkommen und auch dort dein Revier markieren. Du wolltest nicht nur vergleichen, du wolltest auch *mich* wieder eifersüchtig machen. Aber dein Plan ging nicht auf, und jetzt versuchst du so zu tun, als ob ich dir etwas bedeutete. Du glaubst vielleicht sogar, dass ich dir wichtig bin, aber die Wahrheit ist, dass du nicht weißt, was du willst. Abgesehen davon, dass du glaubst, die ganze Welt bete dich an, nur dich und gerade dich. Geh jetzt, Harry. Ehe ich dich vor die Tür setze.«

Seltsamerweise erhob er sich. Ging mit ihr hinaus in die Diele und wollte nach ihr greifen, als sie die Tür öffnete und kalte Abendluft hereinströmte. Harry stand mit einem ungewöhnlich einfältigen Blick vor ihr und schien sein Pulver verschossen zu haben, nicht mehr zu wissen, auf welche Knöpfe er drücken sollte.

Die Vorstellung, dass er sie bei seinem letzten Besuch hier fast verführt hätte. Wie furchtbar peinlich.

Dann ging er zu seinem Auto und wollte gerade die Heckklappe öffnen, als sie auf seinen Kopf zugeschossen kam. Die Möwe. Harry schrie auf und duckte sich in letzter Sekunde, während die Möwe zum Himmel hochflog, einen eleganten Bogen beschrieb und sich zu einem neuen Angriff bereit machte.

»Zum Teufel!«

Lisbeth betrachtete das Ganze fasziniert. Harry machte sich an seinem Schlüssel zu schaffen, die Möwe zielte abermals auf ihn, und er rannte zurück zum Haus.

»Wolltest du nicht gehen?«

»Ich kann ja nicht mal das Auto aufschließen.«

»Du fürchtest dich doch wohl nicht vor einer Möwe? Schau mal, sie ist schon verschwunden.«

Der Nachthimmel war schattenlos. Keine Möwe zu sehen. Aber der Garten war noch immer wunderschön beleuchtet, und das Rentier sah aus, als ob der Weihnachtsmann persönlich es dort aufgestellt hätte. Oder *Santa,* wie Harry ja immer sagte. Lisbeth schnappte sich Harry und schleifte ihn mehr oder weniger zum Auto. Dort angekommen, versuchte er, die Arme um sie zu schlingen.

»Wir hatten es doch schön, oder? Können wir nicht …«

Sie machte sich so schnell wie sie konnte los und schüttelte dabei den Kopf. Öffnete gerade den Mund und holte Luft, als sie von der Straße her eine Stimme hörte.

»Wie sieht's denn hier aus, so am Dezemberabend?«

29

Mittwoch, 20. Dezember

Jan, auf Cassius. Sie hatte die beiden nicht kommen hören. Ross und Reiter hielten neben Harrys Auto an, und Jan sprang auf den Boden. Harry ließ Lisbeth los, und Jans Blick wanderte zwischen den beiden hin und her.

»Belästigt er dich?«

Jan klang jetzt gerade so wütend, wie Jan eben klang, wenn er wütend war. Er ritt ohne Sattel. Lisbeth drängte sich an Harry vorbei und humpelte auf Jan zu. Cassius schnaubte leise.

Harry kam hinterher, ohne die beiden eines Blickes zu würdigen. Macht eine Handbewegung in Jans Richtung, wie um ihn zu verjagen oder um Lisbeth darum zu bitten. Lisbeth dachte, dass sie sich wohl noch nie so darüber gefreut hatte, Jan zu sehen, der keinerlei Anstalten machte, weiterzureiten.

Harry versuchte, Jan den Rücken zuzukehren.

»Wir können doch Kontakt halten?«

»Das glaube ich nicht.«

»Ich ruf dich an. Morgen. Ich ruf dich heute Abend an.«

»Bitte, Harry, kannst du jetzt nicht einfach fahren?«

»Hörst du nicht, was sie sagt? Sie will, dass du fährst. Kannst du dich nicht in deine Sardinenbüchse quetschen und abhauen und Lisbeth in Ruhe lassen?«

Jan trat einen Schritt auf Harry zu. War größer und breiter als dieser. Cassius fing an, gegen das Auto zu treten.

»Kannst du dafür sorgen, dass dein Pferd nicht mein Auto verwüstet?«

»Kannst du dafür sorgen, dass du ganz schnell von hier verschwunden bist, ehe mein Pferd Lust bekommt, ein bisschen fester zu treten?«

Harry ließ seinen Blick zwischen den anderen hin und her wandern. Überlegte vermutlich, welche Möglichkeiten ihm blieben. Endlich öffnete er die Autotür. Zwängte sich eilig hinein, um einen direkten Kontakt mit dem Pferd zu vermeiden, knallte die Tür zu und ließ den Motor an. Warf einen Blick durch die Windschutzscheibe. Machte eine unbegreifliche Handbewegung.

Dann war er verschwunden. Jan drehte sich zu ihr um, noch immer mit zornrotem Gesicht.

»Was war das denn für ein Kotzbrocken?«

»Ein Ex. Er würde mir nie etwas tun. Aber danke dafür, dass du ihm Bescheid gesagt hast.«

»Was für ein Blödmann!«

Damit fasste er sie an den Schultern und schob sie zur Haustür.

»Hol dir eine Jacke und zieh Stiefel an. Oder einen Stiefel.«

»Wie meinst du das?«

»Wir reiten eine Runde. Beeil dich.«

Vielleicht war sie nur müde, nachdem sie zugesehen hatte, wie zwei Männer in ihre jeweiligen Autos stiegen und losfuhren. Ein Pferd wirkte wie die Garantie dafür, dass die alten Götter noch lebten, und ehe sie sich's versah, hatte sie ihre Jacke geholt, die warme und noch immer schmutzige. Jan hob sie hoch und setzte sie auf Cassius' Rücken, und dann hatte sie Jan hinter sich.

Sie ritten langsam auf der Straße weiter. Bogen zum

Strand hin ab und folgten der Eisenbahnlinie. Jans Brustkorb drückte gegen ihren Rücken, und sie wusste, dass sie ihm noch nie so nahe gewesen war, dass sie aber mehrere Jahre lang von einem solchen Moment geträumt hatte, und dass es jetzt, wo es so weit war, ganz anders war als in ihrer Fantasie. Dass die Zeit seltsam war, wenn es darum ging, die Perspektive zu ändern.

Sie hielt sich an der Mähne fest. Machte sich klar, dass sie keine Ahnung von Pferden hatte, aber dass sie sich hier absolut sicher fühlte. Dachte an Tobbe, dass sie sich bei ihm melden müsste, lachte innerlich hämisch über Harry und seine verlegenen Erklärungen. Das Meer breitete sich vor ihnen aus, eine Vogelschar flog zu den Wolken hoch, und auf dem Boden lag eine unberührte Schneedecke und sah aus, als ob sie bis Weihnachten dort liegenbleiben könnte.

Sie ritten schweigend weiter, und darüber war sie froh. Erst, als sie den Hafen erreicht hatten, wo das Wasser wie ein schwarzer Spiegel lag, brach Jan die Stille.

»Meine Mutter hat sich nie gewehrt, Männern gegenüber schon gar nicht. Sie war wohl so erzogen, und mein Vater war ja auch nicht gerade umgänglich. Und doch gab es Zeiten, in denen ich sie wegen dieser Schwäche verachtet habe, weil sie zuließ, dass mein Vater uns so behandelte. Erst jetzt, wo sie schon so lange tot ist und ich auch älter werde, habe ich begriffen, dass manche das eben nicht können. Es sitzt zu tief. Die Verletzungen, meine ich.«

Lisbeth dachte daran, was sie über Jans Vater gehört hatte. Einen Mann, der nicht nur seine Pferde geprügelt hatte.

»Ja. Das kann schon sein.«

Cassius balancierte zwischen einigen Steinen. Jan griff die Zügel fester.

»Du und ich waren ja nicht gerade die besten Freunde, Lisbeth, und ich weiß, dass ich dich nicht immer fair behandelt habe. Ich hatte das Gefühl, ein bisschen von dem zu finden, was ich bei meiner Mutter nicht leiden konnte. Ich fand dich ganz einfach feige, weil du dich nicht gewehrt hast. Deshalb wollte ich nur sagen, und bitte, hör jetzt verdammt gut zu, weil ich nicht vorhabe, das noch einmal zu sagen, also, ich finde, du hast dich total gemacht. Du hast dir das Bein gebrochen und bist doch mit auf diese Skitour gegangen, die deine Schule da arrangiert hat, ja, es gibt ja Gerüchte, so ist es eben hier im Dorf. Du hast ein Motorrad gekauft und fährst damit offenbar reichlich flott, und dann sitzt du stundenlang da und verkaufst die trockensten Safranhörnchen, die ich in meinem Leben je hinuntergewürgt habe, um deinen Schülern zu helfen. Und dann hast du dich zu einem Reitkurs angemeldet, obwohl du Angst vor Pferden hast, und das hätte mich fast in den Wahnsinn getrieben. Aber niemand kann behaupten, das sei nicht mutig gewesen.«

Jetzt glühten ihre Wangen erst recht, und sie wusste nicht, was sie antworten sollte. Andererseits schien er auch keine Antwort zu erwarten.

»Du weißt doch, dieses Gedicht, das damit endet, dass jemand eine Frau gesucht und eine Seele gefunden hat und enttäuscht war? Weißt du, welches ich meine? Ich hab nie kapiert, was das soll, deshalb macht es mich wütend. Ich weiß ja wohl, dass Frauen Seelen haben, deshalb kommt es mir einfach vor, als ob irgendein Besserwisser sich wichtig tun wollte. Aber seit Cassius kastriert worden ist, habe ich dieses Gedicht ein bisschen geändert. Wenn ich auf ihm unterwegs bin, denke ich oft, *du hast einen Zuchthengst gesucht und einen Freund gefunden.* Du verstehst, was ich meine, oder? Als Zuchthengst hätte er nur eine Stute nach der anderen gedeckt, und da hätte er natürlich auch nichts gegen gehabt. Aber jetzt kann ich jeden Tag auf ihm reiten, und das gefällt uns beiden. Auf Menschen übertragen glaube ich, dass man mit einer gewissen Sorte von Personen zu tun haben will, um irgendetwas zu erhalten, und dann merkt man, dass es ganz anders ist. Menschen überraschen uns immer wieder, deshalb kann man sie nicht in Schubladen einsortieren und glauben, dass sie ihr ganzes Leben lang dort sitzen bleiben. Man muss seine Einstellung immer neu auf die Probe stellen.«

»Jan, ich frage mich, ob das nicht das Poetischste ist, was ich je von dir gehört habe.«

Jan lachte hinter ihrem Rücken. Sie erreichten den Asphalt, und Cassius schritt aus, ohne sich darum zu kümmern, dass sie über ihn sprachen. In den Häusern verbreiteten Sterne und Leuchter ihr Licht, und hinter geschlossenen Vorhängen bewegte sich hier und da eine Schattengestalt. Der Gedenkstein auf der Anhöhe tauchte auf, und Jan redete nun weiter.

»Ich weiß ja, dass du versucht hast…ich meine, dass du dachtest… ja, du weißt schon. Wir brauchen darauf nicht einzugehen. Es gibt Dinge, die ich gut kann, und es gibt Dinge, die ich nicht gut kann, und mit den unglücklichen Neigungen von Frauen kann ich nicht umgehen, und ich kann ganz besonders schlecht über Gefühle und sowas reden. Deshalb habe ich es auch nie geschafft, mit einer Frau richtig gut befreundet zu sein. Aber ich habe gedacht, ich könnte bei dir üben.«

»Was?«

»Es wäre nett, Freundinnen zu haben, und ich möchte bei dir üben.«

»Ach. Und dann, wenn wir genug geübt haben und gute Freunde geworden sind? Was passiert dann?«

»Dann ist doch alles gut.«

»Ja. Du bist wirklich nicht ganz bei Verstand.«

Jan lachte wieder.

»Das betrachte ich als Kompliment.«

Sie waren inzwischen wieder bei Lisbeths Haus angelangt. Cassius blieb stehen, und dann stand sie wieder auf dem Boden, mit dem Gipsfuß auf der Straße und den Haaren, die nach allen Seiten abstanden.

»Schön hast du es jetzt hier im Garten. Ich sag ja, du hast dich gemacht. Was machst du zu Weihnachten?«

Lisbeth schaute zu Jan hoch. Nahm die Wärme von Cassius wahr. Den Pferdegeruch.

»Ich fahre vielleicht zu meiner Familie nach Göteborg. Zu meinen Eltern und der Familie meiner Schwester, meine ich. Aber vermutlich nicht die ganze Zeit. Wir werden sehen.«

»Ich bekomme am Heiligen Abend Pferdeleute zu Besuch. Aber du hast vielleicht Lust, am Zweiten Weihnachtstag auf einen Kaffee zu kommen?«

Sie musste einfach lachen.

»Um unsere wunderbare Freundschaft zu trainieren?«

»Genau. Dann kannst du auch reiten. Wenn du brav bist.«

Lisbeth streichelte den Hals des Pferdes. Hielt Jan dann die Hand hin.

»Das klingt gut. Bis dahin fröhliche Weihnachten, Jan. Danke für den Ausritt!«

»Fröhliche Weihnachten, Lisbeth. Und damit du's weißt. Ich habe vor, Safranschnecken zu backen.«

30

Mittwoch, 20. Dezember

Sie stolperte ins Haus. Hängte ihre Jacke auf und schleppte sich die Treppe hoch. Setzte sich aufs Bett und nahm den Gips ab. Es konnte ja wohl nicht sein, dass noch weitere ungebetene Gäste hereinplatzten und sie auf frischer Tat ertappten. Lisbeths Lebensberatung war für diesen Abend geschlossen. Für die Saison. Für den Rest des Jahres.

Mit einem Seufzer ließ sie die Gipshälften zu Boden fallen. Sie waren schmutziger geworden, und die elastische Binde auch. Aber jetzt blieben nicht mehr so viele Tage. Die Frage war, was sie Weihnachten machen, ob sie auch für ihre Familie eine Vorstellung geben wollte. Das hätte seine Vorteile und Nachteile. Vielleicht könnte sie für ihren Mut Punkte holen, aber es war ebenso wahrscheinlich, dass es Vorwürfe wegen ihres Leichtsinns hageln würde. Mit diesem Motorrad loszufahren, das sie sich niemals hätte anschaffen dürfen, und dann auch noch in die Alpen zu reisen. Woran hatte sie dabei nur gedacht? An ihre armen Eltern jedenfalls nicht.

Eine Frage, die man am Heiligen Abend wirklich nicht beantworten möchte. Falls sie überhaupt anwesend wäre.

Dieser Gedanke überraschte sie. Als ob der sich endlich hervorgewagt hätte. Es stand wirklich nicht in den schwedischen Gesetzen, dass Lisbeth Cederström Weihnachten bei ihren Eltern in Göteborg feiern müsste. Es war nicht als Elftes Gebot in Stein gemeißelt. Es war auch kein Naturgesetz wie das, dass nach dem Winter der Frühling kommt. Es war stattdessen ein Phänomen, das sich in Form von Wiederholung, Gewohnheit und mangelnder Hinterfragung von selbst etabliert hatte.

Aber sie konnte darüber nachdenken, wo sie zu Weihnachten sein wollte. Konnte sich überlegen, wie gefeiert werden sollte. Konnte es so machen, dass es schön wurde, auch für sie selbst. Konnte die Positionen im Krippenspiel verändern.

Sie massierte ihr Bein. Zog eine Trainingshose an. Ging nach unten und schloss die Vorhänge. Verließ sich zwar darauf, dass Tobbe ihr Geheimnis wahren würde, wollte aber kein weiteres Risiko eingehen. Jan hatte jedenfalls nichts gemerkt. Jan, mit dem sie sich nun anfreunden sollte, zu dem sie am Zweiten Weihnachtstag eingeladen war. Das Leben konnte wirklich nicht unvorhersagbarer werden, als es ohnehin schon war.

Sie griff zu ihrem Telefon. Keine Nachricht von irgendwem. Lisbeth überlegte und schrieb dann eine SMS an Tobbe, in dem sie ihm noch einmal für seine Arbeit und für den Garten dankte. Sie endete damit, dass sie sich darauf freute, mit ihm zu Weihnachten etwas zu unternehmen, wie sie es ja besprochen hatten. Fügte hinzu, dass Harry verschwunden war, sowie Tobbe selbst sich auf den Weg gemacht hatte, löschte das aber wieder. Wenn er wirklich glaubte, Harry sei noch geblieben, dann war das sein Problem.

Sie wanderte weiter ins Wohnzimmer. Schaltete die Lampen ein, zog eine Decke gerade, schob ein Buch ins Regal. Sah den Karton mit dem Weihnachtsschmuck und zog ihn hervor. Hob eine Weihnachtskarte auf, die sie einmal von Annabelle bekommen hatte, und stellte sie ins Fenster.

Nahm die Krippe und stellte sie auf die Kommode. Hatte damit warten wollen, fand, die sollte nicht zu früh aufgestellt werden. Dann waren die Tage vergangen, und nun waren es nicht mehr viele bis Weihnachten.

Sie blieb einen Moment mit der Marienfigur in der Hand stehen. Stellte sie vorsichtig neben die Krippe, wo Mariens neugeborener Sohn auf seinem Strohlager ruhte. Was war sie doch für eine Frau gewesen! Oder, naja, Frau? Ein Kind war sie gewesen. Ein Kind, das ein Kind geboren hatte, ohne auch nur eine Hebamme in der Nähe, in einem Stall und mit Josef als einziger Hilfe. Maria, die jetzt auf alle Menschenkinder herabblickte, als Statue in St. Anton oder hier, in ihrem Wohnzimmer, in Kirchen und auf Bildern. Während die Männer um sie herum feierten und schrien und ihre Freude oder ihre Wut herausposaunten, bewahrte sie das alles in ihrem Herzen auf.

Ja. Man sollte das häufiger machen. Alles in seinem Herzen aufbewahren. Sich nicht von der neuen Epidemie erfassen lassen, die gerade dabei war, die gesamte Menschheit zu lähmen. Von dem Glauben an die Notwendigkeit, immer und in jedem Zusammenhang die Welt wissen zu lassen, was man über alles dachte und meinte.

Sie kehrte in die Küche zurück. Der Käse war hart geworden und der Tee kalt. Sie setzte sich wieder und hatte gerade ein akzeptables Butterbrot zustande gebracht, als abermals an die Tür geklopft wurde.

Jetzt musste es ja wohl reichen. *Heilige Maria, kannst du mir helfen und alle Eindringlinge verjagen, die sich heute Abend herwagen?*

Dann hörte sie durch das Holz die Stimme rufen. Öffnete einen schmalen Spalt. Sara drängte sich hindurch und fiel Lisbeth um den Hals. Sie roch nach Haarspray.

»Willkommen daheim! Ich war eben in der Gegend und bin so unendlich neugierig, also musst du alles erzählen. Wenn ich nicht störe. Sag, dass ich nicht störe. Oder, eigentlich ist mir egal, wenn ich störe. Ich will stören.«

»Du störst. Komm rein. Hier sind wir unter uns. Küche oder Sofa, entscheide du. In der Küche gibt es einen alten Käse und einen Rest Brot, und im Wohnzimmer habe ich die Weihnachtskrippe aufgestellt. Such dir was aus.«

»Küche.«

Sara hängte ihren Mantel auf. Warf einen raschen Blick in den Spiegel und fuhr sich durch die Haare. Blieb mitten in der Küche stehen und stellte fest, dass es gut aussah und dass dieser Tobbe trotz allem offenbar über gewisse Qualifikationen verfügte. Ließ sich Lisbeth gegenüber an den Küchentisch fallen, knallte ihre Tasche auf den Boden und zog eine kleine Flasche hervor.

»Gläser her. Wir müssen feiern.«

»Was ist das denn da?«

»Wieso, was ist das denn da? Das spielt erstens ja wohl keine Rolle und zweitens ist das Beste natürlich gerade gut genug. Ein Glas Champagner kannst du wohl an so einem Mittwochabend vertragen?«

»Wenn du mich richtig lieb bittest.«

Sara ließ sich zu keiner Antwort herab. Ließ den Korken knallen und schenkte ein. Hob das Glas und kostete, ehe sie angestoßen hatten.

»Du kaufst die Katze im Sack. Du weißt ja nicht mal, wie es gelaufen ist.«

Sara schnitt eine Grimasse.

»Ich werde von jetzt an vom Guten ausgehen, ehe ich mich an das Böse mache. Prost, du alte Betrügerin.«

Die Freundin schien strahlender Laune zu sein, und Lisbeths Herz wurde dabei warm. Es gab offenbar Geschichten, die ein glückliches Ende nahmen, an Weihnachten.

»Und jetzt erzähl. Und zwar von Anfang bis Ende, und vergiss nicht ein einziges kleines Detail, auch wenn du das nicht wichtig findest.«

Lisbeth spürte sofort, wie die Champagnerperlen ihr zu Kopf stiegen. Fing von vorne an, bei Margarethas Gesicht, als Lisbeth am Flughafen in die Abflughalle humpelte. Erzählte dann von dem Hotel, von dem Sara ja einen Bildbeweis erhalten hatte. Weiter vom ersten Abend, von der Skitour am nächsten Tag. Jonas Bondes Beinbruch, Harrys Auftauchen mit der Gattin in spe, und endlich Jonas Bondes Versuch zu Sex mit Doppelgips.

Bei diesem Punkt in der Geschichte war Sara zuerst stumm, dann lachte sie dermaßen, dass sie sich am Champagner verschluckte und loshustete.

»Wie wahnsinnig komisch«, konnte sie endlich herausbringen. »Wenn man jemals gern Mäuschen gespielt hätte, dann da.«

»Das hätte dir nicht gefallen. Ich hätte dich zerquetscht.«

Sara lachte wieder los, und Lisbeth erzählte rasch, wie es weitergegangen war, und beschrieb Harrys unverdrossene Anrufe und SMS. Verriet, dass Jonas Bonde wohl doch nicht an der Schule anfangen würde und dass Harry hier aufgetaucht war, als gerade Tobbe am Küchentisch saß. Und das alles vor nur wenigen Stunden.

Sara kniff die Augen zusammen.

»Also hat Tobbe da draußen alles so schön gemacht? Ich habe es sofort gesehen und gesagt, das kannst du doch nie im Leben mit dem Fuß in Gips aufgestellt haben. Das ist doch reizend.«

»Ja, schon. Aber er ist abgehauen, als Harry auftauchte.«

»Ach je. Aber das kann man ja verstehen.«

Lisbeth ging davon aus, dass sie in naher Zukunft ordentlich ausgequetscht werden würde, wenn es um Tobbes mögliche Absichten ging. Aber für den Moment entschied sich Sara dafür, den Fortschritt ihrer Unternehmungen zu preisen.

»Aber da, in den Alpen, hatte da wirklich niemand einen Verdacht? Du bist in deinem tollen Skidress hochgefahren und hast gesehen, wie dieser Jonas umgekippt ist und sich das Bein gebrochen hat?«

»Japp. Bin auch dafür gelobt worden. Ehe er gestürzt ist. Aber gestürzt ist vielleicht das falsche Wort. Gerutscht ist er, den halben Hang hinunter. Hat sich eine unkomplizierte Fußgelenkfraktur zugezogen. Kommt dir das bekannt vor?«

»Ich lach mich kaputt. Noch mal Prost. Es ist ein Vergnügen, mit dir Geschäfte zu machen.«

In Lisbeths Kopf drehte sich jetzt alles. Wieder ging ihr auf, dass sie es bisher geschafft hatte, gute Miene zum bösen Spiel zu machen. Jetzt musste sie alles einsetzen, um in der nächsten Zeit nicht entlarvt zu werden. Denn dann wüsste der gesamte Ort Bescheid.

Und das wäre entsetzlich. Hier fühlte sie sich wohl. Mehr als ihr klar gewesen war. Sie fand es schön, zu grüßen und gegrüßt zu werden, fand es schön, ein Original unter anderen zu sein, fühlte sich wohl mit den Freunden, die sie hier hatte. Fand es schön, dass sie jetzt eine bessere Beziehung zu ihrer Rektorin hatte, dass sie vielleicht Jans Versuchskaninchen für die Freundschaft mit Frauen sein sollte. Fühlte sich wohl mit Meer und Hafen und Marktplatz und Gesundheitszentrum. Fühlte sich wohl, weil Sara da war. Sara, die ihr geholfen hatte, obwohl sie selbst in Not gewesen war. Sara, die organisierte und besorgte und sich kümmerte, und die jetzt hier saß, mit einer halben Flasche Champagner, um den Sieg zu feiern.

Lisbeth hob ihr Glas.

»Danke, Sara. Ich weiß nicht, was ich ohne dich gemacht hätte.«

»Ach was.«

»Und der Skianzug. Auch dafür danke. Sag das noch mal der Mutter von dieser Nadine, wenn sie also weiß, dass ich ihre Sachen ausgeliehen hatte.«

Sara sagte, es spiele sicher keine große Rolle, wer die Kleider getragen hatte. Vermutlich würde Nadines Mutter nicht einmal danach fragen. So eine schien sie nicht zu sein.

»Alles ist jedenfalls sauber. Du brauchst dich nicht zu schämen.«

Sara trank und überlegte. Sah aus, als sei ihr ein Gedanke gekommen. Was offenbar auch der Fall war.

»Wirst du diesen Tobbe wiedersehen?«

Lisbeth musste an die Mitteilung denken, die sie ihm geschickt hatte. Sie hatte keine Antwort bekommen und musste sich eingestehen, dass sie das beunruhigte.

»Wir haben vorhin darüber gesprochen, dass wir an einem der Feiertage etwas unternehmen könnten. Er ist am Heiligen Abend allein, und ich muss doch nicht unbedingt mit der Familie feiern. Vielleicht. Wir haben noch nichts entschieden.«

Sara machte ein überraschtes Gesicht.

»Wieso denn allein?«

»Er ist geschieden. Seine Frau ist mit seinem besten Freund durchgebrannt. Sie haben zwei Kinder, aber die sind zu Heiligabend bei der Mama.«

»Ach je. Der Arme. Aber egal, wenn du wirklich nicht weißt, was du tun sollst, dann komm doch zu uns. Es wird schlicht, nur wir drei und Berras Vater, und du musst alles nehmen, wie es ist. Nur, damit du's weißt.«

»Danke. Das ist lieb.«

Eigentlich war ihr das ein bisschen unangenehm. Schon jetzt eine zu sein, derer sich andere am Heiligen Abend erbarmen mussten. Aber das stimmte ja gar nicht. Und außerdem konnte das allen passieren.

Lisbeth seufzte. Sah sich in der Küche um. Was immer auch passieren mochte, sie hatte ihr eigenes Heim. Eins, das gut roch, eins, in dem Jahre der Liebe in den Wänden steckten. Wie viele arme Leute hatten nicht einmal das.

Sie hob den Blick. Sara beobachtete sie mit psychologisierendem Grinsen.

»Was ist los?«

»Du siehst anders aus. Ich weiß nicht, was es ist, aber etwas ist passiert. Du bist, also, du bist du selbst, aber mehr als sonst. Wenn du verstehst, was ich meine.«

»Ich hab doch eine andere Frisur, wie du vielleicht weißt.«

Sara schüttelte den Kopf.

»Nein, das ist es nicht. Es ist etwas anderes. Du bist ... du bist *du*.«

Der zehnte Kommentar. Der stoische, weise.

»Das freut mich. Jan hat auch so etwas gesagt. Er hat sich allerdings anders ausgedrückt. Er hat gesagt, ich hätte mich gemacht.«

»Das hat Jan gesagt? Wann denn?«

Eigentlich hatte sie das nicht erzählen wollen. Jedenfalls nicht an diesem Abend. Das von dem Ausritt, die verletzliche Magie auf dem Pferderücken, Jans Arme, die um sie lagen. Es wäre zu leicht, das alles albern wirken zu lassen. Ein spitzer Kommentar und nichts wäre noch da, um es in ihrem Herzen zu bewahren. Aber jetzt hatte sie sich verplappert und lieferte Sara deshalb eine neutrale Zusammenfassung des Rittes. Endete damit, dass sie mit Jan Kaffee trinken würde. Bei Gelegenheit.

Gott sei Dank kam sie glimpflich davon. Sara kommentierte nur trocken, es sei ja gut, dass sie das gleich gesagt habe. Aufschub sei sinnlos und habe noch nie eine Frau glücklich gemacht. Das Bein zu gipsen, um seine Ziele zu erreichen, sei jedoch jederzeit zu empfehlen.

Danach verstummte sie. Schien Anlauf zu nehmen. Lisbeth wollte schon nach Solo fragen, als Sara gerade auf dieses Thema zu sprechen kam.

»Ich muss dir etwas erzählen. Über Solo.«

»Ich hab mich schon gefragt, was da wohl passiert ist.«

Sara spielte an ihrer Nagelhaut herum. Konzentrierte sich auf ihre Hände und sagte, dass mit der Aufklärung dieser Diebstähle alles gut zu gehen schien. Solo und Nadine standen nicht mehr unter Verdacht, und die Polizei war sehr entgegenkommend gewesen und hatte sich eine ganze Stunde für Sara und Berra Zeit genommen, um zu erklären, wie es jetzt weitergehen würde.

Die Jugendlichen, die hinter allem steckten, würden wohl vor Gericht gestellt werden, aber sie waren alle minderjährig, deshalb war von Gefängnis keine Rede. Vielleicht eher von sozialer Arbeit. Sie kamen ja alle nicht aus einem kriminellen Milieu, und die Polizei schien nicht anzunehmen, dass von ihnen irgendeine Gefahr ausging. Mehrere schienen ihre Taten zutiefst zu bereuen und furchtbar unglücklich darüber zu sein, was das für ihre Zukunft zu bedeuten hatte. Was an sich ja auch nur recht und billig war. Denn die gestohlenen Dinge waren ja nicht mehr vorhanden. Sie hatten sie auf mehr oder weniger seltsame Weise verkauft.

»Das haben wir also hinter uns, und das ist ein so schönes Gefühl. Aber jedenfalls, als wir bei der Polizei gewesen waren und dann beim Abendessen saßen, merkten wir, dass Solo etwas auf dem Herzen hatte, und am Ende hat Berra gefragt, woran sie dachte. Ich weiß nicht, ob ich das gewagt hätte, ich war nur froh, weil alles gutgegangen war. Aber Berra wollte wohl ein für allemal reinen Tisch machen.«

Ein Lob auf Berra. Obwohl Lisbeth Sara nur zu gut verstehen konnte.

»Jedenfalls, und das musst du für dich behalten und darfst es niemandem erzählen. Solo hat gesagt, du darfst es wissen, deshalb tue ich nichts hinter ihrem Rücken, aber es ist so, dass diese Nadine für Solo nicht nur eine gute Freundin war, sondern wirklich ihre Freundin ist. Sie sind seit einigen Monaten zusammen, und Solo sagt, dass eigentlich weder sie noch Nadine sich Sorgen darüber gemacht haben, was ihre Eltern sagen würden. Aber sie wollten eben erst sicher sein. So ist es also. Meine Tochter hat eine Freundin und sagt, dass sie Mädchen lieber hat als Jungen.«

»Wie gut, dass sie das schon weiß. Und dass sie es überhaupt weiß.«

Sara schaute auf. Lisbeth hoffte, dass ihre Freundin niemals an ihrer Reaktion gezweifelt hatte. Sara hüstelte, ehe sie weiterredete.

»Du weißt, wie das ist, wenn man sich lange über etwas Gedanken gemacht hat und dann begreift, dass es nichts Schlimmes ist, aber man weiß nicht so ganz, wie es ankommen wird? Das alles habe ich bei Solo gesehen, und ich habe daran gedacht, wie sehr ich meine Tochter liebe und dass ich nur will, dass sie glücklich ist. Ich habe mich wirklich gefragt, ob es irgendeinen Unterschied macht, dass ich vielleicht eine Schwiegertochter bekommen werde und keinen Schwiegersohn, und ich habe nichts gemerkt. Rein gar nichts.«

Lisbeth legte Sara die Hand auf den Arm. Sah ihr in die Augen, als Sara weiterredete.

»Und du hättest Berra hören sollen. Als Solo alles erzählt hatte, war er zuerst ganz stumm. Dann hat er gefragt, wann wir diese Nadine kennenlernen werden. Einfach so. Ganz offen. Solo sagte, dass sie und Nadine uns vielleicht an einem Abend kurz vor Weihnachten besuchen könnten. Dann hat Nadine offenbar mit ihren Eltern gesprochen, und ich weiß nicht, was die gesagt haben. Ich hoffe, es ist gut gegangen.«

»Das ist es sicher.«

Man konnte nie wissen. Aber sie konnten hoffen und glauben und denken, und sie konnten für das Recht aller kämpfen, sie selbst zu sein. Sie konnten für ihre Kinder und die jungen und die Leute mittleren Alters kämpfen und konnten betonen, dass die Würde des Menschen unantastbar sei und dass sich dieser Tatsache alle an jedem Tag von neuem stellen müssten. Sie konnten zugleich sie selbst sein, in der Version, die sie mochten und auf die sie stolz sein konnten, jemand sein, deren Blick sie im Spiegel gern erwiderten, ehe sie sich hinausbegaben, zum Beispiel in die Dezemberdunkelheit.

Lisbeth überlegte, ob Tobbe vielleicht enttäuschter gewesen war, als sie bemerkt hatte, und das machte ihr Sorgen, sie dachte an die noch immer andauernde Ehekrise von Helena und Micke, an das Weihnachtsessen um elf und daran, dass sie Harry trotz allem vielleicht noch nicht endgültig los war. Es war noch allerlei zu klären. Umso besser, dass wenigstens diese Geschichte ein glückliches Ende genommen hatte.

Sie füllte beide Gläser und hob ihres.

»Ich freue mich so für dich, und für Solo und Berra. Du

hast eine wunderbare Familie und die feinste Tochter aller Zeiten. Wenn ich in diesem Jahr kein einziges Weihnachtsgeschenk bekomme, habe ich immer noch dich als Freundin. Das reicht für das ganze Jahr.«

31

Donnerstag, 21. Dezember

Sie saß in der Kirche, umgeben von ihren Schülern. Einige der Kinder hatten Weihnachtswichtelmützen oder Glitzer im Haar, und die meisten sahen froh oder jedenfalls zufrieden aus.

Froh über unterschiedliche Dinge, vermutlich. Froh, weil sie ganz herkömmliche Weihnachten feiern würden, oder eben nicht. Froh, weil sie wegfahren und Skilaufen oder wegfahren und baden würden, oder weil sie nicht wegfahren mussten. Froh, weil sie die Familie treffen, und froh, weil sie die Familie nicht treffen würden. Ihre Schüler waren noch klein und alles, was sie empfanden oder erlebten, wurde vielleicht nicht deutlich ausgesprochen oder klar formuliert, aber es würde in dieser besonderen Gedächtnisschublade gelagert werden, die Weihnachten hieß und zu der die meisten auf irgendeine Weise ein Verhältnis hatten.

Zwei Tannen bewachten die Kirchentür, der Duft von Nadeln und Wald hatte sie in die Kirche begleitet, die Sterne oben auf den Bäumen waren ein bisschen verrutscht, aber die Kerzen taten ihr Bestes. Es war strahlendschönes Wetter, und Gras und Steine waren von Schnee bedeckt.

Ein Mädchen spielte Blockflöte, dann stimmte der Chor ein. Lisbeth erhob sich von der Bank. Spürte, wie der Gesang etwas in ihr löste, etwas Ursprüngliches, das mit dem Gang der Generationen zu tun hatte, mit den Zeitläufen, die kommen und gehen. Dem Kreislauf, von dem sie alle ein Teil waren, bei dem einige zu früh vom Karussell geworfen wurden, während andere einige Extrarunden drehten. Manchen blieben die Verluste erspart, andere mussten früh lernen, damit umzugehen, aber etwas hatten alle, worüber sie sich freuen konnten und was sie durchmachen mussten. Das war einer der Gedanken, mit denen man sich beschäftigen konnte, wenn es auf das Ende zuging.

Danach ging die Rektorin nach vorn. Margaretha trug dasselbe Kleid wie in St. Anton. Hier, vor dem gesamten Kollegium und allen Schülern, wirkte es sehr viel passender. Die Rektorin erinnerte an die Weihnachtsbotschaft von Freude und Friede und mahnte zugleich, die freie Zeit dazu zu nutzen. Um frei zu sein. Um Kraft zu tanken mit Freunden und Verwandten. Gern ohne Mobiltelefone.

Dann erklang die Orgel, und dann war Schluss. Alle gingen zum Ausgang, drängten sich im Gang, grüßten einander, wünschten fröhliche Weihnachten. Lisbeth streckte die Hand aus, sagte Hallo und lächelte. Ihr wurden Fragen nach dem Bein gestellt, gute Besserung wurde gewünscht, sie erhielt Geschenke, hier eine Blume, dort eine schön verpackte Duftkerze, und auf dem Schulhof stand das gemeinsame Weihnachtsgeschenk der Klasse. Ein riesiger Weihnachtsmann aus Wolle, so verpackt, dass die Mütze aus dem Papier hervorlugte.

Die Kinder sahen aus wie frohe Vögel mit leuchtenden Augen und springenden Beinen. Hüpften auf beiden Füßen, verlangten, dass sie auspackte und den Wichtel begutachtete. Was sie auch tat, und sie spielte so überrascht und froh, wie die Kinder es sich wünschten. Erklärte, dass der Wichtel einen Ehrenplatz bei ihr zu Hause bekommen würde.

Am Ende stoben sie in alle Himmelsrichtungen auseinander, wie eine Spatzenschar, und alles lief in Zeitlupe ab, und sie kam erst wieder zu sich, als sie in ihrem Garten stand, mit den Geschenken in einer Tüte und einem Gefühl von Müdigkeit, so gewaltig, dass sie sich hier und jetzt hätte hinlegen und einschlafen mögen.

Die Möwe saß in einer Ecke und brütete auf etwas herum. Keinem Ei natürlich, falls sie nicht total fehlprogrammiert war. Vielleicht bewachte sie das Brot, das Lisbeth ihr hingeworfen hatte, als Gegenteil zu Helenas idiotischen Erklärungen. Aber diese Möwe hatte Harry verjagt, von dem sie übrigens seit seinem Verschwinden keinen Mucks mehr gehört hatte. Das wies auf Intelligenz und Solidarität des Vogels hin und, abermals, wenn das kein Stück Brot verdiente, dann wusste sie nicht, was denn dann.

Sie humpelte ins Haus. Stellte den Weihnachtsmann in eine Ecke, machte sich Tee, stellte die Blumen in eine Vase und warf Harrys Rosen in den Abfall. Kratzte sich an einem alten Dorn und dachte an den armen Micke, der keine Spritzen und kein Blut sehen konnte, und welche Angst der vor Helenas geplanter Hausgeburt ausgestanden haben musste.

Ihre Schwester hatte auf ihre letzte Mitteilung nicht geantwortet, und sie hatte nicht wieder angerufen. Lisbeth hatte überlegt, ob das ein gutes oder ein schlechtes Zeichen war. Es konnte darauf hinweisen, dass Helena die Lage im Griff hatte. Micke konnte ins Nest zurückgekehrt sein, wo er vermutlich zusammengestaucht und in die Pflicht genommen und wo ihm gesagt worden war, das mit Italien, das könne er sich abschminken, und damit wäre die Sache erledigt gewesen.

Aber dieser Gedanke war eigentlich nicht so ganz beruhigend. Im Grunde war er überhaupt nicht beruhigend. Es kam ihr vor, als ob etwas vor sich ging. Dass sich auch ihre Eltern nicht gemeldet hatten, um ihr die letzten Instruktionen für den Ablauf des Heiligen Abends zu erteilen, war auch ein wenig beunruhigend. Andererseits fand ihre Mutter vielleicht, sie habe sich beim letzten Anruf deutlich genug ausgedrückt.

Drei Tage noch bis Heiligabend.

Sie ließ sich auf den Stuhl sinken. Trank einen Schluck Tee. Hatte es nicht einmal über sich gebracht, den Gips abzunehmen. Fast hatte sie sich schon daran gewöhnt. Aber es würde doch schön sein, ihn endlich loszuwerden. Ein für alle mal erkennen zu können, dass sie ihre Haut gerettet hatte und dass niemand sie noch entlarven könnte. Schließlich wussten nur Dr. Girard und Sara Bescheid. Und Tobbe natürlich.

Tobbe, ja.

Er hatte sich noch nicht gemeldet, und sie hatte auch keine Rechnung bekommen, und da musste er ja irgendwann Kontakt aufnehmen. Wenn er weiterhin nicht antwortete, hatte sie vor, ihn in die mentale Schublade für wunde Punkte zu stecken. Wenn sie zu Weihnachten einen Vorsatz fassen wollte, dann diesen – sich an liebe und weitgehend unkomplizierte Menschen zu halten.

Dann klopfte es an der Tür. Das konnte doch nicht möglich sein. Lisbeths Lebensberatung hatte nun wirklich für die Feiertage geschlossen. Sara und ihre Familie waren glücklich, sie selbst hatte mit Jan ihren Frieden gemacht, und Harry hatte sich dahin geschert, wo der Pfeffer wuchs, und da gehörte er ja auch hin. Tobbe war noch vorhanden, aber er würde nicht anklopfen. Er hatte im Übrigen noch einen Schlüssel, wie ihr jetzt einfiel. Den hatte er ihr nicht zurückgegeben.

Vor der Tür stand Helena.

Sie war noch umfangreicher als zuletzt. Dass es überhaupt möglich war, diesen Bauch auf zwei Beinen zu balancieren, war ein Rätsel.

Sie war allerdings ordentlicher frisiert und beherrschter, aber noch immer weit entfernt von ihrem normalen Ich, und wie sie da auf der Treppe stand, sah sie aus wie eine gewaltige Matrone, ein walkürenhaftes Wesen von ungeahnter Kraft und Stärke.

»Hallo. Was machst du denn hier? Ich komme gerade erst von der Weihnachtsfeier, da hast du Glück, dass du mich antriffst. Komm rein.«

Besser, ganz schnell die Initiative zu ergreifen. Noch ein Besuch der Schwester innerhalb so kurzer Zeit. Das konnte nur auf eine arge Krise hinweisen.

»Komm rein, ich habe gerade Teewasser aufgesetzt. Setz dich. Es ist doch hoffentlich nichts passiert?«

»Was hast du denn gemacht?«

Richtig. Der Gips. Damit erübrigte sich die Frage entschieden, ob sie auch ihrer Familie die Sache mit der unkomplizierten Fußgelenkfraktur auftischen sollte.

»Ich bin vom Motorrad gefallen, kurz nach deinem letzten Besuch hier.«

»Komischer Gips. Wer hat den denn gemacht?«

»Dr. Girard aus der Gesundheitszentrale.«

Helena schnaubte.

»Der, von dem Mama so viel redet? Der scheint ja nicht viel Ahnung von Gips zu haben. Lass mal sehen.«

Lisbeth wich zurück, bis sie mit dem Rücken zur Spüle stand.

»Nichts da. Und zu deiner Information kann ich noch erwähnen, dass er in den Alpen gearbeitet und jede Menge Brüche eingegipst hat.«

»Das glaube ich, wenn ich es sehe.«

»Willst du Tee? Sag ja, ehe ich mein Angebot zurückziehe.«

Lisbeth nahm noch eine Tasse aus dem Schrank. Ihre Hand zitterte. Sie stellte die Tasse weg, hielt sich am Spüllappen fest. Vor ihren Augen flimmerte es.

Sie drehte sich um. Helena hatte die Beine ausgestreckt, und ihr Bauch ragte in die Luft, sie sah ungefähr aus wie bei ihrem letzten Besuch. Nur ein bisschen schlimmer.

»Was willst du eigentlich? Abgesehen davon, mir Gemeinheiten an den Kopf zu werfen.«

Helena sah überrascht aus. *Überrascht.*

»Wieso denn Gemeinheiten? Wer ist denn hier gemein? Ich bin hergekommen, um dich um einen kleinen Gefallen zu bitten, und du bringst es nicht mal über dich, mich anzurufen. Du schickst eine SMS und sagst, dass du mit Micke gesprochen hast, aber nichts darüber, was er gesagt hat, und da fragst du, was ich hier will?«

Lisbeth stellte die Tasse so energisch vor Helena hin, dass ein wenig Tee herausschwappte. Verspürte wieder die Wut, die sie auf Harry verspürt hatte. Verspürte wieder alle Wut, die sie jemals und irgendwann auf Helena und alle anderen verspürt hatte, die glaubten, einfach alles sagen zu dürfen, jederzeit und egal wie, dann »es ist ja bloß Lisbeth«. Zeit, »Bloß-Lisbeth« zu begraben. Zeit, sie in Frieden ruhen zu lassen.

»Hier hast du deinen verdammten Tee, und dann kannst du machen, dass du wegkommst, weißt du das? Wie lange wohne ich hier schon? Fünf Jahre? Fünf. Wie oft warst du hier? Nicht häufiger, als man an einer Hand abzählen kann. Davon zweimal in der allerletzten Zeit. Weil du etwas von mir wolltest. Dann ist man gut genug. Dann bin ich gut genug. Großer Gott, Helena, du hast gewusst, dass ich im fünften Monat eine Fehlgeburt hatte, aber da hast du nicht angerufen, ich glaube nicht, dass du es überhaupt je erwähnt hast. Und du hast gewusst, dass ich hergezogen bin, weil die Sache mit Harry so schrecklich geendet ist, aber ich glaube nicht, dass du mich ein einziges Mal zu dir nach Göteborg eingeladen oder vorgeschlagen hast, dass wir etwas unternehmen könnten, nur du und ich.«

Helena schien nicht zu begreifen, was hier vor sich ging. Sie fasste sich an den Bauch und schnitt eine Grimasse.

»Mama hat gesagt, wir dürften nicht über deine Fehlgeburt sprechen, weil dich das so traurig machen würde. Und Fehlgeburten kommen doch so häufig vor, es gibt keinen Grund zu der Annahme, dass du nicht wieder schwanger werden kannst. An sich …«

»Hör auf mit deinem verdammten rationalen Fachchinesisch. Hör auf! Ich will das nicht hören. Es hilft mir kein bisschen weiter. Und jetzt soll Mama Schuld sein? Was hat Mama hiermit zu tun? Du kannst ja wohl selbst denken! Das hast du immer schon getan. Du bist doch Ärztin, du müsstest doch wissen, was das für ein Gefühl ist, ihr habt doch sicher auch einen Kurs in Psychologie gemacht, auch wenn das keinen besonderen Eindruck auf dich gemacht zu haben scheint, du hast ja offenbar nicht die Spur einer Ahnung davon, wie anderen zumute ist.«

Helena runzelte die Stirn. Normalerweise das Signal dafür, dass man den Rückzug antreten sollte.

»Also, jetzt komm mal wieder runter. Hast du mich denn je gefragt, wie es mir geht? Ich will es eigentlich nicht sagen, aber jetzt tu ich es, du hast absolut keine Ahnung, wie es ist, das Haus voller Kinder zu haben, du brauchst ja bloß an dich selbst zu denken. Wie oft hast du zum Beispiel angeboten, bei mir babyzusitten? Meinen Kindern ein bisschen Kontakt zu ihrer Tante zu ermöglichen? Zweimal? Dreimal?«

Lisbeth griff sich an den Kopf. Fing an zu hyperventilieren.

»Natürlich war ich bei dir babysitten. Häufiger, als du behauptest. Aber kannst du dir vorstellen, dass ich nicht nur Babysitten will, während du dich mit deinen richtigen Freundinnen amüsierst?«

»Jetzt komm runter, hab ich gesagt! Ich hab dich einmal gefragt, ob du mit mir und ein paar anderen übers Wochenende wegfahren wolltest, und du hast sofort Nein gesagt und dich offenbar überhaupt nicht über die Frage gefreut. Und wie gern fragt man dann ein zweites Mal?«

»Ich konnte mir das nicht leisten. Helena. *Ich konnte mir das nicht leisten!*«

»Aber warum hast du das dann nicht gesagt? Da hätten wir doch was machen können. Ich kann schließlich keine Gedanken lesen!«

Helena lief jetzt rot an. Lisbeth verhinderte gerade noch, dass die Schwester wieder loslegte.

»Ich habe mit Micke gesprochen. In Österreich, weil du mich die ganze Zeit bedrängt hast, und da habe ich nicht gewagt zu warten, bis ich wieder hier wäre, also statt herumzuschlendern und die Alpen zu genießen, habe ich deinen Mann angerufen. Ich kann mich nicht in eure Probleme einmischen, weil sie mich nichts angehen, und das Letzte, was ich will, ist Stellung zu beziehen, aber eins habe ich begriffen, und zwar, dass Micke einwandfrei ein Arsch ist, der einfach abgehauen ist und dich und die Kinder mit allem sitzen lässt, ein Mann, der glaubt, die Welt erobern zu können, der sich aber nicht traut, mit seiner Frau zu sprechen, und apropos, miteinander sprechen, da hast du allerdings recht, man muss wirklich miteinander sprechen, und Micke, was für ein Antiheld, da hörst du's, aber er kann es einfach nicht mehr ertragen, mit *Superwoman* zusammen zu sein, vielleicht hat er es auch verdammt satt, immer zu tun, was du willst, Helena. Nicht alle können die ganze Zeit nach deiner Pfeife tanzen und auf deine Fünfjahrespläne Rücksicht nehmen, die strenger sind als die in der guten alten Sowjetunion, nicht alle können so perfekt durchorganisiert sein wie du. Wir anderen geben uns alle Mühe, aber wir bringen es nicht immer so gut hin, und wir haben eigene Probleme und können nicht dauernd als Versatzstücke für dein feines Puzzle zur Verfügung stehen.«

Helena sah zuerst aus wie erstarrt. Griff sich wieder an den Bauch und stöhnte auf. Dann blinzelte sie, gleichsam arrogant oder gleichgültig. Hatte ihre Taktik geändert. Sie deutete sogar ein Lächeln an. Wollte der Maus, die brüllte, offenbar milde Nachsicht entgegenbringen. Lisbeth hätte ihr eine scheuern können. Wenn das hier noch lange so weiterginge, würde sie es tun. Dann würde sie dieses Grinsen aus Helenas Gesicht wischen. Ihr ordentlich eine reinsemmeln.

»Wie geht es dir eigentlich, Lisbeth?«

Die Stimme. Sanft, betont verständnisvoll und besorgt.

»Wie es mir geht? Mir ist es schon lange nicht mehr so gut gegangen. Weil ich neuerdings mit netten Menschen zu tun habe. Weißt du, was das ist? Das sind Menschen, die nicht versuchen, andere Menschen kleinzumachen, die nicht die ganze Zeit der ganzen Welt klarmachen müssen, wie wunderbar sie sind und wie kompetent und wie beliebt und …«

»Aufhören! Aufhören, aufhören, aufhören, aufhören!«

Helena war aufgesprungen. Schrie einfach drauflos.

Stampfte mit den Füßen auf, ballte die Fäuste, fuchtelte mit den Armen, kreischte.

Dann riss sie sich zusammen. Beugte sich vor und stützte die Hände auf den Bauch.

»Oh!«

Sie schaute sich zwischen die Beine. Lisbeth schaute ebenfalls. Nasse Flecken breiteten sich auf Helenas Hose aus und bedeckten bald die gesamte Innenseite ihrer Oberschenkel.

»Helena, was ist los? Was ist denn bloß los?«

Helena starrte sie wütend an und hatte Schweißperlen auf der Stirn.

»Das war das Fruchtwasser. Es ist so weit. *Du kannst ja wohl sehen, dass das Kind kommt!*«

32

Donnerstag, 21. Dezember

Helena beugte sich wieder vor. Brüllte wie ein Stier. Lisbeth packte ihren einen Arm und stammelte unzusammenhängend drauflos.

»Was soll ich tun? Soll ich einen Krankenwagen anrufen? Wo soll ich anrufen, was soll ich tun, soll ich anrufen, wo soll ich anrufen?«

Ihre Schwester keuchte. Brachte nur Bruchstücke zwischen zusammengepressten Lippen heraus.

»Ruf… Krankenwagen… aber hilf… mir… ich… muss… liegen ... ich… glaube… er… landet… in meiner Hose.«

Tausend Filmszenen jagten vor Lisbeths innerem Auge vorbei. Mütter, die im Krankenhaus niederkamen, mit Ärzten an ihrer Seite, Hebammen, die mit geübten Händen Müttern über die schweißnasse Stirn strichen. Die Mütter schön und sorgfältig geschminkt und frisch frisiert, ihr Stöhnen, das nicht echt wirkte, und das Kind, das nach zehn Minuten da war und frisch gewaschen und wundersamerweise bereits fünf Monate alt der Mutter in den Arm gelegt wurde.

Aber das war kein Film. In Wirklichkeit musste Helena ihr Kind jetzt vielleicht im Taxi bekommen. Der Fahrer musste mithelfen. Was machte so ein Taxifahrer, wenn der schwangere Fahrgast auf dem Rücksitz losjammerte?

Wasser. Kochte man in dieser Situation nicht immer

Wasser? Wurde danach nicht immer gerufen, ob der Film nun im 18. Jahrhundert oder heute spielte?

»Soll ich Wasser aufsetzen? Ich setze Wasser auf, soll ich das nicht, Helena, soll ich nicht ein bisschen Wasser aufsetzen?«

»Ich scheiß auf das Wasser, ich … aaaaah!«

Helena schwankte. Schien sich kaum auf den Beinen halten zu können. Lisbeth versuchte, sie zu stützen. *Bett,* dachte sie. *Sie kann ihr Kind ja wohl nicht auf dem Küchenboden bekommen?*

»Helena, bitte, du machst das wunderbar, komm jetzt mit, wir müssen nach oben ins Schlafzimmer, komm jetzt, so, stütz dich auf mich, wir müssen nur die Treppe hoch, schaffst du das, das schaffst du, komm jetzt, einen Schritt nach dem anderen.«

Helena wollte widersprechen und versuchte, sich gleich hinzulegen, aber Lisbeth hielt sie fest und zog sie weiter auf die Treppe zu. Seltsamerweise tat Helena am Ende wie ihr geheißen. Klammerte sich an Lisbeth, während sie sich vorwärtsschleppte. Lisbeth glitt auf ihrem Gipsabsatz aus und hätte Helena im Sturz fast mitgerissen, konnte sich aber in letzter Sekunde am Küchentisch festhalten. Versuchte, klar zu denken.

Ob sie Helena ins Bett bringen könnte. Ob sie Handtücher holte und dieses verflixte Wasser kochte. Ob sie das Krankenhaus anrief, das musste sie, irgendeinen Notruf alarmieren, sie herkommen lassen. Das nächste Krankenhaus lag zwar mehrere Dutzend Kilometer entfernt, aber wenn sie das Blaulicht einschalteten, und dauerte eine Entbindung nicht, vielleicht könnten sie es ja doch schaffen, vielleicht könnte sie per Telefon Hilfe bekommen?

Endlich hatten sie die Treppe erreicht, und Helena zog

sich am Geländer nach oben. Blieb ab und zu stehen, wenn eine weitere Wehe einsetzte. Schrie, und Lisbeth hatte das Gefühl, in Ohnmacht fallen zu können.

»Helena, wie geht es, geht es gut, wir sind gleich da, so, ja, komm jetzt, du machst das wunderbar, es sind nur noch ein paar Schritte, so, jetzt, komm, nur noch ein kleines Stück, einige Schritte noch, ja, wunderbar.«

Als sie das Bett erreicht hatten, konnte sie Helena dazu bringen, sich zu setzen und sich dann aufs Bett sinken zu lassen, während Lisbeth losrannte und die größten Handtücher holte, die sie finden konnte. Sie schob sie unter Helena und bettete deren Kopf auf ein Kissen.

»Schaffst du das jetzt, ich setz nur eben Wasser auf, ich bin gleich wieder da.«

»Kannst du mir erst die Hose ausziehen?«

Helena lag da wie ein gestrandeter Wal, auf einem blauen Badetuch mit Entenmuster. Ihr Bauch ragte hoch, schien zu vibrieren, und darinnen steckte ein Leben, das beschlossen hatte, es sei jetzt an der Zeit, das Licht der Welt zu erblicken. Lisbeth wurde es schlecht. Hätte vor Angst und Reue kotzen könne. Hatte sie das Ganze heraufprovoziert, indem sie ihrer Schwester die Leviten gelesen hatte? War das möglich? Eine Geburt herbeizuzanken? Wenn das so wäre, würde Helena ihr für den Rest ihres Lebens nicht mehr verzeihen. Und wann immer bei dem Jungen etwas schiefging, würde sie es auf die böse Tante schieben, die es nicht geschafft hatte, sich einer schwangeren Frau zu erbarmen.

Sie packte den Hosenbund. Fing an, nach unten zu ziehen. Ihre Hände wurden nass, sie schluckte, zog wieder. Konnte die Hose ganz herunterziehen, machte sich dann an die riesige Unterhose. Versuchte, hinzuschauen und wegzuschauen. Niemand konnte doch verlangen, dass sie auf diese Weise das Allerheiligste ihrer Schwester betrachtete? Das wäre doch nicht *richtig?*

Aber nicht einmal eine Amateurin konnte übersehen, dass hier etwas passierte. Da unten hatte sich alles erweitert, und bei einer Geburt kam ja wohl nicht nur ein Kind heraus, sondern auch eine Nabelschnur und ein … Mutterkuchen, hieß das nicht so?

Helena jammerte und hatte die Augen weit aufgerissen.

»Helena, ich gehe jetzt nach unten und rufe den Krankenwagen und setze Wasser auf, schaffst du das einen Augenblick allein?«

»Ja, aber beeil dich. Beeil dich!«

Lag in ihrer Stimme ein Hauch von Verzweiflung? Konnte es möglich sein, dass sich sogar *Superwoman* Helena in dieser Situation ein bisschen fürchtete? Sie hatte eine Hausgeburt gewollt, und jetzt bekam sie eine Hausgeburt, man sollte offenbar beim Wünschen vorsichtig sein. Das Schicksal verdrehte sie nach Lust und Laune ein bisschen.

Bei diesem Gedanken wurde Lisbeth ein wenig ruhiger, und sie merkte, dass etwas in ihr sich aufrichtete, sich schüttelte und ins Licht trat. Hier lag eine Frau und gebar ein Kind, und hier gab es eine Frau, die dabei helfen würde. Das war schon tausendmal, Millionen Mal passiert. Es würde auch jetzt gut gehen.

»Ich setze Wasser auf, und dann rufe ich einen Krankenwagen. Ich bin gleich wieder da. Mach dir keine Sorgen. Das geht gut.«

Helena nickte. Keuchte auf und stöhnte und wand sich vor Schmerz, als die nächste Wehe zuschlug. Sollte man nicht die Sekunden zwischen den Wehen zählen, um irgendetwas festzustellen, unklar, was? Ungefähr wie dann, wenn man die Sekunden zwischen einem Blitz und einem Donnerhall zählte, um zu wissen, wie weit entfernt das Gewitter war? War das Prinzip nicht ungefähr das Gleiche?

Lisbeth eilte nach unten. Versuchte, das Gefühl von Wunder zurückzurufen, dass sie dort oben erfüllt hatte. Schaltete den Teekocher ein und stellte eine Schale zurecht. Rannte herum wie ein aufgescheuchtes Huhn und suchte nach ihrem Telefon. Blieb stehen und hielt es in der Hand. Wählte die Nummer des Notrufs und geriet an eine ruhige Stimme. Schrie *meine Schwester kriegt ihr Kind*, und dann wurde ihr gesagt, ein Krankenwagen wäre unterwegs. Ihr wurde telefonische Hilfe versprochen, und sie wartete, ohne dass etwas passierte, und sie hätte schreien können, aber dann sah sie die Lösung wie eine Offenbarung vor sich.

Dr. Girard!

Das Wasser kochte. Von oben war Helenas Geheul zu hören. Lisbeths Hände zitterten dermaßen, dass sie nur mit Mühe die Nummer wählen konnte. Als es ihr endlich gelungen war, geriet sie an einen Anrufbeantworter, und vor Enttäuschung hätte sie fast losschluchzen können.

»Hallo, ich bin's, Lisbeth. Lisbeth Cederström. Meine Schwester liegt hier bei mir zu Hause und bekommt ein Kind, und ich glaube, es wird sehr bald da sein. Bitte, kannst du ganz schnell herkommen? Ruf an, wenn du das hier gehört hast, damit ich weiß, was ich tun soll.«

Sie legte auf. Wählte die Nummer ein weiteres Mal. Wieder der Anrufbeantworter. Steckte das Telefon in die Tasche. Nahm den Wasserkocher in die eine und die Schale in die andere Hand. Ging nach oben, stellte alles neben das Bett, goss Wasser in die Schale.

»Der Krankenwagen ist unterwegs, aber ich weiß nicht, ob ich noch mal anrufen soll, was soll ich machen, Helena, soll ich …«

Helena schüttelte den Kopf und schloss die Augen. Lisbeth wagte nicht, sie noch einmal zu verlassen. Musste darauf vertrauen, dass ihre Schwester wusste, was jetzt zu tun war. Feuchtete einen Waschlappen an, verbrannte sich die Hand und unterdrückte ebenfalls ein »au«. Fing vorsichtig an, Helenas Beine abzutrocknen. Helena protestierte nicht, sie schien es kaum zu bemerken.

Lisbeth beugte sich wieder über Helenas Beine. Dort geschah zweifellos eine ganze Menge. Sie hatte einen Kloß im Hals, und vor ihren Augen drehte sich alles. Gleich vor ihr vollzog sich doch ein Wunder, das größte Wunder in der Geschichte der Menschheit, im ganzen Universum. Dass Menschen Leben erschaffen konnten. Dass sie sich trafen und vereinten, dass etwas anfing, im Bauch einer Frau zu wachsen, das ihre Herzschläge teilte, von ihrem Körper ernährt wurde und als selbständiges Wesen herauskam.

Vielleicht war auch das eine Weihnachtsbotschaft. Dass Menschen Leben erschaffen konnten.

Sie tupfte immer weiter Helenas Körper ab. Trocknete ihr Gesicht, Arme und Beine ab. Helena jammerte, Tränen liefen ihr aus den Augen, und Lisbeth legte die Hände auf den Bauch ihrer Schwester und überlegte verzweifelt, ob sie wohl mithelfen und drücken sollte, wagte aber nicht zu fragen, sie musste sich auf Helena verlassen, es war deren viertes Kind, aber andererseits war sicher keine Geburt wie die andere.

Die Minuten tickten dahin. Eine halbe Stunde. Eine Stunde. Anderthalb Stunden. Kein Krankenwagen. Lisbeth fragte, ob sie noch einmal anrufen sollte, und Helena schüttelte abermals den Kopf. Murmelte, alles gehe seinen richtigen Gang. Woher sie das nun wissen wollte. Aber sie war Ärztin. Und außerdem eine bewundernswerte. Lisbeth war noch nie so stolz auf Helenas indiskutable fachliche Kompetenz gewesen.

Eine weitere Wehe ließ Helena losbrüllen, und Lisbeth merkte, dass sie die Sache aus dem Griff verlor. *Pressen.* Sollte man das nicht sagen? Konnte es jetzt an der Zeit sein, mit Pressen anzufangen?

»Helena, vielleicht solltest du ein bisschen pressen? Es ist vielleicht an der Zeit, mit Pressen anzufangen?«

»Was glaubst du, was ich die ganze Zeit mache?«

Dann kam noch eine Wehe, eine gewaltige. Helena atmete viel schneller, stieß einen Schrei aus, und dann war der Kopf da, und Lisbeth versuchte, ihn zu halten, konnte ihn fassen, und Helena keuchte auf, und dann kam eine Schulter und noch eine Schulter, und Helena schrie wieder auf, und dann kam der Rest so schnell, dass Lisbeth es kaum mitbekam, aber sie bekam den feuchten Körper zu fassen, hielt ihn fest, sah das Gesichtchen, ein Haarbüschel auf dem Kopf, zusammengekniffene Augen, Hände, Füße, die kleinsten, die sie je gesehen hatte, und dann ein Schrei, hoch und durchdringend. Jemand machte seine ersten Atemzüge und dann … und …

Großer Gott.

Helena holte tief Luft. Ein glückliches Lächeln war auf ihren Lippen zu ahnen. Lisbeth sah ihre Schwester an und dachte, dass sie sie nie so schön gesehen habe. Sie schaute wieder das Baby an und begriff, dass sie noch nicht fertig waren.

»Helena, was soll ich jetzt mit der Nabelschnur machen?«

»Hol eine Schere. Und eine Wäscheklammer. Oder so einen Klemmverschluss für Plastiktüten.«

Lisbeth hielt das Kind im Arm und fragte sich, was sie tun sollte. Riss dann ein Handtuch an sich, wickelte das Baby vorsichtig hinein und legte das ganze Paket auf Helenas Bauch. Lief wieder die Treppe hinunter. Hatte schreckliche Schmerzen im Bein. Der blöde Gips. Aber kein Grund zum Klagen. Fand die Küchenschere und eine Wäscheklammer. Hinkte nach oben.

Helena lag so da wie vorhin, mit dem jetzt schweigenden Baby unter dem Handtuch auf dem Bauch. Sie flüsterte liebevolle Wörter.

»Soll ich einfach schneiden?«

Helena schüttelte den Kopf. Murmelte, sie müssten warten. Lisbeth stand mit Schere und Wäscheklammer bereit. Am Ende nickte ihre Schwester.

»Bring die Wäscheklammer an, dann schneidest du. Und die Nachgeburt muss raus. Ganz … wenn das geht.«

Lisbeth hob vorsichtig das Handtuch hoch, ohne das Baby zu bewegen, fasste die Nabelschnur ein Stück vom Bauch entfernt und schnitt. Musste Brechreiz unterdrücken. Zog vorsichtig daran, was noch übrig war, während Helena wieder presste, als ob noch ein Kind unterwegs wäre. Brachte dann etwas hervor, das aussah wie eine Qualle, eine Art purpurroter Pfannkuchen, bei dem Lisbeth wieder schlecht wurde.

Sie wiegte das Teil in der Hand, befahl sich, sich weiterhin zusammenzureißen, und legte endlich alles in die Schale. Trocknete sich die Hände an einem Handtuch ab.

»Helena, wie geht es dir? Alles in Ordnung?«

Helena nickte. Schien sie kaum gehört zu haben. Lisbeth betrachtete die beiden. Streckte vorsichtig die Hand aus und strich dem Baby über das Haarbüschel. Wie ein Vogeljunges. Aber wie ein kräftiges und entschlossenes.

Dann wurde an der Tür geklingelt, und sie ging wieder nach unten. Öffnete und stand Dr. Girard gegenüber. Hätte ihm um den Hals fallen können.

»Vielen, vielen Dank, dass du gekommen bist!«

Dr. Girard hängte den Mantel auf, rieb sich die Hände und nahm ihre Arme.

»Ist doch selbstverständlich. Und wo ist sie jetzt?«

»Da oben. Aber sie hat es schon, also, sie hat schon geboren, ich meine, es ist schon da.«

Dr. Girard ging ins Badezimmer und wusch sich die Hände, dann lief sie nach oben. Lisbeth folgte ihm. Schleppte sich Stufe für Stufe hoch. Fühlte sich erschöpft und unendlich erleichtert. Endlich war ein Arzt da. Einer, der wusste, was zu tun war, einer, der die Verantwortung übernehmen und sie von Lisbeths viel zu schmalen Schultern heben konnte.

Sie blieb in der Türöffnung stehen und ließ die Szene auf sich einwirken. Dr. Girard, der Helena freundlich begrüßte und gleich darauf anfing, Mutter und Kind zu untersuchen. Lisbeth sank auf einen Stuhl, landete auf einem Haufen Kleider und hatte keine Kraft, sie wegzuschieben. Hörte, wie er mit Helena sprach und wie die beiden medizinische Fachausdrücke wechselten, während das Baby vollständig zufrieden damit zu sein schien, hier im Mittelpunkt zu stehen.

Endlich wandte sich Dr. Girard zu ihr um.

»Ich kann hier nicht viel tun, ich muss schon sagen, du hast das großartig gemacht, Lisbeth. Wir müssen wohl ins Krankenhaus in Varberg, wenn es nicht genug Personal gibt. Und Sie …«

Er wandte sich wieder Helena zu.

»… Ihnen kann ich nur zu einem gesunden Mädchen gratulieren!«

»Ein Mädchen?«

Sie hatte so sehr gehofft, dass Helena das selbst entdecken

würde. Und akzeptieren, dass das Kind nicht nur zu früh eingetroffen war, sondern bereits ihrer Mama getrotzt hatte und ein anderes Geschlecht besaß, als die früheren Untersuchungen es ergeben hatten.

Es wurde still. Dann wechselte Helenas Gesichtsausdruck von Unglauben zu Überraschung und dann zu einer Ahnung von etwas, das Ähnlichkeit mit Freude hatte.

»Komm her, Lisbeth.«

Sie näherte sich dem Bett. Erwiderte Dr. Girards Blick. Schaute danach Helena an, die noch immer zu lächeln schien.

»Willst du sie mal halten?«

Helena streckte ihr das Baby hin. Lisbeth nahm die Kleine. Hielt sie so vorsichtig, wie sie nur konnte. Spürte die Wärme an ihrem eigenen Leib.

»Danke, Lisbeth. Danke für die Hilfe.«

»Du hast das doch gemacht. Ich habe nur getan, was du gesagt hast.«

»Willst du Patentante werden?«

Jetzt gab es keinen Zweifel. Helena hatte niemals glücklicher ausgesehen. Lisbeth spürte, wie ihr die Tränen über die Wangen liefen.

»Gern. Sehr gern.«

Sie wiegte die Kleine hin und her. Sah, wie die Händchen arbeiteten und wie das Kind die Augen öffnete und sie mit einem Blick voller Weisheit betrachtete. Hörte, wie vor dem Haus ein Auto bremste, dann wurde an die Tür geklopft. Hörte, dass Dr. Girard nach unten ging und aufmachte. Endlich war der Krankenwagen da.

»Was meinst du, wie sie heißen soll?«

Lisbeth küsste das Kind auf den Schädel. Bemerkte aus dem Augenwinkel etwas. Schaute zum Fenster hinüber und sah, dass es jetzt schneite, dass große Flocken herunterrieselten. Holte tief Luft.

»Maria. Ich finde, sie soll Maria heißen.«

33

Freitag, 22. Dezember

»Kaffee, bitte. Oder nein, lieber heiße Schokolade.«

»Was denn nun?«

»Heiße Schokolade. Und einen Pfefferkuchen.«

Das klang bescheiden. War es aber nicht. Die Schokolade sollte mit Schlagsahne serviert werden, das hatte Elena schließlich empfohlen, und Lisbeth hatte das schon bei ihrem letzten Besuch in der Bäckerei ausprobiert. Und der Pfefferkuchen war von einer dicken Glasur überzogen. Mit anderen Worten, genau das, was man nach einer gelungenen Entbindung brauchen konnte.

»Herzlichen Glückwunsch zum Kind übrigens. Dass du jetzt Tante bist. Und offenbar eine richtige Heldin.«

Segen und Fluch der Kleinstadt. Alle wussten sofort alles.

Lisbeth schaute sich zu Elena um, deren Schürze von Teigresten und Marmeladeflecken bedeckt war. Sie war wohl rund um die Uhr an der Arbeit, in diesen Tagen, wo sich jeder Haushalt mit weihnachtlichen Leckerbissen versorgen wollte. Hier gab es noch immer eine reiche Auswahl an Pfefferkuchen und Plätzchen und Schmalzkringeln und Zimtsternen und Toffee. Und Safranschnecken.

»Ich hab nur mein Bestes getan. Zum Glück war es ja nicht Helenas erstes Kind. Außerdem ist sie Ärztin und konnte mir sagen, was ich tun sollte.«

»Aber trotzdem. Du bist immerhin nicht in Ohnmacht gefallen.«

»Nein. Das nun doch nicht.«

Das habe ich mich nicht getraut, hätte sie fast hinzugefügt.

»Wie geht es dir denn selbst, Lisbeth?«

»Gut. Es ist schön, Ferien zu haben.«

Elena warf ihr einen leicht gereizten Blick zu.

»Ich hatte an dein Bein gedacht.«

Das Bein, ja. Es wurde wirklich Zeit, dieser Komödie ein Ende zu machen.

»Das ist nicht so schlimm.«

Sie nickte, um zu betonen, wie unglaublich wenig schlimm diese unkomplizierte Fußgelenkfraktur doch war, dann nahm sie Tasse und Pfefferkuchen und setzte sich ans Fenster, um eindringlicheren Fragen auszuweichen. Es war allgemein bekannt, dass Elena und ihre Schwestern ein bisschen hellseherisch veranlagt waren. Oder möglicherweise nur scharfe Betrachterinnen einer unvollkommenen Welt.

Elena kehrte in die hinteren Gemächer zurück, und Lisbeth zog ihr Telefon hervor, nachdem sie sich zuerst damit gestärkt hatte, die halbe Tasse zu leeren und den Duft der Hyazinthen einzuatmen, die Elena hier und dort verteilt hatte.

Der Marktplatz war richtig schön. Schnee bedeckte den Asphalt, die Weihnachtstanne verbreitete ihren tapferen Schein, und Kästen mit Weihnachtsgestecken schmückten den Parkplatz. Das Fischauto war mit Glitzer dekoriert, und von irgendwoher erklang Weihnachtsmusik. Autos fuhren hin und her, wie bei ihrem letzten Besuch hier, und die Menschen schoben bis zum Rand gefüllte Einkaufswagen vor sich her. Die letzten Einkäufe mussten getätigt und alles musste nach Hause geschafft werden. Bald würde jemand mit Panik im Blick hereingestürzt kommen und nach frischgebackenem Malzbrot rufen.

Sie wandte sich wieder ihrem Handy zu. Rief ihre Mails auf und sah sich den Entwurf an, den sie am Morgen geschrieben, aber noch nicht abgeschickt hatte.

Hallo, Mama und Papa,
heute Morgen habe ich einige Male angerufen, habe euch aber nicht erreicht. Aber mir ist schon klar, dass ihr schwer beschäftigt seid. Da habt ihr doch wirklich so kurz vor Weihnachten ein neues Enkelkind bekommen. Das erste Mädchen noch dazu. Ich kann durchaus zugeben, dass es dramatisch war. Aber alles ist ja gut gegangen, und Helena ist so tüchtig! Ihr könnt euch ja denken, dass ich ungeheuer erleichtert bin, dass alles glatt gegangen ist.

Jetzt schreibe ich allerdings aus einem anderen Grund. Nämlich um zu sagen, dass ich in diesem Jahr nicht bei euch Weihnachten feiern will. Jedenfalls nicht Heiligabend.

Es kommt mir komisch vor, das zu sagen. Ich bin 38 Jahre alt und war immer bei euch, bis auf die Male, wenn Harry und ich bei seinen Eltern waren. So lange ich allein war, war es ja auch selbstverständlich, dass wir zu Weihnachten zusammen sein würden. Es ist immer nett, es ist immer schön, es ist immer gemütlich, wir verstehen uns gut. Darum geht es nicht.

Aber diesmal muss ich Weihnachten in meinem eigenen Heim feiern und machen, was ich will.

Weihnachten soll doch das Fest der Kinder sein und ist es auch in vieler Hinsicht. Und da ich keine Kinder habe, war es natürlich, dass wir uns nach Helena und ihrer Familie gerichtet haben. Ab und zu haben wir uns auch nach euren Wünschen gerichtet, und dann ging es um irgendein Konzert, irgendein Essen, irgendwelche Gäste. Die Einzige, nach der wir uns nie gerichtet haben, bin ich. Ich soll kommen, wann es euch anderen recht ist, ich soll essen, wann es gelegen kommt, und dann das, was euch passt. Es klingt sicher undankbar, wenn ich das so schreibe, das verstehe ich. Es gibt doch viele, die zu Weihnachten allein sind und sich nichts so sehr wünschen, wie mit jemandem zusammen feiern zu können, und ich beklage mich, weil ich das eben kann.

Aber man kann auf viele Weise einsam sein, und ab und zu fühle ich mich gerade dann einsam, wenn wir zusammen sind. Oder eher ein wenig fehl am Platze. Ich bin die unverheiratete Tante und Tochter und Schwester, die mitmachen darf, und das kommt mir immer weniger richtig vor. Ich weiß, ich hätte schon längst mit euch darüber reden sollen, aber über solche Dinge zu reden, ist nicht gerade die Stärke unserer Familie. Alle sollen über ihre Probleme und Sorgen schweigen und sich wie Strauße aufführen und hoffen, dass es vorübergeht, wenn man nur lange genug wartet.

Aber jetzt rede ich. Schreibe jedenfalls. Ich will sagen, dass ich auch ein Kind bin. Euer Kind. Und dieses Kind will kein Weihnachtsessen um elf Uhr. Dieses Kind will nicht zu Weihnachten zu Besuch kommen und sehen, dass ihr einen Anwalt eingeladen habt, der ihr zu Weihnachten ein Négligé schenkt.

Ich bin auch ein Kind. Das sein Kind nicht behalten durfte. Warum haben wir darüber nie gesprochen? Warum hat mich nie jemand gefragt, wie es mir wirklich ging? Du hast gesagt, dass du auch Fehlgeburten hattest,

Mama, aber nicht, wann und wie, nichts über die Umstände. Helena hat auch nichts gesagt, für mich gab es nur einen kurzen Kommentar darüber, dass es vielen passiert. Aber ich bin nicht viele. Ich bin eure Tochter und hätte eure Unterstützung gebraucht.

Niemand weiß, wie es ist, in dieser Familie ich zu sein.

Entschuldigt. Das kullert jetzt alles so aus mir heraus, und ich habe keine richtige Ordnung in meine Gedanken gebracht. Es gibt so vieles, das ich an Weihnachten liebe. Der Abend vor dem Heiligen Abend, wenn wir Schinkenbrote und Pfefferkuchen mit Schimmelkäse gegessen haben und wenn der Weihnachtsbaum geschmückt war und alle Pakete darunter lagen und es überall leuchtete, Sterne im Fenster und Leuchter auf dem Tisch und all der geliebte Schmuck. Das Gefühl von Erwartung und Spannung gehört zu meinen stärksten Kindheitserinnerungen, und vielleicht ist es die Erkenntnis, dass ich damals klein war und jetzt erwachsen bin und dass die Zeit so schnell vergeht und dass ich noch immer keine eigenen Traditionen geschaffen habe, die mich nachdenklich stimmt.

Jedenfalls, was ich sagen will, ist eigentlich nur, dass ich in diesem Jahr Heilig Abend bei mir feiern will. Bei mir zu Hause. Und behauptet jetzt nicht, ich hätte euch nicht eingeladen, denn das habe ich getan. Ich habe vorgeschlagen, dass wir am Ersten oder Zweiten Feiertag bei mir sein könnten, aber immer ging das aus irgendeinem Grund nicht, immer hatte jemand etwas anderes vor. Das ist in Ordnung. Ich weiß, dass ich nicht weiß, wie es ist, eine eigene Familie zu haben. Aber ich weiß, wie es ist, ich zu sein.

Ich komme also am Heiligen Abend nicht. Über den Rest können wir reden.

Seid umarmt,
Lisbeth.

Sie las die Mail. Las sie wieder. Bewegte den Finger.

Löschte.

Biss in den Pfefferkuchen. Rief noch einmal an.

Wieder der Anrufbeantworter ihrer Mutter.

Die Türglocke bimmelte, und jetzt traten sieben Personen von einem Fuß auf den anderen, während Elena bediente und immer wieder fröhliche Weihnachten wünschte. Lisbeth zog den Mantel an, stellte Teller und Tasse auf das Tablett und setzte alles in der Ecke ab. Aß den letzten Rest Pfefferkuchen, winkte Elena zu und dankte ihr, dann humpelte sie hinaus, nachdem ihr gute Besserung und von mehreren fröhliche Weihnachten gewünscht worden waren.

Dann war sie draußen. Atmete durch. Stolperte weiter in dem neuen Gang, den sie sich angewöhnt hatte. Stützte sich auf die Krücke, die zu einer so guten Begleiterin geworden war, dachte an Jonas Bonde und fragte sich, auf welchen Wegen er jetzt wohl dahinhumpelte, nur mit dem Unterschied, dass er noch dazu Schmerzen hatte. Sie ertappte sich dabei, dass sie ihm ein gesegnetes Weihnachtsfest wünschte, egal, wo er wohl war, während sie sich zugleich fragte, ob sie ihn wohl jemals wiedersehen würde. Man konnte nie wissen.

Sie blieb mitten auf der Brücke über die Eisenbahnlinie stehen. Sah unter sich die Gleise. Wartete auf die tiefsinnigen Gedanken, die jetzt kommen müssten, etwas darüber, wegzufahren und nach Hause zu kommen und was war eigentlich weg und wann hatte man ein Zuhause? Aber es kam nur der Wunsch, in ihrem Haus zu sein und den Gips abzunehmen, und deshalb ging sie weiter. Es schneite jetzt noch dichter, und der Boden war weiß. Sie sah hier und dort einen Schneemann, und jemand hatte eine Laterne hinausgestellt, deren sanftes Licht die Eiskristalle auf dem Boden zum Glitzern brachte.

Der Boden war bedeckt von einer weichen Schneedecke, und ihr kleines Haus ruhte friedlich, eingerahmt von der Hecke. *Mein Zuhause.* Lisbeth schaute sich um und legte sich dann der Länge nach auf den Boden. Schaute zu den Wolken hoch, fing eine Schneeflocke und lachte dann laut. Bewegte Arme und Beine hin und her, stand auf, wischte sich ab und betrachtete den Engel, der soeben Gestalt angenommen hatte.

Dann klingelte ihr Telefon.

Sie konnte es gerade noch herausfischen. Schaltete es mit leicht gefrorenen Fingern ein.

»Hallo, Mama.«

»Hallo, Lisbeth. Ich habe gesehen, dass du angerufen hast. Entschuldige, dass ich noch nicht zurückgerufen habe, aber ich hatte so viel zu tun. Wir sind gerade von Helena zurückgekommen. Ja, das war ja eine Überraschung, aber wie schön. Und du hast deine Sache offenbar hervorragend gemacht, sagt Helena. Mikael lässt grüßen und dankt ebenfalls.«

»War Micke zu Hause?«

»Natürlich war er zu Hause, wo hätte er denn sonst sein sollen? Er hatte sich freigenommen, und gleich nach der Geburt kriegen Väter doch auch ein paar Urlaubstage. Wenn wir das damals gehabt hätten, ja, wenn Papa das gehabt hätte, dann wäre man ein bisschen entlastet worden. Aber es ist ja positiv, dass zumindest ein paar Dinge mit der Zeit besser werden.«

Aha. So war das also. Auch wenn die Fortsetzung sicher folgen würde.

»Das klingt doch wunderbar.«

»Ja, alles ist unter Kontrolle. Aber hör mal, können wir nicht nachher noch mal telefonieren? Ich muss doch das Essen auspacken. Ach ja, übrigens, wenn du am Heiligen Abend so gegen zehn kommst, können wir noch eine Tasse Kaffee und ein Stück Safranbrot aus dieser feinen Bäckerei da bei euch schaffen. Besseres kriegt man wirklich nirgendwo. Aber wenn es nichts Besonderes war, dann …«

»Ich komme nicht am Heiligen Abend.«

»Was hast du gesagt?«

»Ich habe gesagt, dass ich am Heiligen Abend nicht zu euch komme. Ich feiere hier.«

34

Heiligabend

Das Boot zerteilte das Meer, und hinter ihnen schimmerte das Kielwasser. Lisbeth saß vorn und sah die verschneiten Inseln näherkommen. Die ruhten wie von Riesen geworfen im Meer.

Sie zog sich die Mütze über die Ohren. Hatte alles angezogen, was sie an warmer Kleidung besaß. Blickte nach oben. Blinzelte. Schaute wieder hoch, sah, dass sie Nordsten erreicht hatten. Drehte sich um und winkte Tobbe zu.

Ein kleines Boot mit Außenbordmotor, genau wie er gesagt hatte. Perfekt, um an einem Felsen anzulegen. Alles lag bereit, Leinen und Vertäuung. Tobbe rief, und sie rief zurück, ehe er langsamer wurde.

Sie setzte sich an die Reling und hielt Ausschau nach einer trockenen Fläche, fand festen Boden und konnte aussteigen, ohne ins Wasser zu treten. Kletterte über die Steinbrocken und fing an, nach einer passenden Stelle zwischen den Felsen zu suchen, während Tobbe den Motor ausschaltete. Vertäute provisorisch, machte kehrt und nahm das in Empfang, was er ihr zuwarf, dann kletterte er selbst an Land und machte die Vertäuung fertig.

Sie trug ihre Sachen auf eine Felsplatte. Fragte mit einem Blick, ob das hier gut sei, und erhielt ein bestätigendes Nicken. Streifte die Schwimmweste ab, zog die Decke hervor und breitete sie aus. Setzte sich darauf, lehnte sich an die Felsen und schaute hinaus. Tobbe ließ sich neben ihr nieder.

Das Meer bewegte sich träge. Die Sonne ließ das Licht wie Elfen auf der Wasseroberfläche tanzen. Die Luft war klar. Hier und da schrie ein Seevogel. Kein einziger Mensch zu sehen.

Lisbeth holte tief Luft. Tobbe legte den Arm um sie, und sie lehnte sich an seine Schulter.

»Fröhliche Weihnachten, Lisbeth.«

»Fröhliche Weihnachten.«

Nach einer Weile schaute sie verstohlen auf die Uhr. Zehn.

»Tee? Kaffee? Glühwein?«

»Alles.«

Tobbe griff in seinen Rucksack und tischte auf. Thermoskannen, belegte Brote, Safranschnecken und Pfefferkuchen, Rosinen und Mandeln.

»Dass es so gekommen ist. Weiße Weihnachten.«

»Ja.«

Lisbeth schaute hinüber zu dem Boot, das ganz still in seiner Bucht lag. Tobbe hatte ihr erzählt, dass es am Strand auflag und auf einen besseren Platz wartete, aber so hatte es auch seine Vorteile. Er brauchte nur den Motor hinzutragen und das Boot ins Wasser zu ziehen, wenn er ausfahren wollte.

Sie hatten sich fast gleichzeitig beieinander gemeldet. Sie fast unmittelbar, nachdem sie mit ihrer Mutter gesprochen hatte. Er einige Stunden später.

Ohne Umschweife hatte er um Entschuldigung gebeten, weil er nicht sofort angerufen hatte, aber er habe sich nicht aufdrängen, sondern ihr Zeit zum Nachdenken lassen wollen. Doch wenn sie noch immer Lust hatte, mit ihm Weihnachten zu feiern, oder sogar Heiligabend, dann hatte er das Boot schon vorbereitet und wollte vorschlagen, hinauszufahren und Kaffee zu trinken und den Vormittag zu genießen, und dann könnten sie zurückfahren und sich in die Strandsauna in Torstensvik setzen.

Die hatte er nämlich gebucht, und es war auch kein Problem gewesen, dass er kein Mitglied im Schwimmverein war. Außer ihnen wollte ohnehin am Heiligen Abend niemand saunen. Sie brauchte nicht sofort Ja zu sagen, ihm war schon klar, dass sie ja noch andere Dinge vorhaben könnte, mit der Familie oder so. Aber wenn sie Lust hätte, würde niemand sich mehr freuen als er.

Sie hatte ihn nicht einmal ausreden lassen. Hatte einfach gesagt Ja und gern und es gebe hier nichts zu überlegen.

»Wie war es gestern bei deiner Familie?«

»Gut. Das war gut.«

Das überraschte Schweigen in der Leitung, als sie ihrer Mutter gesagt hatte, dass sie am Heiligen Abend nicht kommen würde. Die leicht vorwurfsvolle, aber vor allem bestürzte Frage, ob etwas nicht stimme. Ihre eigenen Erklärungen, als sie sich Mühe gab, niemandem die Schuld zuzuschieben, weder ihren Eltern noch Helena oder sich selbst. Es war nur, dass sie ausnahmsweise einmal allein sein wollte. Auf ihre eigene Weise und nach ihren eigenen Wünschen feiern. Und dann war da ja noch ihr Bein. Es war doch nicht so einfach wegzufahren. Das mit dem Bein war ein Strohhalm, an den alle sich klammern könnten, wenn ihnen der Rest zu nahe ging.

Ihre Mutter hatte das Gespräch beendet, ohne noch viel zu sagen. Eine Stunde später hatte sie noch einmal angerufen. Sie könnten doch am 23. einen Familienabend machen. Wie in alten Zeiten. Zu Hause bei ihnen, nur sie vier und natürlich die kleine Maria. Ihr Vater würde sie fahren, das machte er gern.

Lisbeth wiederholte es. Doch, es war gut gewesen.

»Mein Vater hat mich abgeholt, ich brauchte also bloß den Gips festzuwickeln und mitzukommen. Gott möge mir verzeihen, das jetzt zu Weihnachten, aber ich glaube, es hat vielleicht auch seine Vorteile. Für meine Mutter war es eine gute Erklärung, dass ich Schmerzen hatte und nicht so ganz einsatzfähig war. Jedenfalls hatte sie alles wunderbar vorbereitet und eine kleinere Variante von Weihnachtsbuffet aufgetischt. Und da saßen wir dann alle vier und redeten über alles Mögliche und aßen frischgegrillten Weihnachtsschinken und Heringsauflauf und eingelegte Heringe und alles andere. Ich habe jede Menge mitgenommen, wir kriegen also auch ein schönes Weihnachtsbuffet.«

»Herrlich.«

Lisbeth schaute wieder auf das Meer hinaus. Hatte ein Gefühl von unbeschreiblichem Frieden.

»Die kleine Maria lag da in ihrem Korb und guckte und war total lieb, und Helena war ungewöhnlich sanft und hatte nichts an uns auszusetzen, und es war ja phantastisch, dass sie schon wieder auf den Beinen war. Aber es ging ihr gut, sagte sie, und sie ist ja eine Kämpferin, das muss man einfach zugeben. Und meine Eltern haben sich solche Mühe gegeben, damit alles schön würde. Einmal wollte meine Mutter ein Blech aus dem Ofen nehmen, und mein Vater wollte ihr helfen, und als sie dann nebeneinander standen, sah ich, dass sie irgendwie geschrumpft waren. Papas Haare sind dünner geworden, und Mama fiel es schwer, die Ofenklappe zu öffnen. Alles war … kleiner geworden. Auch das Haus. Wirklich seltsam.«

Tobbe sagte, er könne das verstehen, und versuchte, sie ein bisschen zu trösten. Lisbeth dachte wieder daran, dass die Erkenntnis des Vorabends ihr bis in den Schlaf gefolgt war. Die Vorstellung, dass sie alle mit jedem Tag älter wurden. Dass sie einmal nicht mehr da sein würden, sie alle nicht, und dass das Grund genug sein könnte, ab und zu um elf Uhr das Weihnachtsbuffet zu eröffnen. Ab und zu.

Aber nicht immer. Nicht heute. An diesem wunderschönen Heiligen Abend.

»Jetzt fahre ich ja außerdem morgen hin, besser kann es also nicht werden. Mein Vater holt mich wieder ab. Und du hast deine Kinder bei dir?«

»Japp. Morgen kommen sie zu mir.«

Tobbe grinste glücklich. Griff nach einer Weile und vielen Entschuldigungen zu seinem Handy. An so einem Tag würde man es ja am liebsten ins Meer werfen.

»Das sind meine Kinder.«

Sie beugte sich zu ihm vor. Hielt die Hand darüber und sah einen Jungen und ein Mädchen, die lieb aussahen. Fröhliche Weihnachten, Papa, stand auf dem Bild.

»Da hast du aber wunderbare Kinder. Möchtest du mein Patenkind sehen?«

Sie zog ihr eigenes Telefon hervor und zeigte ihm ein Bild einer schlafenden kleinen Maria. Dachte daran, dass ihr zahllose Male solche Bilder gezeigt worden waren, und dann hatte sie in Lobgesänge darüber ausbrechen sollen, wie außergewöhnlich gerade dieses Kind war, wie unbeschreiblich schön. Doch keins von all den Kindern ließ sich mit diesem Baby vergleichen. Das von Tante Lisbeth von Anfang an hören würde, wie reizend es sei.

»Reizend.«

Lisbeth versetzte ihm einen Stoß, und er wäre fast umgekippt.

»Sie ist nicht reizend. Sie ist hinreißend.«

Tobbe stupste zurück.

»Hab ich doch gesagt. Sie ist hinreißend.«

Sie verstummten wieder. Lisbeth dachte daran, wie ihre Mutter sie ein wenig zur Seite gezogen hatte, als Helena und der Vater den Abwasch erledigten. Die Mutter hatte geflüstert, Helena habe etwas davon gesagt, ja, sie brauchten nicht gerade jetzt darauf einzugehen, aber sie wollte nur sagen, dass Helena und Lisbeth vier Jahre auseinander seien, liege daran, dass noch ein Kind dazwischen gewesen war. Aber sie hatte eine Fehlgeburt gehabt, doch danach war alles gutgegangen, wirklich, denn dann war schließlich Lisbeth gekommen. Aber sie hätte mehr darüber sprechen müssen, und vielleicht könnten sie sich einmal zusammensetzen und darüber reden und ... Entschuldige.

Lisbeth hatte kaum gewusst, was sie antworten sollte. Hatte nur genickt und Ja gesagt. Worauf ihre Mutter unendlich erleichtert gewirkt und gestanden hatte, es sei wunderbar, mit der eigenen Familie zu feiern. Nicht, dass es nicht nett sei, die Angeheirateten dabei zu haben, aber ab und zu sei es *unter uns* auch sehr schön.

»Übrigens, wo wir schon dabei sind, kann ich auch gleich noch etwas sagen. Ich habe Harry nie besonders gern gemocht. Ich hab mir dir zuliebe große Mühe gegeben, wirklich. Aber das Beste, was man über ihn sagen konnte, war, dass ihm mein Weihnachtsschinken so gut schmeckte. Ansonsten dachte ich, er sei nicht der Richtige für dich, und Papa sah das auch so. Vor allem mochten wir seine Eltern nicht. Sie haben dich von oben herab behandelt, und das können wir nicht vertragen.«

Lisbeth hatte verdutzt wiederholt, sie habe geglaubt, ihre Mutter sei schrecklich enttäuscht gewesen, als mit Harry Schluss war, und es sei schön zu wissen, dass sie nicht um jeden Preis einen Schwiegersohn wollte. Einen verwitweten Anwalt zum Beispiel. Worauf die Mutter ungeheuer beleidigt ausgesehen und geantwortet hatte, den hätten sie ja nur eingeladen, weil er gerade seine Frau verloren hatte, und nicht als möglichen Ehemann für Lisbeth. Und sie seien beide gleichermaßen schockiert über das Negligé gewesen, das er Lisbeth geschenkt hatte.

»Als Papa und ich vor einiger Zeit unser Testament gemacht haben, sind wir deshalb nicht zu ihm gegangen. Das kann ich dir sagen.«

Inzwischen hatten Helena und der Vater den Abwasch erledigt und wollten wissen, worüber die beiden redeten, deshalb hatte das Gespräch ein jähes Ende genommen. Aber vielleicht nicht für immer. Vielleicht gab es doch eine Möglichkeit zu einem tiefergehenden Gespräch. Ein andermal.

Sie schaute auf das Meer hinaus. Nahm sich eine Zimtschnecke. Dachte beim Essen, dass sie niemals so eine leckere verzehrt habe. Dachte dankbar an Elena und deren magische Fähigkeiten.

»Schau mal!«

Tobbe blickte in die Richtung, in die sie zeigte. Sah die Möwe, die über ihnen in der Luft kreiste, ehe sie sich ein Stück weiter niederließ.

»Ich könnte schwören, dass das meine Möwe ist.«

»Die von deinem Grundstück?«

»Ja. Ich glaube, sie ist eine Glücksmöwe. Ich glaube, dass sie auf meiner Seite ist.«

»Welche Möwe wäre das nicht, wenn du so nett bist und sie mit Brotresten fütterst?«

Er umarmte sie. Sie ließ sich nicht zu einer Antwort herab. Konnte damit leben, als ein wenig gutgläubig zu gelten, wenn es um solche Dinge ging. Warf dann der Möwe den letzten Rest der Zimtschnecke zu. Sah, wie der Vogel ihn an sich riss.

Sie zog die Beine an und schlang die Arme darum. Dachte an die Weihnachtsgrüße, die sie erhalten hatte und am frühen Morgen durchgegangen war. Eine elektronische Weihnachtskarte, die einen Weihnachtsmann darstellte, der zu »Jingle Bells« mit seinem Schlitten unterwegs war, von *Seniornet* und voller Stolz von ihrer Mutter weitergeleitet. Eine SMS von Sara mit einem Bild von ihr, Berra und Solo, die den Arm um ein schönes Mädchen gelegt hatte, das sicher Nadine war. Eine SMS von Jan mit einer kurzen Frage: *2. Tag um 2?* Im Briefkasten eine handgeschriebene Karte von Margaretha. *Danke für deinen Einsatz, ich wünsche dir wunderschöne Weihnachten, tu dir was Gutes, und dann sehen wir uns nach den Ferien.*

Margaretha, die ihr einfach so eine zusätzliche Woche Ferien gegeben hatte. Die sie zu einer Reise nutzen wollte. Vielleicht irgendwo, wo niemand sie kannte, Ski laufen. Vielleicht mit Tobbe. Sie würde ihn an diesem Abend fragen.

Sie lächelte. Dachte an zwei weitere, eher zweifelhafte Weihnachtsgrüße. Eine SMS von Harry, mit einem Bild, auf dem er einen gestrickten Pullover mit Weihnachtsmotiv trug und die Hand auf seinen Holzweihnachtsmann gelegt hatte, das Erinnerungsstück aus seiner Kindheit und den verflossenen Kavalier der Klorollen-Lucia. Dazu zwei Wörter: *Fröhliche Weihnachten.* Und dann der letzte Gruß. Ein wackeliges Videoschnipsel von einer Schneelandschaft, unklar in welchem Land. Und eine Stimme, die verkündete: *Steuere die Sterne an, dann erreichst du die Baumwipfel.* Nein, von Jonas Bonde hatte sie das letzte Wort noch nicht gehört. Noch nicht, jedenfalls.

Die Begegnungen der Menschen. Jedesmal gleich verwunderlich.

Sie drehte sich zu Tobbe um.

»Als Kind hatte ich eine beste Freundin. Ich habe sie bewundert, sie konnte alles und war so hübsch. Wirklich reizend sogar, sie auch. Ich denke um diese Zeit ab und zu an sie.«

»Habt ihr keinen Kontakt mehr?«

Lisbeth lehnte sich wieder an Tobbes Schulter, damit er ihr nicht in die Augen blicken könnte.

»Sie sind weggezogen, als ich zehn Jahre alt war. Das war in den Sommerferien, und wir waren auf dem Land, und Annabellas Familie war irgendwo im Ausland. Ich weiß noch, dass ich mich nur danach gesehnt habe, dass die Schule wieder anfangen sollte, damit ich sie wiedersehen würde. Aber als wir nach Hause kamen, war ihr Haus leer. Ich rannte zu meinen Eltern nach Hause und war total verzweifelt, und dann stellte es sich heraus, dass sie die ganze Zeit gewusst hatten, dass Annabella wegziehen würde, weil ihr Vater eine Stelle in den USA angenommen hatte. Sie hatten es mir nur nicht sagen wollen, weil es den ganzen Sommer verdorben hätte.«

Tobbes Arm legte sich fester um sie. Er nahm ihre Hand und streichelte sie.

»Das ist jetzt lange her. Aber ich glaube, dass Annabella meine erste Liebe war, und sie wurde mir weggenommen, ohne dass irgendwer begriff, wie weh das tat. Es hat lange gedauert, bis ich akzeptieren konnte, dass sie es nur gut mit mir gemeint hatten, meine Eltern und Annabellas Eltern. Die mir ja auch nichts gesagt hatten, und ihr vielleicht auch nicht.«

Sie verstummte. Tobbe streichelte ihren Rücken.

»Habt ihr nie wieder Kontakt gehabt?«

»Ich bekam eine Adresse und schrieb einen Brief, bekam aber keine Antwort. Dann kam viele Jahre später plötzlich eine Weihnachtskarte. Darauf stand nur fröhliche Weihnachten und Annabella, aber ich war natürlich selig. Ich habe sie noch immer. Ich habe einen langen Brief zurückgeschrieben, aber es kam nie wieder etwas. Jetzt würde ich sie sicher finden, wenn ich das versuchte, aber darum geht es ja nicht. Es ging darum, dass ich mich verraten fühlte. Die Erwachsenen glaubten zu wissen, wie mir zumute war und wie ich reagieren würde, aber sie hatten keine Ahnung. Sie wussten nichts.«

»Ich verstehe.«

Lisbeth schaute zum Horizont hinüber. Betrachtete die Felshänge, die dort grau und rosa schimmerten, wo kein Schnee sie bedeckte.

»Seit damals habe ich gedacht, dass ich niemals davon ausgehen werde, was ich für das Beste halte, wenn ich mit anderen Menschen zu tun habe. Wenn ich für mein Leben ein Motto haben will, dann dieses. Dass ich nicht der Maßstab für andere bin und dass andere mich auch nicht mit ihrem Maßstab messen können, auch wenn sie mein Bestes wollen. Und dann will ich sagen, dass ich gerade jetzt da bin, wo ich am allerliebsten sein möchte. Danke, Tobbe. Für diesen wunderbaren Morgen am Heiligen Abend.«

Sie schaute zu ihm auf, sah, dass er lächelte, dass er gerade jetzt ebenso glücklich war wie sie. Dann beugte sie sich vor und küsste ihn, und er küsste sie zurück, hielt die Arme um sie, und als er sie losließ, funkelten seine Augen so glücklich, dass sie losprustete.

Tobbe küsste sie wieder. Dann ließ er sie los.

»Ich habe ein Weihnachtsgeschenk für dich.«

»Wirklich? Und ich eins für dich. Aber das liegt zu Hause.«

Sie hatte es zudem schön eingepackt. Den Christbaumschmuck in Form einer Liftkabine aus St. Anton.

»Aber du kriegst deinen jetzt.«

Er griff wieder in seinen Rucksack. Zog ein längliches Paket mit dem schönen Geschenkpapier aus Marianas Laden heraus. Lisbeth band das Seidenband auf, wickelte alles vorsichtig auseinander und öffnete den Deckel.

Eine Marionette. Ein Rotkäppchen mit blonden Locken.

»Aber oh, danke! So eine wünsche ich mir schon, seit ich hier wohne. Ich bin nur nie dazu gekommen, mir eine zu kaufen.«

Weil sie so teuer sind, dachte sie noch leicht besorgt. Hier am Ort hergestellt und echtes Kunstgewerbe.

Tobbe sah zufrieden aus.

»Wie gut. Ich bin da einmal vorbeigekommen, als ich bei dir gewesen war, und dann habe ich den Laden entdeckt. Ich bin reingegangen und habe die Puppen gesehen und fand, dass die hier Ähnlichkeit mit dir hat. Die Frau im Laden fand das auch.«

»Hast du ihr gesagt, dass die für mich sein sollte?«

»Ich habe ihr gesagt, dass ich deine Küche reparierte und dich aufmuntern wollte, weil es viel schlimmer war, als es zuerst ausgesehen hatte.«

Lisbeth dachte an Mariana. Hoffte, dass sie den Preis gesenkt hatte. Das war nicht unmöglich. Sie sah sich noch einmal die Puppe an. Die fein geschnitzten Züge. Die Fäden, die von den Händen ausgingen.

»Danke, Tobbe. Das ist das schönste Geschenk, das ich mir vorstellen kann.«

Sie legte die Hände um sein Gesicht und küsste ihn wieder. Drückte ihn an sich, bildete sich ein, durch die Jacke sein Herz schlagen zu hören.

Dann saßen sie noch eine Stunde da. Bewunderten die Landschaft, plauderten, verzehrten ihren Proviant und lauschten dem Glucksen der Wellen, dann brachen sie auf. Zur Sauna, zu einem kurzen Bad im Meer, zum Weihnachtsmittagessen und einem stillen Nachmittag in einem kleinen Haus am Meer.

Tobbe ging mit allem Gepäck zum Boot. Lisbeth blieb auf den Felsen stehen und sah sich um. »Fröhliche Weihnachten«, flüsterte sie sich zu. »Fröhliche Weihnachten.«

Dann legte sie den Kopf in den Nacken, streckte die Arme aus, und ihr Lachen mischte sich mit dem Schrei der Möwe, die im selben Moment aufflog und über das Wasser verschwand, in Richtung Horizont.

Nachwort

Als ich gefragt wurde, ob ich einen Weihnachtsroman schreiben wollte, habe ich sofort zugesagt. Zahllose Erinnerungen haben jede Menge Stoff geliefert, Erzählungen von anderen Weihnachtsfesten ebenfalls.

Da ich gern zu meinem und zum Sommerparadies meiner Familie zurückkehre, nach Frillesås, war es zudem verlockend, die Handlung nach dort zu verlegen. Es ist klar, dass ich mir Freiheiten herausgenommen habe, was Menschen, Läden, Firmen, Bebauung, Schulen und anderes angeht, habe ich meine Fantasie spielen lassen. Das Meer aber liegt da, wo es hingehört, und ebenso die Inseln und viele andere Dinge.

Lisbeth, über deren Advent und Weihnachten dieses Buch berichtet, tritt in meinem Buch »Die Liebesnachricht« auf. Dort finden wir sowohl den Ort als auch einige der Personen, die diese Geschichte bevölkern.

Ich danke Sofi Ackermand, Peter Fredriksson, Eva Thorsén und Lars, Anders und Ellinor Odeback für kluge Gesichtspunkte über alles von Gipsbeinen und Champagnerkorken über Pferdegeruch und Familienbeziehungen bis hin zu Entbindungen.

Dieses Buch widme ich meiner Mutter Kerstin, als Dank für alle die schönen Weihnachtsfeste in meiner Kindheit, die sie und mein Vater vorbereiteten und gestalteten, ohne sich eventuellen Weihnachtsstress anmerken zu lassen. Es kann sein, dass wir alle ein bisschen außer uns gerieten, als wir ein einziges Mal versuchten, ein Pfefferkuchenhaus zu backen, das dann einstürzte. Aber das ist eine andere Geschichte.

Am Tag, nachdem ich das letzte Kapitel geschrieben hatte, schaute ich durch Zufall in eine Schublade mit alten Briefen. Ich zog eine fünfundzwanzig Jahre alte Ansichtskarte meiner Mutter heraus, die am 7. Dezember datiert war, an dem Tag, an dem dieses Buch beginnt. Die Karte endet mit den Worten *Fröhlichen Lucia-Tag, wir stellen deine Toilettenrollen-Lucia auf und denken an dich.*

Meine Mutter hat die Lucia behalten, die ich als Kind gebastelt habe, und stellt sie noch immer jedes Jahr auf, zum ersten Advent eben. Manchmal übertrifft die Wirklichkeit die Dichtung.

Frillesås, 1. Mai 2018 *Maria Ernestam*

Michaela Karl

»Noch ein Martini und ich lieg unterm Gastgeber«

Dorothy Parker. Eine Biografie

288 Seiten, btb 74493

In den Roaring Twenties war sie die Königin von New York. Ihre scharfe Zunge und ihr beißender Witz wurden Legende. Sie stritt mit Ernest Hemingway, schlief mit F. Scott Fitzgerald und soff mit Truman Capote. Dorothy Parker schrieb für »Vogue«, »Vanity Fair« und den »New Yorker«. Ihre sarkastischen Verse und pointierten Kurzgeschichten erzählen von zerplatzten Träumen und dem Warten auf das Klingeln des Telefons. Michaela Karl porträtiert das unkonventionelle Leben der Dorothy Parker und entdeckt hinter der zynischen Fassade eine sensible Frau auf der Suche nach dem großen Glück.

»Aufsässig, geistreich, kompromisslos.«
Frankfurter Allgemeine Zeitung

btb